心谷情深

徐沛君 著

团结出版社

图书在版编目（CIP）数据

心谷情深 / 徐沛君著. -- 北京：团结出版社，
2023.6
ISBN 978-7-5234-0151-4

Ⅰ．①心… Ⅱ．①徐… Ⅲ．①散文集-中国-当代Ⅳ．①I267

中国国家版本馆 CIP 数据核字（2023）第 082039 号

出　　版：团结出版社
　　　　　（北京市东城区东皇城根南街 84 号 邮编：100006）
电　　话：（010）65228880　65244790
网　　址：www. tjpress. com
E - mail：65244790@ 163. com
出版策划：书香力扬
经　　销：全国新华书店
印　　刷：成都兴怡包装装潢有限公司

开　　本：161mm×231mm　1/16
印　　张：20.5
字　　数：265 千字
版　　次：2023 年 6 月第 1 版
印　　次：2023 年 6 月第 1 次印刷

书　　号：ISBN 978-7-5234-0151-4
定　　价：68.00 元

2020年作者在合肥滨湖国家森林公园毅行

2021年冬作者登台领奖

2021年作者与颁奖者梁凤仪博士合影

作者在辽宁省凤城市凤凰山情人谷

作者在安徽滁州市醉翁亭

作者在安徽当涂县李白文化园

作者在安徽合肥渡江战役纪念馆

作者在安徽合肥三国新城

作者在安徽蒙城县庄子祠

作者在安徽寿县八公山公园

作者在安徽省凤阳县明皇陵

作者在安徽省寿县中共小甸集特支纪念馆

作者在安徽长丰县吴王遗踪

作者在安徽省寿县古城墙

作者在合肥农行新办公楼

散文家要做新时代的交谈者和对话者

裴章传

在社会各个岗位中有很多写作者，他们被文学之光照亮，也将自己的大部分业余时间都奉献给了写作，在字里行间发出自己的光亮。曾作为军人和军医，转业后成为合肥市农行的一名党务工作者的徐沛君同志，就是这样一位散文家。我在熟悉他之前，他已出版了厚厚的诗文集《历史天空那片云》。著名作家苏北称他这本书是"为孤独而伤感的心灵而歌"，并以此为题为书作序给予较好的评价。

徐沛君《历史天空那片云》主要是诗歌选集。主体是写情写景写工作写军旅写故土的新诗，也有一部分格律诗在其中。苏北先生说："感谢徐君的指引，让我们有了一次崇高的精神之旅……"足见苏北先生对徐沛君是看好的。我了解苏北先生的个性，这个评价来之不易。

经安徽大学博导赵凯教授和安徽省散文家协会主席郭博先生推荐，希望我为徐沛君即将出版的散文集《心谷情深》写篇序言，于是，我开始浏览这本书的厚厚的书稿。那几天秋老虎来得很猛，在燥热的写字台前读 20 多万字的东西，如果东西不咋的是读不下去的。犹如认识一只鸟是从它的飞翔开始、认识一条河是从它的宽度和深度开始，我认识徐沛君就是从他的这 52 篇散文开始的。

徐沛君的散文创作应该是近几年才凸显起来的。他很勤奋，从文稿编排落款日期来看，有时几乎是几天一篇，这得益于他在部队时磨炼出来的坚韧。1978年，年轻的徐沛君参军入伍，先后毕业于原南京军区军医学校、南京中医学院、安徽医科大学和南京大学。在部队期间曾任医助、医师、主治医师、病房主任。1997年，他转业到中国农业银行合肥分行，主要负责分行机关和直管支行的党建党务工作。

当时这个银行的一把手黄深厚先生是我多年的好友，写这篇短文时，我曾向已调往上海的黄行长了解徐沛君的情况。黄行长的回答很有"官味"：为人热情，工作认真，热爱文学，诗作颇丰。讲到热爱文学时，黄行长加重了语气，显得有些兴奋。我很理解，因为黄深厚先生虽然在农行领导岗位上工作，但也很喜欢写诗，并且发表了不少诗歌作品。我不知道这对上下级关系的诗友，到底是谁影响了谁？谁启发带动了谁？这不重要，重要的是黄深厚和徐沛君两个人在诗歌创作道路上一直在攀登，而且都出了喜人的成果。

前不久，黄行长用微信发来了他在上海诗歌征文中获奖的消息。徐沛君获奖也不少，我关注的是他散文创作在近年的获奖情况：2020年6月，他的散文《家的变迁》获得中国金融文学艺术界联合会"我和我的祖国"全国征文银奖；同年8月，散文《向"安徽第一面党旗"致敬》获金融文学优秀作品奖；散文《辽东有奇峰，大美凤凰山》喜获全国一等奖（据了解，这是安徽省金融作协系统迄今获得的首个全国一等奖）。在全省农行系统征文比赛中，他的散文也多次夺魁。徐沛君已不再年轻，青春不可能再回来。这几年，他把自己的青春留在了散文创作里了。

"斯文荣辱天注定，潜颖微光报春晖。"徐沛君觉得"东隅已失桑榆未晚"，他先是加入了中国金融作协，又加入了省散文家协会，并积极参与协会的采风征文活动。前年吧，在省散文家协会常务副主席官开理先生组织的凤阳采风活动中，我第一次见到徐沛君。只见他忙前忙后为大家服务，十分热情周到。我问官主席："他是新来的吧？"官主席回道："哪里呀，老会员了。因为您很少参加散协活动，所以不认识。"去年和今年，我又几次出席散协会议及采风，果然次次能见到他。他依然是满面春风地跑前跑后，为主席们做一些辅助性工作。

如同他为人处世的热情一样，在这本散发着对党、对生活、对爱情、对军营、对亲友、对社会无限热情和爱的散文集里，徐沛君是向上、向善、向美的。这本散文集分为5个部分，即人生有感悟、山河多壮丽、人间驻真情、工作真美丽、初心永不变。从这5个系列的小标题来看，就可以看到徐沛君同志阳光、平实、自信的个性。

我们面对的际遇、生活环境与方式是纷繁复杂的，人们的心灵风貌也展现出不同的面影。在这样的时代，做一个散文家是幸运的，同时又是困难的。徐沛君认为：各种新的生活让我们应接不暇，散文家必须要保持一种清晰的头脑和立场，这就是自信！对自己自信，对社会自信，对未来自信。

散文家要做新时代的交谈者和未来时代的对话者。只有向这个方向努力，我们笔下的文字，才有可能穿越漫长时日拥有精彩的回响。徐沛君的文字没有抱怨，没有悲催，没有失望与无助，没有无病呻吟。从开篇《春之歌》到末篇《平安守护神，消防情最真》，在52篇长长短短的字里行间，涌动的总是激情，总是春风，总是爱，总是在为生活、为社会、为人生鼓与呼。

我注意到《生命高贵君莫负》《毅行的魅力》《今年春节年味浓》《军人血脉代代传》等篇目，文字美，有正气，有温度，有深度，阳光照人。

文艺是铸造灵魂的工程，文艺要塑造人心，作家首先要塑造自己，散文家概不能外。只有用博大、阳光的胸怀去拥抱时代，用深情的目光去观察现实，用真诚的感情去体验生活，用艺术的灵感去捕捉人间之美，抒发人间真情，我们才有可能写出引导人们思考、引领时代风尚的好散文。

　　纵观徐沛君的散文，不能说篇篇都好，从语言提炼到谋篇布局，当然是有一些需要打磨的地方。徐沛君还需要继续努力，付出更多的心血，才可以拿出扛鼎之作。办法就是多读书，练真功，勤业精业，加强更多的知识储备，进一步提高学养、涵养、修养，写出更多更好的作品。"人生易老天难老"，自信笔墨入春潮，我相信沛君一定能行。

　　祝徐沛君散文创作取得更大的丰收。

　　是为序。

　　（作者系国家一级作家、安徽省政府文史馆馆员、全省十大阅读推广人、四届安徽省作家协会副主席、安徽省散文家协会名誉主席。）

目录
CONTENTS

第一篇　人生有感悟

第一篇

人 生 有 感 悟

REN SHENG YOU GAN WU

春之歌

这座依山傍水的江南小镇，玲珑而又精致。小镇的正南濒临波光潋滟的太湖，背后紧靠四季葱绿的青龙山。

早春二月，春寒料峭。江南小镇醒得很早，人勤春来早，不负好时光呀。天色微明，晨雾缭绕。小镇通往青龙山上的路上，早已人影晃动。几只羽毛鲜艳的布谷鸟，躲在几棵树枝上，交替地传来阵阵悦耳的报春声。

雨后的山间小路，静静的、轻轻的、湿湿的，空气中弥漫着甜丝丝的气味。那浅浅的绿意，把山峦笼罩；淡淡清香，装点出浓浓的思情。早春的山野，依旧寒气袭人，但春天毕竟真的来了！

婀娜多姿的春姑娘款款飘落在锡山之上，轻轻地挥一挥那纤纤玉手，曼妙地向人间撒下了几包颜料，于是，群山又给染绿了；浩渺的太湖，似乎抑制不住内心的激动，悠然地荡漾着一阵阵绿波。

清晨的湖面，云蒸霞蔚，湖心中的三山公园，在氤氲中若隐若现，犹如那仙境琼岛。上山小路的两旁，星罗棋布的蒲公英，个个婆娑起舞似的随风摇曳着，在向新春挥手致意，那每一片青翠的叶子，沾满了一滴滴晶莹的春雨。有几只勤快的小蜜蜂，在叶子旁飞来飞去，似乎正在把花蕊寻找。唉！这太早了些吧？还没到花开朵绽的时光哟。

山坡上一片树木，一半是桃树、一半是蜡梅，在荒野之中格外醒目，我走近仔细瞧。只见每一棵树的枝杈上，都冒出了鲜嫩鲜嫩的芽孢，青绿青绿的，一个个犹如婴孩粉嫩粉嫩的小脸，又宛如那刚刚出壳的雏鸟，正悄悄地探出头来，好奇地观察着这五彩的世界、这无限的风光。

路旁早已芳草萋萋，满山披上了一层薄薄的绿袍。放眼一望，满山遍野都是春之图，幽静的山谷里，回荡着悠长而又辽远的春之歌。

然而，最让我看重、最值得赞美的，不是那迎风傲雪的蜡梅，不是那娇艳张扬的桃花，也不是那高调疯涨的蒲公英，更不是在寒空中瑟瑟发抖娇嫩的花蕾，而是那漫山遍野的小草！

是的，就是这些极其平凡的小草。它们的生命力，是如此之顽强。哪怕你把它们压在石头底下，它也能从石缝里钻出来、伸伸腰。只要给它一抔泥土，它就能茁壮成长。小草啊小草，它从不嫌弃任何一块土地的贫瘠，从不放弃任何一个小小的角落。"野火烧不尽，春风吹又生"，小草啊小草，只要有空气，只要有阳光，总是最早把春姑娘拥抱，把绿色铺满大地山川和城乡。

"没有树高，没有花香，我是一棵无人知道的小草。春风把我吹绿，阳光把我照耀，我的伙伴遍及天涯海角。"这遍地生长的小草，是那么默默无闻，那么的微不足道，它上不了人们的餐桌，入不了诗人的诗篇，写不进作家的文章，它渺小得让人把它遗忘。

但是，它真的那么渺小吗？倘若没有小草，山还青水还绿吗？青松再挺拔，也只是"茕茕孑立、形影相吊"。倘若没有小草，牛还强马还壮吗？人们能否看到无垠的草原，听到动听的牧谣？

布衣百姓喜欢自称"一介草民"，以视其地位身份如小草之低贱渺小。然而，如果没有百姓，哪里还有官僚？从古至今，所有的官员都要靠草民们来养活。诚然说"英雄造时势，时势造英雄"，但人类发展的历史，终究还要靠人民来创造。

哦，春来啦！万物复苏，生机勃勃，春色满园，绿色如歌。诗人的胸中点燃了烈火，那蓬勃的诗情，犹如决堤的洪水，汹涌澎湃。青龙山的西南角，就有一座小型的植物园，放眼望去，百花斗艳，姹紫嫣红，那是一片美得令人窒息的花海！那相互簇拥着的花儿们，拼命地展示着自己的艳美，也在精心地把春天打扮。

可不管怎样，春天最朴实、最美丽的底色，永远还是那随处可见的青青小草。

其实，春天再美丽，那也只是人们播种的季节，说到底，春天只是在嫩绿的枝头，悄然绽出了一抹新芽。可千万不要对这江南小镇的美景痴迷，让你止步不前；更不可为这短暂诱人的鸟语花香，让你流连忘返。

春天真正的希望，还要承受盛夏酷暑的暴晒，还要经受暴风雨的涤荡。那金灿灿的果实，还要靠厚实的秋天去定形，要用辛勤的汗水去浇灌；还要用真诚去陪伴，用心血去护养。

绿色的升华，注定需要顽强地生长；秋收的喜悦，注定需要人们艰辛地劳作。

2015 年 3 月 15 日

毅行的魅力

有这样一个单位，规模不大不小，地位却相当重要；有这样一支队伍，工作十分繁忙，人人每天都行色匆匆，为国家每年人均创利几十万元。即便是如此，这支队伍仍在"领头雁"的领航带动下，忙中偷乐，时刻不忘强身健体，长期坚持集体毅行。

无论春夏秋冬，不管酷暑寒冬，长年累月雷打不动！合肥知名的野外活动景地，大都留下了他们的足迹。他们毅行的风采，已成为一道亮丽的风景线，已与路旁的自然风景交相辉映，完美地融为一体。这支队伍行走在蓝天下，徜徉在白云间，他们累并快乐着，他们亲近大自然，尽情放飞心绪、畅想未来。而引为自豪的是，我也一直是其中的一员！

当有人告诉你这次的毅行只有 10 公里时，你会感到并无压力；而把毅行路程提高到 15 公里时，你可能有些紧张了；当再把行程提高到 20 公里时，你是否有信心走完全程呢？你是否知难而退呢？说实话，我们单位的毅行就是这样一个逐步提高公里数的渐进式过程。

实际上，从我个人的切身体会来看，完成全程毅行最重要的往往并不在体力，而在于毅力和意志。因为，但凡一个身体健康的成年人，大都有相当的体力，但真正具有坚韧不拔毅力者却并不很多。

一次 15 公里的毅行，即使快走也需要 2 个小时。一轮走下来，的确很疲惫，尤其是最后的 5 公里最难熬，那时，极度的疲劳感会不时席卷全身，你若无相当大的意志和毅力，的确是很难坚持到终点的。

但我以为，这恰恰就是毅行之巨大魅力所在！记得一位哲人说过："成功就是在别人停下来的地方，你再向前一步。"因为，越是到最后阶段，越是考验毅行者的体力与意志之时。在这个关键时段，每走一步，都是你坚持与退缩之间的反复较量过程，只要咬牙挺过这个"疲劳期"，迈过这个坎儿，你就是最后的胜利者。

当你通过连续几个小时的奋力拼搏，最后一步跨过终点，奋力冲过红绸布的那一瞬间，并且耳旁传来同事们的阵阵喝彩声时，此时，你的心中定会充满成就感，那所有的疲劳与辛苦，都立马一扫而光！这种挑战极限、战胜自我，最终取得胜利的幸福感和自豪感，真是难以用语言来形容啊！

毅行不仅是一次体力之旅、意志之旅，也是赏美审美之旅。

在春寒料峭的早春二月，这支队伍来到了肥西的官亭林海。我们行走在江淮分水岭的疏林绿道上，路过暗香亭，穿越蝶舞轩，远眺碧波荡漾的丰祥湖，让徐徐微风吹动我们飞扬的心之窗棂。

在百花争艳的明媚春光里，这支队伍行走在包河区大圩的彬林漫道上。那金灿灿的油菜花海把我们包围，那红彤彤的草莓让我们陶醉，那漫天飞舞的彩蝶为我们领路伴舞。

在骄阳似火的八月间，这支队伍行走在滨湖湿地公园的林荫小道上。我们深深地吸入富含负离子的清新空气，那是多么的心旷神怡啊！我们听听那悦耳的鸟语和潺潺流水声，嗅嗅那沁入心脾的花香，这是多么的惬意啊！这不正是人在画中、画在人中的人与大自然的完美结合吗，这不就是"天人合一"的老庄境界吗?

在层林尽染的深秋里，这支队伍行走在大蜀山下。我们轻轻摘下一片成熟的蜀山红叶，作为行走的记录；我们拨开那攀缘盘绕的百年古藤，细数着我们奋进的痕迹；我们轻轻抚摸那石炭纪留下的火山瀑，感叹着岁月的沧桑，时光的飞逝！

在那银装素裹的冬日里，我们行走在肥西紫蓬山坳，耳畔传来了百年西庐寺的阵阵诵经声。那一排排嶙峋的怪石，整齐地向我们注目致意，那漫天遍野的马尾松频频向我们招手，那清澈透明的仙人湖上飘荡着袅袅仙气。大自然的鬼斧神工，馈赠给我们多少无与伦比的自然美啊！

在合肥这座越变越大、越变越美的城市里，无论东西南北，都有我们的身影；无论春夏秋冬，我们都未曾缺席。一次次不同地点、路程和季节的毅行，我们虽然洒下了许多汗水，付出了许多辛劳，但同时也收获了很多很多。对于个人而言，毅行使我们放松了身心，释放了压力，增强了体魄，磨炼了意志，休息了大脑，陶冶了情操。对于举办单位来说，有计划有组织的大规模毅行活动，不仅增强了员工之间的亲和力，增强了团队的凝聚力和战斗力，密切了干群关系，鼓舞了员工士气，更重要的是，这种特色鲜明的集体活动，为现代企业文化注入了新的丰富内涵，为员工队伍增添了无穷的生机活力。定期毅行，已成为这个单位引为自豪和骄傲的一块熠熠生辉的靓丽品牌！

拿破仑曾经说过："人生之光荣，并不在于永不失败，而在于屡败屡战，永不放弃。"毅行也带给我许多人生启示与感悟。从一定意义上讲，人生犹如毅行，人生路也恰似毅行路。在漫漫人生路上，不仅有阳光彩虹，也有狂风骤雨；既有平坦大道，也有泥泞陡坡；既有鲜花也有荆棘，既有辉煌的高峰也有失落的低谷。只要你始终锁定目标，"咬定青山不放松"，那么，你定能最终在某一个领域成为行家里手，从而成就你人生的壮丽辉煌。

英国著名的戏剧家里穆尔说过："只要一个人还有追求，他就没有变老。"我想，毅行之美，也不仅仅在于它最后的美好结局，还在于享受着毅行美妙的具体过程。其实，人生之美又何尝不是如此呢？纵然我们谁也注定无法拒绝死神的召唤，这大千世界最终将属于后来者，但我们每一个人，在短短几十年的奋斗过程中，创造了一个又一个人间奇迹，绘制了一幅又一幅人生画卷，这世界不正是因为我们的不断创造而越来越美好吗?!

毅行，这个最早起源于香港的运动项目，正由于人们的广泛参与而越来越具有其独特的吸引力。无论你是年少还是年老，无论你走得是远还是近，无论你走的是快还是慢，只要你用心用力地参与其中，相信它每一次都会给你带来无比的快乐、满满的幸福和不断的惊喜！我想，这就是毅行的无穷魅力！

朋友，想知道这个单位的名字吗？那我就悄悄地告诉：这就是我的单位我的家——合肥农行！

2018 年 11 月 25 日

此文分别发表于《金融文坛》2018 年第 12 期、2018 年 12 月 29 日中国金融作协公众号、《安徽农村金融》2018 年第 12 期。

生命高贵君莫负

2019 年 2 月 15 日，也是农历正月十二，浓浓的年味尚未完全散去，这天由《新安晚报》和《安徽手机报》同时报道的两则新闻让我格外关注。一则让我心痛不已：安徽省城一所顶级大学的一名在读博士生，在春节前两天的凌晨，步行了两个多小时后，最终消失在茫茫雪野覆盖的董铺湖畔，时隔半个月后，他的遗体于昨天被专业搜救人员在湖畔的芦苇荡中找到。

另一则让我心里充满感动：某省著名高校的一名全身仅有 4 个手指能动的重度高位截瘫博士生，于今天顺利通过了博士毕业论文答辩。

这两件事的主角都是在读博士生，都是人生的追梦人。所不同的是，一个是四肢健全、身体健康的人，在遭遇到人生的严重困境之后，最终因绝望而投湖自尽。另一个则是仅会说话，全身仅有 4 个手指能动，其余部位均毫无知觉的高位截瘫人，他却依靠顽强的毅力实现了自己梦想。

笔者并不想惊动那孤独的亡灵，只是不情愿这条年轻鲜活的生命就这样白白地丧失掉！记得有人曾说过：须知自杀的人是要有很大勇气的，绝非懦夫的表现。是的，自杀者虽不怕死，但无疑是一种彻底的放弃。谁也无法知晓这位博士生在生命的最后时刻想些什么？到底是何原因让他彻底绝望呢？

后据媒体报道得知，这位博士生出生寒门，身为农民的父母为供养他读书，早已倾其所有，但压垮他的最后一根"稻草"并非经济问题，而是他得知博士毕业还需推迟一年，并且因他所学专业相对冷僻，预知将来毕业后的就业前景十分暗淡，这让他对未来彻底失望。

一位国内顶尖名校的高才生，选择在万家团圆的春节前夕，狠心地违背前一天向父母做出回家过年的承诺，毅然决然地自我毁灭——这个发生在今世的人间悲剧，实在让人扼腕，让人悲伤，让人叹息！这个事件在给我们的强烈心灵震撼的同时，更留给我们深深的思考，促使我们再度审视人生、审视社会、审视生命。

世间万物，唯生命为贵；而一切生命之中，唯有人的生命最为珍贵。不仅仅人的生命只有一次，更由于人的成长过程相比所有动物，是最为艰难而又缓慢的。从呱呱坠地，到牙牙学语，再到生活自理，直至长大成年，人类在这长达十几年的过程中，需要父母和亲人付出多少心血和汗水啊！但是，正因为人类成长缓慢，生命才如此珍贵，才唯我人类贵为万物之灵！

是人类改变了世界，让这大千世界如此多姿多彩。虽然，每一个人的生命都源于父母，但当我们来到这个世界上时，我们的生命便被深深地打上了社会学的烙印。因为，我们的生命既有自然属性，更有社会属性。自然属性完全属于自己，而社会属性则不仅仅属于个人，与许多人都有关联。因此，从这个意义上讲，一个人的生命并不仅仅、并不完全属于自己。

马克思早就从社会学角度，对人的定义做了十分精辟的论述："人是一切社会关系的总和。"人类区别其他所有生灵的根本标志就是：人有感情、有思想、有灵魂，能劳动、能创造。每一个人绝不是孤立的个体，都与周围的人们有着千丝万缕的联系。记得曾有一位哲人说过："人活在这个世上，其实有一半是为他人而活着的。"爱因斯坦说得更直白，只有为别人活着才更有价值。因此，从根本上讲，我们都不仅仅为自己一个人活着，同时也是为自己的亲人、为自己所爱所敬的人活着。生命，实际上也是对自己、对他人、对社会的郑重而又美好的承诺。

因此，在你决定自我毁灭之前，请再想一想：你虽可一死了之，一了百了，而你的亲人们却因你的离去而肝肠寸断，你走了，却留给了他们无限的悲伤和无尽的思念。你于父母而不孝、于爱人而不爱、与子女而不仁、于朋友而不义！

当你的学业或事业遭遇严重挫折时，请想一想那些至今还不如你的人吧！他们是如何坚强地活下去的？当你因心爱的人离去而伤心欲绝时，请你读一读路遥的《人生》吧！他早就说过："人活一生，值得爱的东西很多，不要因为一个不满意，就灰心。"

当你的人生山穷水尽，陷入绝境时，请你看一看那些身残志坚的人们，是如何克服身体缺陷，最终取得成功的。当你遭遇偏见歧视等不公正对待时，请擦干眼泪，抬头遥望那浩瀚的天空吧！天空是那么广袤和深邃，完全可以容纳你所有的委屈！

俄国伟大诗人普希金说过："假如生活欺骗了你，不要悲伤，不要心急……相信吧，快乐的日子终会到来。"是的，无论有多难，只要你挺过了今天，一切都会过去的！

父母给我们生命，同时寄予我们无限美好的期望！在他们的眼里，我们个个都是最棒的！罗曼·罗兰说过："每个人都有他隐藏着的精华，它和任何人都不同，它使你具有自己独特的气味。"

既然这世界上从没有一片完全相同的树叶，那么，世界上也绝没有完全相同的人！因此，我们每个人都是这芸芸众生中独一无二的，都应该以自己为全世界的"绝版"而骄傲。那么，我们又怎能忍心亲手把"绝版"毁灭呢?！

漫漫人生路，坎坷处处在。人生的所有经历，无非都由顺境与逆境两部分所组成，只有顺境而从无逆境的人生很难找到，无非是每人经历的逆境多与少而已，关键取决你身处逆境中的人生态度。那位投湖自尽的博士生，相信他之前所走的路主要是顺境，否则不可能读到博士的。他之所以想不开，说到底，还是他处在人生的逆境时，丧失了战胜困难走出逆境的决心和勇气。

请想一想本文中提及的那位高位截瘫的博士吧，一个全身几乎没有知觉无法动弹的人，连最起码日常生活都无法自理的人，他究竟能有多少顺境？他需要战胜多少困难才能通过博士论文答辩啊！这种锲而不舍的顽强精神难道不值得我们每一个人学习和敬佩吗？

人首先是物质的，但更是精神的。毛泽东曾说过："人是要有一点精神的。"精神力量对人的作用，有时会强大到让人难以置信。而精神与信仰往往为孪生兄弟，精神上强大的人必定具有坚强而又执着的信仰。在这方面，我党历史上有无数杰出的共产党人为我们做出了光辉的榜样。

再譬如：南非的首任黑人总统纳尔逊·曼德拉，曾被南非白人政府当局囚禁了整整 27 年，政府当局费尽心机也未能摧毁他的意志和精神。他身处逆境却始终志如坚钢，从未屈服，最终走出牢门，并成功当选为共和国总统。

从宏观世界来看，人不过是茫茫宇宙中的一粒尘埃。人类虽为万物之灵，但本质上仍为大自然的一个物种。既然为生命之物种，那就必然要经历生老病死。虽说人生百年，但在漫长的历史长河中，那只不过短短的一瞬间。司马迁在《史记》中早就说过："人固有一死，或重于泰山，或轻于鸿毛。"既然人生有涯，寿命有限，那么，我们每一个人难道不应该尽量为国家、为社会、为他人和自己多做一些有益之事吗？纵然我们的人生如此短暂，甚至平凡，但我们都可以尽力去创造奇迹、演绎精彩，增添亮点。我以为，这样的生命才真正有意义、有价值、有光彩。

记得笔者小时候，经常听大人们说，每一个人的生命都对应天上的每一颗星星，就像每一个人都有自己的星座一样。既然如此，我们每一个人在这个世界上，都会有应有的存在价值。"天生平凡不由己，后天不凡在人为。"苦难，对于有志者来说，往往是宝贵的精神财富；逆境，对于有志者而言，有时是难得的机会。譬如：孙膑惨遭膑刑而作《孙膑兵法》、屈原遭放逐期间写出《离骚》，司马迁受辱宫刑愤而作《史记》，曹雪芹在绳床瓦灶、举家食粥之际潜心创作《石头记》（即《红楼梦》），吴敬梓多次参加科举考试不及第而发奋完成《儒林外史》。

就在笔者写作此文时的 2 月 19 日，《新安晚报》报道了一位身患渐冻症（即肌萎缩侧索硬化症）晚期的合肥商人武建平先生的感人事迹。他在除了眼球和眼皮能动外，全身完全冻住，现已不能说话。

但他并未坐以待毙，而是以极其顽强的毅力，坚持用眼皮和眼球来控制特制的键盘打字，与他人交流。他不仅成为几个微信群的群主，而且目前正在用眼皮打字，撰写他的个人自传，他就是以这种独特的方式来诠释生命、记录人生、启迪世人。

尤为难能可贵的是，这位商人几年前还是一位事业成功的千万富翁，在他事业受挫、家产败落、千金散尽之际又患上了这举世罕见的不治之症。但他既未向病魔投降、未向困难低头，也没有自暴自弃，更没以自尽的方式求得彻底的解脱，而是宁愿每天痛苦地活着，也不愿失去这宝贵而又脆弱的生命，并力求每天都活出一个健康人应有的尊严和价值。我想，这才是对生命的最大尊重，对生命意义的最好诠释。

父母赋予我们的生命，绝不是用来浪费和作践的，更不是让我们亲手毁灭的！那些遇到困难和挫折就向后退缩逃避的人们，那些视生命为儿戏，自杀求解脱的人们，难道不有愧于"生命"二字吗？那些怨天尤人、自命不凡、好高骛远的人们，那些游戏人生、不思进取、一味追求个人享乐的人们，难道不应该重新审视一下自己的人生吗？

英国大文豪萧伯纳在去世的前几天仍在写作。他说："生命本身令我无限喜悦。我认为生命不是迅速燃尽的蜡烛，它应该是灿烂的火炬，当我活着时必须高举它，在传给下一代之前，它应当越亮越好。"世界三大短篇小说大师之一的契诃夫说过："人的一切都应该是美丽的：包括面貌、衣裳、心灵和思想。"

朋友，让我们敬畏生命、热爱生命吧！人的生命是多么高贵和神圣。大自然因我们人类的存在而充满生机和希望，充满欢声笑语。我们聪明勤劳的双手，正在让世界变得越来越美好。那壮丽的河山、美妙的风景，那盛开的鲜花、温暖的阳光、和煦的春风，以及那亲人的笑脸、优美的舞姿、甜美的歌声，这一切都值得我们无限地钟爱和眷恋啊！

我想，只有格外珍惜我们生命中的一分一秒，才不枉到这世上走一遭，无愧于这五彩缤纷的世界，无愧于天地良心，无愧于父母赋予我们——绝不仅仅属于自己的无比高贵的生命！

2019 年 2 月 28 日

此文发表于《中国金融文化》2019 年第 9—10 期合刊。

家的变迁

　　家，是身之栖息地，更是心之归宿地。我最早记忆中的家，是坐落在皖西北偏僻农村的几间茅草房，现代的年轻人已很难见到这种房子，那可是父辈半生奋斗的心血！那墙由里到外都是由土基打做的，墙砖是土泥打制的，墙面是用黄泥巴糊的。里面的屋顶由许多木梁撑起，外面屋脊全由稻草一层一层地叠码起来。这种茅草房虽然土气，却是我国农村沿袭了几千年的建筑方式。它的优点是结构厚实、冬暖夏凉；缺陷是窗户太小，室内光线差；并且，全由稻草铺成的屋脊极易漏水，过两年就需要更换一次。

　　那时，我这个家的院子里栽了几株大枣树和一株石榴树。一到春天，枣树与石榴花相继绽放，姹紫嫣红，香气四溢。等到秋分时节，果实成熟时，便引来了许多贪吃的孩子，他们拿着长短棍子，偷偷前来打枣。没几天工夫，便将满树的红枣打光，只落下遍地无声哭泣的枣树叶。而红彤彤的石榴们，因有层厚厚的皮包裹着，反倒引不起孩子们的兴致，往往成为大人们的猎物。老家的屋后有个小水沟，旁边栽了一排排柳树，还套栽了一些说不出名字的小树小花，形成了草木丛生的屋后小树林，我记得，那小水沟似乎从未见干涸过，这里便成了孩提时的我与玩伴们嬉闹玩耍的好去处。

　　后来成年的我应征入伍来到火热的军营，对于身处异地他乡的我来说，虽说军营就是我的家，但在我的内心深处，真正的家仍是儿时所住的那几间茅草房，它时时让我魂牵梦萦。

20 世纪 80 年代，随着我国改革开放的春风吹遍神州大地，农村老百姓的口袋也慢慢鼓起来了，老家遍布农村的茅草房渐渐被砖瓦房所取代。那红砖黛瓦的房子窗大明亮，漂亮气派，关键不再担心下雨漏水了。

后来，我与城里的一位姑娘结了婚，在省城合肥安了家。但我的婚房却是从一位那亲戚借用的，所以虽已成家，却并无自己真正的"家"。那个年代并无"商品房"之说，全国都执行福利分房政策，这"福利"虽好，却要论资排辈，而我等小辈资历太浅，只能慢慢地排队等候，直到 20 世纪 90 年代末，才分到一套面积不大的"房改房"。

后来，到了 2000 年时，城里的商品房如雨后春笋般遍地疯长起来，你只要有钱便可以买到房子。那时，城市的房价真低啊，一辆小汽车能值两套商品房（现在则恰恰相反）。就在许多人对商品房行情雾里看花之时，我果断出手了，在几乎借遍了所有亲友之后，开启了我家的购房新纪元。

经过反复不停地倒腾，从多层到小高层，再从高层到超高层，我家的房子越换越大，越来越漂亮，我们不仅居住条件得到了根本性改善，而且，还早早地为儿子准备了婚房。

由于我们这么多年频繁地购买商品房，导致现金流频频告急，还款压力巨大。为此，我曾多次对妻子说：现在我们真是"穷得只剩下房子了"！虽然如此，但还是痛并快乐着。因为，近二十年来，我居住这个城市的商品房价格只涨不跌，中间还有几次"加速度"。有一天早上醒来，我突然发现自己很"富有"了！掐指一算，按照当今行情，几套房子加起来，已有好几百万了。如此一来，我辈岂不成了百万富翁吗？遥想二十多年前，若能当个"万元户"，那就是不折不扣的"大款"了！

经过几场购房战役，转眼人到中年，终于偃旗息鼓、尘埃落定了。

十几年漂浮不定的城里的这个"家"，终于不再漂移了。现如今，当我站在我家 34 层楼那宽敞明亮的阳台上，向窗外俯视那如蚁的行人和低矮的建筑时，心中生出"一览众山小"的豪迈气概，还真的平添了几分自信和骄傲呢！

家，对我来说，不仅有城里自己的小家，还有父母的家和农村的老家。在农村住了大半辈子的父母，后因年迈体弱，二老便搬到省城来住。但他们又不愿与儿女住在一起，便租房单独生活。

后来，他们将老宅卖给了一位亲戚。说是老宅，其实就是那座草房子。老宅卖掉后好长一段时间，父亲情绪十分低落，整天闷闷不乐。他要求我们每次回老家时，都要到老宅看看，到房子周围转一转。每次我们回来后，他都问得很仔细，包括房屋的质量、房前屋后树木花草、小水沟是否有水等。

过了几年后，亲戚也顺应新农村建设的发展形势，把老宅拆掉后全部盖成了砖瓦房。父亲得知后又难受了好长一阵子，他反复对我们说，"老宅再也没有了，再没有了！"多次埋怨我们，以前回老家时，为何不事先照几张老宅的照片呢？这样好歹也为它留个纪念啊！

虽说父母在哪里，哪儿就是我们的家，目前，我们的大家就在父母所住的城市里。但在我们全家人的心目中，真正意义上的家、我们心灵里的家，仍是农村老家那几间破旧的茅草老宅。因为，那里才是我们的老家，那里有我们的魂、我们的根、我们的梦！

我的老家，我几乎每年都回去看看。自改革开放以来，老家的变化实在太大了。农村的茅草房早已绝迹，先被砖瓦平房替代，后来又逐渐盖成了二三层的楼房。许多村子用上了自来水，早已是楼上楼下、电灯电话了。

随着村村通工程的实施，农村的道路也由碎石子路改成了水泥路，路面也加宽了，交通状况有了很大改善，开车回去再不用提心吊胆地担心车会行驶困难了。最大的变化是农民种田不再向国家上交公粮，国家反而向农民发放种粮补贴。更大的惊喜是农民的土地经过政府确权登记后，可以流转起来了，土地既可转让他人也可抵押贷款，被盘活了的土地越来越值钱了。

今年的清明节，我回老家祭祖并看望我的堂哥和表哥。满头白发的堂哥特地换了一身新衣服，站在他家二层楼房那气派的门楼前迎接我。他带着我穿过一片片盛开的油菜花田地，那遍地金黄的油菜花海一望无际，引来了四周许多彩蝶，围着我们上下飞舞，似乎在殷勤地为我们引路。

我问堂哥："这些年还在种地吗？"他说："这些年感到有些力不从心了，去年的水稻就是请种粮大户派人来播种收割的，不过，他们每次都是使用机器来田地里干活。"堂哥说："我自家的十多亩地每年能卖一万五六千块钱，去掉种地的种子化肥和播种收割等成本，还能赚到万把钱。另外，从前几年开始，国家为年满 60 岁的农民每月发 100 多块钱，钱够花了！"他又接着说："你大嫂今年春上还学会了上网用微信呢！不过我太笨，就是学不会。"稍停一下，堂哥说："其实，现在的农村与城里已经没多大的区别了！"

我回去那天，一生无儿无女的表哥不巧外出有事未见着。我向堂哥问起表哥的近况，特别是他家年久失修、西墙出现裂缝的老房子情况，堂哥说："真多亏政府的好政策，去年春上由政府出钱还派人到他家，把表哥的房子从里到外重新加固修葺好，好几个人前后忙了五六天，政府没要他掏一分钱。这些事搁在从前，真让人做梦都不敢想啊！"

堂哥陪着我来到祖父母的坟前，熟练地将上坟用的纸钱一沓沓地码整齐，又将一挂长长的鞭炮点燃，一瞬间，便噼里啪啦地炸起来了，响声震耳欲聋。接着，他把一个名叫四季平安体积很大的烟花点燃，只见天空出现了五颜六色的礼花。这时，我家祖坟附近的田野里，也此起彼伏地响起了阵阵鞭炮声，这就是老家最近七八年才流行的祭祖上坟的习俗，不光烧纸，还要放鞭炮燃烟花。你若不在现场，只闻其声的话，肯定会误以为哪家正在办喜事呢！

我在这阵阵的爆炸声和天上绚烂的礼花中感慨很多。我想，这种看似奇特的祭祖仪式，其中更多的含义，应该是农民们（尤其是近几年在外打工的农民工）这些年逐渐富裕了，他们在祭祖的同时，也想向乡亲们表达自己满满的幸福感、在外创业的成就感、对未来生活的无限憧憬以及祈求逝者保佑全家平安的美好愿景吧！

我的这个"家"，从祖祖辈辈居住在农村乡下，到后来父母及兄弟妹全部迁到城市居住，都成了地地道道的城市人；从世世代代居住在简陋的茅草房，到后来住进宽敞明亮的高楼大厦。我们家所用的家电家具，从手表、收音机、自行车的老"三大件"，到电视、手机和汽车的新"三大件"，从煤油灯到电灯，从书信到微信。这个普通家庭的变迁，难道不正是我国亿万个家庭七十年沧桑巨变的真实缩影吗？

英国首相丘吉尔说过："回顾历史越久远，展望未来就越深远。""家"的变迁，从根本上讲来自"国"的巨变。国运好家就好，没有国哪有家？"大河有水小河满"，今天，我能拥有幸福温暖的"家"，绝不能认为全是个人奋斗努力的结果，从根本上，是祖国给了我一切！我为生在新中国、长在新社会、活在新时代而无上荣幸，深感自豪！我对祖国、对社会、对亲友，永远深怀感恩之心、充满感激之情！

2019 年 5 月 3 日

此文发表于《金融文坛》2019 年第 7 期；此文荣获中国金融工会（中国金融文联）庆祝中华人民共和国成立 71 周年"我和我的祖国"征文全国二等奖。

李白千秋诗，诗仙万古魂

——李白仙踪遗迹拜谒记

　　久有凌云志，又觅李白踪。深秋十一月，天高云淡，漫山红遍，秋风萧瑟。我在时隔三十年后再度来到马鞍山的采石矶和当涂县的大青山，专程拜谒凭吊唐代大诗人李白。不同的是，上次去我是个血气方刚的毛头小伙，对一代诗仙知之甚少；而今天饱经风霜的我，则是在对李白有较深认识后，怀着无比虔诚之心前去朝拜的。

　　采石矶、大青山，这是李白流连忘返和终老之地，这里的山水草木让我魂牵梦萦。采石矶哟采石矶，今天我又来了！并非游山玩水，而是来寻觅大诗人当年勃发的英姿和闪光的足迹。

　　采石矶位于马鞍山山市西南 6 公里（距当涂城北 17 公里）处，地处长江下游分支横江的东岸。峭壁千寻，突兀江流，风光旖旎，自古为江南名胜，位列"长江三矶"（另两矶为南京燕子矶、岳阳城陵矶）之首。

　　因其临江而立，地势险峻，踞大江南北之险隘，扼东西咽喉之要冲，战略地位十分重要而自古为兵家必争之地，自春秋战国以来，在此发生过大小无数次战争。

　　记得当年登矶，是从下面一步步慢慢攀登上去，因坡度太陡相当费时费力。今天登矶因已安装了索道而十分便利，乘坐索道几分钟便直达矶顶。登上矶顶极目眺望，四周景色尽收眼底。在夕阳的辉照下，江面波光粼粼，渔帆点点，夕阳的余晖把整个江面铺上一层金灿灿的锦缎。阵阵凉爽的秋风吹来，让人心旷神怡。曾几何时，就在这静静的江面上，留下了多少刀光剑影，演绎了多少英雄的故事传奇。

采石矶因其景色秀美，历史典故颇多，自南朝以来，便有许多文人墨客前来发思古之幽情。而其中又以李白为代表，他来采石矶的次数多，留下的诗篇也最多。

正由于诗人们创作的许多瑰丽诗篇，才使得采石矶独秀千古、闻名四海。李白那"绝壁临巨川，连峰势相向。乱石流洑间，回波自成浪。但惊群木秀，莫测精灵状"的优美诗句为采石矶平添了许多光彩。而他的千古名篇《夜泊牛渚怀古》（牛渚即采石矶）："牛渚西江夜，青天无片云。登高望秋月，空忆谢将军。余亦能高咏，斯人不可闻。明朝挂帆席，枫叶落纷纷。"名为写景，实为写人；名为怀古，实则叹己，曲隐地抒发了诗人空怀壮志，报国无门的惆怅心境。

李白晚年因身患腐胁疾而病故，但民间却世代传说他为酒后泛舟跳江捉月而亡。人们在采石矶不远处建有捉月台和捉月亭，我想，此乃人们不愿李白这样的天才大诗人也如常人一样自然病故，必须让他的死，也要充满诗意和精彩传奇。

人们为了纪念李白，又在翠螺山下修建了李白衣冠冢和太白楼。太白楼高5层，蔚为壮观。在楼内正面的左右廊柱上书有一副楹联："戏权幸戏公卿谑浪朝廷有傲骨，忧苍生忧社稷徬徨中夜动悲吟。"此联高度概括了李白的性格特点，读后让人感慨不已。

葱葱大青山，悠悠李白魂。位于当涂城东南7.5公里的大青山规模不大，峰高不过372米，只因李白的缘故而成为"天下第一诗山"。李白生前对大青山独有钟情，不仅多次登山览胜抒怀，并经常留住大青山，最后终老于大青山。他在此留下了许多传世诗作。如："久卧青山云，遂为青山客。山深云更好，赏弄终日夕。"

李白如此钟爱大青山，并不全因其山清水秀，其中还有一个很重要的原因，就是李白一生最仰慕的南朝著名山水诗人谢朓也同样酷爱此山。当年任宣城太守的谢朓多次骑马浏览大青山风光，对其秀丽景色赞不绝口，并将此山称为"山水都"。后因爱其愈胜，便萌出终焉之志，遂筑谢公宅于此山南麓。后人为纪念这位中国山水诗祖，又先后修建了谢公亭和谢公祠。

一生恃才傲物的李白唯独对谢朓最为敬仰，并终生引以为师，写下十几首与谢朓有关的诗篇。正因为李白"一生低首惟宣城"，恨写不出像谢朓那样惊人的诗句来，因此，他对大青山始终怀有特殊的情愫。他生前许多次寻访谢朓遗踪，凭吊谢公故宅，祭拜谢宣城，并多次表示死后要与谢朓结为"异代芳邻"。而他的这个心愿，是在他死后55年才得以实现。为弄清其中的缘故，我接着来到了李白墓园一探究竟。

李白墓园就在大青山的西麓，这是一座掩映在苍松翠柏中的江南园林风格的建筑群，呈长方形，背依青山，坐北朝南，占地6万多平方米。李白墓园始建于唐朝，距今已有1200多年历史。初始，仅有李白墓和太白祠，后经历代多次修葺扩建，方成今之规模。

走近李白墓园大门，首先看到一座高高矗立的牌坊，显得庄严肃穆，威严壮观。牌坊正反两面分别刻有"诗仙圣境"和"千古风流"八个苍劲大字，让参观者肃然起敬。

李白墓园内主要建筑有太白碑林、青莲湖、太白祠和李白墓。太白碑林的墙壁上镶嵌着国内一流书法大家或文化名人书写的106块不同字体风格的李白诗作，实为集书法、诗歌、建筑、雕刻为一体的艺术精品走廊。

作为墓园最高建筑的太白祠，为砖木结构，白墙黛瓦，其面阔五间，进深三间，祠后设有享堂，祠内正厅有李白汉白玉雕像一尊，只见他左手持剑，昂首远眺，双眸含慧，器宇轩昂，若有所思。中堂上方横匾"诗无敌"的三个大字，正是对李白在中国诗坛无人可比的崇高地位的准确表述。

最后一站是诗人的长眠之处——太白墓。此时，已到中午时分，黄叶纷飞，万籁俱寂。我怀着崇敬的心情，脚步轻轻地穿过享堂屏风，进到一个长方形的院落。映入眼帘的是一座青灰石块砌成的坟茔——这就是李白墓。墓呈正五边形，墓高 2.8 米、直径 4.2 米，墓顶上培起高约 50 厘米呈弧状的坟土，全被青草覆盖着。墓的四周植有十多株松树，青翠欲滴。墓旁既无神兽看守，也无神兵护卫。最醒目的是墓正面有一墓碑，碑上刻有"唐名贤李太白之墓"，据说出自李白挚友诗圣杜甫之手。

762 年春，李白在贫困交加中病逝，加之他又因永王李璘所谓"谋反"之事而获罪，因为逐臣，故当时只能草草下葬于龙山东麓。直到 817 年，李白生前好友范伦之子范传正（时任宣歙池观察使）出于对李白的仰慕和父亲的牵挂，专至当涂探访诗人后裔，寻得诗人两孙女，方知诗人"志在青山，遗言宅兆，殡于龙山而非本意"。便遵从诗人"悦谢家青山"，与谢朓为邻之心愿，会同当涂县令诸葛纵，将李白墓由龙山迁至大青山西麓（即现在的位置），从而完成了诗人的最后遗愿。从此，大青山成为李白的安魂长眠之地，也成就了中国文坛的千年佳话。

我久久地伫立在李白墓前，凝望着这座造型独特的茔墓，心潮澎湃，浮想联翩。我的眼前仿佛出现了一位眉秀神聪、双眸炯然、哆如饿虎、身着紫袍、手持宝剑、仙风道骨的诗仙李白。此时，我多想戒斋三日、沐浴焚香后向他的墓前虔诚地叩拜，我多想穿越 1200 多年的时空，向诗仙发起对话，我要当面请教他人生与诗歌、理想与现实、诗道与仙道，人品与诗品，还有……

李白（701—762）字太白，号青莲居士，少有逸才，胸怀鸿志，卓尔不群。他少年博览群书，25 岁时仗剑去国，辞亲远游，历览山川，广交名流，足迹遍及大半个中国。他既为游历，也为扬名，以寻找机会"奋其智能，愿为辅弼，使寰区大定，海县清一"。理想虽然美好，现实却很残酷。由于李白为人率真狂傲，蔑视权贵，虽有天宝元年（742年）奉召赴京供奉翰林之短暂辉煌，但终因权贵不容、小人诋毁而为统治集团所拒弃。

李白作为享誉古今中外的天才诗人，代表着唐代诗歌艺术的最高水平，是一位集各类诗歌体裁之大成的伟大诗人。其诗想象丰富，夸张大胆，气势宏伟；其语言清新自然，生动活泼，韵律优美；其结构自由灵活，变幻莫测，起落不定，大开大合；其风格多种多样，尤以浪漫、雄奇、飘逸、奔放、清真著称，世代以"诗仙"之别称而名扬神州大地。

众人说他"清水出芙蓉，天然去雕饰"，杜甫说他"笔落惊风雨，诗成泣鬼神"，韩愈说他"李杜文章在，光焰万丈长"，而他自我评价是："兴酣落笔摇五岳，诗成笑傲凌沧洲。""自从建安来，绮丽不足珍。"

我常常在想，为什么李白其诗历代好评如云、其人得到几乎所有国人的由衷喜爱呢？说起大诗人李白妇孺皆知，天下无人不咏李白诗。究其原因，不仅仅李白的诗写得很好，人们爱读爱诵；同时，也因李白的人也很好，他的率真坦荡、仗义豪爽、热情奔放、爱憎分明，他的爱国情怀，他的人格魅力，都让人们对他十分喜爱。

我赞李白忧国忧民、同情下层劳动者的赤子情怀。诗人渴望国家强大统一，他说："愿将腰下剑，直为斩楼兰。"他反对统治集团穷兵黩武，他说："渡泸及五月，将赴云南征。怯卒非战士，炎方难远行。""泣尽继以血，心摧两无声。""千去不一回。投躯岂全身？"他对统治集团为建造宫殿强迫人民挖山凿石而深表同情："吴牛喘月时，拖船一何苦。水浊不可饮，壶浆半成土。""万人凿盘石，无由达江浒。君看石芒砀，掩泪悲千古。"

我赞李白胸有大志。他少年即以大鹏自喻，且终生不渝。他说："大鹏一日同风起，扶摇直上九万里。"他说："宣父犹能畏后生，丈夫未可轻年少。"他说："宁羞白发照清水，逢时壮气思经纶。"他说："才力犹可倚，不惭世上雄。"甚至到他生命的最后时刻，仍自比大鹏作了最后一首绝命诗《临路（终）歌》："大鹏飞兮振八裔，中天摧兮力不济。馀风激兮万世，游扶桑兮挂石（左）袂，后人得之传此，仲尼亡兮谁为出涕。”

我赞李白自信与乐观。他说："天生我材必有用，千金散尽还复来。"他说："长风破浪会有时，直挂云帆济沧海。"他说："待吾尽节报明主，然后相携卧白云。"他说："仰天大笑出门去，我辈岂是蓬蒿人。"

我赞李白铮铮傲骨。他说："安能摧眉折腰事权贵，使我不得开心颜。"他说："一生傲岸苦不谐，恩疏媒劳志多乖。"

我赞李白真率豁达。他说："人生在世不称意，明朝散发弄扁舟。"他说："达亦不足贵，穷亦不足悲。"

我叹李白一生诗文盖世，却怀才不遇，报国无门。诗人生于开元、天宝年间，目睹唐朝由盛转衰，亲历安史之乱。他坚信凭自己卓越的诗文才气，无须科举考试即可直接入仕而为国效力。诗人多次以诗文作品上书求荐达官贵人，对方虽齐赞其出众才华，却无人保荐他入仕为官。即便在他42岁时，由吴筠或持盈法师（即玉真公主）推荐而奉召进京，唐玄宗虽对他待若上宾，并供奉翰林，但皇帝只想以李白诗文为其奢华生活之文化点缀，根本无意重用之。

由于他一向以扫荡污秽、鞭挞不义、隐恶扬善为己任，加之他刚直不阿的个性和理想主义的浪漫情怀，从而使他与上层社会格格不入。故纵有管晏之才、补天之手也终不为当权者所用。他的"欲渡黄河冰塞川，将登太行雪满山""横江欲渡风波恶，一水牵愁万里长""大道如青天，我独不得出""我欲攀龙见明主，雷公砰訇震天鼓""天夺壮士心，长吁别吴京""我本不弃世，世人自弃我"等，无不真实地表达了诗人入仕无望、报国无门的无比惆怅和无奈之心情。

我叹李白一生追求功名，渴望建功立业，直到临终也未得到任何官职，然却在他"骑鲸去青天"亡故后，才由新皇帝唐代宗下诏，被朝廷授予"左拾遗"。对于这迟到的官职，倘若李白泉下有知，也算是对他的莫大安慰了。但这种给死人授官职的做法，不能不说是对统治阶层自己莫大的讽刺。

从一定意义上讲，李白在世不为官实乃中国文坛之幸也！假若他生前真的做了官，那么，其作品的数量和质量想必会打折扣（李白一生共创作并存世的诗歌 968 首、散文 66 篇）。历数中国各朝代，出了多少个左拾遗？然而，"诗仙"却永远唯有李白独一人！

我叹李白一生命运坎坷，屡遭挫折。诗人晚年于安史之乱次年，出于安邦济民之爱国热忱，应永王李璘抗敌平乱之征召而为入幕为宾，因未辨其暗怀乱中取代之隐，后受李璘起事谋反牵连而蒙遭牢狱之灾，差一点丢掉了性命。后虽在流放夜郎途中遇释，但毕竟已为负罪之逐臣。

我叹李白早年风流倜傥、名扬四海，晚年却贫困交加，悲凉凄苦。诗人一生仗义行侠，热情豪爽，视金钱为粪土，到了晚年却穷困潦倒，贫病交加，无处安身。在万般无奈之下，只得投奔当涂县令李阳冰（主动认其为从叔）。万分幸运的是，李阳冰是一位仁义之士，不仅热情接纳安置了李白，还受诗人之托为其诗文结集并作序，在诗人临终前为他完成了平生最大的心愿。

今天再读诗人当年写给李阳冰的《献从叔当涂宰阳冰》"……群凤怜客鸟，差池相哀鸣。各拔五色毛，意重泰山轻。赠微所费广，斗水浇长鲸"的诗句，诗人当时穷愁不堪、无所依归的酸楚悲戚心情和切切渴求之意跃然纸上，不禁让人潸然泪下。

"五岳寻仙不辞远，一生好入名山游。"一生游遍祖国名川大山的李白，却对姑孰之地（当涂县古称姑孰）的山水独有钟情，在此留下的诗篇为最多，并且最后终老此地，魂归皖土，长眠于大青山。这不仅是姑孰之莫大荣幸，更是我皖人之莫大荣幸矣！

诗仙长在，诗魂长存；李白不死，太白永恒！伟大诗人的瑰丽诗篇永远熠熠生辉、光耀中华，将世世代代陶冶人们情操，润泽人们心脾，荡涤人们心灵，让我们的生活永远充满诗意、美感和梦想。伟大诗人的不朽精神和崇高风范，永远激励我们倾心创作出更多的佳作精品，以告慰诗仙、回报社会和人民。

2019 年 9 月 25 日

此文先后发表于《中国金融文化》2020 年第 6 期、《中国金融文学》2021 年第 2 期。

永远的路遥，不朽的丰碑

作为一名老书迷，新华书店是我常去之处。前不久，我逛某书店时，看到二楼醒目处开设了茅盾文学奖专区，上面摆满了获奖作家的著作。在"茅奖"作家中，我最爱读路遥的作品，虽已购多本，但我还想看看有无新版本。但令人意外的是，偌大的"茅奖"专区内却没有路遥的任何作品。我问工作人员何故？答曰领导安排的；我又问，那书店还有路遥的书卖吗？她引导我到一偏僻角落，只见那里摆放着几摞《人生》和《平凡的世界》《早晨从中午开始》。

路遥这位家喻户晓的中国著名作家，其影响了几代人的优秀作品，竟然被摆放在很不起眼的角落里，这实在令人诧异！这些天来，我一直在思索这个问题：难道路遥的作品真的没人喜爱了吗？难道"像牛一样劳动，像土地一样奉献"的路遥精神，真的过时了吗？难道路遥的理想现实主义创作观真的不合时宜了吗？

路遥是中国当代理想现实主义文学创作的一面光辉旗帜，作为一位英年早逝的著名作家，在他42年短暂的生命里，创作出多部感动激励千百万中外读者的文学精品，在陶冶情操、启迪心灵、鼓舞斗志、提升精神、追求进步等方面发挥了不可估量的社会作用。他以史诗般深邃激昂的文字，把文学的功能发挥到了极致，为人类的文化发展做出了卓越贡献。

路遥创造了中国当代文学的多个奇迹：他开创了一部小说尚未写完，便由中央广播电台向全国作长篇连播并多次重播的先河；他创造了一部作品收到全国读者来信最多的纪录；他创造了一部由小说改编为电影，在城乡放映时万人空巷、一票难求的盛况；他创造了由一位青年作家创作出两部小说并同样产生广泛而持久社会影响的中国纪录……

路遥是中国当代文学一座巍峨的丰碑！他的《平凡的世界》，是"茅奖"作品中社会影响广泛持久的长篇小说。

我坚信，路遥的作品和他的创作观永远不会过时。毫不客气地说，当前的中国文坛，不时地充斥着靡靡之音，弥漫着香水味，散发着铜臭味，缺少阳刚之气和人间正能量，更缺少像路遥这样的优秀作家，缺少像《平凡的世界》这样全景式地反映当代中国社会沸腾生活的史诗般巨著。

一、作家要自觉为人民大众尤其要为普通劳动者写作

路遥是中国当代中，真正为普通劳动者用心写作的人民作家。他是从贫困底层走出来的优秀作家，早年因极度贫困而饱尝了人间的苦难，他与劳动人民有着天然的联系。尤为可贵的是，他成名后，始终将自己视为普通劳动者中的一员，永葆普通劳动者的本色，他始终认为作家的创作与农民的劳作并无本质上的区别，更无贵贱之分。他这种鲜明的平民思想，与我党文艺要为人民大众服务的观念，是多么的一致啊！他说："人民生活的大树万古长青，他们栖息于它的枝头，就会情不自禁地为此而歌唱。"他以自己短暂而又辉煌的人生，以他对劳动人民饱含深情的笔端，出色地践行了自己的诺言。

路遥所讴歌的对象大都是极平凡的普通劳动大众，绝大多数都是相对贫困的农民或农民工。他的作品大都取材于农村或城乡交叉地带，不仅仅这里的人物环境他最熟悉；更重要的是，农村问题始终是中国的基本问题，也是中国的基本国情。农村又是中国经济改革的发源地，选用农村题材具有历史和现实的双重意义。

路遥能将发生在农村的普通生活故事引申到对人生的意义、对社会价值和爱情真谛的拷问上,从而引起不同阶层、不同群体和不同年龄的读者心灵的震撼和感情的共鸣。

路遥说过:"我始终觉得,作品不光放在现实生活范围里,而且还要放在历史的角度去考虑。从人类的整个发展去考虑,作品的生命力就更强了。"农村题材和普通劳动者是作家取之不尽、用之不竭的文学宝藏,但并非所有的作家都能从中挖出金子。只有像路遥这样对人民心怀感恩,对普通劳动者怀有真挚感情、对贫困民众深富怜悯之心的作家,才能把平凡人的故事写成经典和史诗,同时,他也无意造就了自己的伟大与不朽!

路遥认为:"无论是政治家还是艺术家,只有不丧失普通劳动者的感觉,才有可能把握住社会生活历史进程的主流,才能使我们所从事的工作具有真正的价值。在我们的作品里,可能有批判,有痛苦,但绝对不能没有致敬。""我们的责任不是为自己或少数人写作,而是应该全心全意满足人民大众的精神需要。"正因为路遥始终对普通劳动者怀有深深的敬意,对中国贫困阶层者报有真诚的同情和真切的关切,所以,在他的《平凡的世界》全书 170 多个人物中,才没有一个真正意义上的"坏人"。

二、作家的使命应该用作品向读者传递正能量,讴歌真善美

路遥曾说:"作家的全部工作应该使人和事物变得美好,让生活的车轮隆隆地前进。"近年来,国内有一位获得国际大奖的著名作家公开宣称:"我从来不认为作家的使命是为了赞美生活而写作。"这种写作观不仅是对文学本质的严重歪曲,也是对作家——人类灵魂工程师崇高称号的亵渎!令人忧虑的是,在当今文坛上,持这种错误观念的人拥有一定的市场。时常有这么一类人,因其"出色"的表现博得了西方反华势力的吹捧和奖赏。

作家的劳动成果,不仅是其创作出来的作品,还是广大读者的精神食粮，这种精神食粮当然可以五颜六色、色彩斑斓，但一定要闪烁着人性的光辉，一定要有温度、有深度、有力度、有美感。一部文学作品无论何种题材（或体裁），都应让读者阅读后感受到人间的温暖和爱，能给人以美的享受，能给人以希望和信心，能给人以鼓舞和力量，能给人以心灵的启迪和情感上的慰藉。

路遥认为："有些作品甚至连善良的品格，为人民牺牲的精神都不要了，那么，这样的作品还有什么价值呢？作品离开了这种高尚的品质，就没有了生命力。"纵观当今中国文坛，有的作家以写人性的罪与恶而乐此不疲，并因此而成名获奖；有的则热衷于以描写人的贪婪变态和性而博得读者眼球，并由此赚得盆满钵满。这些作品读后给人总的感受是心情压抑，心里堵得慌，甚至令人恶心，与其说是读者的精神食粮，倒不如说是人类的文化毒药。

一位著名文艺理论学者说："作家可以写破碎的灵魂，但作家自己的灵魂不能破碎。"有一部号称为农村家族式史诗般的鸿篇巨制，获得了国家文学大奖。但当你仔细读完全书之后，却怎么也弄不清作者究竟想要表达一个什么主题思想，也不明白作者到底在赞扬什么，肯定什么，批判什么。

三、作家要有强烈的时代使命感和社会责任感，应多写"大我"，少写"小我"；多写劳动人民火热的生活，少写风花雪月和花花草草，努力为读者创作出无愧于时代的精品力作

文学不仅有人民性，还更具有时代性。作家的目光应该紧盯时代，扫描社会、把握时代脉搏，紧扣时代主题。作家应当具有强烈的社会责任感。着力选取那些具有时代性、历史性和社会普遍意义的题材去创作，以艺术的语言去讴歌勤奋的人民和火热的现实生活，去赞美人民大众在新时代所创造的光辉业绩。只有这样，才无愧于人民作家的称号，无愧于这伟大的时代。

路遥认为："劳动人民的斗争，他们的痛苦与欢乐，幸福与不幸，成功与失败，矛盾和冲突，前途和命运，永远应是作家全神所贯注的。不关心劳动人民的生活，而一味地躲在自己的小天地里喃喃自语，结果只能使读者失望，也使自己失望。"一篇描写玫瑰的文章描写得再精致，充其量也不过是赞美植物，而作为花的主人的劳动者形象决不能缺席，恰恰是他们才更需要我们浓墨重彩地刻画和赞颂的。

为什么当前中国文坛不缺作品缺精品，不缺"高原"缺"高峰"，不缺作家缺大师？究其原因，乃一些作家缺乏强烈的时代使命感和历史责任感，他们自视清高，回避崇高和主旋律，逃避现实主题和文化担当，喜欢自娱自乐、自拉自唱、相互吹捧，热衷于娱乐性、消遣性写作。

"像牛一样劳动，像土地一样奉献"的路遥精神说来容易做来难。请问，天下有几人能像路遥那样为了一部长篇整整准备了三年、做足了动笔前的功课呢？有几人能像他那样为了准确生动地描写小说中的生活细节，从不放过任何深入生活、掌握真情实境第一手资料的亲身体验？有几人能像他那样为了与作品内容情节完全吻合，到一个条件极为艰苦的地方，甘愿忍受三年多的孤独、饥饿的折磨去潜心创作呢？正由于路遥付出了数倍于常人的艰辛，吃了数倍于常人的苦难，加上他的天资聪慧，他才取得了如此辉煌的成就，达到了常人难以企及的文学高度。

有的作家长期远离人民大众，不愿意做深刻细致的生活体验，这种仅靠书斋里写出的作品怎能具有强大的生命力呢？那些不把人民大众放在心坎上，自以为高人一等的人，那些对生活冷漠、缺少激情，缺乏爱心的人，那些以傲慢与偏见的心态、戴着有色眼镜看世界的人，永远也写不出既深受人民喜爱，又让时代传颂的优秀作品。

由路遥想到了鲁迅先生。你看，"横眉冷对千夫指，俯首甘为孺子牛"的鲁迅精神，与"像牛一样劳动，像土地一样奉献"的路遥精神是多么契合啊！从这个意义上讲，路遥精神不正是鲁迅精神的时代传承吗？鲁迅是中国新文化运动的旗手，路遥则是中国改革开放的"改革先锋"，两者如此地一脉相承啊！

从一定上意义上讲，"像牛一样劳动，像土地一样奉献"的路遥精神，与我党的"全心全意为人民服务"的根本宗旨，不是如出一辙吗？就像共产党人永远是人民中的一员，永远要把维护人民的利益放在首位一样，作家也是人民群众的一员，除了为人民尤其是为普通劳动者写作外，再也没有比这更加神圣的使命了。

歌德说过："逃避这个世界，再没有比从事艺术更可靠的途径；而要想与世界相关，也没有比艺术更有把握的途径了。"路遥始终认为写作是作家心灵的需要。任何一部作品，说到底都是作者心灵的表达和思想观念的曲折反映。

路遥曾说："唯一能自慰的是，我们曾真诚而又充满激情地在这个世界上生活过，竭尽全力地劳动过，并不计代价地将自己的血汗献给不死的人类之树。"

历史从不以一个人自然寿命的长短，来衡量其生命价值大小。路遥英年早逝固然可惜，然而，在他短暂的人生里，能取得如此辉煌的成就，这本身就是中国文学史上的奇迹。他自身的文学、社会和历史的价值，无法精确计算；他生命的准确长度，无法用任何尺子度量。

路遥是真正视文学为生命、以生命为代价而写作的人民作家。一方面，正是他坚持像牛一样耕作，以自己的生命做抵押，拼命忘我地写作，因而大大地缩短了他的自然寿命；另一方面，正由于他用生命去写作，从而成就了他的辉煌事业，完成了他的崇高使命。他以血肉之躯化作数百万字永恒的经典文字，筑成了这座永远闪烁着人生光辉的文学丰碑。

路遥也许是生前拥有物质财富较少的专业作家，终其一生，他都未能彻底摆脱贫困的纠缠，但他却无疑是世上拥有精神财富最多的人之一！

路遥也许是当代茅盾文学奖获得者中寿命最短的作家，但我坚信，他必定是在中外读者心中活得最长久的作家之一！

路遥也许是生前活得很苦很累的专业作家，他就像一头自我加鞭的耕牛，倒在了攀登文学巅峰的半山腰上。他吃的是草，挤出的是奶，我以为，这就是路遥精神的本质。

"虽死而不朽，逾远而弥存。"路遥离开我们30年了，但他从未在人民大众的视线中消失。他的名字永存于他博大精深的著作里，他的音容笑貌活在延安大学路遥纪念馆3吨重的汉白玉雕像里，活在陕西清涧县王家堡村的路遥故居里，更永生在千百万读者的心底里！

他以生命为代价写下的几百万字的光辉著作，就像那永不消失的阳光，永远普照着读者的心灵；就像那清澈的甘泉，永远滋润着读者的心田。

冥冥之中，我看见路遥正站在天上，他身穿咖啡色带格子的西装外套，左手拿着一支刚刚点燃的香烟，右手插入裤口袋里，面带微笑，若有所思，双目炯炯。他那深邃的目光，穿越时空，穿透云际和尘埃，冷眼关注着这大千世界，静静地观察着这熙熙攘攘的人流，默默地审视这个星球所发生的一切……

2020 年 7 月 9 日

此文发表于"安徽省散文家协会"公众号 2022 年 2 月 13 日第 17 期。

在蒙城触摸庄子的思想脉搏

——安徽蒙城庄子故里拜谒记

金秋十月，天高气爽。前不久，我受邀赴安徽蒙城参加"2020 年中国蒙城梦蝶诗会"。在这千年古城的短短几天里，我亲身感受到这里浓郁的庄周文化氛围，亲身体会到庄子思想的博大精深，心灵受到了强烈的震撼，灵魂得到了彻底的洗礼。

一

作为省级历史文化名城，蒙城历史悠久，底蕴深厚，人文荟萃。蒙城不仅是中国硬笔书法之乡、中国楹联之乡、中国曲艺之乡，还是"中国原始第一村"尉迟寺的发掘地。更厉害的是，蒙城是中国道家集大成者、一代先哲庄周的故里，是中国道家文化的圣地。这里有千年道冠庄子祠，还有庄子研究会和《庄学研究》编辑部，这里是中国庄子思想文化研究的大本营。

生长在淮北大地上的蒙城人，既有北方人的耿直豪放，也不乏南方人的精明。他们世代守护着庄子的英灵，坚守着对庄子千年不变的初心，他们对庄子充满了虔诚与崇拜。为了继承和弘扬庄子文化，一代又一代的蒙城人，不遗余力地做了大量卓有成效的工作。

这不，前不久蒙城刚刚荣获了"中国寓言之乡"的殊荣。作为寓言大师庄子的故里，荣获此奖可谓实至名归，这可是一张含金量极高的亮丽名片啊！

金色铺地的蒙城县城，道路宽广整洁，两旁绿树成荫。"2020年中国蒙城梦蝶诗会"的宣传海报随处可见，我顿觉这里到处弥漫着浓浓的诗味。

今年第七届梦蝶诗会的会场就设在闻名遐迩的庄子祠内。自2014年起，蒙城人已连续成功举办了六届梦蝶诗会，并且反响越来越大。

古朴典雅、仿汉风格的庄子祠位于涡河北岸的城北。这里不仅是庄子的根和魂之所在，也是广大庄周弟子们共同的精神家园。其实，蒙城庄子祠始建于宋代元丰元年（1078年），若从那时算起，至今已有942年历史了，并且在这之后又先后重建了三次，实可谓命运多舛。

前三次都由时任蒙城县令因仰慕庄子的深邃思想和才学品德而自筹资金建造。宋代始建的庄子祠，即建有逍遥堂、梦蝶楼、观鱼台等主要建筑，又先后于明朝万历八年（1580年）和明朝崇祯五年（1632年）分两次重建，但其主体建筑变化不大，只是增建了五笑亭和庄子雕像。

庄子祠是幸运的，近千年来，它虽经历劫难，却始终续存于世，傲然屹立于漆园之内。并且，自宋代庄子祠建成后，蒙城人每年都对庄子举行祭祀活动，数百年来从未间断。

蒙城县委县政府于1995年不惜花费重金在宋代旧址上重建了庄子祠。它占地52亩，总建筑面积达1086平方米，新建了濮池和南华经阁等建筑，其建筑规模为历代最大，设施也为历代最完善。

诞生在2300多年前战国中期的庄周（亦即庄子），能在他身后得到故里人民的敬奉，这实乃国人和庄子本人之大幸。固然，庄子文化为中国文化之精粹，庄子研究者遍布全国。但作为庄子学说的创立者庄周本人，若无一个理想的灵魂归属之地，那将是多么遗憾之事啊！

作为精心呵护庄子灵魂的蒙城人，同样也是幸福的。因为，在庄子的身上，从庄子思想文化之中，有着他们取之不尽、用之不竭的文化营养和精神力量；蒙城拥有"庄子故里"这崇高的桂冠，让世代蒙城人荣耀无比、受益无穷。

二

午后的庄子祠内，恬静肃穆，风轻云淡，秋风飒爽。不时有一片片枯黄的秋叶款款飘下，犹如一只只彩蝶悄然飞过。沿着建筑群的中轴线，祠堂内的一排排建筑，显得错落有致，逍遥堂、五笑亭、观鱼台、梦蝶楼、华南经阁，一个个在我面前精彩呈现。那青砖黛瓦、红窗朱廊、金匾黄槛，每一座建筑都独具匠心、精致至极。你看那濮池里的一群群鱼儿们，正在清澈的水池里逍遥自在地游动着呢！

然而，最吸引我目光的，是出自历代名家之手精彩别致的楹联。蒙城真无愧为"中国楹联之乡"啊！偌大的庄子祠的每一间屋门上，均题有一副寓意深刻，风格迥异，文采飞扬的楹联。

不妨信手拈来几副："至文原不朽，大用岂无功？"（对庄子极高的历史评价）"参万古南华顺事冥情看胤，谁能解语？酌一勺秋水养生齐物步先贤，我更逍遥。"（高度概括了庄子远离功名利禄、旷达逍遥的精彩一生）"濠上观鱼非鱼非我，梦中化蝶亦蝶亦周。"（对庄子这位中国浪漫主义文学鼻祖的画龙点睛之笔）"吏无田甲当时气，民有庄周后世风。"（讴歌了庄子拒高官厚禄，终生不仕，甘为贫困，但为苍生探索宇宙奥妙和人生真谛的高贵品格）

在庄子祠的逍遥堂里，正面有一尊庄子的全身石雕座像，我轻轻走近，向庄子虔诚地叩拜和敬香。只见他端坐于石台之上，右手紧握一卷书简，神态安详，表情肃穆，那深邃的目光，正在极目远眺那遥遥无际的南天。

庄子以道之"自本自根、无所不在"继承弘扬了老子的道家学说，以朴素的辩证法丰富了中国古代哲学的认识论，构成了中华五千年灿烂文化最为坚实的理论内核之一。并且，他以对宇宙和自然规律的深刻认识，在丰富和发展道教学说的同时，推翻了神的创造与主宰之说，有力促进了人类的思想启蒙与解放。

更重要的是，他提出"天人合一、天人和谐"观点，进一步丰富发展了"道法自然"思想。庄子说："以道观之，物无贵贱，以物观之，自贵而相贱。"（《庄子·秋水》）他又说："若天之自高，地之自厚，日月之自明。"（《庄子·田子方》）"知天之所为，知人之所为者，至矣。"（《庄子·大宗师》）

庄子认为，人与万物都是平等的，并无高低贵贱之分，而生命乃宇宙之精华、天地之造化，每个生命都值得尊重。他认为，人类与自然是统一的整体，人类应当尊重天地万物之个性，尊重自然规律，崇尚自然，效法自然，与自然界和谐相处、和谐共生，以实现人们内心的欢乐和幸福。而人类对自然的一切行为，都必须顾及由此而对天地带来的严重后果。

庄子以上的哲学思想，集中体现了人类对自然返璞归真的孜孜追求、对生命伦理的高度重视，这也是中国对生态文明意识最早的表述，它与当今生态文明建设的理念多么高度地契合啊！它对于加强生态文明建设和构建人类命运共同体，都具有重要的指导意义。

庄子睿智的目光早已穿越千年时空，不分国界和民族，停留在了他的"至人无己、神人无功、圣人无名"的远方。他所思考的对象是整个广袤的宇宙，是世上万物之本源，是人生之真谛，是生命之根本价值和意义。

我从逍遥堂出来后，又轻步来到梦蝶楼，去拜谒楼里庄子的全身卧位雕像。只见庄子仰面躺在榻上，他的手中的一卷书帛已悄然地滑落至腿下。他双目似闭非闭，似睡非睡。屋里四周的墙上落满了一只只可爱的蝴蝶，形态各异、栩栩如生。我久久肃立在庄子的卧像旁，凝望他那布满岁月沧桑的面庞，无限景仰之情油然而生；敬仰之余，不禁感慨不已。

庄子真的睡着了吗？我相信他那聪慧绝伦的大脑永远清醒着。这位"中国古代哲学之父""中国浪漫主义文学之父"和"中国寓言文学之父"，他始终站在人间的一切世尘之上，以他深邃执着的目光，时刻透视着人世间的滚滚红尘。

庄子具有深厚的悯世情怀，他以博大精深的思想构建出人类共享的无比温暖珍贵的精神家园。他以"天下第一旷达先哲"的广袤胸怀和"天地与我共生，万物与我为一"那至高无上的精神境界，将世界上一切是非、丑美、善恶和尊卑，都统统包容进去，并给后世的我们无限的智慧思考、永恒的思想启迪。

我坚信，庄子心里的梦绝不只是美丽的蝴蝶，而是变幻莫测、色彩斑斓、无穷无尽的神奇和幻想！

三

今天，我有幸来到漆园，来到庄子祠，我确信，这里才是世上离庄子最近的地方。我真切地感受到，他就在我的身边，他正在静静地注视着我。这时，又一阵秋风吹来，又是几片黄叶落地，四周一片寂静。就在这冥冥之中，我似乎听到庄子那沙沙的脚步声和轻轻的呼吸声，哦！我感到真的触摸到了他那高深莫测的思想脉搏了！

庄子的学说是对人间真理最深刻的探究，他无愧为中国最杰出的思想先哲之一，不仅他的哲学思想对于人类世界如此之重要，并且他的治身处世之道，也给人们多方面的教益。庄子说："道之真以治身。"更为可贵的是，他的所有文字上都是写给布衣百姓看的，如果说老子的学说是写给统治者的"救世之书"的话，那么庄子的学说就是普通百姓的"治身之道"。

庄子在他那深邃无垠的哲学世界里，开辟出了一片神奇而又全新的精神天地。他要造就出一类执着追求生命精神价值的人；一类回归自然、在山水之间逍遥自在，独善其身的人；一类把人生价值建立在自身内在精神之上的人。我想，我们当代的每一个人，都应当像庄子那样活着，活出精彩、活出尊严、活出快乐和逍遥！

我赞美庄子"独与天地精神往来"、对无限精神自由的不懈追求和视相位为腐鼠、视功名利禄为粪土的可贵精神。

庄子说："不为轩冕肆志，不为穷约趋俗。"（《庄子·缮性》）他以鲲鹏自喻，击水三千里、扶摇九万里。他说："千金，重利；卿相，尊位也。……子亟去，无污我！"他说："泽雉十步一啄，百步一饮，不蕲畜乎樊中。"（《庄子·养生主》）

我想，当人们为了鼻尖下的那一点名利累得筋疲力尽、争得你死我活之时，都应当静下心来认真读一读《庄子》。庄子虽终身活在贫困交加之中，但他多次拒绝名利功禄的诱惑，一方面维护了他高贵的人格尊严，另一方面保持了他高度的精神独立和自由。虽然他在物质上是清贫的，但在精神上却是富有的，他在无物累、无仕累、无名利功禄纷争之中，逍遥快乐地度过了一生。

而庄子所追求的精神自由，是犹如鲲鹏展翅般自由翱翔在苍穹的无限自由。他不要"留骨而贵"之名禄，唯愿做一只"曳尾涂中"、悠然自得的神龟，将参天大树置于天河有之乡、广袤之野，而自己却甘愿静静地卧在树下任逍遥。

我赞美庄子不懈追求万物之平等、尊重万物之个性的高尚品质。

庄子说："天之自高，地之自厚，日月之自明。"（《庄子·田子方》）庄子特别珍视个体生命和个体意识的存在，他借用许多个寓言，形象深刻地阐述个体差异的现实意义，他呼唤人们对个体万物的尊重。在《庄子·应帝王》里，他用一个天生无七窍的名叫混沌的人被两位好心的朋友凿窍而亡的寓言，有力认证了尊重差异个体的重要意义。

庄子说："不谴是非，以与世俗处。"（《庄子·天下》）庄子反对儒家的礼与法和普遍性的社会道德。他认为万物各有其本性，无所谓高低贵贱，也无所谓谁主谁次，只要他们都充分发挥出了各自的自然能力，那么他们都是同等幸福和快乐的。庄子的这一思想对于我们当今构建和谐社会的根基，无疑具有重要的理论价值和借鉴意义。

我称赞美庄子"天地有大美"的深厚高雅的审美情怀。

庄子说："天地有大美而不言。"又说"至乐无乐"。庄子是多么热爱大自然、深情拥抱大自然啊！在他看来，世上万物皆美、万物皆好、万物皆有情。花开美、鸟鸣美，那濠上游来游去的小鱼也是那么美。从而使他情不自禁地发出了"山与林，皋壤与，使我欣欣然而乐与"的由衷感叹。

庄子认为："朴素而天下莫能与之争美。"真正的美是淳朴天然的美，而绝非人工雕琢的美。美的本质便是保持它自身的本色，并顺应自然，而只有保持天然本性的美才是真正的天地大美。

而庄子教带给我们审美的方法就是"心游"，即"胞有重阆，心有天游"。人们要想真正鉴赏天地之大美，就要将和谐赋予审美之中，将心灵游放于人生和谐之境界，以心灵与自然共游齐赏，只有这样才能真正体会到天地万物之美，才能目之所及皆春色，才能以爱美之眼发现更多的人间大美，才能因审美鉴美而陶冶心灵情操、提升道德水准。

"万物得其本者生，百事得其道者成。"庄子是属于全世界的，他的思想是全人类的宝贵精神和文化财富。一部《庄子》定乾坤，留给人间无穷解。穿越了二千多年时光隧道后的今天，博大精深的庄子思想仍然在天地间熠熠生辉。它像一盏永不熄灭的思想与智慧的明灯，永远照耀着人们前行的方向，永远温暖着人们的心灵，永远启迪着人们的心智，不断升华着人们的人格修养和精神品质。

《庄子》不仅是艺术的哲学，更是哲学的艺术。"南华的文辞是千真万真的文学"（闻一多语），中国人的文化上永远留着庄子的烙印。"以思想家兼文章家的人，在中国古代哲人中，实在是绝无仅有。"（郭沫若语）庄子超乎寻常的想象创造出众多诙谐诡谲的艺术形象，极大地突破了散文的时空局限，呈现出宏伟雄奇的气魄。其汪洋恣肆的文字，变幻莫测的寓言，雄浑飞越的意境，神奇瑰丽的想象，滋润旷达的情致，给人以超凡脱俗的艺术美感之享受，代表着中国先秦散文的最高成就。

四

庄周真的很欣慰，他早已不再孤独和寂寞，因为，今天越来越多的人，正在研读他、学习他、敬仰他、拜谒他。

今天庄子的知音何其多！庄子的弟子遍天下！不信你瞧——此时，由那些庄子的崇拜者们组织策划的 2020 年梦蝶诗会，正在庄子祠的梦蝶广场精彩上演呢！

在典雅、浑厚而又古朴的古琴声中，开场舞《礼仪之邦》中那些仪态万方的"道姑"们，正款款万福地欢迎来自天南海北的嘉宾们。"道姑"们不仅代表蒙城人民、更受托于庄子啊！因为，今天庄子是肯定不会缺席的，今天，我们都是他的客人，更是他的弟子和学生。

由一群民间养生高手们亲身演绎的《庄子养生功》舞，以优雅的肢体语言向嘉宾展示了庄子养生学说的精华，这也是庄子故乡人对庄子养生学说的忠实传承与实践。

在《梦之蝶》舞中，请看这群娴熟地伴着庄子名言警句的阵阵节拍而翩翩起舞的可爱的孩子们吧！他们犹如美丽的小天鹅，展翅欲飞。啊！庄子文化在华夏大地薪火相传，庄子精神已深植于一代代后人的心底。

在诗朗诵《庄子诵》《仰望先哲》和《庄子祠》里，三位作者饱含深情地用人间最华美的词藻来赞颂这位人类伟大的思想先哲、浪漫之父、寓言大师和精神始祖。

　　而在《素描漆园》《你从梦中走来》和《庄子祠里的思索》的诗里，朗诵者们用震撼心灵、穿越时空、催人泪下的诗句，向庄子发出一声声深情的呼唤！

　　是的，我们需要呼唤！在人类走到 21 世纪的今天，在这个充满了不平、苦难和强权的世界里，多么需要我们疾声呼唤："庄子归来兮！"

　　我呼唤庄子的"天人合一""天下有道、万物皆昌"的思想光芒普照地球大地。愿乾坤朗朗，天地人和，世界大同，山河无恙；愿人类永无战争与杀戮，世界永享和平和安康。

　　我呼唤每一个人的自由天性得以充分舒展，愿三千里鲲鹏展翅，捎上我们扶摇直上九万里，带着每个人多姿多彩的梦想，飞向那浩瀚无垠的宇宙天际。

　　我呼唤真善美的鲜花开遍人间大地，愿世界越来越美好，每一个人每一天都活得幸福、真实、善良、快乐！

2020 年 10 月 28 日

　　此文分别发表于《江淮文学》2020 年第 70 期、《楹联博览》2020年第 3 期。

音乐的力量

陶渊明在《杂诗》中写道："人生无根蒂，飘如陌上尘。分散逐风转，此已非常身。"人生一世、草木一秋，人生看似漫长，其实不过百年，人的一生在悠长的历史长河中，虽如浪花般极其短暂，但人类创造出的东西却是永恒的，如在文化层面里，除了文字、图画外，音乐也是永恒的，尤其是优秀音乐作品的生命，是永存于世的；而创造出各类音乐、演唱各种歌曲的人们，终将与其创作的音乐作品一道，与世界万物同在。

邓丽君离开世界已经 26 年了，但她所演唱的歌曲，仍在世界各地播放着，无数人每天仍在听她的歌、唱她的歌。从这个意义上讲，邓丽君并未离开我们，她虽死而犹生，她与她的歌声永生于世。舒伯特、贝多芬所创作的交响曲和协奏曲，每年都在世界各大音乐会上演奏，因此，他们仍然活在人们的心中。邓丽君那甜美动听的歌声，舒伯特和贝多芬创作的美妙乐曲，都给世界亿万人们带来了精神上的快乐和心灵上的慰藉；并且，音乐无国界，音乐不分民族和性别、无关贫贱富贵和丑俊。

由此可见，音乐的作用是多么强大。我国古代音乐专著《乐论》对音乐有精辟论述："耳目聪明，血气平和，移风易俗，天下皆宁。"

我在少年时期便对音乐有浓厚的兴趣，学会了笛子和口琴的吹奏。在文化生活匮乏的时代，它们给了我精神上莫大的安慰。这两支简单的乐器，弥补了我精神文化生活上的缺憾，正是那悠扬的笛声和浑壮的琴声，伴着我度过了当年那贫寒凄苦的少年时光。

当年参军入伍时，我把心爱的笛子和口琴带到了部队。在军营里，我用它们演奏了许多歌曲，为自己，也为他人带来了欢声笑语。后来考上军校，在学员队多次组织的联欢会上，我几乎每次都用它们为同学们演奏军旅歌曲，博得了同学们的阵阵喝彩。

文学是我的最大爱好，但同时，我也酷爱听歌和唱歌，不仅军旅歌曲，也喜欢流行歌曲。音乐不仅带给我莫大的快乐和慰藉，还激发了我的文学创作灵感，对写作颇有裨益。

记得我年轻时还专门写了一首小诗名叫《音乐赋》："音乐啊，音乐/你是时代的交响曲/你是美的最强音/你陶冶我情操/你把我的灵魂振奋/你激起我心灵的共鸣/你唤起我多少甜蜜的回忆/你激起我对未来美好的憧憬/音乐啊，音乐/我的生活怎么能离开你？/你给我多少心灵的慰藉/你时时催我奋进再奋进/是你给了我不竭的力量/是你给了我战胜困难的勇气……"

其实，文学与音乐的关系十分密切。自古人类有舞必有歌，有歌则有词。《诗经》中许多篇章都配有乐谱，古人常在宫廷或宴席上以《诗经》中的诗章为歌词，或边饮边诵，或边舞边歌。而《楚辞》中许多章节皆可歌亦可舞的，尤其《九歌》的通篇内容，几乎均专为祭神和巫术中所用音乐而创作的。

后来结婚育子，加之工作繁忙，对于乐器演奏便日渐荒疏了，但我对音乐的欣赏兴趣不减，至今我手机储量最大的仍是音乐和歌曲。只要有空闲，我每天都要听几段音乐、哼几首歌，音乐早已成为我生活中不可或缺的一部分，已深深融入我的精神世界了。

在中国的歌手中，我最爱听邓丽君、蔡琴、韩宝仪和凤凰传奇的歌曲。邓丽君的歌柔情似水、甜美悦耳，充满了女性的温柔之美；蔡琴的歌富有磁性，悠远深沉又略带伤感，有如泣如诉之凄美；韩宝仪的歌兼具前两者之特点，音色极为优美；凤凰传奇的歌曲则高亢激昂，极具穿透性和震撼力，听后让人精神振奋、信心倍增。

至于西方音乐，我偏爱莫扎特的浪漫曲、舒伯特的小夜曲和柴可夫斯基的钢琴协奏曲。当夜深人静时，戴上耳机打开音乐，它如行云流水、春风拂面；又如深情的倾诉、如歌的行板，让我心绪宁静、心旷神怡、如醉如痴，时常听得我泪流满面！

但我更爱听贝多芬的《英雄交响曲》和《命运交响曲》，那时而忧伤悲怆、时而雄壮激昂的旋律，真可谓穿透心肺、震撼心灵，给人无穷的激励和磅礴的力量。

只有反复听过《命运交响曲》后，你才能真正理解贝多芬所说的："我要扼住命运的咽喉，决不能让命运使我屈服""你不复为自己而存在……只在艺术里才有幸福"和"唯其痛苦，才有欢乐"的深刻哲理。

贝多芬是在他双耳失聪后，克服常人难以想象的困难，以顽强的毅力创造出这首不朽的交响曲的，多么可贵的品质啊！因此，贝多芬留给世人的，决不仅是他创作的音乐作品，还有他那百折不挠的精神和对生活的挚爱。

为何繁体字的乐字与"药"字相似呢？这是因为，古人认为音乐可为药。自古以来，音乐都对人们具有一定的治疗作用，不同旋律和节奏的音乐，能够让人的情绪得到释放，让躁动不止的心境得到安宁，让焦虑不安的情绪得到平衡。目前，音乐疗法对患有心理或精神疾病的人，已证实有较好的调理作用。

几年前，我们双庙中学的高中同学，在我与其他几位同学的倡导下，成功举办了全班同学聚会。通过这次聚会，我们住在同城的十来位同学，在时隔几十年后又走到了一起。此时，我们虽已不再年轻，但几十年后的再聚首，着实让大家无比欣喜，激动不已。

尤其是出于对音乐的共同爱好，在我的牵头组织下，大家积极响应，定期开展文艺活动。每次聚会都先唱歌、后吃饭，每次各自都带来新歌，给大家一阵惊喜。

专家早就说过："唱歌是最好的免费保健品。"在歌声的陪伴下，我们找回了远去的青春，我们的步伐更轻盈、举止更优雅、笑容更灿烂、面容更光彩，心态也越来越年轻了！

这几年，我们还多次走出去，与外地的艺友们联手举办文艺活动，激情唱红歌、弘扬主旋律、传播正能量。譬如，前年我们应邀与家乡的艺友们合作，成功举办了庆祝新中国成立七十周年的文艺演出。那气势恢宏的《我和我的祖国》大合唱，那高亢激扬的男声独唱《祖国不会忘记》，那声情并茂的女声独唱《为了谁》，都引起了台下观众强烈的感情共鸣，博得了潮水般的掌声，赢得了乡亲们的赞誉。

泰戈尔说过："不要试图填满你生命的空白，因为音乐就来自你生命的空白深处。"音乐是一种高雅的艺术，凡热爱者，必定受到它潜移默化的熏陶，让你不知不觉变得高雅、阳光和快乐。

美妙的音乐如天上舒卷的行云、潺潺的溪流，如温暖的阳光、鲜艳的花朵，又恰似雨后的彩虹和春天的鸟鸣。它能够陶冶你的情操，净化你的灵魂；它能鼓舞你的斗志，振作你的精神；让你穿越时空、与历史对话；让你更加热爱生活、热爱大自然。

"此曲只应天上有，人间能有几回闻?"当今伟大的时代，壮丽的事业，值得我们用音乐喝彩；这多姿多彩的大千世界、越来越好的小康生活，更值得我们用歌声赞美。

让歌声与我同在，让欢笑与我为伍，让音乐伴我一路远行——这就是音乐的力量！

2020 年 12 月 22 日

此文先后发表于 2021 年 3 月 22 日中国金融作协公众号、2021 年 5 月 18 日的《中国农村信用合作报》。

庚子鼠年回望录

人类创造了文字，首先要记录自己，记录人生的哀乐怒喜。

鼠岁庚子年，即将离我去。可是这一年，走得真艰辛！此岁逢庚子，恰吾本命年。鼠年不寻常，让人难回首，让人痛心扉，让人百感交集！

啊！鼠年永难忘！多少人，多少事，印在脑海里，刻在骨子里。

一

元旦第一天，阴冷更比昨日，新年不见新太阳，瑟瑟寒风细雨飘。

天冷雨天路滑，一脚踏空倒地。右脚痛又难忍，旋即脚背肿胀，状如馒头难行。凭经验，判断很不妙，打车到医院，拍片诊断骨折了。

接下来，固定患肢要制动，全天卧床要休息。骨折绝对考验人哟！它把急性子变慢性子，它让酷爱走路运动的我，寸步难行床为窝；它让工作狂的我，突然悠闲太无聊，让人心里直发毛，把我的干劲意志全消磨！

卧床"休息"九十天，摄片复查一遍遍。纵然心急如火焚，骨折始终难愈合。读了几本书、写了几篇文、吟了几首诗，唱了几支歌，人却养得越来越懒惰。再躺个把月，人将全废掉！

生命不仅在运动，更要有工作，贡献于社会，价值有体现，此乃吾之意外骨折后，最大的启示与收获。

哦！元旦当天就骨折，这对本命年的我，恐怕绝非好兆头。

二

虽知今生父子终将永别，老父总有一天将离我而去，但我决不愿意诀别在疫情肆虐、寒气袭人、阴霾蔽日的阴冷三月天。

近七年不断的医治，半年多的鼻饲，穷尽一切治疗手段。只因为老父年龄太大（开始医治时已八十五岁高龄）、手术太难。六年多的化疗与放疗，彻底摧毁了他的体质。半年多的全天候卧床，把他全身的所有能量都耗干。

老父忍受了多大的折磨和煎熬，但他始终咬紧牙关！他从未退缩，从不畏惧。他生的希望多么强烈！直到生命的最后时刻，他仍然对生活充满了深切的期盼。

他那最后一声叹息，是他对死亡的无奈和不甘。他那最后一滴眼泪，那是对亲人们的无限眷恋。

老父驾鹤去，从此脱苦海。今日与我别，他日天堂见。从此吾生无来处，唯剩归途在何年？老父天堂永安息，保我亲人皆平安。

三

人说工作真美丽，人说工作为谋生、是手段，人说工作夺自由、是摧残。我却说：工作是立身之本、是幸福的源泉，工作让人充实和快乐，工作让人精神饱满。

四十二年的职业生涯，将跟随中国疫情的结束而终结。我自问：究竟喜耶或悲耶？

四十二载工作季，一半从军报国、献身国防；一半转业地方、供职银行。一半治病救人，持刀疗伤；一半行政管理、保驾护航。

十八年"一颗红星头上戴，两面红旗挂两边"。站岗放哨为祖国，国防山洞流血汗；战地救护做军医，肩背红色十字箱，胸挂听诊器，双手持剪刀，治愈数百千；职称为主治，文凭好几本；多科均涉猎，论文有多篇。

二十三年农行风雨路，安保纪检工会和党建。强基固本勤检查，坚持原则守底线，"严"字当头不松懈。农行大厦添光彩，淡泊名利心无憾。

一朝"解甲归田"去，挥一挥衣袖，今生难说再见！亲亲农行情最深，青禾金穗驻心田。即将离职那一刻，心中充满不舍与眷恋。

啊！挥不去的军人情结，割不断的农行"情缘"。愿我人民军队更强大，永葆我国泰和民安。

祝我农行更兴旺，让国家经济的血脉更通畅。

四

"船到码头"刚自由，慈铭体检那位高度负责的医生，就多次来电催促我：颈部结节非寻常，务必尽快把手术做。掉以轻心要不得，天下没有后悔药。

曾为资深医生的我，生死早看淡，一切皆超脱。我坦然面对不惊慌，先把重要事务安排好。预约手术耐心等，仲秋九月住医院，腋下腔镜打隧道，一觉醒来结节已"遁逃"。为我手术者，江淮一名医、微创之翘楚。感激之余赠锦旗，赞誉之词溢言表。

历史若长河，人生多短暂，人比大自然，毫秒一瞬间！人在病魔前，脆弱如枯线！凡为勤奋者，分秒惜如金；凡是有志者，只有逗号惊叹号，今生岂能有句号！

我在诗里说："我对着镜子反复问自己：难道我真的老了吧？难道我的生命之光，再也不能把一团火焰点燃？我反复问自己：生命的意义，究竟是什么？生命在于运动，生命需要呈现，生命就像一把火炬，只要我还在，就高举在手中！让它熊熊燃烧、永不熄灭，薪火相传。"

桑榆夕年谱新篇，晚霞余晖更灿烂，让这残存生命之水，浇灌余生花一朵，仍然美丽又娇艳。今生注定虽平凡，拒绝平庸不懈怠。此心还年轻，热血仍澎湃！

对生活，我仍然充满了激情；对成功，我依然充满了渴望；对世界，我依然充满挚爱。我珍惜余生每一天，放不下手中书，停不下手里笔，止不住毅行脚，停不了心中的歌。

啊！别了！极不平凡的庚子年！无论我失去什么，无论留下多少遗憾，无论多少误会，甚至屈辱，甚至累累伤痕，我都从容淡定、内心坦然，我都将它们打包封存，慢慢地抚平，直到永远……

所有的他们，一切的之前，都已成为过去；而过去只属于死神，未来才属于自己。那么，就让我张开双臂、敞开心扉，用百倍的热情、无限的真诚，去深情地拥抱——即将到来的辛丑牛年吧！

2021 年 2 月 9 日

凄美的故事，伟大的舍弃

——以两首爱情歌曲兼谈悲剧的社会价值

近来，集作词、作曲、演唱为一身的"80后"音乐人王琪，所推出的歌曲《可可托海的牧羊人》非常火爆。此歌在大街小巷都可听到，男女老少都在传唱。最牛的是，王琪还以饱含深情的精彩演绎，把它带到了2021年牛年的中央电视总台春晚上，使这首歌风靡全国。

其实，除了此歌外，王琪在还在2018年底创作了一首同样风格的《站着等你三千年》，当时也迅速流行全国，至今还保持着很高的听唱率。

这两首歌的共同特点都是凄美悲伤、哀婉动人、催人泪下，属于典型的爱情悲歌。以爱情悲剧为题材创作的流行歌曲，能取得如此巨大的成功，在带给人们别样的听觉冲击和艺术享受之同时，还登上了代表国家艺术水准的春晚舞台。可以说，王琪创造了一个爱情悲歌音乐的奇迹。

《可可托海的牧羊人》的歌词为：

那夜的雨也没能留住你，山谷的风它陪着我哭泣。

你的驼铃声仿佛还在我耳边响起，告诉我你曾来过这里。

我酿的酒喝不醉我自己，你唱的歌却让我一醉不起。

我愿意陪你翻过雪山穿越戈壁，可你不辞而别还断绝了所有的消息。

心上人，我在可可托海等你，他们说你嫁到了伊犁。

是不是因为那里有美丽的那拉提？

还是那里的杏花才能酿出你要的甜蜜？

毡房外又有驼铃声声响起，我知道那一定不是你。

再没人能唱出像你那样动人的歌曲，

再没有一个美丽的姑娘让我难忘记！

其故事梗概：住在新疆阿勒泰地区富蕴县名叫可可托海小镇上的年轻牧羊人，炽热地爱上了一位在此小住的养蜂女，牧羊小伙被养蜂女那美丽的外貌、善良的心灵和优美动听的歌曲所深深吸引。而基于共同的爱好志趣，养蜂女也深深地爱上了牧羊小伙。

但是，身为寡妇又带着两个孩子的养蜂女，却认为自己根本配不上牧羊小伙，不值得他爱。为了不拖累牧羊小伙，并让他死心，养蜂女拒绝小伙的真诚挽留，狠心地离他而去，并对人谎称她已出嫁到了伊犁。

《站着等你三千年》的歌词为：

我翻过了雪山来到了草原，只为在你出嫁前再看你一眼。

说好了要一起到海枯石烂，难道你忘了我们发过的誓言？

阿妈说我们就是缘分太浅，阿爸不说话抽了一夜的烟。

在你的毡房外我唱断了琴弦，看着你走远我把泪流干！

妹妹你要做一只绝情的雁，哥哥做胡杨等你三千年。

生也等你死也等你，等到地老天荒我的心不变。

妹妹我等你三年又三年，才知你去了个地方叫永远。

你说别等我别等我，可我怎么忍心让你守着孤单？

这支歌的背后，讲述了一个更为令人动容的爱情悲剧：一对住在高原雪域的真挚相爱、心心相印的男女青年，当他们正在尽情地享受着爱情的甜蜜之际，孰料女孩不幸罹患了晚期血癌，已经无法治愈、时日无多。

　　为了不拖累男孩，并让男孩因怨恨而离开自己，女孩与家人商量，设计欺骗男孩，说她已经爱上了别人；并告知男孩，她将于某日远嫁他乡。

　　就在女孩出嫁前的晚上，面对从雪山那边赶来，在毡房外唱断琴弦，痴情表白的男孩，女孩仿佛如铁石心肠一般，始终不为所动。假装出嫁的女孩在骗走男孩之后不久，便因悲伤过度，在对男孩无尽的思念之中戚惨离世。

　　多年之后，对女孩充满怨恨的男孩，在得知真相后悲痛欲绝，悔恨不已。他来到在女孩的坟前发誓终身不娶，要像沙漠里的胡杨那样，等她（即陪她）三千年，直到永远。

　　作为音乐爱好者，这两首歌我不仅喜爱，并且会唱，所唱作品曾在全民 K 歌平台上发布过。那哀婉凄凉的旋律、如泣如诉的绝唱、催人泪下的琴声、深情反复的呼唤，尤其是词与曲的完美结合，具有夺人心魄的艺术震撼力，演绎出风格独特的韵味和令人回味无穷的凄美意境。尤其是《站着等你三千年》，具有更强烈的心灵震撼力和艺术魅力。

　　那么，这两首歌为何如此火爆、好评如潮呢？笔者以为，除了词曲本身十分优秀、珠联璧合外，更为重要的还是缘于歌曲背后十分感人的爱情故事。

　　爱情，是人类永恒的主题。正如恩格斯所说："人类所有痛苦中最高尚、最强烈和最个人的，乃是爱情的痛苦。"

　　故事中男女主人公的不幸遭遇，让人对他们深切同情；一对有情人却未能够终成眷属，让人对他们无比痛心惋惜；男主人公那一遍又一遍撕心裂肺的泣血诉说，深深地震撼了善良者的心灵，激起了他们情感上的强烈共鸣。

　　人们在对男主人公失去他心爱的女孩寄予无限同情和惋惜的同时，也对女主人公的悲惨遭遇，给予深切的怜悯，更被女主人公身患绝症（或身边带着两个孩子），又不愿拖累男孩这种高尚的主动舍弃行为，所深深感动。

这两首歌曲所演绎的故事，不仅具有鲜明的悲剧色彩，还有独特的悲剧艺术魅力，这个独特之处，就在于故事女主人公向世人所展现的"伟大的舍弃"，这种为了真爱而舍弃，是十分高尚的自我牺牲。

两位女主人公无不深爱各自故事里的对方，但她们坚持认为，自己已不可能给男方带来长久的幸福了。如果嫁给他，那只能让对方背上沉重的包袱，这样对心爱的人太不公平了。因此，她们强忍悲痛，义无反顾地与男友绝诀。她们内心承受的痛苦、感情上受到的打击、心灵上受到的煎熬，都远远大于男主人公。

这真是看似绝情却最有情、虽是失信却最有义啊！真正爱一个人，就希望对方过得更好、幸福更长久，一切为对方着想。有时，一方的主动退出，恰恰是出于对心上人真正无私的爱，这种爱情是多么高尚、多么纯洁、多么善良啊！我以为，这种对爱情无私的"舍弃"，才是人类爱情的最高境界，也是另外一种人间大爱。

在《站着等你三千年》的歌词中，词作者将"活着千年不死、死后千年不倒、倒后千年不朽"坚韧无比的胡杨，比喻为对爱情忠贞不渝的男主人公，而将高贵优雅的大雁，比作看似绝情、实则有情有义的女主人公，更有令人回味无穷的意境，增强了故事的悲剧色彩。

鲁迅先生说过："悲剧就是将人生的有价值的东西毁灭给人看。"这两首歌之所以广受欢迎，从根本上讲，都是基于歌词背后那十分凄美感人的爱情悲剧。那么美好的爱情，却未能够修成正果；那么倾心相爱的男女，却最终阴阳两隔；那么痴情的男子却被心上人狠心地拒绝；那么美丽善良的女孩，却身患绝症、英年早逝。这被毁灭的一切，是多么珍贵！这又怎能不催人泪下、感天动地呢?！这正是悲剧强大和独特的艺术魅力。

悲剧之所以在西方被称为"崇高的诗歌"，是因为一切悲剧的实质，就是用悲惨的故事来弘扬人类的真善美，鞭挞人间的假恶丑。车尔尼雪夫斯基说过："悲剧是人类伟大的痛苦和伟大人物的灭亡。"正是这种伟大的灭亡抑或伟大的舍弃，才对人们产生了极其强烈的心灵震撼和感情共鸣。

悲剧之所以具有"崇高"的特征，因为故事中所有的悲剧人物，无疑都是真善美的化身和正义的代表，他们的命运都无一例外地非常悲惨和不幸，他们都无一例外地受到了不公平的对待，他们的人生令人无限同情。

悲剧通过揭示人性的丑恶和社会的黑暗，提出了对当今社会尖锐的批判。它让人们直面人类的种种不幸和悲惨的现实，让人们看到人世间那么美好的东西被毁灭，好人在受难、恶人在猖狂，从而激起了人们对主人公不幸命运的深切怜悯和同情；在人们对邪恶、不公和黑暗强烈愤恨的同时，能使人变得更加善良、勇敢、成熟和坚强，从而激发人们战胜困难、摧毁邪恶、追求公平正义的勇气和力量。

一部优秀的悲剧作品，对人持久强烈的艺术感染力和精神激励作用，要远胜于十部平淡无奇的喜剧作品。它能点燃人们对美好事物的炽热感情，能陶冶人们的心灵，升华人们的情感，提升人们的精神境界，具有十分重要的审美价值。

实际上，真正的悲剧所表达的，决不仅是悲惨，而是悲壮；决不仅是悲凉，而是悲愤；决不仅是悲哀，而是雄壮。悲剧的根本作用是鼓舞人的斗志，振作人的精神，而绝不是让人意志消沉、听天由命。

同时，这两首歌中的故事，也带给我们诸多有益启示。

"千金易得，知己难求。"一个人，若在年轻时期，能够找到一位与自己心心相印、志趣相投的红颜知己作为终身伴侣，那么，这应是你前世修来之福；那么，你的婚姻必将牢不可破、坚不可摧。

人类似乎存在这样一个共性的弱点：越是得不到的东西，越是渴望得到；而对于已经拥有的东西，却往往并不珍惜，对其价值往往重视不足。延伸到恋爱婚姻方面，譬如：有些年轻人在择偶时，过于注重对方的相貌身高等外在条件，而不看重对方的谈吐、学识、气质、志趣等内在因素，喜欢"以貌取人"，致使男女双方志趣不符、"三观"不合，婚姻缺乏坚实的内在基础。

有些年轻人在择偶时，总是"站在这山望那山高"，总是以为下一位更好，期盼奇迹在后头，而对倾心于自己的人，反而不在意、不珍惜。

"有爱就要大胆说出来！"人生短暂、青春易逝。对自己的幸福，应当大胆勇敢地去追求，而不是一味地被动等待，或者自卑自弃。真正美好的东西，决不会经常有的。人生机会虽多，却往往稍纵即逝。聪明的人，肯定是善于抓住机遇的人。

不幸，能让人更加成熟；苦难，能让人更加坚强。一个人，最要紧的，是要始终持有善良、积极、乐观和向上的人生态度。心中有阳光、周围皆景色。始终以善良之心待他人，以友爱的目光看世界，以坚定的步履朝前走。坚信真善美之灯永远不会熄灭，其温暖绚丽的光芒，会始终把人心照亮。

2021 年 2 月 14 日

此文发表于 2021 年 2 月 6 日《江淮文学》总第 3133 期。

敢闯赢天下，穷困出英杰

——赴安徽凤阳县朱元璋故里、小岗村采风游记

初冬的皖东，阳光普照，大地生辉，到处生机盎然。笔者应邀赴凤阳参加安徽省九市散协"学党史、颂党恩、跟党走"散文联谊赛现场颁奖暨"游中都、话改革"文学采风活动。作为十名三等奖获得者之一，我登上主席台，在众人赞慕的目光和热烈的掌声中，接受组委会文学大家们的颁奖，确感莫大之荣幸、由衷之喜悦。但此行收获更大的并非获奖，而是颁奖后的文学采风活动。

此次采风行程紧凑、内容丰富，概括起来，就是实地参观了三个"地"：中国农村改革的发源地（小岗村和大包干纪念馆）、明朝开国皇帝朱元璋的出生地（小溪河镇燃灯社区金桥坝）和出家地（龙兴寺）。

一

我们来到朱元璋的出生地金桥坝。元文宗天历元年九月十八日（1328年10月21日），朱元璋就诞生在这里。他在《诏立皇陵碑文》里云："皇考五十，居钟离之东乡，而朕生焉。"此地原名为钟离县东乡。此处原是连片的荒地，走近才发现，这里已变成偌大的施工场地，现场热火朝天，一片繁忙，两个高大的木质建筑楼阁已具雏形。我们从

工地旁高竖起的"主建筑群效果图"上方知，此地将建造一座纪念碑，并围绕纪念碑，配套建大门、石牌坊、碑亭、展厅和东西配房。原来，当地正在把朱元璋的出生地打造成"洪武故里"，此处即将成为一个新景点。

此时，我在心里想，朱元璋出生于极度贫寒的佃农之家，虽后来贵为皇帝，但他一生始终勤政节俭，不贪图物质享受，厌恶奢华排场，面对后人在他的出生地大兴土木，倘若他泉下有知，不知作何感慨？

二

我们来到朱元璋的出家地龙兴寺，只见寺庙大门前额上刻有"龙兴古刹"四个黄色大字，大门两旁的楹联上书"庄严国土，利乐有情"。

龙兴寺规模虽不太大，但寺内松柏森森，楼宇雕龙画凤，寺内建筑的所有墙面均涂有皇帝专用的黄色，楼宇内金碧辉煌。那写有"太祖遗风"的高大楼牌、那镌刻着朱元璋亲书的草字头的"第一山"石碑、那高达八层的七佛宝塔，处处彰显着至尊至崇的皇家特色。

朱元璋在他亲撰的《大龙兴寺碑》文中开明宗义地说："是寺之建，非为求佛积福而建，止因幼托身于寺四年……"

由此可知，龙兴寺是朱元璋为纪念他早年被迫出家为僧而专门御建。皇帝自古被称为"真龙天子"，他将此寺赐名为"大龙兴寺"，寓意此寺乃为其潜龙、兴龙之地。同时，也真切表达在其父母双亲和长兄于十七天之内相继病亡后，给予走投无路少年的他以栖身之处的寺庙，那一片拳拳感恩之情。

朱元璋早年出家入寺为僧四年的经历，虽然始终严禁他人说起，但他自己却时常提及，从不隐瞒回避。并且，他在为考妣御建明皇陵所亲撰的《大明皇陵御制碑》文中明确记载："……空门礼佛，出入僧房。"作为一代帝王，这种实事求是的态度，真的难能可贵啊！

不仅如此，作为日理万机的开国皇帝，朱元璋还亲自为大龙兴寺制定了内容详尽的 26 条寺律僧法，可见龙兴寺在他心目中多么重要。

实际上，朱元璋当年出家的寺庙并非此寺，也不在此地，而是位于县城西南 7 公里路的於皇寺。他在《大龙兴寺碑文》写道："寺昔於皇，去此新建，十有五里，奠方坤，乃於皇旧寺也。"而此龙兴寺则位于县城的东北角。

朱元璋之所以要对早年出家的寺庙异地重建，并另赐新寺名。乃因於皇寺早在他登基称帝 16 年前"于元至正十二年，群雄并起，寺为乱兵焚"（《大龙兴寺碑》文）。而於皇寺旧址距已建成的明皇陵之外城北垣，仅有 300 余米，对寺庙的修道焚香很不便，故才异地重建。

据传，朱元璋亲书"第一山"之所以不用"竹"字头，而用"草"字头，乃意寓皇帝自己出生于草民贫寒之家，以此来提醒后代子孙勿忘根本，秉持初心。

三

我们又来到名扬四海的中国十大名村之一的小岗村。

在村入口处，写在硕大牌楼上的"凤阳县小岗村"六个金色大字，在阳光下熠熠生辉。

进入村内，顿觉眼前豁然开朗。那宽阔笔直的柏油路，一眼望不到头；路旁那一排排迎风摇曳、沙沙作响的秋叶，婆娑起舞似的欢迎我们的到来。道路两旁那一栋栋整齐排列的两层民宅灰砖白墙，尽显当代农民小康安居之静美；那停靠在自家门前一辆辆价格不菲的轿车，似乎在无声诉说着时代的沧桑巨变。哦！这里的一切让人仿若隔世，又令人感慨不已。这里弥漫着现代化的气息，这哪里是农村哟，分明是远离都市喧嚣、幸福温馨的"港湾"。

在大包干纪念馆，我首先与万里委员长题写的馆名合影。我在心里默默对自己说：这可是我多年心驰神往之处啊！今天此行，终于了却夙愿，让我细细地亲睹大包干的真容，让我轻轻地抚摸到中国改革的历史脉搏，并将从中汲取不断前行的动力。

展馆分为溯源、抉择、贡献、巨变、展望和关爱六大板块，图文并茂、内容翔实，全景式地展示了小岗人首创的"大包干"生产方式，如何改变了自身命运、间接地改变了整个中国人民命运的来龙去脉。

那一帧帧图片、一幅幅图表、一组组数据、一张张笑脸，真实记录了小岗村几十年的奋斗历程，既是中国农村改革历史的真实缩影，也是中国农民改天换地，走向富强的壮丽画卷。

在小岗生产队 18 位农民摁下的红手印展图前，我久久地驻足凝视。我反复默读这篇字字千金的"生死文书"："我们分田到户，每户户主签字盖章。如以后能干，每户保证完成每户的全年上交和公粮，不在（再）向国家伸手要钱要粮，如不成，我们干部坐牢杀头也干（甘）心。大家社员，也保证把我们的小孩养活到 18 岁。"读着读着，我的眼眶很快湿润了，这写在 18 颗红手印上短短的 87 个字，实际上就是中国农村改革的宣言书啊！

我注视着那一颗颗鲜红鲜红的手印和一枚枚方方正正的私章印，真切地感到，这 18 颗红手印，就像那寒冬里迎风怒放的 18 株红梅，孤独而又顽强地展示着他们遗世独立般的俊美；这 18 颗红手印又宛如那 18 个跳动不息的炽热红心，向世人昭示着小岗人绝不向命运屈服，绝不向贫穷低头的坚定决心。而那四颗方方正正的私章印，则深深地刻下了小岗村的男子汉们，那顶天立地、一诺千金、视死如归的铮铮誓言。

"人民才是真正的英雄。""人民，只有人民，才是创造历史的根本动力。"43 年前，18 位小岗农民贴着身家性命，在"生死状"里用力摁下那鲜红的手印，犹如一声惊雷，迎来了改革的春天，拉开了中国农村改革的序幕。毫不夸张地说，没有小岗村首创的"大包干"，就没有 20世纪 80 年代中国的农村全面改革。正是大包干改变了社会生产关系，解放了社会生产力，进而推动了中国农村改革和经济发展，并由此引发了中国经济和政治体制的深刻变革，从而为社会主义市场经济的确立，奠定了坚实的基础。

<h1 style="text-align:center">四</h1>

其实，小岗村与朱元璋出生地金桥坝村，现已属同一个镇（小溪河镇）且相距较近，直线距离不过十公里。几百年来，在这块土地上，先后发生了两次如此重大之事件，这难道不是中国历史的传奇吗？

无论是朱元璋的出生地与出家地，还是中国农村改革的发源地，都说明凤阳是块风水宝地，更是一块无比神奇的土地。

693 年前（1328 年），这里诞生了一个小重八；又过了 40 年（1368 年），这个当年的小重八，竟成了大明王朝的开国皇帝。他不仅统一了全中国，缔造了 277 年的大明江山，还干出了惊天地、泣鬼神的伟业，打造了长达 30 年的"洪武盛世"。

而在 43 年前，还是在凤阳这块热土上，诞生了由 18 位农民以捺手印立生死状方式创立的农村"大包干"，一年多后，大包干迅速推向全国各地，进而引发了中国社会全方位的深刻变革。

这两大事件都深刻地影响了中国近现代社会历史，极大地推动了中国历史发展的进程。大明王朝的建立和大包干的诞生，两者看似风马牛不相及，实则具有颇为相似的时代背景和历史渊源。"历史往往惊人的相似。"两者看似历史的巧合与时代之偶然，实为历史与时代之必然，两者存在着历史上和逻辑上的内在联系。

那么，朱元璋的成功之路、小岗村的大包干成为中国改革的重要标志，带给我们最重要的启示何在？朱元璋为什么能？小岗村为什么行？他们成功的秘诀究竟是什么？笔者以为，归根结底就是两条：一是不屈命运、穷则思变，二是敢闯敢干、敢为人先。

朱元璋在 1352 年 2 月加入郭子仪领导的红巾军之前，可谓吃尽了人间苦难，尝遍了屈辱白眼。他父母病故，家破人亡，一无所有，食不果腹，处于极度贫困境地，走投无路才入寺为僧。

而小岗村在 1978 年 12 月实行大包干前，为全公社粮食产量最低的生产队。他们"生产靠贷款，吃粮靠供应，花钱靠救济"，他们"红薯干、红薯馍，离开红薯不能活"，他们"辛辛苦苦干一天，不值一包光明烟（0.22 元）"，全村社员在饥饿中挣扎，在绝望中徘徊。极度贫困的大山，紧压在他们的身上，让他们不堪重负，退无可退。

但他们的身上都有一种不屈服于命运摆布之可贵特质，他们从未被贫困所吓倒，而是勇敢地向贫困宣战，立志通过自身奋斗，赶走贫困，走向富足。

令人可敬的是，他们不仅具有坚强不屈的品质，还有敢为天下先的精神。敢闯才会赢，首创最难得。面对无数强敌，朱元璋毫不胆怯，始终充满必胜的自信。他在众多起义农民将领中，另辟蹊径，率先避开红巾军将领之间的内讧争斗，主动离开濠州根据地，敢打敢闯，迅速发展力量，很快打出了一片属于自己的新天地。

为了尽快消灭元朝残余力量，彻底推翻腐败透顶的元王朝，统一全中国，朱元璋创造性地提出了"驱逐胡虏，恢复中华"的响亮口号，从而团结争取了全国一切反元力量，使他的军队所向披靡，势如破竹，加速了元朝政权的土崩瓦解，最终，他赢得天下，实现了改朝换代，成就了他的帝王伟业。

而小岗人始终认为，"贫穷"绝不是小岗村的专利，更不是被人强贴在他们身上的"标签"。他们始终坚信自己的双手绝不比别人笨拙，自己种的田一点也不比别人的地贫瘠。

1961 年 9 月，中共凤阳县委下发的红头文件中提到以"定产到田、包单到户"为核心的责任田生产方式，早已印刻在小岗人的脑海里，成为尝到甜头的小岗人深埋在心底不灭的火种。穷则思变，当他们面临生活绝境时，这颗火种便以不屈无畏的意志被熊熊点燃。他们发誓：哪怕是坐牢杀头，也要用"大包干"这个自创的利器，拼命地义无反顾地去铲除这个"穷根"！

事实胜于雄辩。小岗村实行大包干后的第一年（1979年），尽管当年遭遇了大旱，但依然取得了大丰收。粮食总产量为之前年均产量的4倍，是1966年到1970年这五年间粮食产量的总和；人均收入400元，是1978年的18倍；小岗人第一次向国家交售了余粮，第一次向国家归还了贷款。通过实行大包干，他们实现了"一年翻身、面貌改变"。小岗人用铁的事实，向世人证明了大包干的无比灵验和神奇。

朱元璋由一名托钵云游的乞僧，经过16年的搏击，终成为一代开国皇帝，实可谓举世无双、空前绝后，他一生创造了许多人间奇迹。笔者以为，他的奋斗之路、成功之道，很值得每一位有志之士，用心地琢磨研究。

而小岗村18位普普通通的农民，敢于勇立时代潮头，首先吹起了中国改革的冲锋号，带头打响了脱贫攻坚战。虽然他们出生寒门，贫困交加，但他们才是真正的英雄、世间的英杰。今天已经脱离贫困、走进小康的中国人，要永远铭记他们的历史功绩。

五

"万物得其本者生，百事得其道者成。"究竟什么是"大包干精神"？说到底，就是敢闯敢干敢创新，敢为人先不止步。

无论时代如何变迁、社会怎样发展，由英雄的小岗村人所创造的"大包干精神"，永远不会过时，永远放射出真理的光辉，它给我们的启迪是多维度的、与时俱进的，相信每一位不愿做时代落伍者的人，都能从中获取不竭的精神动力。尤其当你的人生遭遇重大挫折、你的事业遇到严重打击时，"大包干精神"定能给你战胜艰难险阻的信心、勇气和力量。

就在我们结束参观，即将离开大包干纪念馆时，广场上的大喇叭播放出一段凤阳花鼓的优美音乐。这阵阵旋律是那么的铿锵有力、那么的激昂明快、那么的催人奋进！哦，真好听！真无愧"东方芭蕾"之美誉啊！

说来真巧，此次颁奖后，大赛组委会别出心裁地向我们赠送了一个做工精致的凤阳花鼓。要知道，凤阳花鼓可属于国家的非物质文化遗产！你看那绘有丹凤朝阳的光彩鼓面、那红彤彤的丰满鼓腰、那充满喜庆色彩的中国结、那金黄灿灿的外包装，无不彰显着高贵典雅的气质，真让人煞是喜爱啊！

这小小的凤阳花鼓哟！你不仅是历史的记录者、见证者和传承者，也是时代的呼唤者、歌咏者和促进者。我要把你带回去放在身边，让你伴随着我，让你那阵阵花鼓声，时常敲起来、敲起来，让你时刻提醒着我：人生短促，光阴宝贵，时不我待，永不懈怠。

2022 年 12 月 6 日

此文发表于《凤阳文学》2022 年第 3 期。

新年的韵律

凛冽的寒风，挡不住集合的步伐；沧桑的面庞，掩不住火热的心情。2022 年来啦！新年哟新年，我以何种方式迎接你？

有这样一个社团——以社会活动家高洛音为团长、由一群艺术修养深厚的大叔大妈们组成的夏花艺术团，元月 8 日在合肥南淝河畔的同庆楼举办迎新联欢会，他们用心用情用爱，用精湛的朗诵和动听的歌声，为我们献出一台精美绝伦的艺术盛宴。哦！这是真情的倾诉、心灵的激荡，这是青春的回望、美丽的绽放，这是最好的新年祝福与祈祷。

你瞧，他们神采奕奕，精神矍铄，春风满面。女士们盛装红裙花围巾，高贵优雅；男士们礼服红领带、绅士帽，风度翩翩。两小时精彩的节目里，他们就是这样说、这样唱、这样演——

首先是艺术团合唱队的深情唱颂："我们共产党人好比种子，人民好比土地，我们到了一个地方，就要同那里的人民结合起来，在人民中间生根开花。"人民的拥护和支持，这是我们党战胜一切困难、立志千秋伟业的最大底气！

合唱队自豪地吟唱："革命人永远是年轻，他好比大松树冬夏常青。他不摇，也不动，永远挺立在山顶。"与其说在歌咏他人，还不如说在唱自己啊！不是吗？这群 65 岁上下的文艺老青年，他们不就是青春永驻、快乐相伴的南山"不老松"吗？

艺术团的朗诵艺术家们逐一登台了。你看，他们那么专业专注，那么神采飞扬、发自肺腑啊！那浑厚洪亮富有磁性的男声朗诵，那柔美清脆宛若百灵的女声朗诵，声情并茂、如泣如诉，情景交融，字字句句叩人心扉、激荡灵魂、震撼心灵。

他们深情缅怀陈延年、陈乔年两位英烈："延乔两兄弟，信仰最坚定，理想最璀璨。1.2公里长的延乔路啊！就在合肥的西南边。延乔路虽短，却与繁华大道紧相连。这里每一捧热土，都有延乔的体温，这里每一片绿叶，都有延乔的青春；这里每一朵花瓣，都有延乔的祝福，这里的每一阵轻风吹过啊，都是延乔对共产主义的深情呼唤！如今盛世中国，已如你们所愿！你们从未远去，一直把我们陪伴……"（鲁静、张广翠、翟金杰、罗志刚朗诵徐沛君的原创诗《延乔兄弟千古颂》）

他们礼赞井冈山上迎风绽放的兰花："井冈兰，朵朵向东开。星火已燎原，红云烧天外。霜雪终将化为水，革命豪情滚滚来。"（王斯丽、江芹朗诵吕云松的《井冈山兰花吟》）

请听！他们深情吟哦亲爱的祖国——

"那长在妈妈门前的一棵麦苗，就是我疼到筋骨的乡土，就是我刻进血脉的祖先。冰封之下汹涌的涛声，汇聚成排山倒海的咏叹。谁有一百年招展的旗帜？谁有一百年不变的信念？"（邵素兰朗诵阿紫的《在冬天的麦苗上看到了中国的春天》）

"我爱你高耸的山脉，我爱你湍急的河流，我爱你风吹不折的脊梁，我爱你忍辱负重的沉默，我爱你深沉博大的情怀，我爱你涅槃重生的勇气。纵然我只是一颗无名的种子，我依旧要在你辽阔的土地上萌芽，吐蕊。"（张燕妮、刘志红等朗诵碑林路人的《祖国，你就是我要唱的那首歌》）

那一句句滚烫的诗行，犹如一个个跳动的音符，从眼含热泪表演者的肺腑深处迸发出，那是他们对党对祖国发自内心的挚爱啊！这批新中国的同龄人啊！他们见证了新中国所有的磨难和辉煌。正因为青春早已远去，他们才格外珍惜余生，发挥特长，回报社会，他们只争朝夕，誓将每一天、每一秒都绽放出生命的异彩、价值的光芒。

他们渴望建功立业、再创辉煌："怒发冲冠，凭栏处、潇潇雨歇。抬望眼，仰天长啸，壮怀激烈。三十功名尘与土，八千里路云和月。莫等闲，白了少年头，空悲切！"（张自立朗诵岳飞的《满江红》）

他们感叹人生短促、光阴无情——

"弃我去者，昨日之日不可留；乱我心者，今日之日多烦忧。长风万里送秋雁，对此可以酣高楼。俱怀逸兴壮思飞，欲上青天揽明月。"（朗诵大师魏民激情吟诵李白的《宣城谢朓楼饯别校书叔云》）

"等我睁开眼和太阳再见，这算又溜走了一日。我掩着面叹息。过去的日子如轻烟，被微风吹散了；如薄雾，被初阳蒸融了。我留着些什么痕迹呢？"（朗诵艺术家安妮朗诵朱自清的《匆匆》）

"乎天地者，万物之逆旅也。光阴者，百代之过客也。"是啊！天地万物，生命有限，惟天地不变，山河永存，青山常在，日月永恒。饱经岁月风霜的他们啊！早已豁达淡定，他们看淡功名利禄，看透滚滚红尘。

他们深知："有先贫而后富，有老壮而少衰。天不得时，日月无光；地不得时，草木不生；水不得时，风浪不平；人不得时，利运不通。人生在世，富贵不可用尽，贫贱不可自欺。"（王良其大律师朗诵吕蒙正的《命运赋》）瞧，多么深邃的人生辩证法啊！

是啊！他们岂止是朗诵者呢？他们都是哲学家。你看，他们朗诵的哪一句不富含人生之哲理，不给人以深刻的启迪、无限的遐想、无穷的回味？

这些老师们已不年轻，但他们浑身散发出雅致脱俗的艺术光辉，内心深处透射出火一样的青春激情，他们优雅的举止、儒雅的气质、轻盈的脚步、天籁般的声音，真的让人赏心悦目、回味无穷；让人沐浴在高雅艺术的温馨之河中！他们就是诗的天神、爱的天使、美的化身啊！

不信？你请听——

"冬之云溪，犹如一笺洁白透润的纸，清婉静默。溪水淡然，曲延地涓涓流淌。虽潭面已水落石出，却还泻流如线，仍然保持漫舞浅笑的姿态，悠闲于凋零的林间。也许，每一处流淌的溪水，承载时光滴答的声响，能让人寻回自己的足音和心声……"（张燕妮朗诵钱立青的《云水间·冬》）

"晨风妩媚，抚摸漂移的花儿。我系一对轻盈的翅膀，翩跹霓裳的舞步，带来亘古的温柔，跳动的诗韵，圆我曾经的梦想。"（李春幸朗诵静水深流的《梦里唐诗》）

"她是有丁香一样的颜色，丁香一样的芬芳……她静默地走近，又投出太息一般的眼光……像梦中飘过一枝丁香地，我身旁飘过这女郎。"（刘智杰朗诵戴望舒的《雨巷》）

"那一首蒙古长调，歌声辽远绵长地回荡。它与生命共存，用热血酿就，在心胸培育。以原生态的姿势，自然的流淌。高远空灵悠扬，在夜晚让篝火点燃，我满含热泪，倾听那天籁之音，心灵的绝唱。"（胡林朗诵詹泽的《鸿雁》）

——多么优美的文字，多么动听的音律，多么美丽的画卷，多么妙曼的意境哟！如梦似幻，如醉如痴，美到骨髓！哦，这就是文学的力量！这就是朗诵艺术的无穷魅力啊！

他们不仅深情歌颂祖国歌颂党，弘扬人间真善美；还真情地讴歌最美的普通劳动者——那每日负重前行的黄山挑夫："他们一步一颤首，一步一层天，用汗水和毅力挑战人类的极限。他们用铁脚丈量每一条山路，迎接一个个绚丽的日出，无数次霜刀雪剑。他们一头挑着全家老小的期盼，一头挑着游客如织的黄山……"（秦芳朗诵高洛音的《黄山挑夫赞》）

是啊！人间唯有劳动才能创造幸福、创造财富，而世上最底层的劳动者，则是最值得我们赞美的人。

纵然生命短暂，但艺术之树常青；青春虽不再来，但这颗炽热的心依然年轻。感谢夏花艺术团的老师们！你们对高雅艺术的执着追求让我感动，你们对朗诵事业的忘我付出令人敬佩，你们高超的表演水平值得学习。

啊！老师们，你们犹如朴实无华、四季常青的松柏；又恰似"生来如璀璨的夏日之花，不凋不败，妖冶如火。……一生充盈着激烈，又充盈着纯然……"（查鸣朗诵泰戈尔的《生如夏花》）

啊！老师们，你们像"一阵凄微的风，穿过我失血与静脉，驻守岁月的信念"（泰戈尔《生如夏花》），捕获"缥缈的唯美"，在（爱的）沙漠，把绿洲摇曳（呈现）。

老师们，有你们真好！这一切真美呀！哦！这就是新年的韵律！这就是虎年的序章！

2022 年 2 月 9 日

吴山无山实有"山"

　　长丰县吴山镇，位于在合肥城北四十公里，历史悠久。凡合肥人，无人不知；闻名遐迩的"吴山贡鹅"，无人不晓。上周末，我到吴山采风，在镇上的贡鹅店一饱口福，的确清润浓香，腴而不腻，味美醇厚，回味悠长。

　　吴山贡鹅，得名于唐末五代十国的吴王杨行密。他回家乡合肥巡视时，乡亲们以当地的大白鹅，配以特制佐料制成的卤鹅招待他，杨行密食之大悦，赞不绝口："行密自幼贫寒，不敢忘本，以此家乡卤鹅为餐，堪称贡品也。"由此得名"吴山贡鹅"，并名扬天下。

　　其实，又岂止吴山贡鹅呢？就连"吴山"这个地名，也缘于吴王。吴山最早名曰"桑科铺"，乃因吴山原为古代重要的驿道，后来，有人在驿道边的桑树林旁开设了商铺，由此而得名桑科铺。再后来，吴王病逝（905年），棺椁运回原籍安葬于此地。吴王墓丘高如山，百花公主在墓北建庵为父守孝。于是，后人便以吴国为号，以吴王墓为山，以公主庵为庙，更名吴山庙。由此可见，吴山虽有"山"字，实则无山。

　　吴王杨行密与吴山的渊源多深厚啊！

　　吴山镇规模不大，几条东西斜走向的老街，地面多为青石铺就，尽显历史沧桑。小街人少、静谧、祥和。走着走着，只见一条街口高大的牌坊，上书"吴王遗踪"四字，两侧一副楹联："据淮右江左叱咤风云一代王侯奠大业，占陵北庙南名垂懿德百花公主沁芳馨。"但进去一看，里面并无特别看点，令人扫兴。

我在当地人的指点下，在一条逼仄的巷口，找到了吴山寺。这是一座并不显眼的庙宇建筑，红墙黛瓦，中间为正殿，两小殿各为罗汉殿和观音殿，正殿的门额横匾上有"吴山寺"三个金色大字。我仔细观察，却未见有关吴王及其女儿百花公主的文字记载。

离开吴山寺，我去拜谒位于吴山镇南吴王大道上的吴王墓。这是一座面积巨大的圆形土丘，高约两米，直径至少20米，底座以青砖围砌，土墓顶上芳草萋萋。墓的两侧，有十几株苍劲的青松将墓围绕。墓前立有石碑，上刻"唐吴王杨武忠行密之墓"，背面无碑文。在墓的东南两旁，杂乱地堆放着一些建筑垃圾，煞是刺眼。

但史书所载吴王女儿百花公主为其父守孝而建的水面花园和公主庵，以及她死后葬在其父墓旁的公主坟，早已荡然无存了，只留下吴王墓这一座孤零零土山似的坟茔。

一阵风吹来，松柏摇曳，婆娑起舞，几只不知名的鸟儿，在头顶上盘旋、鸣啼。今天，春风拂面，春色宜人，万里碧空，多么晴好的天气哟！可此时的我，却高兴不起来，心中充满了惆怅，并有隐隐之伤感。

膂力过人的杨行密（852—905），自883年在家乡愤而杀吏造反后，他攻庐州、战广陵（今扬州）、克淮南、伐江夏，先后占有淮河以南、长江以东28州的地盘。他前后只用了19年，便从一个少失怙恃的孤贫少年，起事后自封"八营都知兵马使"，到庐州刺史；从宣歙观察使、宁国军节度使，到淮南节度使；从检校大傅、同平章事，到弘农郡王；从诸道行营都统，直到被唐昭宗正式封为吴王。

这真是一位叱咤风云的英雄豪杰啊！

自古以来，安徽只出了两名布衣帝王，一位是明朝开国皇帝朱元璋，另一位便是吴王杨行密。杨行密既是唐朝的藩王，亦为吴国的创立者，实乃一代开国帝王，他身后被尊为武皇帝，是当之无愧的。

他虽为一代藩王，但既非祸国殃民之昏君，更非嗜杀成性之暴君，恰恰相反，《新五代史》说他："宽仁雅信，善取士心。"《十国春秋》说他："宽简有智略，善抚御将士，与同甘苦，推心待物，招抚流散，轻徭薄敛。"《新唐书》说他："仁恕善御众，自身节俭，无大过失，可谓贤矣。"

他出身贫寒，深知民间疾苦，官至淮南节度使时，仍常穿补丁衣服，提醒自己不忘根本；他善待降将，招抚流亡；他体恤百姓、顺应民意，在他平定淮南后，便及时从开疆拓土转变为保境守土，以减少生灵涂炭，让百姓休养生息；他宽厚大度、招贤纳士；他厉行节俭，身体力行。他制定《格律》50卷，颁行天下，严厉约束那些居功自傲的部下。在他统治期间，注重民生，鼓励农商，轻赋缓刑，发展生产，百姓安居乐业，千里江淮大地呈现出一片繁荣景象。

他长期异地征战，在戎马倥偬之际，仍常以家乡的大白鹅款待部下，以家乡的美酒犒劳将士，他常吃吴山贡鹅以解乡愁。他虽贵为王侯，但始终视己为故乡之子，坚持要在身后落叶归根，魂归故里。

雄才大略的一代吴王，也是一位品德高尚的人。古人云："高山仰止，景行行止。"我说，吴山虽无有形之山，却有无形之山，吴王杨行密不就是一座世代人民心中高耸入云的英雄之山吗？

他身上许多光辉的亮点、优秀的品质，难道不值得我们后人敬仰吗？他的为政治国之道，难道不值得当代为官者用心借鉴和学习吗？

正可谓："吴山无山确有山，节俭宽仁万世传。拔剑扬眉镇淮扬，土丘千载耸云天。吴山有庙今称寺，客来多询公主庵。园水相依何处觅？拳拳朝暮问父安。"

吴山，还有一处"含金量"很高却并不知名的红色景点，即位于镇西炎刘路小营盘的吴山庙起义旧址。1996年11月，当地政府在旧址上建成了武装起义纪念广场。

说是纪念广场，其实面积很小（占地约600平方米）；说是纪念碑，其实很矮，只有 5 米高（据说"5"与武装的"武"谐音，寓意武装起义。可为何不建成 15 米高呢）。

再仔细观察，纪念碑外形酷似直立的大蜡烛（寓意吴山庙起义，点燃了合肥人民武装反抗反动派的星星之火）。

在纪念碑前立有一矮小的石碑，刻有吴山庙起义领导人简介。碑的后侧有一堵高 0.7 米、长 5 米的半圆环状石墙，墙体除嵌有四根圆柱外，别无他物。

广场的西侧竖立着几块记载吴山庙起义五位主要领导人（蔡晓舟、郑鼎即李云鹤、许习庸、聂鹤亭、李雨村）的英雄事迹牌。

吴山庙起义，历史久远矣！距今已经 96 年了（发生于 1926 年 11 月 23 日）[1]。它比著名的阜阳四九起义（1928 年 4 月 9 日）、六霍起义（1929 年 11 月 8 日）、潜山请水寨起义（1930 年 2 月 2 日）、寿县瓦埠农民暴动（1931 年 3 月 30 日）都还要早；它比合肥本地的双河集农民暴动，还要早出 6 年呢！

吴山庙起义，知之者甚少矣！是否是年代久远、起义时间太短之故？还是后人宣传的力度不够？抑或纪念广场的规模过小，史实过少呢？[2]

吴山庙起义可歌可泣矣！它不仅是我党在合肥地区领导的第一次武装起义，也是安徽省党组织领导的全省最早的武装起义。

它打响了合肥乃至安徽全省，推翻反动军阀统治的第一枪，它犹如一支蜡烛，点燃了全省武装革命的星星之火。

它打乱了驻皖反动军阀的阵脚，动摇了其军心，鼓舞了人民的斗

〔1〕《中国共产党安徽历史》，中共安徽省委党史研究室著，中共党史出版社，2021 年第 1 版，第 60—61 页。

〔2〕《中国共产党安徽历史》，中共安徽省委党史研究室著，中共党史出版社，2021 年第 1 版，第 94—95 页、105—107 页、108—120 页；《皖西革命史》，中共六安地委党史工作委员会编，安徽人民出版社，1987 年第 1 版，第 282—284 页；《寿县革命史》，中共寿县县委党史和地主志办公室编，1992 年第 1 版，第 32—33 页、第 62—66 页。

志，支援了北伐战争，给劳苦大众带来了希望和光明。

它是国共两党携手合作，共同反对新军阀，为人民谋福祉的生动革命实例。

但是，归根结底，它就是一场殊死激战、流血牺牲的惨烈战斗啊！

这时，已近傍晚，万籁俱静，只有广场周围的松柏在风中沙沙作响。夕阳恰好映射在低矮的纪念碑上，金光万道，光芒四射。不远处有几棵高大的梅树，早已朵朵红梅绽放，阵阵花香沁脾，你看，那红彤彤的簇簇梅花，多像一面面倾挂着的火红的红旗哟！

哦！这是一座丰碑，也是一座高山。吴山岂无山？何止一座山！那些为人民抛头颅、洒热血的革命先烈们，他们生为人杰死为碑，他们不就是一座座矗立在人民心中巍峨的高山吗？！

这正是："吴山有碑五米长，武装起义射首枪。晓舟不畏黑云厚，云鹤高翔大计商。吴山有烛实为碑，燎原星火赖斯光。春播秋收谁人问？远去英雄在近旁。"

2022 年 3 月 16 日

醉翁亭怀古

滁州市西南的琅琊山，颇为奇特。其山不高（最高峰南天门仅 320 米）、其峰不峻、其崖不险，更无奇松、云海、瀑布、佛光，但几千年来，无数名士鸿儒纷至沓来，为之吟哦，仅选入《琅琊山诗词选》的历代文坛名流，便有 140 多位，故云"野店人人偿酒债，山亭岁岁结诗盟"。

琅琊山之奇，为山名取自东晋元帝司马睿称帝前所封的琅琊王之名；琅琊山之特，在山景核心乃一个"亭"字。山不在高，有"亭"则名。在多达几十个亭子中，唯醉翁亭享誉天下，众亭对它犹如众星捧月。

欧阳修的《醉翁亭记》，我从青春年少读到现在，早已熟烂于胸，然几十年来，只读其亭记，未见其亭貌，实为憾事。

一

"欧翁何所在？应驻醉翁亭。"上月，我乘应邀赴滁州采风之机，终于上山拜亭，了却夙愿。

孟夏雨后的琅琊山，满目葱翠，清香四溢。一条幽静的琅琊古道，蜿蜒通往醉翁亭景区，说是"古道"，早无一丝古迹。行至不远处，迎面一高大的石库门，门上楹联："翁去八百载，醉乡犹在；山行六七里，亭影不孤。"此乃醉翁亭景区的园门，当地人通称"欧门"。

入园内，眼前为依山而建之庭院式建筑群，既有南方园林之精致玲珑，又兼北方庭院之舒展大气，有泉、有潭、有桥，更有亭。绕过一道竹影扶疏的粉墙照壁，向右一拐，便是名扬四海的醉翁亭了。

哦，让我心驰神往的醉翁亭，原来如此模样！此亭古香古色，庄重典雅，造型别致，亭脊伏龙吻兽，四檐飞翘，宛如大鹏凌空展翅。亭基立有 16 根精致的木柱承重，四周无墙，以木栏围住，间置几案，供人围坐。亭额横匾上书金字大字"醉翁亭"，落款者为苏轼（最早为薛时雨所书）。

亭内柱上高悬长短两副楹联。这副短联言简意赅："饮既不多，缘何能醉？年犹未逮，奚自称翁？"说的就是亭主人欧阳修。

此景区号称"八亭九院"，我细数，连同附近区域，共有七亭（醉翁亭、意在亭、影香亭、古梅亭、怡亭、洗心亭、听泉亭）。琅琊山亭何其多，唯有醉亭甲天下！醉翁亭贵为中国四大名亭之首（北京的陶然亭、苏州的沧浪亭、长沙麓岳山下的爱晚亭），却未沾琅琊山名之光，实乃欧阳修其人其文之故。

相反，琅琊山因醉翁亭而身价骤增，闻名遐迩，一千多年来，它沐浴着绵绵不绝的文墨味和书香气，正如欧翁得意门生曾巩所言："滁之山水，得欧公之文而愈光。"醉翁亭不仅位列中国四大名亭之首，还堪称琅琊山上星罗棋布的众亭之父，因在 977 年前，整个琅琊山，唯有这座由琅琊寺住持智仙和尚专为欧阳修建造的亭子，当然，亭名为欧翁所命、亭记为欧翁所撰。

我在亭内宽敞的几案上轻轻坐下，一阵微风吹来，带来丝丝凉意。我想，当年的欧翁就是坐在这里，或饮酒赋诗或谈古论今或办理公务，他必定谈笑风生，和蔼可亲。我在心里默默念着：欧翁哟欧翁，你还好吗？

二

醉翁亭内那副长联:"翁昔醉饮时,想溪山入画,禽鸟亲人,一官谴责何妨?把酒临风,只范希文素心可证;我来凭眺处,怅琴操无声,梅魂不返,十亩蒿莱,扪碑剔藓,幸苏子瞻墨迹长存。"

这副既写他人又抒己的长联以及欧门上的那幅短联,均为薛时雨所撰。薛公者谁?非常人也。进士出身的全椒人薛时雨,晚生于欧翁八百余年,却与欧翁心灵契合、理念相同,他一生仰慕欧阳修,视其为精神导师,在他青少年时,便多次上山拜亭,且口中喃喃吟诵苏轼之诗:"醉翁行乐处,草木亦可敬。"无论做官,还是做人做事,皆以欧翁为人生楷模。他在嘉兴知县的任上,不惜丢官而为民抗税,百姓赞他:"清官者,首推薛嘉兴。"

在他晚年归故里后,完成了两件功在千秋的大事:一是捐资刻印了同乡吴敬梓的《儒林外史》;另一件便是他面对毁于战乱、早已"鞠为茂草"的醉翁亭和丰乐亭,决心募集巨资重建之,他为完成此浩大工程鞠躬尽瘁,终于在去世前四年(1881年)工程告竣,并拼尽心力、饱含深情地撰写了《重修醉翁亭记》和以上两副楹联。

试想,若无当年薛时雨的大义之举(将"十亩蒿莱,扪碑剔藓")又何来今日之醉翁亭?倘若此亭已毁,如今只剩那篇亭记,岂非莫大的历史文化缺憾?他为修复醉翁亭倾尽家财、耗尽心血,这需要多么大的勇气、多么坚忍的意志啊!若无对欧翁一往情深的无限景仰,薛时雨又怎能写出这副一咏三叹、追昔抚今、感情真挚的厚重长联呢?

他还无限感慨地写道:"山水之气象映发,若有籍于贤人君子焉者……数君子以前,山川流峙而无闻焉者,待贤人君子而后传,传而后永。"实乃真知灼见!凡大山名川,若无人们呕心沥血地塑造出浓厚的人文景观,即便再美的自然景观,也会风采失色、美中不足的。

"丈夫自重贵难售，两翁今与青山久。"斯人已逝，但美联永存，功德不朽，青山作证，后人铭记。

三

"欧翁何所觅？就在二贤堂。"此堂就在紧挨醉翁亭的对面，堂内有欧阳修的全身塑像。他身着便装，以手捋须，双目远眺，气宇轩昂，从容而又儒雅。堂内高悬着他的《醉翁亭记》和《朋党论》全文的木刻条屏，那遒劲的黄色行书，让满墙金碧辉煌。二贤堂内另一贤，便是与他并肩而立、手持卷书的前任滁州知州王禹偁（字元之）。堂内一排排橱柜里，摆满了二贤的著作书稿。

二贤堂乃滁人专为纪念这两位知州，于北宋绍兴二年（1095年）修建的，距今已近千年。之所以将这两人放在一起，并非仅因他们同为滁州知州，更因两人具有许多相同相似之处，同为后人景仰的一代人杰。

两人都是进士出身，都曾任翰林学士和知制诰；两人都是政治上的改革派和文学上复兴古道的文风革新派，都反对颓靡浮华奇涩之风；两人都因"遇事敢言""论事切直""颇为流俗所不容""人视之如仇"而屡遭贬谪外放。苏轼曾为他们鸣不平："君看永叔与元之，坎坷一生遭口语。"

王禹偁早生于欧阳修53年，虽后世名声不显，却是一位了不起的人物。他不仅是北宋初期有名的直臣，也是著名的诗人和散文家。他最早反对唐末以来的浮靡之风，是北宋诗文革新运动的先驱。他提倡"句之易道，义之易晓"，他强调"夫文，传道而明心也"。苏轼称赞他"以雄文直道而独立当世"。

作为宋初最重要的散文家，他为欧阳修时代的文学革新运动奠定了良基，对北宋文风的转变和散文风格的形成，影响甚大。

令人敬佩的是，此公为官清廉，亲民爱民，关心百姓疾苦，真心为民办实事。他虽一生"八载三贬"，但始终不畏权势，以直躬行道为己任。他在《三黜赋》中矢志不渝地写道："屈于身不屈其道，任百谪而何亏；吾当守正直兮佩仁义，其终身以行之。"

欧阳修对他不仅尊崇备至，更与他惺惺相惜、心灵相通。王禹偁由于一生三贬而无奈发出"吾心非达士，讵免亦怅怅"之感慨；欧阳修也因直言被贬而不由吟出"我遭谗口身落地，每闻巧言宜可憎"之愤诗。所不同的是，欧翁每次被贬不久，又被启用，且官位越坐越高，而王公则无此幸运了。

欧翁在 1045 年被贬至滁州后，首先上山虔诚地祭拜了王禹偁的画像，堪称前贤秉高鉴，后贤慕斯光。事后，他还饱含深情地写下诗句："想公风采常如在，顾我文章不足论。名姓已光青史上，壁间谷貌任尘昏。"

四

"欧翁今何在？挺立若欧梅。"我在距醉翁亭不远的古梅亭北，见到一株七八米高的大梅树，这就是当年欧阳修亲手植下的"欧梅"，此乃中国四大长寿梅之一。虽历经八百载沧桑，仍然枝叶繁茂，生机勃勃。据说此梅不抢蜡梅之先，不与春梅争艳，而独伴杏花开放。每到花开之期，四枝粗干上花繁色艳，远看恰似一簇簇篝火，近瞧又似烁烁闪耀的红烛。

这株硕壮的古梅，似乎在提示着我们，欧翁从未离去，而古梅绽放的璀璨的篝火与红烛，不正是他可贵精神的生生不息的传承吗？不就是他的高风亮节的真实写照吗？

二贤堂内的欧阳修虽未着官服，但他首先是北宋一位政绩卓著的政治家，他留下的五百多篇文章中，内容大多与治国理政有关。一位古代高官，在从政为官和文学创作均取得如此巨大成就，实属罕见。

欧阳修主张轻赋税、除革弊，实行宽简之策。他无论任京官还是地方官，均颇有建树。他在任滁州知州期间，不消沉、不失落、不清高，未沉湎于饮酒作诗和游山玩水中，而是施行仁政，带领滁人修城墙，兴水利，练民兵，忙抗旱，将滁州治理得井井有条，一年后便州泰民安、岁乐年丰，诉讼息、风化淳，恰如朱熹所赞："公至三五日间，事已十二减五六；一两月后，官府静然如僧舍。"

智仙为他造一亭，他为滁人建二亭（丰乐亭、醒心亭），丰乐亭名取自于他知州次年便"岁物丰成"，百姓"安此丰年之乐"之义。世人皆知《醉翁亭记》，但有几人知晓欧阳修还亲撰了一篇《丰乐亭记》呢？

欧翁更是一位了不起的大文学家。他领导了北宋诗文革新运动，他是开创一代新文风的文坛领袖。他认为："国之文章，应于风化，风化厚薄，见夫文章。"因此，应"兴复古道，以救斯文之薄而厚其风化"，此论得到了当朝皇帝的认可。

作为开创文坛新风的一代宗师，他以自己百万字的传世之作，尤以其在散文方面无人企及的高度，引领文坛新风向，育化北宋文学新气象。

欧翁的文学思想核心即"文以载道"，文道并重。作文作诗，须与立世为人相结合。为转变文风，他在离开滁州十年后（1057 年），利用任"御事进士评定官"，受命主持"嘉祐贡举"之机，录取了真才实学的苏轼、苏辙、曾巩、程颢、张载等后起之秀，果敢刷掉一批只会雕词凿句、华而不实的"太学体"考生。而正是以苏轼为代表的这批青年才俊，后来成长为北宋文风革新派的中坚和文坛的领军人物。欧阳修主持的"嘉祐贡举"具有划时代意义，对北宋文学发展影响深远。

其实，在"唐宋八大家"中，就有 5 人（王安石、苏轼、苏洵、苏辙、曾巩）为欧阳修的学生，可见他在北宋文坛上，处于多么尊崇之地位。

"盛有游西洛方年少，晚落南谯号醉翁。"滁州是欧阳修仕途的贬谪地，但他淡定对待仕途挫折，积极作为，治滁有方，与民同乐，同百姓打成一片。琅琊山的秀丽风光，激发了他的创作灵感，使他写出了千古名篇《醉翁亭记》，让琅琊山大放异彩，充满了诗意和灵气，引来无数文人墨客聚集在醉翁亭下，向欧翁竞折腰。

正由于欧阳修在知滁期间政绩卓著，在文坛上的影响日盛，《醉翁亭记》天下传诵，他被贬不到三年，便被朝廷再次重用。欧翁被贬实属不幸，所幸的是，他的被贬地滁州，却成了他人生之福地。在此地，他收获了好政绩和百姓的好口碑，收获了华美的诗文和同道文人的友谊，还重拾了朝廷的信任。

"古人不见心可见，一片清光长皎然。"此时已是午后，游人远去，周围一片寂静。我伫立在醉翁亭下，不忍离开。今日拜谒，何时再来？欧翁作古近千年，但他的道德文章、他的精神风范永存人间，永驻琅琊山。一如他的《醉翁亭记》，给人们以精神的愉悦、心灵的慰藉；一如他的《丰乐亭记》，给人以劳动的充实、丰收的喜悦和对未来的憧憬；一如他的"醒心亭"之名，让人始终警醒，一生做人光明磊落，清白在世、无愧于心；一如他的欧梅，顶风傲雪霜，花开自有期，横而不流，遗世独立，可参天地。

2022 年 9 月 10 日

第二篇

山 河 多 壮 丽

SHAN HE DUO ZHUANG LI

最美还是长江路

合肥作为安徽的省城，由中华人民共和国成立时的不足 5 万人的小县城，在短短几十年里，快速发展成为拥有常住人口 808 万人（其中城镇常住人口 606 万人）的大都市。合肥这个"大湖名城、创新高地"，已成为名副其实的科教之城、制造之城、创新之城，正迸发出勃勃生机，展现出无限光明的发展前景。合肥的发展，是我国无数城市成长的缩影，也是发展强大的真实写照。

合肥的城市道路多达数千条，其命名颇有特色，并有规律可循：一是基本上以全省各地市县的名称来命名；二是道路的布局以四牌楼为中心，按照各市县在安徽省地图中的实际地理方位来命名。若要问合肥哪条路最有名，几乎所有合肥人都会异口同声地讲："当然是长江路啰！长江路是安徽第一路啊！"

是的，长江路不仅是合肥人的骄傲，也是安徽人的自豪！有关长江路的故事实在太多太精彩了！这条路所承载的东西太厚重了！

长江路，这是一条饱经历史沧桑之路。

现在的长江路全长约 32 公里，其中的长江中路始建于清朝嘉庆（1795—1820 年）年间，距今至少已有 200 年的历史了。其实，现在的长江中路之前一直叫前大街，但直到 20 世纪 20 年代，仍是仅 6 至 7 米宽，由青砖铺就的一条不长的大街，即便如此，在当时也是合肥最宽阔的路街了。

长江路在被称作前大街的百年岁月里,见证了合肥的贫穷落后和闭锁;见证了晚清中国的腐朽羸弱与衰败;见证了民国时期的军阀混战、民不聊生;见证了日寇铁蹄对合肥人民的烧杀抢掠。它在漫长的寒夜中,只能默默地期盼着那希望的曙光。

被人们叫了一百多年的"前大街",直到 1955 年,才被政府正式命名为"长江路"。从此,这条路才真正翻开新篇章。

长江路,这是一条充满了历史荣耀之路。

在合肥,没有哪一条路像长江路一样备受关注,几十年反反复复地改造,它每一次华丽的转身,都与合肥这个城市的快速发展环环相扣、密不可分,每一次改造都折射出这个城市翻天覆地的变化。

自 1949 年元月合肥解放后,长江路仅有据可查脱胎换骨式的大改造,至少有 6 次。第一次是 1954 年大改造,当时扩建了前大街、小东门街、西门大街三条主线路,将只有 5 米宽的路面一下拓宽到 25 米。

1956 年的第二次大改造,将长江路面浇铺 2 层细粒式的沥青路面,这也是全市最早的一条沥青路。1985 年的第三次大改造,将长江路加铺 9 米宽、5 厘米厚的黑色磷石,使道路进一步优化,并将总长度增加到了 2990 米。

1992 年,长江路迎来了四次大改造。经过连续 140 个昼夜不间断地封闭式施工,将道路由 25 米拓宽到 33 米,并把所有管网转入地下,还建成了宽约 4 米的慢车道。

到了 2008 年,长江路又迎来了第五次更大规模的改造,此次改造为长江路有史以来,改造路面最长的一次。改造工程西起五里墩立交桥、东至大东门;同时,还新辟修了"长江东大街",把长江路桥的下穿彻底打通,使之前大东门狭窄拥堵的混乱局面,得到了彻底治理。还将路面由 33 米拓宽到 46 米,成为全省市区内的第一条双向八车道。经过此次脱胎换骨式的大改造，长江路变得更宽更平、更美更气派了！

此时，大家都普遍认为，这一次肯定是长江路最后一次改造了。然而，到了 2017 年，为使合肥作为长三角三大副中心城市和中国三大综合性科学中心的地位相匹配，长江路又迎来了第六次大改造。此次可谓长江路有史以来最高水平的精品路升级改造工程，也正是这一次精美绝伦的升级改造，才使长江路变成了一条名副其实的城市精品道路！

据笔者观察，长江路此次精品升级改造，至少有以下几大亮点：一是全线开通了 BRT 公交快速通道，将长江路全线的公交站台全部移至道路中间。

二是全线修建了非机动车专用通道，并在机动车道与非机动车道之间安装了绿化隔离带，使两条道路完全隔离，从而大大提高了机动车通行效率，保障了人车安全。

三是将人行道的两侧地面大幅抬高，在人行道与非机动车道之间安装了隔离栏，将人行道与非机动车道完全分离，从而有效提升了行人的安全性和非机动车的通行效率；还将原来路中央的一条较宽绿化带，改为道路左右两侧两条绿化带，在不额外占用路面的前提下，增加了长江路的绿化总面积。

四是增加了路边街头岛状和点状绿化，栽植了名树名花，增设了奇石假山和街头雕塑，提升了城市的文化品位。

五是安装了更先进节能的路灯照明系统，进一步亮化美化了道路夜景，使夜间的长江路更加流光溢彩。

另外，随着合肥地铁二号线于 2017 年 12 月 26 日的正式运行，这条沿着长江路东西走向铺设的地下交通大动脉，为合肥的大发展注入了强大的活力，增添了新的光彩。

长江路，这是一条极具政治特色的道路。

长江路是安徽省唯一一条见证过一代伟人毛泽东亲自接见合肥群众

这一举世盛况的城市主干道。

1958 年 9 月 19 日上午，20 多万合肥民众挤在长江路两侧欢呼跳跃，怀着无比幸福激动的心情，目睹了伟大领袖的风采。当年那万众沸腾、喊声震天的壮观场面，那领袖与人民真情互动的感人情景，永远铭记在江淮儿女的心上，永远激励着他们的奋斗精神。

实际上，也正是毛主席这次的合肥之行，尤其是他在视察安徽时写给安徽省委主要负责人信中这一句话："合肥不错，为皖之中。"才一锤定音地彻底平息了安徽省会的定位之争，为长江路乃至合肥的长远发展指明了方向。

自 1956 年初，安徽省人民政府搬至长江路四牌楼这座典型苏式风格的办公楼，直至 2016 年 4 月，在这整整 60 年里，长江路一直是安徽省委和省政府的办公所在地（省委位于长江路小东门），一直是全省的"心脏"，此乃长江路一直被人们"安徽第一路"的历史渊源。

在这 60 年的漫长岁月里，长江路不仅见证了合肥乃至安徽全省不断变幻的政治风云，也见证了合肥市快速发展的辉煌历程。

长江路，这是一条最富有商业气息的道路。

在合肥的所有商圈中，以长江路为中心的商圈最早形成并一直保持活力至今。这是全市国有大型商场和饭店最为集中的地方，也是书店、影剧院、照相馆等文化娱乐与服务场所的集中地。长江饭店、合肥百大、商之都、工农兵商店、三八商店、解放电影院、新华书店、人民照相馆和东风照相馆等，这些都曾是老百姓耳熟能详的好去处。所以当地人都讲：不到长江路走一走，你不能算真正来过合肥市。

北京的王府井大街、上海的南京路、南京的中山路、广州的人民中路，它们都是闻名遐迩的标志性道路和商业中心，但并非城市的政治文化中心，也不是城市的交通主干道。在全国所有省会城市中，唯有合肥的长江路，不仅集政治、文化、商业为一体，同时还是一条城市交通主干道。

记得在二十世纪七八十年代，懵懂少年的我，随父亲第一次来到合肥，来到位于长江路上的合肥百货大楼。那时的长江路并不宽阔，但在农村孩子的眼里，它可又长又宽又漂亮啊！从那以后，我就憧憬着将来也能成为合肥人，也能常来到长江路走走看看。

期盼将来住在长江路所在的合肥市，成为我早年发奋努力直至梦想成真的内生动力。今天，当我每天站在位于三孝口本单位 20 多层的现代气派的办公楼上，时常向窗外眺望长江路上，那熙熙攘攘的行人和川流不息的车流时，真是感慨万千、恍若隔世！

岁月流金，岁月如歌，在经历了近一个世纪的风吹雨打之后，长江路仍然在这儿！它在白天的一片喧嚣之中透着无尽的繁华之美；它在宽阔明亮之中透露着厚重的沉稳之美；它在子夜阑干短暂的安静之中透露着静默内敛之美；它在见证了半个多世纪的风云变幻中透露着壮烈的英雄之美！

孙中山先生曾说过："道路者，文明之母也，财富之脉也！"从一定意义上讲，长江路就是合肥这座越来越美城市的道路之魂、城建之根，也是合肥发展进步之镜。

长江路几十年不断的建设史，反映了合肥这个古老而又年轻省会城市的蓬勃发展历程。几十年来长江路频繁地"挖挖挖"，实际上代表了合肥的"变变变"；长江路不停地"修修修"，其实展示了合肥越来越好的"美美美"！

啊！长江路！安徽没有哪一条路像你那样，得到了人们那么精心的呵护；安徽没有哪一条路像你那样，历史悠久而又如此年轻气派！安徽没有哪一条路像你那样，既极具政治文化内涵又极富商业气息，还极具城市交通功能！安徽没有哪一条路像你那样，路名大气响亮而又名扬四海！

走过千山万水，踏遍天路坦途，翻越崇山峻岭，阅尽人间春色，而今蓦然回首，精彩仍在家门口，最美还是长江路！

2018 年 12 月 7 日

此文发表于《江淮文学》2019 年元月 20 日总第 2298 期。

人间仙居在柏庄

常言道："安居才能乐业。"拥有雅居，能助人事业成功。能将自己的家安在一个设施齐全、生活便利又赏心悦目的优质小区，实乃人生之一大幸事也。

我的家位于合肥城东南角的大型小区元一柏庄。自 2010 年五一节搬来，至今转眼已近十年了。随着时间的推移，我发现了小区越来越多的美，让我深深地爱上了元一柏庄。小区带给我身心极大的愉悦，让我放松精神、放飞思绪、放飞梦想，促使我情不自禁地提起笔来，要为元一柏庄真情礼赞。

我礼赞元一柏庄的"奇"

元一柏庄的"奇"，首先在于它的位置很奇特。

一是小区恰好位于瑶海区与包河区的交界处，它东接东二环，北接南一环，三者相距不远并且距离相等，恰似一个等边三角形。

二是小区北门紧邻合肥的母亲河南淝（瑶海区与包河区在此以南淝河为界）。当年我之所以果断选择它，最让我动心的就是站在楼上，便可望见波光粼粼的湖面和两岸婀娜多姿的垂柳。

三是小区北面与南淝河之间有一条巢湖南路，此路可是合肥的一条城市主干道，此路之前一直为"断头路"，但这几年不断向南延伸，已快直达巢湖北岸，即将成为名副其实的巢湖南路了。

其实，合肥还有一条巢湖路，此路原本与巢湖南路南北贯通，实为一条路，后因修建南一环路（屯溪路段），便将一条好端端的巢湖路一刀斩断，让南一环路从中横穿而过，硬生生地让巢湖路和巢湖南路日夜隔"环"相望，从此都变成了断头路，给附近数以万计居民的日常出行带来了极大不便。

我礼赞元一柏庄的"大"

一是规模大。元一柏庄建筑面积达 23 万平方米，小区前后分为 3 期建成，共有 20 栋 11 层至 34 层高的住宅楼，这在合肥算得上规模较大的小区。

二是人口多。小区共有 3700 多户住宅，入住率高达 90%，小区的常住人口已达 1 万人。

三是楼层高。小区 20 栋楼中 34 层的楼房有 4 栋，这些高楼距地面垂直距离均在 100 米以上，18 层的楼房有 12 栋以上。

四是小区的各栋楼间距很大。凡到过元一柏庄的人，无不由衷地感叹小区的楼距之大！真大得让人难以置信！从 7 号楼到 20 号之间，各楼房由北向南按 6 行横向依次排列。各排楼栋的间距至少有 50 米，间距大的有近百米之遥！有好几处两栋楼之间完全可以加盖一栋楼。坦率地讲，如此之大楼距的小区，在合肥全城已很难找到，我想，这恐怕是合肥全市楼盘的"绝版"了！这也是当年我一到售楼部，便果断刷卡交定金的最主要原因。

五是机动车多且档次高。小区拥有 3 个地下大型车库，共有车位近千个（内含人防车位）。实际上，这个小区整个地下都是空的，全都是军民融合的人防工程，很好地实现了平战结合一体化。

我礼赞元一柏庄的 "全"

元一柏庄共分 3 期建成，其中第一期建成于 21 世纪初，距今已有近 20 年历史了。从小区现在相当完备的生活设施来看，让人不得不佩服当年楼盘设计者的超前眼光、周到考量和独具匠心。

小区的 "全" 主要体现在这几个方面：

一是不仅有庞大的地下车库，还在多个楼栋建成了非机动车停车库；二是不仅建有两个下沉式棒球场和单双杠等设施的成人锻炼场地，还专门开辟了儿童娱乐场所；三是建有一个中等规模、设施完备的标准游泳池，可同时容纳近百人；四是在小区东侧开设了一所英汉双语全日制小学和一所幼儿园。五是合肥众多楼盘中，元一柏庄还是寥若晨星般地拥有冬季供暖设施的小区之一。这对于寒冷冬季的合肥居民来说，真的很实用！

我礼赞元一柏庄的 "美"

这个小区犹如公园，遍地是假山，到处有水景，阁楼亭宇多，四季鲜花开。你在园内的任何角落，几乎看不到一块完全裸露的土地，到处都被各种花草树木所覆盖。元一柏庄的美，是多维度的、立体的，集中体现为 "四多一美"。

一是树木多。凡是到过小区的人，最直观的感受是园树花草特别多，可谓满眼皆绿、处处为景。物业人员对于小区的植树见缝插针、惜土如金。据不完全统计，小区共有各类树 1 万多株、300 多个品种，此外，还有不少果树如橘、桃、柿、石榴、枇杷等。一到秋天，园内的果树上挂满了沉甸甸的果实，香气扑鼻，让人垂涎欲滴。

二是花草多。小区内广植许多品种的花草，分布在各栋楼的房前屋后，它们在园丁们的精心呵护下快乐地生长。每当春天来临之际，这些花草们便竞相绽放，一时间，春色满园，姹紫嫣红，香气袭人，彩蝶飞舞，给小区带来一片花的海洋、美的世界。

三是水景多。元一柏庄整个小区成片成规模的景观池就有十多个，分布在园内的不同区域。小区不仅水景多、分布广，而且特色鲜明，每个水景造型风格各不相同。

有的水景面积较大，如园中一湖，湖面波光粼粼，湖面荷叶如盖，莲花朵朵，婀娜多姿。有的水景顺坡而掘，蜿蜒曲折，恰似山中小溪，溪水清澈碧绿，潺潺流淌，水下游来游去的小鱼清晰可见。

有的水景则依坡建成了人工湖，湖中建有精致的凉亭、漂亮的浮桥和悠长的廊桥，为广大业主就近休闲和年轻情侣们窃窃私语，提供了方便绝佳的去处。

倘在春季遇有大雾，但见湖面上云蒸霞蔚，烟雾氤氲，让你宛若置身于仙境。每到盛夏的夜晚，小区内的许多池塘里，便从不同方向传来了阵阵蛙声，此起彼伏，热闹非凡，让人仿佛漫步在乡间阡陌之间，为你平添了几分浓郁的田野情趣，也不由勾起了我对乡下童年的甜蜜回忆。

四是绿道多。小区内不仅道路多而长，路幅也较宽，布局合理，几乎每一条路都是人们健身锻炼的绿道。入住以来，我无数次漫步在小区内一条条绿道上，一边嗅着四周的阵阵花香，一边构思着我的文章；一边倾听那清脆的鸟鸣声，一边低声吟哦着大小李杜的诗篇。这四通八达的绿道，不仅放松了我的身心，给了我精神上的慰藉，还在带给我美的享受之同时，不断激发我创作上的灵感。

五是喷泉美。进入小区的北大门，首先映入眼帘的便是状如梯田的五层巨型水景建筑，气势恢宏，颇具特色。每一层的水景中，都植有好几株高大挺拔的水杉树，使水景与树景相得益彰、交相辉映。

水景的第一层，便是十多个可旋转的高大的圆形人工喷泉。每天早晚，喷泉便定时开启，一到开启时间，瞬间水柱通天，浪花四溅，蔚为壮观，引来许多行人驻足，招来众多孩童嬉戏打闹。

啊！元一柏庄，就像镶嵌在千年古城合肥东南角的一块璀璨的美玉，宛如闪耀在合肥东城的一颗灿烂的明珠。我不仅爱它的大而全、奇而美，也爱它的低调与内敛，它的沉静与雅致。这种美是一种大家风范之美、雍容华贵之美，绝非那种小家碧玉似的矫情做作之美，更不是华而不实之虚美。

于我而言，若论人间最美仙居之地，确非元一柏庄莫属！

2019 年 12 月 18 日

大美凤阳绿色之旅

——凤阳县狼巷迷谷园区探幽记

　　但凡提起安徽凤阳县，人们总是首先想到，凤阳出了个明朝开国皇帝朱元璋；也有人会想到凤阳还有个小岗村，这是 20 世纪 70 年代中国农村改革的发源地。是的，凤阳不仅历史文化底蕴厚重，而且还是全国重要的红色旅游基地。然而，让外界鲜有所闻的是，凤阳还是一个山川秀美、风景独特的绿色旅游胜地。

　　在凤阳县城东南 30 公里处有座三峰山，知者不多，若提起位于三峰山里的狼巷迷谷园区，可能闻者更少。此园区内的禅窟寺洞和狼巷迷谷虽已对外开放多年，但至今仍犹如深藏闺阁之中的神秘佳人，外界知之甚少。

　　前不久，笔者以文会友赴凤阳，有幸与文友们结伴探究和饱览了禅窟寺洞和狼巷迷谷景色，亲睹园区胜境之芳容，真可谓大开眼界、大饱眼福！回来多日后仍意犹未尽，回味无穷，促使自己写点文字，为之讴歌。

　　那天恰巧天公作美，梅雨连绵多日的天空悄然放晴。我们的车子一抵达园区，便见醒目处刻有"狼巷迷谷园区"的硕大石碑。进入园区内，顿觉空气十分清新，淡淡的清香气沁人心脾，令人心旷神怡。

　　此园区包括禅窟寺、禅窟洞和狼巷迷谷 3 大部分。按照游览顺序，我们先游禅窟寺。首先映入眼帘的是气势宏伟的禅寺大门，但见门额刻有"禅窟古刹"四个金色大字。大门左右两侧的对联大书："桃林虎窟唐踪宋迹千古文章，姑峰玉泉溪光流影一代绝景。"这24个字写尽了禅窟寺的千年的沧桑积淀和深厚的文化传承。

据寺内保存的康熙五十三年（1744年）镌刻的《三峰山禅窟寺源流碑记》所载：该寺始建于汉武帝时期，初名桃花寺，至晋梁朝时因寺后的洞窟变成了老虎窝，便更名虎窟寺。后至唐初，因避唐高祖李渊祖父李虎之名讳，才更名为禅窟寺。由此可见，该寺在相当长的时间里一直称作虎窟寺，这恰好与后面的狼巷迷谷遥相呼应、相得益彰。

与一般寺庙不同的是，禅窟寺分为上下两个寺院。下院地势平坦开阔，建有地藏殿、卧佛殿、观音殿等多间寺殿。而上院则建在百米高的山上，须迈上108级台阶方可抵达。上院内建有天王殿和高阔恢宏的大雄宝殿。

在上下寺之间的山坡上，突见一处状若瀑布的溪流，宽20多米，上下落差60多米，溪边一巨石上刻"玉溪飞花"4字。那清澈的溪水宛如一条空中白练，昼夜不停地流向山下，潺潺流水声似乎向人们诉说着千百年来，发生在这里的一件件感人的故事。哦！淙淙溪水哟，流逝的不仅是溪水，还有那绵亘不绝的悠悠岁月和无比宝贵的时光。

慈眉善目的主持双手合十、热情迎接。他不仅向我们献茶赠礼，还主动提出此处环境幽静，很适合作家们静心创作，若在此写作，寺院将免费提供住宿，分文不收。长老的言行举止，表现出对我们这些来访文人由衷的喜爱和发自内心的尊重。

禅窟洞就紧挨在禅窟寺的后面，洞长500多米（目前仅开发一部分）。此洞本为寺内僧人们修行打坐之处，因而又称"禅宗第一窟"。由此可知，它虽是一个石灰岩地貌特征的地上溶洞，更是一座充满了浓郁宗教色彩的佛家禅洞。只见在洞口外的左侧石壁上刻有"禅宗第一窟"五个篆体字，右侧石壁上刻有禅宗初祖达摩的全身画像。

禅窟洞分为八相成道、圣境探奇和禅宗溯源 3 个分景区。走进洞里，那一个个浑然天成、奇形怪状的钟乳石，十分巧妙地构成了释迦牟尼佛传故事的大乘八相图。

洞内有许多琳琅满目、千姿百态的石柱、石笋、石幔和石花等，巧夺天工地造就了入世莲花、拈花佛手、洞内瀑布、醒世梵钟和西天祥云等许多佛教传说。

而那镌刻在洞内石壁上的多处佛经警句，不仅在向世人传播博大精深的佛教文化，并以千年一叹的情怀，默默地给人以深刻的人生启迪。

作为园内核心景区的狼巷迷谷，它最大的看点就在于"迷、瘦"二字。我想，它对于狼是"巷"，而对于人则是"谷"。这里本是狼群的故乡，今天却成为人类的旅游胜地。我发现，之所以取名为"狼巷"，不仅这里曾是狼群的栖身之地，还由于整个迷谷呈现出沟壑纵横交错之地貌，两侧石壁大都参差不齐而酷似狼牙之故。

我们走进迷谷后，犹如进入一个八卦迷魂阵中，让人分不清东西南北，似乎每一个方面都有巷谷蜿蜒地通向他处。此时此刻，相信你一定会惊叹大自然竟有如此鬼斧神工。其内道路曲折，高低错落，忽宽忽窄；其间怪石林立，沟壑纵横，幽谷深邃，变幻莫测。

那千姿百态的石峰、石芽和溶沟，有的如潜龙昂首、吞云吐雾；有的如雄鹰展翅、欲遨苍天；有的如古猿肃立、守道千年，无处不彰显淮夷之遗风、钟离之古韵。

而迷谷中"歪门斜道"和"晕头转向"的两处石刻标志，那可真不是危言耸听！你若稍不留神，就会很快找不"北"的。

走到天石巷时，我朝天仰望那块镶嵌在谷壁顶端两侧巨大的天石，不由把李白的一句诗化裁为"迷谷之石天上来"！真让人担心，这块天石会不会在哪一天突然掉下来呢？

那段两壁仅 30 厘米宽的摩腹石，绝对是对大腹便便游客的考验。而那宽度只有 20 厘米的瘦人石，则带给了游客独特而又深刻的旅行体验，即便是体形正常的人，也要侧身缓慢地通过，而对于体型肥胖的人，只能让他们望谷生叹，不得不另择他径或原路返回。这个迷谷也许是在善意地提醒：这里不欢迎胖子！

那由谷段两壁构成的犬牙交错的狼牙巷，石芽坚似獠牙、锋如锯齿，使你不得不格外小心翼翼。那仅容一人通过的响石谷里奇特的响石，你若以手敲击，便发出悦耳的声音，响石们仿佛在向人类祈祷国泰民安、风调雨顺。

今天，我们一行文友们行走在迷谷这狭长的巷子里，早已听不到狼声，见不到狼迹，只留下永恒的自然，峻奇的山川，优美的风光，还有那随处可见的千层岩。

迷谷中那层层叠叠、斑驳陆离的岩石，犹如由无数卷古书一层层累砌而成。相传女皇帝武则天命义空法师为禅窟寺翻译佛经，到后来译书越来越多，都堆在此处，最后慢慢变成了千层岩。而我倒认为这就是一部浩瀚无比的无字天书，千百年来，它静静地摆放在这里，任凭风吹雨打仍然层次清晰，期待着越来越多的人深入研究它，揭示它的无穷奥妙。

世间万物，无论如何轮回，唯有天地不变，山河永恒。而我们人类，不论男女俊丑、贫富尊卑，终究都是大自然的匆匆过客。

说凤阳、道凤阳，凤阳是个好地方。而狼巷迷谷园区，便是人们凤阳绿色之旅的首选之地。园内每立方米空气里高达 3000 多个负氧离子，这是多么得天独厚的优质天然氧吧啊！极高含量的负氧离子能极大地提升你的精气神，它让你精神倍增、才思泉涌；它让你身心愉悦、延年益寿。

单是"狼巷迷谷"这四个字，便寓意深刻、哲理丰富，很值得我们去深入探究：如何科学处理好人与自然的关系？如何做到人与动物和睦相处，从而真正实现"天人合一"？

千年古刹禅窟寺和四周氤氲着浓厚佛教气息的禅窟洞，则是人们修身养性、习经悟禅的绝佳之地。这里远离红尘，返璞归真，在此处，人们可以安静地重新审视世界，重新思考人生和自我。而对于文人墨客来说，这里更是他们安心思考和写作的好去处。

"桃花流水窅然去，别有天地非人间。"千年濠州，山河壮丽；大美凤阳，无限风光。凤阳的自然环境之美，真是美若仙境。它，美在集青山、绿水、秀湖和氧吧于一身；美在融古刹、窟洞、迷谷和溶岩于一体，这是一种天然之美、绿色之美、立体之美、文化之美和大美之美。具有特色鲜明、景观奇特、不可复制的游览价值。

朋友，建议您早日到此一游吧！我敢说，这里定会让您身心放松、心花怒放、流连忘返！

2020 年 7 月 28 日

此文先后发表于《江淮文学》2020 年 8 月 16 日总第 3006 期、《凤阳文学》2021 年第 1 期。

雄壮明凤阳，威武朱元璋

　　"说凤阳、道凤阳，凤阳出了个朱元璋。"朱元璋不仅创建了大明王朝，开启了长达277年的大明江山，还彻底改变和重塑了生他养他的故乡。首先，"凤阳"之名为他所赐；其次，他在登基称帝后不久便在凤阳开启了中都皇城大建设，差一点将凤阳定为明朝的国都。

　　由他钦定的明中都一系列宏大壮观的建筑，无不深深打上了朱元璋的烙印。这里发生的每一个故事都与他有关，他为凤阳留下了弥足珍贵的皇家历史文化遗产。古代黄色是皇帝的专用色，因此凤阳的明代遗址游览便称为黄色之旅。虽然因后世有人对历史的漠视与无知，导致明中都建筑屡遭破坏，十之九毁，但幸存的遗址仍然气势恢宏，精美绝伦。今天的黄色之旅已成为凤阳的一道亮丽的名片。

　　前不久，我借赴凤阳参加散文采风笔会之机，有幸饱览了这些明朝遗址，心中除了强烈的震撼还有无限的感慨，这里的一切都与朱元璋密不可分。我对明中都遗址的集中概括就是雄壮二字，对朱元璋的集中评价就是威武二字，而这震撼之感、雄壮之美和威武之气，让我不得不为之而衷地赞美。

　　精美画卷——凤阳县博物馆。凤阳作为全国历史文化名城，若从其最古老的淮夷算起，至今已有四千多年的悠久文明。走进博物馆的五个展厅，犹如欣赏一幅幅徐徐翻开的精美历史画卷。厅内大量翔实的图片和文物资料，充分展示了凤阳从新石器时期到明清时代的历史脉络和璀璨的悠久文明。早在春秋时期，凤阳便为钟离子国之国都，在厅内还展出了许多钟离子国贵族的器具和墓葬实物。

但馆展内容最多的，还是明中都大量的遗址文物和图片。我驻足在镇馆之宝——巨型攀龙石础前流连忘返，由衷地赞叹它雕刻之精致、造型之华美。最让我惊叹的还是按比例缩小的明中都皇城全景雕塑图！这座精心雕塑的皇城，布局巧妙，规模庞大，雄伟壮观。据讲解员介绍，凤凰明中都的皇城建筑总面积为 84 万平方米，但南京的皇城只有 50 万平方米，北京的故宫也只有 72 万平方米，并且，它们均以明中都皇城为蓝本而设计建造。因此，南京皇城与北京故宫，只能算是明中都皇城的儿子辈和孙子辈。

风云沧桑——明中都故皇城。我走在中都大道通往中都遗址的路上，两旁的月季花竞相绽放，姹紫嫣红、彩蝶飞舞。路边芳草萋萋，蒲公英迎风招展，似乎都在欢迎我们这些慕名而来的文人墨客，因为，它们深知我们回去之后，定会向更多的人讲述，这里几百年来发生的桩桩精彩故事。

走进明中都城遗址，首先看到的是午门上高大的城墙和西华门三个高阔的门券洞。虽经六百多年的风吹雨打和多次人为损坏，但高达 15 米的皇城墙仍巍然屹立在世人面前。

那幸存的一块块长满青苔的灰砖，在夕阳的辉映下尽显岁月之沧桑。它们似乎争先恐后地向我们轻轻地诉说着，六百多年的生死浩劫、荣辱辛酸与悲喜交织的不凡经历。事实上，现在的明中都故皇城可谓断壁残垣，只剩下极少的城墙以及午门、西华门等少得可怜的遗址，绝大多数建筑早已湮灭在历史的尘埃里了。

据记载，朱元璋在建立明朝后不久，出于浓厚的乡土情结和光耀故里的心理，他在身边一批淮西勋臣老乡的鼓动下，不顾刘基等人的多次劝阻，于洪武二年（1369 年）九月，下诏在凤阳开建明中都城，决心举全国之力，伐各地名优木材，征百万能工巧匠，要在凤阳建造一座规模空前、富丽堂皇的中都皇城。在经过 6 年的紧张施工即将大功告成之际，朱元璋却在洪武八年（1375 年）四月亲赴凤阳"验功赏劳"后返回南京的当天，突然下诏"罢建中都劳役"，由于当时官方对罢建原因的解释语焉不详，致使后世对此一直众说纷纭。

其实，只要稍加分析，便知官方公布罢建中都所谓"劳费""役重伤人"和"工匠压镇"等理由都是托词，罢建的根本原因，是朱元璋为了削弱抑制淮西的勋权贵集团不断膨胀的势力。

建国六年后，朱元璋从治国安邦实践中认识到，如果让这些淮西勋臣们长期集中在一起，他们利用家乡盘根错节的宗族乡里关系，必将对朱家王朝的长治久安构成潜在的威胁。加之，朱元璋在凤阳视察时，亲睹了凤阳百里之内功臣之家宅地相望、侯门相连、豪华观止的状况，并各自拥有大量义子奴仆和卫士，使他心中充满了忧虑不安。另外，刘基"凤阳虽帝乡，但非天子地也"和"虽置都，不宜居"的谏言也是他罢建中都城的重要原因。

坦率地讲，罢建中都城是朱元璋的明智之举，因为无论从政治、经济、地理和交通等因素来看，凤阳都无法与应天（南京）相比，绝非建都的首选之地。

但历时六年，规模之大（占地 5700 多亩、面积 30 平方公里）、规制之盛、工艺之高、实冠天下的中都皇城在即将完工告成前夕，却突遭罢建，实属功亏一篑、劳民伤财，实乃决策失误所致。

中都皇城虽遭罢建，但由于它取法于《周礼考工记》中"左祖左礼、前朝后市"之制，并采用了"皇城居中、三套方城"的基本布局，集我国历代都城形制规模之大成，从而成为后来南京都城宫殿改建扩建的蓝本和北京皇城故宫建设的范本。当然，也为凤阳人民留下了一笔丰厚的历史文化遗产。

根基固牢——明中都鼓楼。位于县城商业中心被四周建筑包围的明中都鼓楼，始建于洪武八年（1375 年）。现存这宏伟的基座为当年所建。基座之上的两层建筑，为 20 世纪 90 年代政府重建。基座高 15.8 米、长 72 米、宽 34.25 米，远比南京鼓楼和北京鼓楼高大壮观，为中国最大的鼓楼基座。当年基座上的楼宇建成之时，"层檐三覆，楼宇百尺，巍乎翼然，琼绝尘埃，壮丽宏伟"。现在基座的内部空间已辟为鼓楼旅游售票处。远远望见，鼓楼基座西门券洞上"万世根本"4 个楷书大字十分醒目，我在字下驻足端详思索：朱元璋当初命人书写这 4 字的用意何在？

古代建鼓楼一般为百姓击鼓报时所用，故有晨钟暮鼓之说。但是这个鼓楼因属皇家鼓楼，故同时还是迎王、送妃、接诏等重要活动的场所，可见"万世根本"的根本含义，就是朱元璋要御告他的臣民：明中都乃至整个凤阳城，实为大明江山万年国脉之根、朱家王朝千秋万代之源。但事实上，真正的"万事根本"绝非皇帝啊，而是民心所向！

重建在鼓楼基座上之楼宇为上下两层，面阔高大，现为朱元璋展览馆。一进门，便见一尊酷似真人的朱元璋全身雕像，只见他身着黄袍端坐龙椅之上，双目炯炯有神，神态威严至极。大门两侧的楹联上书："生于沛长于泗学于濠凤郡昔钟天子气，始为僧继为王终为帝龙兴今仰圣人容。"这幅由一代帝师、清末尚书孙家鼐所撰的楹联，十分精辟地概括了朱元璋波澜壮阔的一生，读后让人赞叹不已，可见"头名状元"绝非虚名。

展厅内容分为少年坎坷、军事奇才、洪武盛世、安民为本、生活情趣、朱氏子孙和历代评价六大板块，以大量珍贵的史料，图文并茂地向世人全面展示了朱元璋 71 年风云跌宕的人生。

巍峨浩荡——明皇陵。它是朱元璋父母墓地陵寝，位于凤阳县城西南 7 公里处。朱元璋在其父母墓地原址上为他们（包括朱元璋的 3 个哥嫂和 2 个侄子）修建这座皇陵，在明中都城的所有建筑中，明皇陵开工最早（建于 1366 年），但竣工最晚（1380 年竣工）。当初建成的明皇陵，占地面积 16 平方公里，土城周长 15540 米，规模宏大、建筑众多、富丽堂皇、雄伟壮观。后来经几百年的战火和人为破坏，明皇陵包括享殿等地面主体建筑尽毁，仅存石雕像和两块石碑。

我远远望去，巍峨的明皇陵大门楼牌上，"明皇陵" 3 个金色大字，在阳光下光彩夺目。走在 257 米长宽阔的神道上，四周松柏葱翠，迎风婆娑。神道两旁整齐排列的 32 对雕刻石像生，其数量规格为中国历代所有皇陵之最。包括麒麟、狮、虎、马、羊和文武官员，个个栩栩如生、神态各异、表情丰富。它们以六百多年永恒不变的站姿守卫着亡灵，诠释着对墓主的无限忠诚。

在明皇陵神道的尽头处，便是朱元璋的父母寝墓。墓高约 1.5 米，呈长方形，为石棺状全密封，正面龙雕凤刻，在墓上方的两块大理石牌位上刻有"大明仁祖淳皇帝（淳皇后）之位"几个黄色大字。

笔者以为，建在明皇陵神道西侧的皇陵御制碑最值得细看。该碑高 6.87 米，由 3 块石头组成碑帽，上刻六条盘龙，底座为一只巨大的赑屃，雕刻十分精美，碑身的正面镌刻着朱元璋亲撰 1105 字的碑文。

朱元璋一改历代帝王陵碑文歌功颂德、浮华不实之风，客观真实地记述了他的卑微出身、贫寒家事和为僧为丐的史实，以及他少年时父母兄长相继亡故无力安葬之惨状，实属难能可贵；同时概述了他戎马征战、削平群雄，远剿残胡，最后建立大明王朝的过程。

碑文感情真挚，叙述真切，文笔流畅，押韵对仗，颇具文采。不仅具有很高的史学和文学价值；同时，彰显了一代帝王威武浩荡的英雄气势；也是一篇教育子孙后代的佳作典训。

可以说没有朱元璋，就没有明中都，也没有明凤阳，更没有 277 年的大明王朝。朱元璋，作为我国古代一位重要的政治人物，深刻地影响和改变了中国历史，在中华民族五千多年的文明史中，具有十分重要的历史地位。

朱元璋作为元末农民起义领袖，他最早提出了"驱逐胡虏"的纲领性口号，将单纯推翻地主阶级压迫的农民革命运动，及时转变为推翻元朝统治的革命运动，从而争取到地主阶级的广泛支持，团结了全国最广大的人民，最终推翻了元朝的腐朽政权，彻底终结了元朝残暴的压迫统治，为中国生产力的恢复发展和社会进步扫清了障碍。在全国统一战争中，他实行开明的民族政策，巩固了全民族的团结统一。

朱元璋作为明王朝的开国皇帝，面对战后全国一片废墟、满目疮痍的状况，充分展示出他乱世治国、安邦理政的卓越才能。在经济上，他实行"安民为本、休养生息、轻徭薄赋"的政策，着力减轻百姓负担，及时调整了生产关系，很快恢复和发展了社会生产力。

在政治上，他建立里甲制度，登户造册，整顿吏治，严惩贪官，打击豪强，不断加强中央集权统治。在军事上，他建立全国卫所制度，大力修筑北方边疆长城，加强边防建设，从而保障了国家的安全。在用人上，他求贤若渴，广开言路，在全国范围内大力选贤用能。

在文化上，他尊孔崇儒，倡导理学，振兴文化教育，完善科举制度，全面复兴中华传统文化。在外交上，他奉行和平外交政策，加强与邻国的友好交往和互利合作，营造出了良好的周边国际环境。通过不懈努力，很快出现了社会安定、国富民强的"洪武盛世"，为他的继任者奠定了坚实的统治根基。

朱元璋作为出生于贫苦农民家庭的帝王，始终心系农民。他高度重视农业生产，实行"锄强扶弱，藏富于民"的政策，十分注重保护农民的切身利益。

朱元璋作为凤阳水土养大的后生，对故乡感情深厚。为解决凤阳人口锐减造成的大量土地抛荒问题，他将江南等地的大量人口迁徙到凤阳，让他们耕田种地，恢复生产；同时还免除了故乡人民的赋税，并在凤阳修建中都，曾一度欲把首都设在凤阳。

朱元璋作为穷困佃农的儿子，堪称孝子。为了追思和纪念死于贫困交加的父母，表达他对父母绵绵不绝的情思，他向世人昭示他之所以成就今日伟业"实为祖宗积德累善而至"。在他尚未称帝时,便以吴王之尊、孝子之名,于1366年为其父母修建规模宏大的明皇陵;并在1368年正月初四登基称帝的当天,追尊其祖上四代祖亲人为皇帝皇后;后又饱含深情地亲撰洋洋洒洒的千字碑文,其拳拳孝子之心犹如日月昭昭!

当我读碑文中"田主德不我顾,呼叱昂昂。既不与地,邻里惆怅。忽伊兄之慷慨,惠此黄壤。殡无棺椁,被体恶裳。浮掩三尺,奠何肴浆"时,其父母差点死无葬身之地的惨状,不禁让我潸然泪下!一代帝王为从未做官的父亲追尊皇帝、树碑立传并亲撰碑文,实乃世所罕见。

朱元璋还仿效刘邦的《大风歌》作《思亲歌》:"苑中高林枝叶云,上有慈乌乳雏勤……父母双飞紧相随,雏知返哺天性真。吾思昔日微庶民,苦哉憔悴堂上亲。"字字饱含真情、令人动容,对父母养育之恩的感激之情和"子欲养而亲不待"的愧憾心理跃然纸上。

朱元璋作为受助者,知恩图报。对于赠送他父母坟地的刘继祖和帮助他入寺为僧的汪氏老母,他先后6次以不同的方式报答他们的恩情。对他有知遇之恩的郭子兴,他在称帝后便追封郭子兴为滁阳王,并为其亲撰《祭滁阳王文》。他在文中写道:"……惟王能活我。至有今日,再生之恩,终生难忘。"

朱元璋作为曾经出家四余年的前僧人,并不以此为耻。他从不隐瞒这段史实,反而十分珍惜"托身于寺四载"的艰难岁月,心中始终挂念不忘,于洪武十六年(1383年),利用罢建中都的材料,在异地重建了一座规模宏大、气势恢宏的寺院,并赐名大龙兴寺。不仅如此,他还御制大龙兴碑,并亲撰碑文,亲制大龙兴寺的《寺律僧法》,以纪念他的"潜龙、兴龙"之地和那段"励志勤学"的特殊经历。体现了他对中国佛教文化的高度重视。

朱元璋作为只读过几个月私塾的布衣皇帝,终身手不释卷、写作不断。他在戎马倥偬、日理万机之暇,通过坚持不懈地刻苦学习,不仅能书写各种命令、敕告、诏书等,还学会了写诗作赋。他酷爱写诗作画、舞文弄墨，尤其他的诗赋创作达到了相当高的水平，一生为后人留下了一百多首诗词和大量的文赋。

朱元璋是中国古代集政治家、军事家、诗人、孝子于一身的杰出皇帝，是励精图治、勤政爱民、勤俭敬业、功勋卓著的一代明君。他从放牛娃、僧人和乞丐成长为一代帝王的传奇经历，古今中外无二人。

虽然，他背叛了自己原来的农民阶级，并犯有大杀功臣、株连无辜，大兴文字狱、实行封建文化专制，重农抑商、轻视科技等错误，但瑕不掩瑜，他的功劳远大于过失，他无疑是为中华民族的进步发展和昌盛做出巨大贡献的英雄人物。

"一座明中都，凤阳城市魂。"壮哉明凤阳，伟哉朱元璋！六百多年的朱元璋和明中都城遗址，这是一座取之不尽的历史文化宝藏，期待着我们不断深入地挖掘。所有的历史都能够启迪未来。明中都六百多年的辉煌历史，就像那不灭的灯光，照亮着后人前进探索的道路，照耀着古城凤阳更加灿烂光明的未来。

2020 年 8 月 15 日

此文先后发表于《江淮文学》2020 年 8 月 19 日第 58 期、《中国金融文化》2020 年第 12 期。

蒙城——厚重的历史大书

我巍巍中华，人口众多，地域辽阔。全国仅县（含县级市），就有近 2000 个。但是同样是县，其历史底蕴和规模却差异巨大，大县的规模可抵欧洲一个小国；而有的县规模很小，有的县建县时间短，有的县行政区划变动大，从而使其历史文化底蕴不够深厚。全国既历史悠久又行政区划一直不变的县少之又少，而安徽省的蒙城县，就是一个典型代表。

位于皖北大地，面积 2000 多平方公里、人口 114 多万的蒙城县，有太多值得看和值得写的东西，有太多不可复制的独特的文化精粹。其灿烂的文明和厚重的文化主要表现在：灿烂的史前原始部落文化、深邃的庄子文化和 4000 多年悠久的城市历史文明。

一、灿烂的史前原始部落文化

闻名遐迩的"中国原始第一村"尉迟寺遗址，就位于蒙城县境内，故蒙城乃我华夏民族文明的重要发源地之一，这个距今近 5000 年的我国远古新石器时代晚期的聚落遗址，充分展现了我们的先人史前灿烂的历史文明。

尉迟寺遗址，位于蒙城县许疃镇毕集村，总面积约 10 万平方米，于 20 世纪 80 年代被发现。从 1989 年到 2003 年之间，经过国家考古工作者先后 13 次的专业发掘，共清理出房屋遗址 78 间、墓葬 300 余座，以及大量的灰坑和祭祀坑，还出土了各种石器、陶器、骨器、蚌器等珍贵文物近万件。

经考古学家证实，尉迟寺遗址为中国迄今为止保存最完整、规模最大的以我国大汶口文化为特征的原始社会聚落遗址。该遗址于 2001 年 7 月 17 日被国家文物管理局批准为第五批国家重点文物保护单位。尉迟寺遗址的考古成果十分丰硕：

其一，尉迟氏遗址考古成果不仅填补了大汶口文化长期缺失的聚落空白实证，还确立了一个新的聚落类型，即尉迟氏遗址类型，这对于进一步研究大汶口文化的分布区域，提供了一个新的突破口，现实意义重大。该遗址的发现和发掘，不仅被评为 1994 年"全国十大考古新发现"，还被我国史学界誉为"完全可与金矿相媲美的宝贵历史资源"。

其二，尉迟寺遗址中红烧土排房的发现，在中国考古建筑史上具有里程碑的意义，由此被中国史学界称为"中国原始第一村"。缘何如此呢？这是因为从尉迟寺遗址发掘出来的红烧土排房，是我国迄今为止发现的最完整、最丰富、规模最大的人类史前建筑遗存，在中国古代建筑史上是一种十分先进的建筑形式。

它不仅继承了之前的半地穴式的古老建筑形式，并且还对后期的宫室式的建筑形式有所创新，开启了以烧烤为特征的更为先进科学的人类住宅建筑模式，继而逐步发展成为我国北方广大农村普遍流行的住宅建筑形式。

这种红烧土排房，具有建筑成排成组之特点，它均由墙体（包括主墙和隔墙）、房门、室内柱、房顶、居住面和灶址所组成。这种房子呈长方形，修建皆须经过挖穴、立柱、抹泥、烧烤等 4 道工序才能完成。这种建设既美观大方，又结实牢固，内部空间大，非常适合人类长期居住。

此时，我站在复制的红烧土排房建筑物旁，不禁感慨不已！这几间看似普普通通的土房子却蕴含着人类的巨大智慧，它为人类实现由原始文明向更高一级文明的历史性跨越，做出了巨大的贡献！自古以来安居方能乐业，没有这些红烧土排房，又哪有今天遍地林立的高楼大厦啊！

其三，在尉迟氏遗址出土了大量的酒具，意义非凡。这些酒具中，既有早期酿酒的工具，也有盛酒的酒具和饮酒的饮具。这些酒具的发掘，一下子便将我国的酿酒历史向前推进了一千多年（之前史学界普遍认为我国酿酒历史起源于龙山文化时期），由此重新改写了我国酒文化的历史起源。这充分说明，我们的祖先，至少在 5000 年前不仅掌握了酿酒技术，并且普通百姓已养成了饮酒的生活习惯。这也从一个侧面说明了，当时的经济已经发展到了一个崭新的阶段，先人们生产出来的粮食，在满足日常生活需要的基础上，还有剩余的粮食用于酿酒等消费。可见中国的酒文化历史是多么悠长而又浓郁。

其四，尉迟氏遗址还出土了一些标志着部落图腾崇拜和宗教信仰的重要文物。一是鸟形神器。这个高约 70 厘米、极具神秘色彩的陶制鸟形器具，造型奇特，极富原始社会的部落图腾之意味。该神器的出土，说明当时的先人们普遍以鸟类为部落图腾的标志，它既表示民族的图腾，也象征着个人的权力。人们将它制成精美的器具，由部落首领亲自掌管，每逢重大场合，由部落首领将鸟形神器摆放在神台之上，让全体氏族成员向其顶礼膜拜，表达敬畏之意。二是神秘的陶文。在尉迟氏遗址出土的许多大口陶瓮上面，考古工作者发现了不少划痕符号，这些多出现在同一种形状陶瓮的同一个部位上的划痕符号便称之为陶文。

陶文之意义首先在于，这是陶文的书写者，试图通过以对客观实体外形描摹的方式，来表达他们某种特定物品的含义。其次，这也是中国汉字造字规则中"象形"文字法的真实再现，这无疑是中国汉字演化成型漫长过程的一个重要萌芽阶段。因此，它在中国古代文化发展史上，具有划时代的意义。

尉迟寺——这个以红烧土排房为特征的人类史前最完整、最丰富、规模最大遗址的成功发掘，证实了它不仅是中国大汶口文化最完备的原始聚落，也是中国古代建筑史上的一次伟大的飞跃。更重要的是，尉迟氏遗址蕴含着人类更高一级的古代文明，它向后人强烈昭示着，此时的人类，正在从新石器后期的原始社会，向更高级的文明社会形态勇敢无畏地阔步迈进。

二、深邃的庄子思想文化

蒙城是庄周的故里，是庄周灵魂的安息地，是他的根与魂之所系。千百年来，蒙城人一直将庄子是奉若神明，极其虔诚和仰慕。蒙城人以继承和弘扬博大精深的庄子思想文化为己任，为此，他们世代接力，薪火相传，从不懈怠。

庄子思想文化是中国五千年灿烂文化极其重要的内核。庄子提出的"天人合一"的哲学观点，进一步丰富发展了老子的"道法自然"的道教思想。他的关于尊重自然、关爱自然，要与自然界和谐相处的生态文明观点，他的追求精神自由与人格平等的人文观点，他的尊重自然规律，顺其自然的养生观点等，几千年来，都极其深刻地影响了国人的精神世界、思想观点和处事修身治国之方式。

一部永远读不完、读不透的《庄子》，是庄周留给后人极其珍贵的思想文化遗产，是我们取之不尽，用之不竭的思想文化宝库。

执着而又精明的蒙城人，早在千年前便建起了庄子祠，使庄周终于有了一个理想的魂归之地。这庄子祠虽历经劫难，三拆四建，但它始终续存于世，傲然屹立于涡河北岸的漆园之内。从这个意义上讲，庄子祠既是不幸的也是幸运的。庄子祠是庄周的梦圆之地，这里有他与其人生知己惠施时常辩天论地的濮池和观鱼台，有他梦中化蝶的梦蝶楼，还有他终身心驰神往的逍遥堂。今天的庄子祠早已成为海内外庄子学者和崇拜他的弟子们心中的圣地。

21世纪以来，蒙城人为了宣传庄子思想，弘扬庄子文化，先后成立了庄子研究会和庄学研究编辑部，定期向海内外出版发布庄子研究的最新成果，定期召开庄子学术研究会议；主动征集全国各地庄子爱好者所写的文学作品，坚持每年编辑出版一集《梦蝶文萃》；每年举办一次全国性的"梦蝶诗会"。另外，还有"说寓言、猜谜灯、闪小说"等活动蓬勃开展。天下文友前来聚会，中外媒体纷纷报道，各种活动精彩纷呈，国内外反响越来越大。在传播庄子文化的同时，蒙城人着力把庄子文化，打造成为蒙城的一张炫目的文化名片。

在庄子祠内，有庄子的坐像和卧像各一尊，塑像栩栩如生，神态迥异，风采飞扬。其实，在蒙城县图书馆内，还有一座庄子的全身站立的雕像，这座雕像的庄子满面春风，满脸自信，喜笑盈盈。只见他左手拿着他的《庄子》卷书，正昂首挺胸地向前阔步走着。此时，他似乎要到一个地方去登坛讲道，向广大民众宣传他那精深的哲学思想。

由于庄子的学说太过深奥，其思想早已远远超越了当时的社会与时代，以至于他生前乃至身后的相当长时间内，其著作和思想几乎无人问津，真可谓"曲高和寡"。庄子生前无疑是寂寞而又孤独的，他生前真正的知音也许只有惠施一人。

然而，穿越了 2000 多年时光隧道后的今天，博大精深的庄子思想之光仍然在天地之间熠熠生辉，它就像一盏永不熄灭的思想明灯，不断地照耀着人们前行的方向，温暖着人们的心灵，启迪着人们的思想，震撼着人们的灵魂，激励着人们对人格、尊严和精神世界的不懈追求。

三、悠久的城市历史文明

蒙城虽远离京都和省会，但城市历史十分悠久，文化底蕴非常深厚。如果从楚怀王时期设蒙邑为蒙县时算起，蒙城建城至今已有 2200 多年历史了，其间曾几度改称山桑县，也曾两度被设为州之治所，直到唐天宝元年（742 年），得益于唐明皇诏令庄子为南华真人，《庄子》易名为《南华真经》之后，始将庄子故里的山桑县改称为蒙城县，并沿用至今。

蒙城建城设县长达数千年，虽曾几度更名，但其建制规模始终稳定不变，这在全国十分少见。正因为蒙城建城时间长、历史悠久，因而先后出土了许多古代珍贵文物。除了举世闻名的"中华原始第一村"尉迟寺遗址外，还出土了大量的陶器、瓷器、明器（即冥器）、青铜器、铜佛像、铜镜和钱币等。

蒙城因地处中原腹地，地理位置十分重要，故而历代为兵家必争之地。历史上在蒙城曾发生过许多战争，也留下了不少古城遗址。仅在涡河以北，就有五座战国前后的古城遗址（漆园故城、殷墟北蒙、应城、瑕城和赵集古城遗址）。

蒙城文物古迹众多，历史名胜星罗棋布。从新石器时期以来，几乎在各个重要时期都有历史遗存。除了全国重点文物保护单位尉迟寺遗址、万佛塔外，还有省级重点文物单位文庙、马玉昆府邸和陆建章宅，以及市级重点文物保护单位九顶灵山寺和檀公城等。

作为国家级重点文物保护单位的万佛塔，历史久远。该塔为高达 42 米的八角 13 层的楼阁式砖塔，因其塔身为内外镶嵌砌有近万尊的琉璃小佛而得名。万佛塔建于北宋晚期，前后花了 10 年左右的时间才建成，距今已有一千多年的历史了。万佛塔古朴庄重，气势宏伟、造型独特，它既融合了南北方的造塔技术，又颇具北方特色。

蒙城历届政府高度重视文物保护和文化建设，始终致力于中华文化精粹的传承与弘扬，并且成绩斐然。

一是蒙城县的博物馆的馆藏物品极其丰富，资料极其翔实。馆内展出文物资料的时间跨度长达数千年。馆藏资料全面系统地介绍了蒙城数千年来的光辉发展历史。蒙城博物馆文物资料之齐全，馆藏文物时间跨度之大，文物价值规格之高，这在全国县级博物馆中屈指可数。

二是蒙城县图书馆是一座高标准、现代化的县级图书馆。无论其各种硬件设施，还是馆藏图书品种数量；无论是读者阅览人数还是社会的关注度，在全国县级图书馆都是一流的。那高阔气派的展厅、那明亮宽敞的阅览室，尤其是那高近 20 米"书山有径勤为路"的通天书梯，都别出心裁、极富特色、寓意深刻。

当你站在通天书梯下时，顿觉全身和周围都被这个庞大的书海紧紧包围着，定会给你瞬间产生巨大的心灵震撼，定会让你心潮澎湃、终生难忘，带给你无穷的遐想和多维度的人生哲理启示。

尤其令人可喜可贺的是，自20世纪末以来，蒙城人在大力弘扬庄子思想文化的同时，还有计划、有目标地打造出了一个个文化精品工程。通过全县上下的不懈努力，蒙城已先后荣获了"中国硬笔书法之乡""中国曲艺之乡""中国楹联之乡""中国养生美食之乡"和"中国寓言之乡"5个国家级荣誉称号，并且还荣获了"安徽古琴之乡""安徽庄子功传承之乡""安徽六洲棋之乡"和"安徽散文之乡"4个省级荣誉称号。尤其是全国性刊物《中国楹联报》和《楹联博览》，均由蒙城人创办，其编辑部也设在蒙城县城内，这两份报刊对促进全国楹联文化事业的蓬勃发展，发挥了极为重要的指导作用。

"江山代有才人出，各领风骚数百年。"在蒙城这块广袤的土地上，这里曾经生活着一群代表着新石器时期后期人类最高文明之一的原始先人；这里还是孔子72贤哲之一陈亢的故乡；这里曾经诞生了中国伟大的思想先哲庄周，并由此孕育出了影响中国几千年历史的庄子思想；这里也是五代时期巾帼英雄刘金定和北宋女中豪杰高太后的故乡。

千年蒙城，这是一片神奇的土地，这是一方火红的热土。这里地灵人杰、人文荟萃、英雄辈出。蒙城也是一部厚重的历史大书，写满了人类的苦难欢乐和灿烂辉煌，这部历史大书正在由一代又一代的蒙城人续写下去。勤奋智慧的蒙城人，在大力保护古代文物、弘扬古代文化、传承悠久文明的同时，必将不断创造出骄人的伟绩，演绎出精彩的故事，续写出不朽的英雄传奇！

2020年11月23日

千年寿州古城墙

在安徽中部的淮河南岸、淝水之滨，有一座千年古城，犹如一颗镶嵌在江淮大地上的璀璨明珠，这便是国家历史文化名城——寿县。在这块古老神奇的大地上，曾经发生过不少影响中国历史发展进程的重大事件，曾经演绎过许多惊天动地、可歌可泣的英雄传奇。

其实"寿县"这个称谓，只有短短的100多年历史，而它更为悠久的名字是寿春（后曾短时间改名为"寿阳"），到隋朝初期更名为寿州，一直到民国元年（1912年）才更名为寿县。故寿州之名时间最长，前后长1300年。我想，历史上一个堂堂的"五国之都"，竟然被改称为"县"，实在委屈它了！

寿春之来历，缘于寿县地区在春秋楚考烈王时期，便为楚国令尹黄歇的封地食邑。公元前202年，楚考烈王加封黄歇为春申君，遂将春申君的封地食邑命名为寿春。寿春乃为"为春申君增寿"之意。寿春之名前后存世700余年。

而寿阳的历史更短，自东晋（317—420年）到北魏时期（386—534年），前后总共不到一百年。

寿县作为中州咽喉、江南屏障，战略地位十分重要。古人云："寿州南人得之，则中原失之屏障；北人得之则中原失之咽喉。"远在春秋战国时代，它便为北方的政治经济文化中心，在我国古代历史上曾先后五次为国都（即来州国、蔡国、楚国、西汉淮南王国、东汉阜陵国之都）、十次为郡州之治所。因而，具有非常丰富的历史遗存，积淀了极其深厚的文化底蕴，古迹遍布、人文荟萃，素有"地下博物馆"之美誉。曾有专家略显夸张地说："你随便在古城墙外一块空地用铁锹挖一挖，说不定你就能挖出一块无价的珍宝。"今天的寿县城的天空里，仍然到处飘荡着浓郁芬芳的楚文化气味。

地理位置十分优越的寿县，远在几千年前的春秋时期，便以寿春之称谓，发展成为全国六大都会之一（另外五家分别为洛阳、邯郸、临泽、宛县和成都）。尤其在其先后为蔡、楚两国之都后，人口一度激增到35万人，经济十分发达，当时的寿春实可谓舟楫如梭、商贾云集，市场繁荣，既为我国北方的政治经济文化中心，也是楚国的水陆交通重要枢纽之一。正如司马迁在《史记·货殖列传》中所说："郢之后，徙寿春，亦一都会也。"班固的《汉书·地理志》云："寿春、合肥受南北湖皮革、鲍、木之输，亦一都会也。"

千年古城墙，一部历史书。作为寿县这座千年名城文化精髓的古城墙，它历经沧桑，内涵丰富，博大精深。古城墙上的每一块砖里，都隐藏着无穷无尽的文化奥妙，每一块石头都书写着神奇动人的历史故事。

一、历史悠久，规模宏大

但凡到过寿县县城的人们，无不对寿县高大的古城墙和巍峨的城门印象深刻、赞叹不已。远远望去，只见县城南门那一座高阔的门楼巍然耸立，门楼高达15米以上，分为出入两个城门口，城楼顶部呈半月形。每个城门的口径宽约6米。城门外两只硕大的石狮，形态各异、栩栩如生、威武雄壮。

在门楼顶端正中的额部刻有苍劲有力的"通淝"二字，在灿烂阳光的辉映下十分醒目。而与城门楼两侧紧密相连的便是闻名遐迩的高大宏伟的寿县古城墙了！凡是亲眼见过寿县古城墙的人，无不被其磅礴的气势和宏大的规模震撼。

古城墙的墙体以土夯筑，外侧墙面均以青石和灰砖砌成，并均以糯米和石灰作为黏合剂进行黏合，具有强大的黏合和防水作用，其结构极其牢固。古城墙的东、南、西、北四个城门至今尚在，基本完好。

自古以来，历代先人皆"筑土为城"。古代建城必筑墙，无城墙不能称之城。据最新考证，寿县古城墙始建于春秋晚期，距今已有2000多年历史了，后又重建于北宋神宗熙宁年间（1068年），但最终却竣工于南宋嘉定十二年（1224年），也就是说，重建的寿县古城墙前后断断续续建了156年。至今在古城墙残留的断砖之中，仍时常可见印有"建康许都统造"和"嘉定"的字样，"许都统"即南宋嘉定年间的许俊，正是由他受命负责建造这座寿县古城墙的。

寿县古城墙周长7147米，高9.7米，顶宽6至10米，底宽18至22米。即便是一个身强体壮的年轻人，要在城墙上走完一圈，至少需两个小时，由此可见这座古城墙的规模之大。

二、设计独特，功能齐全

古代的城墙一般只用于军事防御，以城墙为屏障，便可有效抵御外敌的入侵。但是，在我国现存完好的七座古城墙中，真正实现了军事防御功和防汛抗洪功能两者完美结合者，则非寿县古城墙莫属。

寿县古城墙之所以同时兼具强大的防御与防洪两大功能，不仅得益于它高大的墙体、坚固的墙基和宽阔的护城河，更有赖于古人巧妙独特的设计技术和复杂的建筑结构。

寿县古城墙，是我国现存唯一专门建有护门瓮城的古城墙。

该古城墙的东、南、西、北四个城门均建有硕大的瓮城，其门洞为砖石拱券。所谓瓮城，即在主城墙的城门以外，另建一个类似于瓮形状的小城门，又称为月城。其最大特点是，除了南门外，西、北、东三个瓮城城门与其主城门各自均不在一个中轴线上，即西门的瓮城城门朝北、北门的瓮城城门朝西，而东门的瓮城门与主城城门相互交错，这样就使瓮城与主城城门实现了平行错位，并且，翁城的城墙高度与主城墙高度完全一致。因四周的墙体十分高阔，一旦敌军拥入瓮城之内，守军只要立刻将瓮城的城门关闭，瓮城内的敌军便被困其中，犹如瓮中之鳖，纵有天大本事，也只能束手就擒。

除此以外，在古城墙的墙顶上，还曾建有 1000 个雉堞、8 个角楼、57 所警铺和几处阁楼。在城墙的城垛上还建有许多瞭望孔和射孔，用于城内守军对外瞭望观察，这样便构成了寿县古城墙十分完备的城内军事防御体系。

我来到寿县古城墙东门那巨大的瓮城内，顿感四周空旷而阴森。高墙上那一面面迎风猎猎的黄色旌旗，犹如一排排居高临下、严阵以待的守城勇士，我由衷地赞叹古人高超的御敌防守之术。令人遗憾的是，古城墙的西门和南门的瓮城，均于 20 世纪六七十年代被拆除，目前寿县古城墙上除仅尚存几处雉堞之外，其余军事防御设施早已荡然无存了。

寿县古城墙完备独特的防洪功能，为其最显著特征。世人皆知寿县古城墙历来不惧洪水侵犯，并誉为"永不沉没的城堡"，其究竟原理何在，却知者甚少。世代传说，因为此地是一块"筛子地"，所以，无论城外水位再高、雨水再大，城内的积水都能及时从地面的"筛子眼"里漏掉。但事实并非如此。

寿县古城不怕水淹的根本原因，得益于古人所采用科学先进的防水防洪规划设计。古人在建城筑墙之前，已充分考虑到寿春三面环水，易遭淮河与淝水洪灾之虞，故对城市防洪极为重视。

首先，设计者将城墙的整体高度大幅增加，使其最低高度也高于淮河干流上的硖石山口的最高水位（硖山口素有"淮河第一峡"之称），故一旦淮河洪水上涨高度接近城墙顶部时，洪水便从硖石山口奔泻而下，从而可保城内洪水不会漫入古城。

其次，更重要的是，聪明的建筑设计师分别在古城墙的东北角和西北角两处，专门设置了两个特殊的排水涵闸，将之分别命名为"崇墉障流"和"金汤巩固"。正是这两个特殊的涵闸,不仅可控制城内积水的排除,还能有效阻止城墙外洪水进入城内,从而确保城内居民的安然无恙。这种设计理念十分科学和泄洪功能显著的排水涵闸,已载入了世界水利建设工程的史册。

最后,寿县古城墙特殊的瓮城设计建筑,也能够有效地抵御洪水对古墙的冲击和侵蚀。由于将瓮城的方位与城墙城门的方位进行错位建造,使两者不在一条直线之上,当凶猛的洪水从城外冲进瓮城后,瞬间便由直线冲击变成了瓮城的涡流旋转,使洪水的冲击力被分散到瓮城的墙体上,从而大大减轻了洪水对古城墙的直接冲击,有效确保了城墙主体的结构稳定。

纵观古人对寿县古城墙的防御和防洪功能的巧妙设计,真让人叹为观止!即使在科学高度发达的今天,也让我们对 2000 多年前的这些能工巧匠敬佩不已。

英雄的寿县古城墙,在汹涌肆虐的洪水面前,真可谓固若金汤啊!年代久远的姑且不说,仅在 1954 年淮河泛滥造成大洪灾的那一年,洪水把寿县县城四面包围,最高水位离城墙顶部不到半米,城内居民坐在城墙上,一伸腿便可在城墙外的洪水中洗脚,但城内却波澜不惊。

1991 年的特大水灾,在一片汪洋中成为孤岛的寿县城,吸引了亿万国人的目光,甚至引起了当时国家最高领导人的高度关注,并亲临县城视察慰问。但任凭城外水浪滔天,古城墙仍岿然不动,城池安然无恙,城内十多万居民生活如常。千年古城墙又一次让世人见证了它"金池永固"之神奇。

正如城建专家们所说:"寿县古城墙实乃军事防御而建,却终赖其强大的防洪功能而留存于世。"从这个意义上讲,寿县古城墙是十分幸运的,它之所以免遭国内无数古城墙先后被拆而悄然消失的厄运,正是得益于它传奇般的超强防汛抗洪功能。

我驻足凝望着城墙上那一块块斑驳陆离的灰砖,它们饱经了千年沧桑岁月的侵蚀，这每一块灰砖的深处，浸透了无数建设者多少汗水和鲜血啊！

三、文化深厚，寓意深刻

在我国幸存的 7 座城市古城墙中，虽各具特色，但若论其文化底蕴之深厚、历史内涵之丰富，寿县古城墙当名列其首。

其一，寿县古城及其古城墙的建造，极具鲜明的中华民族文化特色。当年楚考烈王之所以选定在寿春建都城，除了在政治上的考量之外，还看中了寿县优越的军事地理条件和优美的自然人文景观。

寿县地处楚国东部之腹地，淮河平原与大别山区过渡地带，位于颍河下流，淮河与淝水的交汇处。它依山傍水［背靠巍峨葱郁的八公山、东连清澈蜿蜒的东淝河、南接烟波浩渺的安丰塘（即芍陂）］，面朝鱼虾肥美的瓦埠湖，实为绝佳的建都之地。因此，当时楚国政治中心虽在陈（今河南淮阳县），却始终将其只作为临时国都，最终还是决定自陈徙都于寿春，并经 10 年大规模建设之后，于公元前 241 年将寿县城命名为郢都，正式迁都于寿春。

寿春古城及其城墙的设计理念，秉承了"顺应天地、道法自然"的中国传统思想文化理念。设计者追求"天人合一""至善至美"的理想境界，将寿春古城建造成为外圆内方的方形城池，体现了古人的"背山面水、阴阳结合、天圆地方、祈求平安"的哲学思想，具有深厚的历史文化内涵。

其二，寿县古城墙的四个城门，具有极其深厚的文化底蕴。

首先，古城墙的四个城门的门额称谓，极富地方特色，寓意十分深刻。

世人皆知寿县古城有东南西北四个城门，分别命名为宾阳、通淝、定湖、靖淮，但其究竟有何背景？寓意如何？

一是东门名曰宾阳。古书《尔雅·释古》云："宾，服也。"《史记·五帝本纪》云："诸侯咸来宾从。"此时"宾"乃服从之意。

结合城古墙的防洪功能，东门"宾阳"中的"宾"字含有归顺、服从之意；"阳"字应指阳侯，即古代神话传说中的波涛之神。屈原在《九章·哀郢》中云："凌阳侯泛滥兮，忽翱翔之焉薄。"《淮南子·览冥》云："武王伐纣，渡于孟津。阳侯之波，逆流而上。"由此可知"宾阳"意为：期望波涛之神阳侯能够归顺人类、顺从人意，不再以洪波泛滥而危害城内百姓。

二是南门名为通淝，寓意人们期望淝水畅通无阻，不再阻塞泛滥，危及城内民众安全。此处的淝水指寿县的母亲河东淝河，它发源于安徽肥西县大潜山东麓的椿树岗，属于淮河的一级支流，为寿县地区的一条重要干流。

三是西门取名定湖，缘于寿县西门外有寿西湖（《水经注》称之尉升湖），此湖系远古时代黄淮水患在此反复冲击而成。该湖周长约30公里，在古代，一旦洪水季节来临时，寿西湖的水位便迅速上涨，惊涛拍岸，久而久之，对古城池造成严重威胁。因此，古人为西门取名定湖之意，便是人们期望寿西湖之水，湖面波平浪静，从此不再为患古城。

四是北门称之靖淮，它与以上三门不同，分内外两门。外门为靖，靖者，安定平定也，故"靖淮"之意，乃人们期望淮河之水安澜，淮河洪患从此平定。

北门内门的门额上题有"圵门"二字。"圵"字绝非"北"字！这是一个冷僻字。在《康熙字典》中所引《海篇》中云："圵，音荡，高田，与南北字不同。或云：以土壅之谓之圵。"古人云："兵来将挡，水来土挡。"故知"圵门"之意，实指以此城池高地之门来阻挡汹涌的洪水。

但事实上，寿县古城墙唯独北门的地势最低，而寿春人却偏把地势最低的北门称之为高田高地。可见一个"圵"字用得多么绝妙啊！不仅彰显了寿春人的无比自信、诙谐和浪漫之情，更昭示了寿春人在治理水患中的积极态度和战胜洪灾的必胜信念。

若从汉字的语法结构上来看，宾阳、通淝、定湖、靖淮这八个字都是动宾词组，故将之归纳起来就是：使湖水定、使淮水靖、使淝水通、使阳侯宾服。

另外，在寿县古城墙东西两个涵闸上的石刻文字，也与治水防洪密切相关。东涵闸的石刻有"崇墉障流"四字，"墉"字乃城墙、高墙之意，崇墉障流意指城墙高大以阻断水流、消除洪灾。西涵闸的石刻有"金汤巩固"四字，则从军事防御角度，寄托人们对于寿州城池固若金汤、坚不可摧的美好愿望。

其三，在寿县古城墙东、南、西三个城门的城墙内壁上，有几处石刻图案，其背后的历史典故，给人诸多深刻的哲理启示。

我来到古城墙东门的宾阳门下，只见铺在城门地面上的青石板上，有一条条深深的沟痕，深达五厘米，原来这是被无数车辆经过几千年反复碾压而致的车沟！这一道道深深的车沟，酷似历史老人脸上那深深的年轮，这位见证了这座古城千年沧桑的历史老人，穿越时空，向我深情讲述着，发生在这座古城墙上一桩桩惊天地、泣鬼神的传奇故事。

首先，在宾阳门的内墙壁上，镶嵌着一块刻有一条大蛇吞人的石刻图像，便是寿州内八景之一"人心不足蛇吞象"的典故。传说在很久以前，天上有一蟒蛇精，因犯天规而被玉皇大帝命雷公用雷电惩罚后贬到人间，并现原形变成了一条小蟒蛇。

小蟒蛇躺在地上遍体鳞伤、奄奄一息。正巧被一书生梅相公路过看到，梅相公见其可怜便将它带回家中精心喂养，一年不到蟒蛇长大了，梅相公因要进京赶考，便将它放归大自然。

后来，梅相公应试落榜后回到故乡，正为前途发愁的他，一日路过县衙，忽见衙门前张贴一张为身患重病的皇太后治病之悬赏榜，梅相公在回家途中被一大蟒蛇拦住去路，并对他说："梅相公，我就是之前你救过的小蟒蛇，我今天特来报恩。你若想升官发财，可割下我的一块心肝送给皇太后煎熟吃下，其病必定立刻痊愈。"梅相公又惊又喜，立刻按照蟒蛇所说，钻进蟒蛇肚子里割下它的一块心肝送给皇上，太后服后果然很快大病痊愈。皇上龙颜大喜，立刻下诏封梅相公为宰相。

但此时的梅相公，虽一步登天，却心不知足，还妄想长生不老。他心想那蟒蛇的心肝既然能治皇太后的重病，那必定是灵丹妙药，我若再吃一块，也许能使我从此长生不老。于是他找到那个大蟒蛇，要求再割它一块心肝，并谎称为自己治病所用。大蟒蛇念其曾为自己的救命恩人，便张嘴让其再割一刀。

谁料梅相公割了一块还嫌少，又连续割下好几块心肝，大蟒蛇痛得实在忍无可忍，便紧闭嘴巴，把梅相公活活闷死腹中。

这个典故的寓意是多么深刻啊！它告诫人们：无论做人、做事还是做官都切莫贪得无厌，否则绝不会有好结果。放眼当今锒铛入狱的贪官们，他们与葬身蟒蛇腹中的梅相公又有多大区别呢？他们自恃造福于社会、有功于人民，便欲壑难填、为所欲为、贪赃枉法、腐败堕落，最终必然落得个身败名裂的可悲下场。

其次，在东门通淝门的瓮城墙内壁上，嵌有一块石刻图，上刻一个作行刺状的石人，这便是同为寿阳内八景之一的"门里人"石刻图像。

门里人这个典故，发生在楚国宰相春申君黄歇身上，在《史记·春申君传》中有明确记载。说的是春申君黄歇有一个十分信赖的门下舍人名为李园。此人阴险狡诈，诡计多端，他先是将妹妹嫁给了黄歇，在其妹怀孕后，又劝说黄歇同意将其妹献给了楚考烈王，于是李园取得了考烈王的赞赏和信任，此妇之后生下一男孩，被立为皇太子。这样一来，李园转眼变成了国舅爷，便野心膨胀。后来考烈王病重时，李园便设计欲谋害黄歇。这时，黄歇的手下人苦苦劝黄歇要防范李园图谋不轨，但他却不以为然，自信李园对自己忠心耿耿。

果然，考烈王一死，李园便将刺客埋伏在皇宫的荆门之内，黄歇前往吊丧时便被刺客杀死了。人们为了牢记这惨痛的教训，便在黄歇遇刺身亡之处，立上这块门里人石刻，在纪念春申君黄歇的同时，也意在警示世人：人心难测，害人之心不可有，防人之心不可无。

最后，在定湖门的墙壁上，南北两边各有一块石刻图，一面刻的是鼓，另一面刻的是锣，这就是著名的当面鼓对面锣石刻（亦为寿州内八景之一）。

此典故缘于清乾隆年间，寿州一位新任知县，见古城墙西门年久失修，便决心重修城门，并通告百姓有钱出钱、有力出力。但老百姓并不相信，担心新知县借修城门之名，将捐钱饱中私囊。故通告虽出，却无人捐钱出力。在开工那天，新知县带领手下人，亲自在施工现场劳动，开始人们还半信半疑，十多天过去了，新知县依然与众人一起干活，这时候百姓才相信新知县确是真心修建城门，于是纷纷捐钱出力。

另外，相传在古代修建城墙过程中，有一位监工的官员被人检举贪污公款，后经多方调查证实纯属子虚乌有。于是，这位监工的官员便对众人说："修建城建墙之事，为事关子孙后代的百年大计，我怎敢有丝毫的贪心呢！今天我们必须当面鼓、对面锣地把话讲清楚！以后任何人绝不可信口雌黄、惹是生非，以免耽误了修墙大事。"

后人为了纪念这位真心为百姓造福的新知县和正直无私的监工官员，便专门树立了这一鼓一锣两个石刻。

"当面鼓、对面锣"早已成为淮河两岸家喻户晓的民间谚语，意指人们有话要当面讲清楚，说话要算数。这个谚语告诫人们，做人既要信守承诺，也要光明磊落，这是做人的准则。这与我国社会主义核心价值观中对个人层面的要求，是多么契合啊！

四、历经战火，屡遭劫难

此时，城墙的东面传来了一阵阵"咚咚咚"的鼓声。我闻声寻去，登上东门宾阳城门的顶部，只见一位髯须长飘的老艺人，身穿长马褂头，戴礼帽，身材魁梧、面如红枣，正在韵味十足地说唱寿县大鼓书。

老艺人正在表演的是《赵匡胤困南唐》这段大鼓书。只见他时而停鼓击板深情独白，时而边鼓边唱，声音或拖腔悠长，或高亢激昂，那鼓点忽快忽慢，就像飞奔的马蹄声，又如催征的战鼓和冲阵的号角，穿透肺腑、震撼心灵。老艺人那阵阵鼓点，穿越历史的时空，传向遥远的未来，让身临其境的我，既热血沸腾，又不禁潸然泪下。

　　我站在城墙顶部宽阔的步道上，向北方极目眺望，不远处那烟雾缭绕、绵延盘亘的一座座葱翠的山峰，便是著名的八公山。东边宽阔的护城河，河水清澈，水平如镜，河边几只水鸟正在悠闲地觅食，一群五六岁的孩子在河边玩耍嬉闹。一位秀发飘逸的姑娘正在河畔的树林里专注地拉着小提琴，阵阵美妙的音符从河边轻轻飘来。

　　在夕阳的辉映下，灰色的古城墙愈加伟岸巍峨，高大厚重的城门威严庄重。这时，空中飞过一群灰白相间的鸽子，它们自由自在地在天空盘旋着，在树上嬉戏着。温暖的阳光洒落在每个人的身上。

　　可又有几人想过，在这祥和恬静的日子背后，寿县古城墙曾经历了多少血与火的考验？遭受了多少次战争的摧残？曾几何时，这里号角声声、战马嘶鸣、炮火连天；城墙内外杀声震天、血流成河、尸堆成山。每一场战役后，有多少个家庭失去亲人！有多少百姓流离失所！

　　因寿县古城独特的战略地位，历代为兵家必争之地。自楚国徙都于此（前 241 年）到抗日战争时期，在这两千多年的漫长历史里，围绕着这座古城的存与废、攻与守，先后发生过大小一百多次的战争。几乎每场战争都给寿县古城墙造成损坏，给人民带来了深重灾难。

　　在我国古代战争中，最著名的是东晋考武帝太元八年（383 年），发生在寿县古城墙外的淝水之战。此役乃系前秦政权欲吞并东晋，以苻坚、苻融统率前秦 80 万军队，进攻由谢石、谢玄所帅 8 万军队的战争。在兵力相差近十倍的情况下，最终以东晋军队大胜、前秦军队惨败而结束。

　　淝水之战就发生在寿县古城墙外面，这场中国军事史上以少胜多的经典战役，不仅使前秦先灭东晋后统一中国之梦彻底破碎，直接导致了前秦政权的土崩瓦解，并衍生出草木皆兵、风声鹤唳、围棋赌墅和举鞭断流等让国人至今耳熟能详的成语典故。

作为寿县人，我为故乡悠久的历史和灿烂的文化而自豪。寿县古城墙，是先人留给我们弥足珍贵的历史文化遗产，也是人类共有的宝贵财富。我们应倍加珍惜、精心呵护，让更多的人了解它，要让它在新时代绽放异彩，以不断增强我们的历史自觉、时代担当和文化自信。

2020 年 12 月 18 日

此文发表于《江淮文学》2021 年 1 月 15 日总第 3108 期。

南淝河畔春来早

　　辛丑牛年的春节，合肥的天气真给力！七天长假，未下一滴雨，未飘一片雪。随着过年的氛围越来越浓，天气也越来越晴好，气温不断攀升，老天爷似乎想以此弥补去年春节，人们居家过年的憋屈，让人们在新春佳节里，既能走亲访友拜新年，也能尽情地拥抱大自然。

　　"未觉池塘春草梦，阶前梧叶已秋声。"花草树木们对气温变化的感知，并不比人类差，它们已在温暖阳光的抚慰下，提前复苏了。虽然按时令，现还是早春二月，但你只要来到南淝河畔转一转，这里已是春色满园了，春姑娘早已翩翩下凡到人间了。

　　古人向来喜爱临水而居，水乃生命之源，有水才有灵气。对此，我深以为然，当年换新房时，我便将"临河"作为选择小区的首要条件。现在我住的小区便紧邻南淝河，站在自家阳台上，抬头便见这条蜿蜒曲折的合肥母亲河。它每年四季变换的点滴细节，我都尽收眼底；它两岸秀丽宜人的风光，我既能站在家门口远眺，也能方便地步行到沿河边近赏。

　　昨天下午，我又到了南淝河的两岸绿地里散步。横跨南淝河南北两岸的铜陵路斜拉大桥，我不知看了多少遍，那倾斜约 75 度、高 80 多米巍峨壮观的斜拉杆，杆头朝北、直刺长空，两根巨大的深棕色的斜拉杆，在阳光的照射下流光溢彩、威武雄壮，宛若造型别致、满弓待发的巨型弓箭，静静地日夜护卫着周围百姓的平安。

河南岸的滨水公园里，早已芳草萋萋、春意盎然。只见几位年轻的妈妈推着婴儿车，带着自己的宝宝，边晒太阳边聊天。一对年轻的夫妇，正带着一个四五岁的小男孩放风筝。那红蜻蜓形状的风筝也许体积过大，几次刚刚飞到空中，就又很快掉了下来。小男孩很失望，急得直哭，其父在旁边耐心安慰他，其母却站在旁边抿着嘴直笑。

我信步来到南淝河的北岸。河水安澜、波光粼粼。这里有一个很长的慢坡地和几块面积较大的河滩，都被政府辟成了开放性公园绿地。这里十分恬静，空气清新，阳光充足，是人们就近休闲散步的好去处。

河岸边的一行行垂柳，每一株都挂满了青嫩的绿条。那些娇嫩欲滴的绿芽，就像一张张婴儿可爱的小脸；那一枝枝含羞下垂着翠绿的柳条，在春风吹拂下，随风摇曳、婀娜多姿，她们在和煦阳光的抚慰下，绿光闪闪、风情万种，宛如美丽姑娘的一条条长辫子，又恰似一排排迎风翩翩起舞的纯情少女。我想了徐志摩的诗句："那河畔的金柳，是夕阳下的新娘……"南淝河畔的春柳哟，美得令人窒息！

公园绿地里还有一些老旱柳，从它们那粗糙干裂、坑坑洼洼的外表判断，它们的年代较为久远。但在它们那看似枯死的光秃秃的树干上，却已顽强地长出了一枝枝鲜嫩的绿条，似乎无声地向世界宣示：我们还活着，春天也有我一份。

此时，几位身穿印有"无锡绿箭"的园林工人正在忙碌着。他们有的为柳树裹上黄色的胶带，有的用毛刷将一种棕色的、看似糊状的东西，涂抹在胶带下方四周的树干上。我上前好奇地询问其故，答曰：这是为了驱赶藏在树身内的害虫（此药主要由敌敌畏、黄油和机油所组成，气味特殊，为杀虫驱虫的良剂）；而为树干裹上黄胶带，是因胶带表面非常光滑，可使害虫无法立足，阻止它们爬向树干的上方。

山川美景并非浑然天成，还须人们精心的修葺和维护，这些园林工人，就是给我们带来人间美景的美丽天使。走在这片绿地里时，请脚下留情吧！这里的一草一木都洒下了他们辛劳的汗水。

南溆河北岸的一段河沿，地势平坦，阳光充足，是垂钓的绝佳之处。我看到河沿上一字排开，端坐着十来个专心致志的垂钓者。颇有讽刺意味的是，就在垂钓着旁边立有一醒目大牌，上写："温馨提示：公园管制，禁止钓鱼。——公园管理处"也许这个提示太温馨了，没人把它当回事，恐怕从未有人"管制"过。

这些垂钓者们个个装备齐全、有备而来。现已快夕阳西下了，我忍不住逐一瞅了瞅垂钓者身旁那装鱼的水桶，发现大部分桶里仍是空空如也，只有二三个桶里有几条瘦小的贪嘴鲫鱼，在水桶里无助地游动着。这么小的鲫鱼，能吃得着吗？我在心里想着。

现在垂钓的设备先进多了，他们在鱼竿的下端固定了一个支架将鱼竿支起，整个鱼竿悬空起来，这样就不再靠人的胳膊长时间举着鱼竿钓鱼了。把手解放出来后，他们还能边钓鱼边玩手机呢。

对于垂钓，我一直毫无兴趣。我始终不明白钓鱼究竟有多大乐趣？我认为，钓鱼的好处实在不多，与其经常空坐半天，到头来腰酸背痛，倒不如走一段路，活动活动筋骨，锻炼锻炼身体，还能欣赏到四周的风景。

不远处，有几个五六岁的小朋友，在大人们的看护下，正在草地上追逐玩耍、尽情地嬉闹着。看那可爱粉嫩的小脸蛋，个个都是红扑扑的。

在一块朝阳的坡地上，有一群七八十岁的老人散坐在一起，正在安静地晒着太阳，他们大都长时间地沉默着，时钟在他们那儿似乎停住不走了。这时，有一对年轻的情侣手牵手轻轻地走过来，他俩边走边向那群老人频频地张望着，也许，他们对这些"哑巴"式老人们颇感费解。是啊！像他俩这样年龄又怎能理解得了呢？人老到了一定年龄，就不太想说话了。

唔！好一幅如诗如画而又温馨祥和的赏春图！

牛年的春天提前来了！二月春风吹绿了淝河两岸。若问合肥最早的春天在哪里？就在风景如画的南淝河畔！这祥和的缕缕阳光，正温暖地洒在每个人的身上，自由自在地徜徉在这里的人们，这又是多么的惬意和幸福啊！

朋友，你还记得去年春节的情景吗？三月的合肥依然寒气袭人，天空一直灰蒙蒙，大地阴霾重重，云遮雾绕。回想那个鼠年的冬天，真的很冷很长很难熬！

在那疫情肆虐的艰难日子里，去年春节的南淝河畔，寒风透骨，满目萧瑟，人影难觅！只有那不太清澈的南淝河水无声地昼夜呜咽着，静静地向东缓慢流去。

在当今，越来越富裕的中国，城市的公园绿地日益增多，市民们即使不到乡下去，也可以享受到类似于乡下农村优美的田园风光。

"布谷鸟鸣布丰谷，牵牛花开牵金牛。鼠去疫消乾坤朗，辛丑最美写春秋。"今天，是大年初五，年味正浓呢！

"牛年大吉！牛年好运！"我心情愉悦地站在南淝河岸边的一处高地上，在金光闪闪的晚霞见证下，轻轻地对自己说道。

人勤春来早，莫负好时光。今年的中国会更好！今年的我，也一定会更好！此时，我深信不疑。

2021 年 2 月 18 日

湖天胜地中庙寺

牛年就是牛啊！这牛年春节的气温可谓牛气冲天。春节七天长假里，天高气爽，阳光普照，合肥恍若春天已至，此时正是人们出行游玩的好时光。

大年初四，我携家人驱车来到了巢湖岸边，专程游览了闻名遐迩的中庙寺。这座千年古寺，以其厚重的历史文化底蕴、与众不同的宗教理念和美丽动人的故事传说，让人流连忘返，给人心灵上的莫大慰藉，带给人们无限的沉思和遐想。

中庙寺，当地人习惯称之中庙。它位于巢湖北岸，因其正好居于巢州（今巢湖市）与庐州（今合肥市）之中，故名中庙。这是位置奇特的建筑群，因它建在一块伸入巢湖一百多米、朱砂色的巨型石矶之上。这块巨大的石矶因突出湖面，状如一只展翅欲飞的凤凰，故自古称之凤凰台。

建在凤凰台上的中庙寺，三面环水，坐南朝北。它不仅选址独特，还是我国古代临水建筑的典范，它巧夺天工的建筑结构，充分体现了古人善于利用自然地形的设计智慧和尊重自然、天人合一的科学建筑理念。

我穿过中庙街道，朝南走一小段，便远远望见一个高大的牌坊，牌坊顶端上书"湖天第一胜境"6个大字，这出自赵朴初大师手笔的题字，是对中庙寺最恰当的评价。

沿着中庙街道走到头，眼前就是浩瀚无垠的八百里巢湖。一座古朴庄重、气势恢宏的 3 层建筑群跃入眼帘，这便是中庙寺！只见正大门上有一横匾，题额为 4 个篆体字"湖天佛境"，左右两门一对楹联，大书 22 个鎏金行书大字："湖天一览千年胜境皈佛境，福慧双修万种因缘证法缘。"实乃中庙寺宗教理念之高度概括。

中庙寺历史十分悠久，它始建于三国东吴赤乌二年（239 年），到南唐时期已经初具规模，距今已有近 2000 年了。在历史上它几经战乱损毁，直至清朝光绪十五年（1889 年），在时任直隶总督兼北洋大臣李鸿章的倡议下，才得以募捐重建，重建后的中庙寺分为前中后三大殿，共有庙舍 70 余间。此后，其总体建筑规模一直保持至今。

中庙寺面对巢湖，凌空戏波、晨迎朝霞、晚倚夕辉，殿宇入云、楼台映月，自然景观奇特，风景十分秀丽。

据史书记载，中庙寺最早为专门纪念焦姥而建，并缘于一段美丽感人的传说。据《巢湖志》和《宗庙志》记载：相传在天上龙王即将把巢州陷落入地下之际，唯有曾经搭救过龙王之子小白龙的焦姥提前获知这一机密。于是，她先是万分焦急地奔走相告，通知乡亲们尽快逃走；尔后又登上凤凰台，全力以赴营救落水的百姓，救助遇难的众多商贾。后来，人们为感其德、铭其功，便在凤凰台上修建了这座寺庙，以纪念之。

我一进入中庙寺院内，耳边便传来了一阵阵舒缓悦耳的诵经声，好几位香客正在一座高高矗立的观音雕像下虔诚地敬香，院内烟雾缭绕、香气扑鼻。这尊高约 30 米的雕像，便是中庙寺供奉的至尊女神中庙娘娘。只见丹面桃红、双眉柳绿的她站在莲花底座上，头戴天冠，面部恬静、神态安详，右手持净瓶，左手抬起，三指朝前，若有所指。看她那神态和手势，似乎正在默默地普度众生，为凡世信徒们指路解惑。

说起这位中庙娘娘，就是远道而来、大名鼎鼎的碧霞元君。其中还有一个动人的传说，相传这位碧霞元君，原为东岳大帝之女，因她常年与其父生活在东岳泰山之巅，而深感寂寞孤独，渴望自立门户，向往自由自在的生活。为此，她在某一夜间，托梦给一位前来敬香的道士，道士答应帮助她实现这个愿望。

次日凌晨，这位道士便偷偷溜进了碧霞宫，背起碧霞元君的神像，一路狂奔来到了巢湖北岸的凤凰台上。从此，人们便将碧霞元君供奉在中庙寺内，成为善男信女们顶礼膜拜的中庙娘娘。

碧霞元君之所以被视为女神而千年供奉，是由于她能为泰山地区百姓消灾解难、解救百姓于水火之中。据称，碧霞元君"摄统泰山神兵，明察人间善恶"，她不仅能"庇佐众生，灵应九州"，还能助不育夫妇抱得贵子，被世人奉为掌管人类生育的女神。

这时，又来了不少手持香柱、排着队准备向中庙娘娘敬香的游人，我看到偌大的香炉里插满了一把把正在燃烧的香柱，香灰成堆，烟气袅袅，香客们表情肃穆而又虔诚。古书记载，中庙寺因其历代香火旺盛，而素有"南九华、北中庙"之美誉，今天亲眼所见，果然名不虚传。

中庙寺为三进大殿，分布巧妙、错落有致。我首先来到观音殿，只见大门的两侧上书"紫竹林中观自在，白莲座上现如来"。观音殿里供奉着一尊体积较小的观世音菩萨。

再往后走，便是地藏殿。此殿内供奉一尊地藏菩萨，因其"安忍不动，犹如大地，静虑深密，犹如秘藏"，故而得此名。

据佛典记载，地藏菩萨素以大孝、大慈为德行，曾几度救出其在地狱受苦的母亲，并发誓："地狱未空，誓不成佛；众生渡尽，方证菩提。"因其立志救渡人世间一切受苦受难之众生，而被世人称为"大愿地藏王菩萨"，并进而演变为汉传佛教的四大菩萨之一。而殿门那"地狱空时愿始真，众生尽后誓方休"的楹联，便是对地藏菩萨"普度众生独无我"自我牺牲精神的高度赞许。

随着游览的人流，我来到二进大殿之中的大雄宝殿。大雄者，乃佛之德号也。以佛具智德，能破微细致悲者，称之为大雄。大者，包含万有；雄者，摄伏群魔。综其义为佛法无边，可雄镇千妖万魔。

大雄宝殿内除了供奉释迦牟尼佛像之外，还供奉佛祖的两位弟子。大殿的两侧还列有十八罗汉的雕像，他们个个神态逼真、表情丰富。

这时，只听有人突然喊了一声："快来看呀！这里还有一口井呢。"可不是吗，只见院内地上有一个砌在长方形石条上，高约30厘米的井沿。在石条的一侧刻有三个篆体字：天湖井。水井旁还有一块巨石立在基座上，上刻"天下第一井"五个行书字，石基座上刻有近百字的简介。

我读过简介，方知为何称之天下第一井，因此井的下方连接地下洞穴，而洞穴又与巢湖水直接相连，故湖水便自然成为井水，就等于水井直通巢湖。试想，天下还能再找到有如此之大出水量的水井吗？

据称，因这口水井直通巢湖，每当湖水涌动之时，若将耳朵贴近井口，便可听到井内潮声激荡，如钟鸣一般。此井至今已经有2000多年了，想想看，这岂不是一大奇观吗！

接着，我又脚步轻轻地来到了供奉三国关羽（即关公）的伽蓝殿。门上的楹联写着："千秋义勇壮山河，万古勋名垂丝帛。"这是对关公大勇大忠大义的精辟概括。千百年来，关公已成为人间忠义之化身、做人之楷模，备受国人尊崇。

但为何取名伽蓝呢？中庙寺既为佛寺，又为何还供奉关公的画像？原来"伽蓝"系寺院道场的通称，而"伽蓝神"则是护卫寺院的护法之神。

据《佛祖统纪》所记载，智凯大师行至荆州，本欲创精舍。一日，忽见关公之神灵告诉智凯大师说："弟子获闻出世间法，感恩师道行愿，我愿舍此山做师道场，念求受戒，护此佛法，永为菩提之本。"智凯大师闻之大喜，当即对关羽授以五戒，使他从此成为佛教寺院的伽蓝护法之神。

千年中庙寺，不仅位置独特、历史悠久，并且具有与众不同的宗教理念认知。它同时供奉了观音菩萨、玉皇大帝、太上老君、王母娘娘，以及碧霞元君和关羽诸神，还有焦姥娘娘等，实可谓集佛、道、儒于一体。

这不仅展示了它博大精深的宗教文化内涵，还充分彰显了它对不同宗教兼收并蓄的巨大包容性。中庙寺虽小，却能容纳天下各派之教义，能与各教派取长补短、和平相处，这在全国各大寺院中都是罕见的。中庙寺无愧为中国释、道、儒三教共融互通之典范。

这时，已是夕阳西下。我快步登上了三楼的平台，顿觉视野开阔，湖光山色，尽收眼底。那古香古色的庙宇楼阁重檐飞处，酷似丹凤之桂冠，在万道霞光的映照下，金光闪烁，壮美肃穆。夕阳的余晖洒满了一望无际的湖面，犹如一幅缓缓流动的壮丽油画；远处的姥山岛若隐若现，水天一色，湖水安澜，渔歌唱晚。

中庙寺虽不如国内众多名刹驰名和壮观，但它却是一块人们心灵的净土。在这里，听听那娓娓的诵经声，闻闻那氤氲空中的清香味，瞧瞧人们虔诚叩拜时那一双双祈求企盼的眼神，也许能让你暂时忘却尘世间的一切烦恼，得到心灵深处短暂的宁静，甚至得到灵魂上的某种救赎。

"气吞吴楚动风色，神佑江淮飞凤来。"位于合肥市最南端的中庙寺，集佛、道、儒、神四体为一身，既有观音菩萨的消灾祈福，也有碧霞娘娘的驱邪逐妖，更有关公等诸神的日夜护卫。千年中庙寺，不仅是大合肥的镇湖之寺，也是合肥人民的神佑祈福之寺。

中庙寺，你是一颗镶嵌在巢湖之滨的璀璨明珠。愿你永远护佑我们风调雨顺、山河无恙、百业兴旺！

2021 年 2 月 25 日

此文发表于《江淮文学》2021 年 3 月 6 日总第 3145 期。

环湖首镇长临河

全国五大淡水湖，唯有合肥独拥一湖（巢湖），这在全国城市中绝无仅有。全长 154 公里的环巢湖大道全线开通后，可谓一路满眼秀色，到处风景宜人。在沿湖多个小镇中，要数肥东县的长临河镇最值得一游，无论是历史底蕴、文化特色，还是自然和人文景观，都首屈一指，无愧为环湖第一镇和全国重点镇。

农历二月的一天，我驱车来到巢湖北岸，再朝南略走一段，便可见路口一高大的楼牌，上书"长临河老街" 5 个金色大字，此字出于第八任全国人大常委会委员长之手。那苍劲有力、流畅隽永的字体，无不流露出他对故乡浓浓的眷恋之情。

长临河镇位于肥东最南端，面积 100 平方公里，人口 5.2 万，拥有巢湖水面 60 平方公里。让我困惑的是，它既然濒临巢湖，那又为何称为长临河呢？

原来，在三国东吴赤乌年间，这里有个长宁寺，旁边的青阳山北麓之水，经长宁寺而源源不断地流入巢湖，久而久之便形成了长临河，因此地紧临巢湖，故取名为长临河。由此可知，此镇实乃因河而得名，并已有近 2000 年的悠久历史了。

阳春二月，春意盎然。我徜徉在通往长临河老街的水泥路上，路旁松柏翠绿，节日的气味仍然很浓。来到老街，抬头望去，那一间间古色古香的徽派建筑，在街道两旁整齐地排列，都是清一色的青砖黛瓦，古朴典雅。在屋顶上两端，那一排排高耸的马头墙，无不彰显着它们与众不同的高贵。

有的墙头上长着几株不知名的花草，迎风摇曳，像在挥舞臂膀欢迎着八方游客。每一间门面房的两旁，都高挂两只硕大的红灯笼，看着让人心里暖暖的，为老街增添了节日的喜庆。一扇扇古铜色的门窗，精心地雕刻着形态迥异的花草鱼虫，尽显当年的气派与奢华。

街道并不宽敞的石板路，全由一块块大青石铺成。有些青石表面已被磨损得很厉害，陷下了一道道深深的沟痕。这每一道沟痕，都写满了岁月的沧桑。我缓缓地走在呈丁字形的石板路上，走着走着，感到自己仿佛穿入了悠悠的时空隧道。

今天正值大年初六，年味正浓，老街上人头攒动，街道铺面的门前摆满了琳琅满目的土特产和工艺品。但我却听不到卖家大声的吆喝声，也无一家店铺播放以录音替代真人的叫卖吆喝声。这里没见哪个卖家主动向你推销商品，他们的脸上都挂着友善的微笑，目光如水，眼神中看不见多少期盼之意。这多好啊！能让游客们轻松自在地穿梭在各个铺面里，绝无卖家们追逐着你兜售商品之虞。

我真切感到，这里虽然商铺林立、游人如织，却闻不到铜臭味，空中飘荡着的，是那祥和恬静的味道。在这条老街上漫步徜徉，无论你购物还是逛街，都是一种身心的放松，精神的愉悦，让你感到惬意，心灵得以宁静。在这里，你会感到时光流逝得很慢，深埋心底那浓浓的乡愁，得到极大的释放。

其实，长临河自古驿道繁忙、水陆俱畅，商贾如云、一片繁华。古代的长宁桥漕运十分发达，曾经是肥东通往巢湖的必经之路。因紧临巢湖，长临河便是货物的重要中转站和各类商品的集散地，各类货物通过巢湖岸边的万家河码头，穿过巢湖直达长江，把货物运到了全国各地，同时也带动了这座古镇的繁荣。南来北往的生意人大都会在这里歇歇脚，长此以往，长临河博得了"小上海"的美誉。

昔日"小上海"舟楫云集、货通天下的物质性繁荣与喧闹，早已淹没在历史长河里了，但这里诸多非物质文化元素，却日益凸显。植根老街数百年的精神文化之树，早已根深叶茂；弥漫在空气中独具特色的文化气息，越来越浓郁了。不信？你不妨数一数这条古街上，有多少以"安徽"打头的博物馆或文化馆吧！

我沿着老街朝南走，第一个门面的门额上写着"百年邮电"的民国邮局，以及安徽邮政博物馆里的100多件的物品，展示了中国邮政发展曲折而又光辉的历程。

在安徽聚贤报刊博物馆里，珍藏着从明朝崇祯年间，到改革开放时期，800多年来全国各地的报纸杂志等史料，共8千多种，为国内收藏量最大的民间报刊博物馆，具有十分重要的历史参考价值。

位于为东侧老街的百祖堂姓氏文化馆，这里是人们寻根问祖之地。馆内整齐有序地陈列着500多个中华姓氏及其始祖的名称，由此可见办馆陈列人的苦心孤诣。在"中华姓氏文化简介"中那句"物有报本之心，人有恩祖之情"让我驻足品味。

求本溯源乃人之天性，是一种浓浓的血脉情结。不知自己从何而来，又怎知将往何处？从某种意义上讲，寻根问祖也就是一种"初心"，只有知根敬祖，才能够尽孝父母；只有知晓初心何在，才能永葆初心不变，才能永不迷失方向，永走人间正道。

而安徽民俗文化馆，则以"留存民间物件，展示农耕文化"为办馆宗旨，是让当代人了解古代农耕文化和中华民俗的生动课堂。在馆内陈列着几百件古代农村使用的生产劳动工具和前人的生活用品，其数量之多、品种之全、物品之完整，实为国内罕见。馆内那纺棉车、织布机、旱地水车，早已绝迹于世了。更令人称奇的是，馆内还陈列了用泥巴制作的碗和筷筒。

这些弥足珍贵的实物，静静地告诉游客们，数千年前，生息繁衍在这片广袤土地上的先人们，是如何用勤劳的双手，创造出灿烂农耕文化的光荣历史。

民俗馆内墙上悬挂的国人春节习俗和婚礼习俗，内容丰富翔实，非常值得年轻人品读。除此以外，老街上还有票据博物馆、汉服文化馆、牛家海剪纸、牛门洪拳和典当行遗存等特色鲜明的非物质文化陈列于街内，不一而足。

长临河老街上的一座座博物馆或文化馆，就是一部部生动的民族文化史。那一件件物品，无不详细记录了中国古代的文化信息，蕴藏着丰富的历史知识。一个小镇的老街，竟拥有如此之多的文博馆，具有如此之深的历史文化内涵，着实让人叹为观止啊！

一座古镇，一条老街，正是长临河镇厚重的历史、灿烂的文化，以及世代人重教厚文的好传统，才让此地历代群星灿烂、人才辈出。千百年来，从这里走出了许多重要的历史人物和社会名人。元代有治军严明、能文善诗的余阙；清代则有军事统领吴毓芬、吴毓兰等淮军将领；近代有爱国民主人士张义纯；当代有人民解放军的军医将军戴正华和测绘将军吴忠性，两人都是共和国的开国将军，都用所学专业，为国家作出了杰出贡献。在老街上有测绘将军吴忠性的故居，向社会免费开放。他与夫人吴家琪一生养育了七个孩子，个个都是国家和社会的栋梁之材，还培养出了党和国家的重要领导人。

长临河还出了一位在杭州钱塘江大桥上，迎着呼啸而来的列车，舍命抱走横在铁轨的大木头，保住了列车和大桥，却牺牲了自己生命的一等功臣解放军战士蔡永祥烈士。

长临河镇还有一个著名的古塔，那就是耸立在巢湖岸边的省级文保单位——著名的振湖塔。这座建于清朝光绪十八年（1892年）、由吴姓族人集资兴建的古塔，历经沧桑，已在风霜雨雪中屹立了100多年了。

当年吴氏族人建此古塔，乃期望它为风水之塔，以此振兴吴氏家族，名为振湖，实则振吴。同时，也寓意以此塔来镇住"龙头"，期望巢湖风平浪静，不再危害百姓。据说，当年建此塔还有为那些回归故乡的人们指路之目的。

振湖塔共有 7 层塔，高 40 米，塔身为六面形的密檐式的砖石结构，全为灰砖黛石，每层有 6 扇窗户并嵌入铁铸的浮雕佛像。古塔设计精致、结构严谨、庄重古朴、气势恢宏，它宛若那高耸入云的擎天柱，面对烟波浩渺的巢湖，见证着这座千年古镇的沧桑巨变。

我久久伫立在这塔基下，仰望着这座饱经风霜、塔身已经倾斜的古塔，虽然基于安全因素而暂时无法登塔远眺，但塔体外那每一层悬挂着的铜制的风铃，吸引了我的注意力。

这些风铃在临湖春风的徐徐吹拂下，不时发出一阵阵清脆的响声。这时紧时慢、时响时息的风铃声，似乎向人们断断续续地诉说着，这座傲立于湖畔的百年古塔无比的孤独和寂寞，又似乎在向人们讲述着百年来，这里发生的一桩桩传奇故事。

高耸的古塔，见证了勤劳智慧的长临河人民，正把这块神奇的土地建设得越来越美丽富饶。我坚信，这叮当作响的阵阵风铃声，发出的都是声声福音，它们将平安和吉祥传向四面八方，传向遥远的未来；它们日夜保佑着百姓平安、湖水安澜，祈祷安徽第一侨乡、环湖第一镇长临河繁荣昌盛，百业兴旺！

2021 年 3 月 12 日

此文发表于《江淮文学》2021 年 3 月 21 日总第 3151 期。

辽东有奇峰，大美凤凰山

——辽宁凤城凤凰山游记

不去东北，不知国土之肥沃；不去辽东，怎晓山川之美？辽东凤城有座凤凰山，外地人知者不多，这可是一座奇美之山啊！不仅山名美，景色更美。虽说"五岳归来不看山，黄山归来不看岳"，但若论凤凰山之秀美、雄奇与险峻，完全可与黄山和五岳相媲美。你若已知此山而至今未游之，望你尽快成行，否则，必为人生之一大缺憾。

辽东凤凰山，实可谓集泰山之雄伟、华山之险峻、峨眉之秀美、黄山之奇特之大成者。它那美不胜收的自然景观，让你一路喝彩、流连忘返；它那厚重深邃的文化底蕴和人文景观，让你感慨万千、回味无穷；它那美丽动人的历史传说，更让你心旌摇曳、浮想联翩。

初夏六月的清早，我利用赴丹东凤城大梨树参加文学笔会之机，有幸登顶凤凰山，饱览了其与众山不同的惊人之美。

汽车一路向北，不一会儿便望见一座座高耸入云的山峰。但见山腰烟雾氤氲，向空中徐徐飘浮，宛若阵阵祥云缭绕。青山有情、人间祥和，今天是个好日子！

山门是个高大气派的彩色楼牌，门额上"凤凰山"三个金色大字遒劲有力。大门两边的楹联上书："神州览胜无双地，华夏历险第一山。"这是对凤凰山的精辟概括。

凤凰山景点众多，星罗棋布，但其精华主要集中在西山景区。于是，我们便沿西行线路，从凤凰台出发，先向南，再一路向西。徒步前行、手脚并用，辅以车拉索道送。

我们祈福佛池边，洗尘仙人湖，叩拜药王庙，探幽凤凰洞，穿过南天门，跨上老牛背，登上天下绝，穿越老虎口，直至登上凤凰山第二高峰海拔 826 米的神马峰，之后再一路继续游览。

快爬到老牛背时，突然下起雨来。一时风雨交加，路滑难行。游人中有胆怯者止步不前，但此道没有回头路，想退回也不可能，必须一鼓作气，坚持到底。于是我们相互鼓励，奋勇攀登，以坚韧的毅力，最后成功登顶神马峰。正可谓豪情不可及，风急雨潇潇啊！

亲游凤凰山，美景留心间。凤凰山的美实在令人窒息、令人心颤。它的美并非某一侧面的美，而是全方位的立体之美。它的美绝非一种小家碧玉似的小美，而是一种气势磅礴的大美，若用精美绝伦、叹为观止来形容也不为过。凤凰山是一座秀美之山、险峻之山、传奇之山、宗教之山、历史之山。

一、凤凰山之大美，首先在其诸多秀美诱人的自然景色

此山风光旖旎、林木葱绿，奇花异木遍布山野，湖光山色辉映如画。溪流潺潺、飞瀑如练。因此时为初夏，雨水充沛，在"亘立中天""佛池"和"滴水观音"的几处百丈瀑布，飞流直下，瀑声震耳。那川流不息的瀑布，流走的不仅是水，还带走了宝贵的时光，也向人类送来了大自然的深情祝福。

凤凰山的秀美，还在于它有许多独具特色的洞景、泉景、仙景和幻景。譬如由凤凰洞、观音洞、一品洞、通玄洞、教堂洞等许多天然古洞所组成的洞景，它们风格迥异，充满神秘色彩。

由圣泉、丹泉、凤泪泉、智慧泉和"东北第一泉"等所组成的许多天然泉景，分布广泛，泉水清冽甘甜。

由仙人湖、仙人桥、仙人座、聚仙台等所构成的仙景，让人不禁飘飘欲仙、翩翩起舞。

　　而那山云铺海、涧水飞涛和斗母圣境等曼妙无比的幻境，则更让你如梦似幻、如痴如醉。

　　若逢深秋季节，则漫山红遍，层林尽染，硕果飘香。那翡翠湖畔的片片枫叶，倒映在清澈的湖水中，枫叶与绿水交织辉映，景色美不胜收、妙不可言。

二、凤凰山之大美在其具有十分雄奇险峻的自然景观

　　"万里长空一柱擎，凤凰峭壁耸南山。"凤凰山之雄奇，首先在其山峰浑厚而又挺拔。最高峰攒云峰海拔高达 836.4 米，这近千米高度的山峰，在东北地区极为少见。凤凰山层峦叠嶂、犬牙交错，怪石凌空、奇石嶙峋。山上具有雄奇特征的自然景观，真是比比皆是。

　　"金龟求凰"是位于神马峰与通天桥之间的一块巨石。若从攒云峰远眺神马峰，后者很像一只凤凰；而这块巨石则酷似一只头部高昂的金龟，此时，这只金龟正向前面的凤凰（神马峰）爬去，其状恰似金龟向凤凰求婚，故名"金凤求凰"。传说此龟本为大禹治水所用，但它在治水时却贪图美色，擅离职守，严重"违纪"，故被大禹处死并化为一块巨石，以儆效尤。

　　"石壁鹤影"景观位于杜鹃坡下的悬崖峭壁上，由千年岩石的无数褶皱天然形成。正面望去，只见其昂首欲飞，单腿挺立，如仙鹤之影。传说此鹤原为南极仙翁之坐骑，一天，仙翁驾此鹤至凤凰山观看凤凰歌舞表演。仙鹤见此地山清水秀、凤凰华美，便想在此与凤凰同栖。仙翁反复劝说无效，只得施以法术将仙鹤之影刻在石壁上，让鹤影永伴凤凰。

　　以雄奇称绝的景观还有：势欲刺破苍天的"独占鳌头"、巧夺天工的"箭眼"、犹如天外来客的飞来石、令胖子犯难的"南天门"及"夹扁石"、惟妙惟肖的"金蟾望月"、形神兼备的"龟侯朝圣"、亦真亦幻的"碧海飞舟"、妙趣横生的兔耳峰和天造之物的"罗汉脸"等，不一而足、不胜枚举。

这些自然景观，均无后天雕琢之痕迹，犹如鬼斧神工般浑然天成。它们既是大自然的杰作，也是上天对人类的馈赠，我们可要用心珍惜保护哦！

凤凰山之险峻，为其又一大鲜明特色。此山之所以被称为国门名山和中国历险第一山，实因其山势极险峻之故。其高度虽低于西岳华山，但就险峻程度而言，毫不逊色于华山。

因此，你若要想成功登顶凤凰山的神马峰，没有"不到长城非好汉"的勇气不行，不累出一身臭汗不行，不惊出一身冷汗也不行。

凤凰山的险峻还主要体现在绝字上，不少险景以绝惊世，游客走时，往往胆战心惊。譬如"老牛背"实为100多米高的天然巨岩，因其酷似卧着的牛背而故名。它长70余米、宽仅一尺，牛背两侧均为刀削斧劈般的悬崖峭壁，背上未凿一个台阶，相当光滑难行。若是冬天积雪结冰，便为绝路。其险峻程度丝毫不亚于华山的苍龙岭和黄山的鲫鱼背。

而"天下绝"更以惊险著称。这条300多米长的天然石缝，立于百丈悬崖之间。游人须在不足半米、几乎垂直的台阶上，紧贴绝壁艰难缓慢地前行。头顶是悬崖峭壁，脚下是万丈深渊，朝下望去，令人头晕目眩。

此外还有"百步紧""老虎口""峥嵘岩""天都门"等处，均以险峻难行而著称。

凤凰山的险峻还体现在山路上，其路时断时续、时有时无，或在石缝之内，或在巨石之上，或藏两岩之间，让游人不时体会到绝处逢生的惊险之趣。

除上述外，凤凰山还有多处惊险峻拔、工程浩大、造价不菲的人工景观。

长达844米的西山索道，状如彩练、飞峙山间。绵延3000多米的黑风口栈道（为东北第一栈道），平均海拔 260 米，恰似一条空中巨龙，盘绕在悬崖峭壁之间，人站在栈道上，如在空中漫步，令人飘飘欲仙。

位于攒云峰连接西山与古城长达 222 米玻璃桥，建在两峰之间，堪称当代野外建筑之奇迹。此桥距谷底垂直高度 126 米，宛如一道空中彩虹，雄伟壮观，人在桥上，犹如置身云端，似乎可举手触天，仿佛能腾云驾雾。

连接观音阁与苍松岭的凌空栈道，垂直架在峭壁悬崖上，它蜿蜒数千米，宛如庄子笔下那只扶摇九万里的鲲鹏，气势磅礴，令人震撼。

而由百步紧至天下绝的两段全长 102 米的玻璃栈道，游人站在上边，便有足踏虚空、悬浮半空之感，令人望而生畏、行而却步、过后叫绝。

朋友，无论你是立于栈道上，还是站在玻璃桥上，举目眺望，四周美景尽收眼底。脚下峰峦起伏，眼前乱云飞渡，耳畔松涛阵阵，背后凉风习习。身临此景此境，又怎能不让人心旷神怡、乐不思蜀呢？

三、凤凰山之大美在其拥有许多人间神奇美好的传说

但凡名山大川，无不同时拥有内涵丰富的自然与人文景观，两者缺一不可。因为，名山以自美而秀，更因人文而灵。凤凰山的历史传说不仅内容丰富，并且情节动人。

首先凤凰山的山名，便源于一段美好的传说。此山在南北朝时称为乌骨山，隋末唐初又称之熊山。直到唐贞观十八年（644 年），唐太宗李世民御驾东征，巡游此山至一洞口时，忽见洞内百鸟齐鸣，并从洞飞出一对美丽的金凤凰，向唐太宗叩首三拜、翩翩起舞。史称"百鸟朝凤、凤凰拜祖"。于是唐太宗龙颜大悦，遂赐此山名为凤凰山。

位于东北山坳的仙人湖，湖水清澈，鱼翔浅底。湖边一挂数十丈的瀑布倾泻而下，蔚为壮观。在湖心岛上，立有身着白衣的八仙雕像，只见他们个个栩栩如生、跃跃欲试。

据"八仙游凤凰山"石刻所载，相传当年八仙结伴参加王母娘娘的瑶池蟠桃会，之后又东游至凤凰山。八仙在云端俯视其山，只见紫气升

腾、俊美无比，便按下云头，飘然降至湖心岛上痛饮起来，一连几日酩酊大醉。从此，此湖便得名仙人湖。湖心岛上的八仙雕像即为"八仙过海，各显神通"之情景再现。

开疆辟土、守边平乱的初唐大将、辽东王薛仁贵，与凤凰山的历史渊源极深。许多自然景观如箭眼、神马峰、将军峰、马蹄窝、点将台等故事传说都与一代英豪的他息息相关。

相传箭眼峰上的箭眼，便是当年薛仁贵为威慑周边的附属国使其真心臣服大唐，而开弓射箭所形成，神剑穿过凤凰山后落入鸭绿江内，从此便有"神弓射箭眼，一箭定辽东"之说。

这些传说，无不说明老百姓对英雄的由衷敬仰，那些为国家作出杰出贡献的人们，永远活在人民的心中。

还有东山与古城相连的情人谷吊桥，虽建成时间不长，但颇具时代特色。此桥长183米、宽3米，人在桥上走，有轻微摇荡之感，故要想走完全程，尚需一定的胆量和勇气。相传此桥具有神奇之功能：青年男女只要不停步地走完此桥之后，必定能找到自己心仪的另一半。

而刻在一块巨岩上面的同心石，则是男女山盟海誓的最好见证。我想，若能在此石面前，向自己最心爱的人表明心迹，那无疑是人生最浪漫、最有意义的一件事啊！

四、凤凰山之大美，在其释道同兴、医药共济的鲜明特色

凤凰山的宗教氛围浓厚，佛教与道教和平共处，山上所建设寺庙观阁众多，但总体以道教建筑居多。在这里，无论你信佛还是信道，都能够找到精神的慰藉和心灵的皈依。

佛教寺庙以朝阳寺为代表。该寺始建于南北朝，唐代毁于战火，明代重建后又渐次倾毁，现寺由东北高僧圆霖法师率众僧，于2011年，历经千辛万苦耗时三载，在异地重建而成。

朝阳寺内供奉着世界上唯一的一尊正法明如来（观音菩萨之前身）佛像。该寺建成后便香火旺盛，香客络绎不绝，为善男信女们拜佛祈愿提供了理想的佛事圣地。

除此之外，还有佛池中的汉白玉滴水观音雕像，以及位于丹泉景区高达 9 米的巨型弥勒佛雕像。弥勒佛那种放下一切烦恼，万事一笑了之的豁达处世态度，给物欲横流的红尘世人以深刻的哲理启迪。

位于凤凰广场南边的紫阳观，是道教的代表建筑，也为整个凤凰山规模最大的庙宇。紫阳观始由 3 名道士化缘集资，于清朝道光十三年建成，后被毁，又于 2010 年在原址重建。

紫阳观气势雄伟，肃穆壮观，是当地最大的道教活动场所，并且，凤凰山内的所有道派建筑（三教堂、观音阁、娘娘庙、斗母宫、碧霞宫、火神庙、文魁阁等）均属其管辖，甚至还包括药王庙。

药王庙始建于明代，"文革"前被毁，2012 年在原址重建。庙内供奉三尊圣像，居中者为药王孙思邈，左侧为战国神医扁鹊，右侧为明代医药学家李时珍。

后人将孙思邈尊为药王，绝非仅只因其医术精湛为医药大家，还缘于他高尚的医德和人品。他首提"大医精诚"，他呼吁医德须重于医术，他认为："人命至重，有贵千金，一方济之，德逾于此。"故以"千金"为其所撰医典《千金药方》和《千金翼方》命名。他还精辟地提出"胆欲大而心欲小，智欲圆而行欲方"。他谢绝三代帝王的授官之邀，终生行医民间山林，拯救了无数百姓的生命。

其实，凤凰山本身犹如一座天然植物园和药库，山上有奇花异草和名贵药材 800 多种，药材资源十分丰富。

每年农历四月二十八日的庙王会（亦是孙思邈生日），规模宏大、热闹非凡，如今，已成为带动当地经济发展的特色品牌。

五、凤凰山之大美，在其具有深刻的古代军事印记和分布广泛的摩崖石刻

凤凰山因地处战略要冲，乃辽东屏障，自古为兵家必争之地。那一座座青翠欲滴的山峰，当年曾是战鼓阵阵、号角声声、金戈铁马的古战场。那草木丰茂的岩土下，埋葬着无数为国拼命勇士的遗骨，实可谓"青山处处埋忠骨，何须马革裹尸还"。

凤凰山的军事遗址均在东山区域。那里有闻名遐迩的乌骨城（即凤凰古城），还有历经千年风雨而巍然屹立的古长城和古城墙。

乌骨城为我国古代少数民族高句丽政权（前37—668）的著名山城。古城有内外两道城墙围成，分为内城和外城，城墙多以天然悬崖为壁，加以楔形石块垒筑，全城建有南、北、东三座城门。城内有点将台、烽火台、旗杆座和哨所等军事设施，地势险峻、易守难攻。现有保存完整的古城墙2000多米。

今天，当你站在8米高、4米宽的古城墙上极目眺望时，心中定有无限的感慨！一方面，我们对这个民族，为抵御强大外族入侵，一退再退，最终落脚此山，举全国之力筑城御敌护国的不屈精神充满敬意，对乌骨城在存国705年之后，最终灭于大唐而深为同情。

另一方面，"历史潮流，浩浩荡荡，顺之者昌，逆之者亡。"乌骨城灭亡的史实说明，国家的完全统一、民族的融合团结，乃大势所趋、人心所向。

"凤凰石刻岂无言，阅尽沧桑不计年。"凤凰山上那些分布广泛、文字精辟的摩崖石刻，乃一大亮点，为这座名山增色许多，实为凤凰山一道亮丽的人文景观。

这些文字刻在巨石之上或悬崖峭壁之中，多位于醒目之处，抑或隐于树旁，或立于洞顶，或与瀑布为伍。石刻风格迥异、寓意深刻，它们始明至清，从民国到现代，虽饱经岁月沧桑，但仍旧熠熠生辉、魅力四射。

譬如在佛池悬崖上的三处石刻，其中"共和再造"为民国首任凤城知县朱莲溪所题，"天高气清"为日本人影山常五郎于1931年所题。

"亘立中天、直上青云、振衣千仞"则是人们对着这座雄伟山脉的由衷赞叹。"山高水长，此山不老我曾来"抒发了人们对祖国大好河山的无限挚爱之情。

而刻在凤凰洞顶之上的"佛之洞山，我之守土，唯佛与我，长此终古"这段文字，则感情真挚、意境深远，不禁让人驻足凝望、回味良久。

"丹凤何年下九重，惊艳盖世属辽东。"魅力无穷的凤凰山，还吸引了远在数千里之外享誉全球的香港著名作家梁凤仪博士的目光。这位举止优雅、身份高贵的女中豪杰，于四年前慕名携夫以挑剔的目光游览了凤凰山，游完之后，便对凤凰山赞不绝口，并由此而认定自己与此山今生一定有缘。

是啊，凤凰山以"凤"而得名，梁凤仪有"凤"来仪，两者均以凤为名，凤乃祥也，这怎能不是天定的缘分呢？

凤凰山，这是一座美丽神奇之山，让人百看不厌之山，使人魂牵梦萦之山。凤凰山既包罗万象又博大精深，无论你是哪个年龄、什么身份、何种职业，都能在这里找到心仪的理想看点。

凤凰山就像辽东大地上的一块晶莹剔透的美玉，光彩照人、魅力四射；又宛如一块来仪之福地，时时祥云环绕，四季为大地送来和风细雨，日夜护佑百姓幸福安康。

最后，以拙诗结尾吧！"今游大美凤凰山，从此他山无须看。愿将此身化岩土，丹心如枫永相伴！"

2021 年 7 月 16 日

此文发表于《金融文坛》2021 年第 10 期，此文荣获 2021 年《金融文坛》"凤仪杯"赞美凤凰城、歌吟凤凰山全国采风征文大赛散文类一等奖。

人间仙境，养生胜地

——辽宁凤城大梨树村游记

紫陌青青拂面来，梨香幽幽寄相思。我从辽宁凤城的大梨树采风返回已一个月了，但大梨树宛若仙境的秀美景色，仍时时浮现在我的眼前，让我念念不忘，总有要写点文字的冲动。

提起大梨树，外地人乍一听以为一棵树，其实它是个地名，并是闻名遐迩的全国新农村建设样板村，一个走社会主义集体共同富裕道路的新时代示范村，一个风景如画的国家 4A 级旅游景区，一个民族特色鲜明、经济实力雄厚的生态文明村。

大梨树村之美在哪？特色何在？本人以为，至少有以下四大看点：

一、特色鲜明的美丽村落

大梨树位于辽宁凤城市西南 10 公里处，面积近 50 平方公里，人口近 5000 人（满族人占大多数）。在已故老书记毛丰美的带领下，勤劳能干的大梨树人用 20 多年时间，把一个吃粮靠返销，用钱靠贷款，人均年收入不到一百元的贫穷落后的小山村，变成了集农、工、商、贸、旅游为一体的美丽富裕新农村。

走进大梨树，首先看到的是巍然耸立在村口那高大气派的砖石楼牌，状如古城的城门。楼牌共有 3 个拱形大门，中间的门洞高阔宏伟，门额正中上书"中国美丽乡村大梨树" 9 个金色大字。

这是一座两面装饰相同的双面楼牌，不同的是左右两侧小门洞上所题的文字，正面为"乐业、乐生"，反面为"乐善、乐天"。这八个字寓意深刻，值得品味，精辟地表达了大梨树人乐观、友善、爱乡、自信的积极人生态度。

走进村内，我恍若来到了江南水乡，一眼望去，尽是小桥流水人家景象。村内有一条河，名叫后河，河面波光粼粼、荷叶如盖，两岸的建筑错落有致。我数了数，横跨这条河的小桥有五六座，每座相隔百余米，各有桥孔 5 个，个个小巧玲珑、结构精致。后河两岸的垂柳随风摇曳、婀娜多姿。

村内在不同方位建有极具满族特色高大的门楼，东边叫百合门，寓意百年好合、万众一心；南边为丁香门，意为勤劳谦逊、顽强不屈；西边为远志门，寓意志向远大、不负众望；北边叫梧桐门，意为植桐引凤、招贤纳士。

我发现，村里的几条大街以中药命名，中间街最长的叫五味子街，最南头的叫威灵仙街，最北的街叫南天星街。这较之以"高大上"的大山大江大河来命名路街，不仅别出心裁，还与当今崇尚健康养生的理念相契合。

位于村东侧的青年点饭店，即便你不曾是下放知青，也很值得一看。此时，饭店外的大喇叭里，正播放着革命歌曲，那熟悉的旋律让人倍感亲切。大门两边大书"广阔天地炼红心，上山下乡干革命"；墙面上悬挂着七八个醒目的毛主席语录榜，榜内所录的经典语录，今天读来仍觉句句在理，真理永远放光芒！

内走廊墙上的橱柜里，陈列着历年不同版本的知青小说、回忆录和画报，琳琅满目。饭店内还出售一些知青纪念品。餐厅的包厢称谓也很别致，分别叫一队、二队、三队，最大的称之大队部，每个餐厅的墙上都贴满了那个时代中央和各省市的报纸。

发生于 20 世纪六七十年代的上山下乡运动，既是一段激情燃烧的岁月，也是一段岁月蹉跎的历史。为响应毛主席的号召，全国1800多万城镇中学生，放下书包，告别城市和亲人，来到农村和山区，拿起镰刀和锄头，与农民并肩劳动，自食其力，锻炼自己，他们为建设农村，付出了极大的自我牺牲，形成了独特的知青文化。他们身上集中体现了艰苦奋斗、自立自强、执着进取的可贵精神。

位于村北头的影视城，占地60亩，是一座仿造民国时期北方县城规模和风格的建筑群。在这里，你会感到时光倒流，恍若隔世。

我以为，影视城里最值得看的，还是大梨树村致富带头人毛丰美家的全景复原房屋，这是几年前为拍摄电影《毛丰美》而专门修建的。当我轻轻地走进屋里后，只觉老书记似乎刚刚才出门，那急促有力的脚步声正渐渐远去。他又跑出去为全村谋划未来、为村民排忧解难了。

自从毛丰美当上村干部后，这个家就成了他的旅馆和饭店，他根本顾不上过问自家的事。在他眼里，家里的事再大也是小事；而村里的事、别人家的事再小都是大事，他把自己的一切都献给了大梨树村。

还有一座20世纪六七十年代东北地区种类齐全的农家院，这里陈列的一件件老掉牙的家什。

自影视城建成以来，这里作为电影拍摄基地，已有近10部电影作品在此拍摄完成。不仅极大提高了大梨树的知名度，还有力地带动了文化旅游业发展，拉动了餐饮业和住宿业的兴旺。

二、无害原生态的绿色水果

大梨树是一个"八山半水一分田"自然资源匮乏之地，原来20多个山包，座座都是荒山野岭，几乎寸草不生，真可谓"山上和尚头，山下多石头"。在老书记的带领下，大梨树人多次开展千人治山大会战，经过19年的艰苦奋斗，终于将荒山变成果园，把野岭变成聚宝盆。他们先后种下了各种果树100万棵株，形成了2.6万亩的优质果园。这些主要由桃、梨、杏、李和苹果所组成的果树，满山遍野，蔚为壮观。

这些水果都是原生态无公害的绿色水果，这里的果树，都能让游客们亲手采摘。为方便游客上山采摘，大梨树村斥巨资，将原来的土石路面全部改成了柏油路，并将道路拓宽延长，游客可驾车直接开到山顶，省去了徒步之劳。

我驱车来到花果山广场，站在广场上极目眺望，满目的郁郁葱葱。山腰下全都是一片片果实挂枝压枝干的水果林。广场上有一个硕大的梨树造型的雕像，栩栩如生，吸引了众人的目光。

大梨树不仅山上有花果山，山下还有七彩田园，由现代农业展示馆和温室葡萄园组成的 1.2 万平方米的七彩田园，实际上就是一个建在 5 米多高的塑料大棚里的室内花果山。巨大的果棚里，不见一名果农，大棚里的温度、湿度和浇水施肥，全程由计算机控制，高度的自动化智能化让人赞叹不已。

那一望无际的果树，排列整齐、吐蕊挂果，恰似一队队荷枪实弹、整装待发的勇士，威武雄壮地接受游客的检阅。

在展示馆里，我看到了海南的椰子、广西的芒果、云南的香蕉。我在一座村民塑像前停下留影。只见男村民头戴草帽、肩扛铁锹，女村民肩挑着一副担子，两人精神抖擞，目光坚定，眼中满是自信与从容。

在不远处有一个小茶馆，供游客品茗小憩。门上一副楹联："书能香我无须花，茶亦醉人何必酒。"此联颇有几分韵味呢！

偌大的葡萄园里一望无际，里面种植了近十个大梨树特有的珍稀品种。葡萄园允许游客采摘，游客采下的葡萄交由工作人员称重后，低于市场价出售给游客，不再另外收费。

三、延年益寿的中药养生

中药乃国之瑰宝，养生益寿之珍品。大梨树人引领崇尚养生之时代潮流，抓住当地盛产五味子之优势，把中药五味子产业做大做强，形成了产销龙头。

五味子本是养生佳品，具有收敛固涩、益气生津、补肾宁心之功效，可降低血压血脂，促进新陈代谢，增加体内免疫力，对心、肝、肾皆有裨益。五味子现在已成为大梨树的绿色生态拳头产品,具有较高的知名度和市场占有率。

另外,大梨树人利用二龙沟盛产人参、天麻等名贵中药材的优势,投资 2000 万元,建成了东北首家特色鲜明的药王谷。

车从山上驶去,直达开阔的药王谷广场。只见正前方是高大壮观的城墙,墙中有 5 个门洞,正中门洞上刻有"药王谷"3 个黄色草书。广场正中有立有 3 米多高的天坛,天坛正中矗立一个巨大的石葫芦,上刻"养生堂"3 个大字,葫芦的四周还刻有长生秘诀和养生之道。

据了解,这个由一块巨型天然汉白玉雕刻而成的大葫芦,重达 120 吨,高 9.9 米,寓意天长地久。如此巨大的石葫芦世所罕见,据说,大梨树人已经申报吉尼斯世界纪录了。

药王谷以雄伟的万里长城为背景,依山势地形而建。沿着城墙上行,依次为长寿阁、养生殿、福禄堂,殿内供奉着药王孙思邈、邳彤、神农氏、药圣李时珍、神医华佗等 13 位中国古代医药大家。

在同寿堂边有一个奇特的阴阳泉,此泉分为阴阳两个,相距数米,流出的泉水却一温一凉。我喝上一口,果然清凉爽口。

山上还有 12 生肖保护神景观。这些属相动物们个个身披红袍,站在昂首挺立的千年龟背上。与埃及的狮身人面像相反,它们皆为人身动物面。从背后瞧都是人,从正面看却是动物,个个面目友善、形态可掬。

正如当地人所说:"不到药王谷,白来大梨树。"药王谷可谓一步一美景,十步一重天。漫步在药王谷时里,犹如置身人间仙境。这里,树木参天、草药遍地,鸟语花香。这里的空气负离子,深吸一口,顿觉心旷神怡。这里真是修身养性、度假避暑的胜地啊!

在这里,你可以赴五福台祈福,到同寿堂问寿,去百草园寻药,在阴阳泉品泉;你也可潜心读书写作,静心思考人生;在这里,你也可采集货真价实的名贵中药,领悟中医药的博大精深。

四、独领风骚的"干"字文化

"干"字文化是大梨树人在已故老书记毛丰美的带领下，在30年改天换地的艰苦奋斗中所创立的，是大梨树人独有的文化基因，它不仅是大梨树人创业成功之秘诀，更是大梨树的立村之本、兴村之根、强村之魂。

在大梨树村，无人不夸老书记毛丰美，无人不提大梨树的"干"字精神。可以说，没有毛丰美，就没有"干"字精神，也没有大梨树的今天。

可贵可敬的是，大梨树村的富裕是建立在社会主义全民共同富裕、走集体主义道路前提下的，我以为，这才是人间正道，是金光大道。

"干"字精神的要义就是"干"字当头，苦干实干加巧干，全面发展不停步。蕴涵"干"字精神的"干"字文化，是大梨树所特有的旅游资源，任何地方也无法复制，它是大梨树人不竭的力量源泉和永恒的精神支柱。

我来到填沟而成的著名的干字广场。远远望见，巨大的红色的"干"字屹立在广场中央，这个高达9.9米的"干"字，如利剑出鞘，直刺长空，给人以强烈的视觉震撼。广场四周由近百个红色小干字围成，犹如猎猎红旗杆，傲然挺立于山腰。

广场上高耸着金鸡报晓干、头顶烈日干、披星戴月干3个造型各异、形态逼真的巨大雕塑，它们就像3座巍峨的丰碑，镌刻着大梨树人民建设美好家园洒下的辛勤汗水、建立的光辉业绩。它们让天地见证，与日月同辉，与山河永存！

"干"字精神是中国人民勤劳勇敢、不断进取精神的生动诠释，与我党的根本宗旨高度契合。不干，半点马克思主义都没有；不干，又何谈强国梦？由"干"字精神孕育出的"干"字文化，就是对中国优秀文化的传承与弘扬。

我站在这巨型"干"字雕像下，凝望着这个鲜红的"干"字，不禁无限感慨，心潮起伏。你看那"干"字的两横一竖，不就是在天地之间站立着顶天立地的人吗？而这大写的人，就是英勇善战的大梨树人民！他们弯大腰流大汗，苦干实干加巧干，创造了一个又一个人间奇迹！

大梨树村因树而得名，又因人而名扬天下。大梨树的山水哺育了它的儿女；而他们又用勤劳智慧的双手，创造了大梨树的壮丽辉煌，让大梨树誉满天下、名扬四海。大梨树人不但勇于改造自然，还善于顺应自然，实现人与自然的和谐共处，而博爱公正的大自然，必然给予他们更多更好的回馈。

"迟日江山丽，春风花草香。"大梨树，这座辽东名村，以其美丽的自然景观和独一无二的人文景观，无愧为人间仙境、养生胜地。朋友请你到此一游吧！我相信，魅力无穷的大梨树定会让你流连忘返、收获满满！

2021 年 7 月 21 日

八公山下觅仙踪

——寿县八公山秋游记

安徽寿县古名寿春、寿阳，寿州、这座千年古城位于淮河南岸，不仅拥有全国保存最完好的古城墙，还是一座闻名遐迩的国家历史文化名城。在古城的背后，还有一座著名的八公山。

八公山距寿县古城北门（靖淮门）的直线距离不到 2 公里，是古城的天然屏障。此山其貌不扬、其峰不险，平均海拔 160 米，最高峰四顶山只有 218.2 米。但八公山较之于天下众山，无论自然景观还是人文景观，皆有十分独特之处。

今年八月初秋的一天，我专程游览了八公山，收获颇多、感慨颇多。

一

八公山其实有广义和狭义之分。广义的八公山指横跨寿县、凤台、长丰和淮南市四地的八公山脉，属于大别山余脉，处于淮北平原与大别山之过渡地带，东西绵延 200 多公里，大小山峰 300 多座。

而狭义的八公山，即寿县八公山，特指位于淝水以北（紧靠寿县城北），由 11 座相连的山峰所组成的一群山（当地人俗称北山）。其地界：

东南与淮南的打石山东麓为界，西北与凤台县的驴蹄山北麓为界，方圆20多公里。

《水经注》云："八公山因八士而得名。"但八公山最早称为云条山、楚山、肥陵山，到西汉才因"八公"而改为现名。

凡细心观察的登山者会发现，八公山实际上由多个山峰层层叠叠组成、犬牙交错、峰峰相连、山外有山，这是其鲜明独特的地理特点。

"山不在高，有仙则名"，峰不在险，有故事则奇。高不过200多米的八公山，之所以自古以来名扬天下，历代文人骚客纷至沓来（谢朓、李白、刘禹锡、王安石、苏东坡、欧阳修等均在此留下足迹和诗篇），实乃因此山是一座王侯之山、神仙之山、奇书之山、战争之山和豆腐之山。

此山留下了西汉著名文学家、思想家淮南刘安的许多活动印迹。这里是刘安的诞生地（及成长地）；是刘安与八公纵论天下兴亡，编写《淮南子》的成书地，是刘安与八公服丹药飞天成仙的"升天地"，是刘安造出人间佳肴"八公山豆腐"的发源地，这里，还是蜚声中外的淝水之战的发生地。朋友，一座山拥有这五大殊荣，难道不够厉害吗？

二

我沿着平坦宽阔的上坡山路，边走边看。此条山路较陡，倾斜角度约有30度。两旁青松遮天蔽日，林中传来阵阵鸟鸣，偶尔突然窜出一只可爱的小松鼠。时逢疫情期间，山上游人稀少，幽静恬怡。

我对路旁那纹龟神道（据说走一遍便可延年益寿）和吉祥宝葫芦（据说摸一摸便可带来好运）都不感兴趣；我对时苗留犊（讲述古代清官时苗的清廉故事）和人心不足蛇吞象（讲述古代一书生贪心不足被蟒蛇吞下的故事）的大型雕像以及当面鼓对面锣（讲述古代官员办事言而有信的故事）等画面，也只是一瞥而过；我对于山腰上那规模庞大的恐龙园，也不以为然。我以为，以上这些都与八公山并无直接关联，似乎都有些牵强附会。

今天，我期望在八公山上寻觅那尘世间难见的道气、仙气，嗅一嗅那芬芳扑鼻的书香和豆腐味。

曲折山路两旁一排排裸露的，都是此山特有的千层岩。这些褐色的千层岩静静躺在那儿，至少上万年了。你看那斑驳陆离、千层万叠的岩块，多像一部部厚重的历史大书啊！任凭风吹雨打，仍然层次分明，页页挺阔。它们默默地期望人们，能够细细地翻阅它、研究它。哦！人世无常，历史永恒！无论被蒙上多厚的灰尘，但真相终会展现于世的。

在通往山顶近五公里的路上，分别矗立着三个高大的牌坊，分别是各有寓意的紫金叠翠（指八公山的秀丽景色）、道骨仙风（说的是淮南王刘安）、天人合一（为道教的核心价值观和最高境界，源于庄子的哲学思想）。

可八公山的道气何在呢？我来到了主峰四顶山的山顶。山顶上建有几处殿宇，殿名帝母宫，但当地人却一直称之奶奶庙。帝母宫为依山势而建规模庞大的道教建筑群，殿阁参差，碧瓦飞檐、雕梁画栋，蔚为壮观。山顶上的正殿里供奉着来自东岳泰山的碧霞元君。帝母宫也是寿县全境唯一的道教活动场所。

在正殿的东西两侧，建有两个造型别致的亭子，各置钟鼎、大鼓一个。这里是寿县地区一年一度农历三月十五日庙会活动的中心广场，每年一到庙会之日，这里便人山人海、热闹非凡，数万男女从四面八方赶来，祈福还愿者有之，求道问仙者有之，相亲看相者有之，买卖交易者也有之。遗憾的是，今天帝母宫大门紧闭，道气被锁在宫内了。

那么，八公山的仙气又何在？

这时，我来到建在四顶山南麓的思仙台。名为思仙台，实为升仙地。在这座 20 多米高的 4 层石台上，矗立着八公（苏飞、李尚、左吴、田由、雷被、毛被、伍被、晋昌）的巨型雕像，只见他们个个身着盛装，气宇轩昂、神采飞扬。据传说，2000多年前，淮南王刘安就在此处，与八公服下长生不老的仙丹之后，便飘飘升天成仙了！

我走近细瞧，只见在八公的脚下，还有几只五颜六色的鸡和狗，而那些鸡正昂首翘尾地跃跃欲飞。这些偷偷舔食了盆内剩余仙丹的宠物们，也随着主人一道升天啦！这便是成语典故"一人得道，鸡犬升天"的来历。至今在此山的岩石上，还留着八公飞升上天时的足迹和八公的憩石呢！

思仙台的选址绝佳，此处为山峰之巅，八公山最南端。南边紧邻淝水，不远处的寿春古城若隐若现，东西两侧为连绵不断的群峰，风光旖旎，景色秀美。然而，我发现这个思仙台上只有"八公"八个人，并无淮南王刘安，原来，他因涉嫌谋反而挥剑自杀了……

三

淮南王刘安（前179—前122），这位汉高祖刘邦的嫡孙，世袭其父刘长为淮南王42年，虽政绩不显，倒也为政不恶。只是他家风不正、家教不严，他纵容王后荼和王子刘迁胡作非为，且歧视庶子刘不害。刘安虽为杰出的文学家和思想家，却非合格的政治家。纵观其一生，他最大的失误，就是不该心怀异志，蓄意谋反。本来汉武帝刘彻待他不薄，他却听信谗言，野心鼓胀，不自量力地图谋不轨，最终落得人亡国废的可悲下场。

淮南王刘安最大的贡献，也许就是留给后人的一部《淮南子》，但他本人却称之为《淮南鸿烈》。"鸿"者，广大也；"烈"者，光明也。刘安博学多才、才思敏捷、极善言辞，他常聚数千"俊伟之士"，于八公山上和他们谈古论今，抨砭时弊，探讨安邦治国之道和修性养生之术，并在他的主持下，编写成了这部博大精深的巨著。

《淮南子》内篇21卷，内容丰富、思想深邃、文笔瑰丽，以道教思想为统领，包罗万象，实为是一部集古代思想文化之大成、论述人间正大光明之路的绝代奇书。自刊行以来，对后世产生了不可估量的影响。

然而，淮南王刘安同时对"鸿宝之道"兴趣浓厚，他拜"八公"为师，向他们潜心学习炼丹之术，意欲获取所谓的长生不老之方。殊不知，生老病死本为自然规律，自古无人可例外，但学识渊博的刘安却偏不信。他虔诚地修道、执着地炼丹，期望能服下仙丹升天成仙，从此长生不老。可见学富五车、满腹经纶的刘安，是多么唯心！

正所谓"有心栽花花不开，无心插柳柳成荫"。刘安费尽心血炼丹无果，却歪打正着地造出了美味可口的豆腐来，无意间为黎民百姓干了一件功德无量的大好事。

豆腐为百姓家常菜肴，物美价廉。其别名很多，自古就有菽乳、豆乳、脂酥、乳脂、寒浆、软玉等称谓，但我却对"菽乳"独有钟情。元代孙大雅《东家子沧螺集》卷一云："豆腐本为淮南王刘安所作，惜其名不雅，余今改名'菽乳'。"明代王志坚《表异录》云："豆腐亦名菽乳。"李时珍在《本草纲目》中讲："豆腐之法，始于汉淮南王刘安。"

然而，为何天下首推八公山豆腐的味道最鲜美呢？这与刘安无关了，实乃八公山所特有的优质矿泉水之故。八公山山泉众多，尤以位于八公山支峰五珠山上的玛瑙泉、水晶泉，以及八公山支峰凤凰山的珍珠泉这3处泉水最优，用此3处泉水制作出的豆腐，产品正宗，味道绝佳。

八公山豆腐无愧为天下第一，它洁白细腻、清爽滑利、鲜嫩味美、营养丰富。无论是烩、炸、炖、煮，还是凉拌均可。小小的豆腐，却能做出几十道全席豆腐宴，此乃寿县一绝！

南宋理学大师朱熹在《豆腐诗》中云："种豆豆苗稀，力竭心已腐。早知淮南术，安坐获泉布。"近代诗人苏平咏道："传得淮南术最佳，皮肤褪尽见精华。一轮磨上流琼液，百淋汤中滚雪花。"

此时，我正走在五株山玛瑙泉附近的山荫小道上，这里距驰名中外的"中国豆腐村"已很近了，我似乎已闻到远处飘来的豆皮清香味了。

想吃正宗豆腐，请到八公山吧！寿县八公山才是中国豆腐的故乡！

四

"寿阳信天险，天险横荆关。共苻坚百万众，遥阻八公山。"在通往主峰四顶山的山坳上，竖有一块描写淝水之战的巨幅壁画，画面的背景是东晋的北府兵奋勇追杀狼奔豕突的前秦军队的生动场景；在壁画前面，站立着 3 尊战将分别是谢石、谢安和谢玄。居中的谢石身披铠甲，右手捋髯须，左手持剑柄，目光炯炯、威风凛凛，英气逼人，尽显一代豪杰风采。

发生于 383 年的秋天的淝水之战，不仅是中国战争史上一场以少胜多、以弱胜强的经典战例，还对中国的历史进程产生了重大影响。此战若胜，则前秦不仅可灭东晋，还将统一全中国，从而结束 160 多年国家的分裂状态。令人遗憾的是，进攻方的北方前秦军队，不仅遭到惨败，使前秦王苻坚的中国统一梦彻底破灭，并且战后不到 3 年，原本强大的前秦王朝便崩离解析，由此，中国的完全统一向后推迟了整整 200 年。

那么，既然前秦进攻东晋是统一之战，又为何惨败呢？首先是统一的时机尚不成熟，当时，前秦军中厌战思想普遍严重，几十万士兵大多是被迫参战；其次，前秦王苻坚的严重轻敌和盲目乐观，也是失败的重要因素；最后，前秦军队战术失策、指挥失当，尤其是苻坚等人轻信东晋降将朱序等等。

"寿阳怀古暂停鞭，极目关山思渺然。"我脚下的这片土地，就是 1638 年前淝水之战的古战场。遥想当年曾经刀光剑影、鼓角阵阵，战马嘶鸣、血流成河，而今一切早已灰飞烟灭。"古今多少事，都付笑谈中。"如今的巍巍八公山，只留下八公山下、草木皆兵、风声鹤唳、投鞭断流、围棋赌墅等这些国人耳熟能详的历史典故，让人们世代传诵，给人无穷的遐想与启示。

"淝水不关兴废事，夕阳西下浪声迟。"我伫立在山顶，花上 10 元钱，借用山上这架高倍望远镜极目远眺，四周秋色如画、美不胜收。当年勇士们拼命厮杀的热土，如今早已繁花似锦，正前方并列的高铁和高速，如两条巨龙凌空飞越山脉。那蜿蜒曲折的东淝河，犹如镶嵌在楚国大地上一条美丽的玉带，河面似镜，白帆点点。

今游八公山，一步一叹息。八公山因八公而更名，但不知八公升天后现居何处？八公山因淮南王刘安而名扬四海，是寿春古城的沃土养育了刘安，八公山的仙气点化了他，可淮南王究竟化作历史的尘埃，还是真的得道成仙了呢？我一路寻仙而来，唏嘘不已，唯有感叹时光之短暂，岁月之无情，青山之永恒！

但是，无论淮南王刘安是否成仙，他都永存于世！他永远活在绝世奇书《淮南子》中和他创制的八公山豆腐里，这可是他留给后人的瑰宝啊！

2021 年 8 月 28 日

此文发表于《中国金融文化》2022 年第 4 期。

楹联里的逍遥津

逍遥津盛名久矣！凡读过《三国演义》第六十七回者，皆知"张辽威震逍遥津"就发生在合肥，"逍遥津"天下无双，故事不可复制。

但逍遥津并不等同于逍遥津公园。逍遥津地名少说已有 1700 年历史了，而逍遥津公园始建于 1952 年，今年恰好 70 周年，尚不及逍遥津的零头。逍遥津悠久的历史，刻满了刀光剑影的斑斑血痕，孕育出灿烂辉煌的三国文化；而公园则因逍遥津而得名，并由此名扬四海。

自古园林属豪门。逍遥津公园在建成前，一直为豪绅名流的私家花园，至明朝万历年间，先为窦姓官僚的窦家池；后为王姓翰林的斗鸭池；再后，又为龚氏父子的豆叶池。几百年间，早已由"津"变成"池"了。直到中华人民共和国成立后，它才在回到人民群众的怀抱，经政府将西侧的季家花园纳入，并经统一改建后，方成为合肥第一座人民公园。

三国文化乃逍遥津公园之魂。几十年来，随着改造的升级，园内的三国文化元素越来越多，"逍遥津"越来越名副其实啦！逍遥津公园里的楹联并不多，但内涵丰富，底蕴颇深。品读楹联，其乐无穷，可以小见大地彰显出，逍遥津博大精深的三国文化和卓尔不群的地方特色。

一、逍遥阁

位于公园东北角的逍遥阁，高 22 米，明三暗五层，为一座飞檐翘角、铜色古香的仿汉楼阁，也是公园的标志性建筑，站在阁顶层极目眺望，繁华无限，古城美景尽收眼底。

逍遥阁的大门两旁，悬挂一副 72 个字的长楹联，为清道光进士、官至四川按察使的方濬颐所撰。上联："地邻飞骑桥边，问当年一船筝笛，万队旌旗，弹指话沧桑，只安排水国逍遥，已是昆池庄叟境"；下联："春到听莺时节，看此夕对月歌诗，临风把酒，散怀忘泛梗，且领略画图结构，俨然鹿砦右丞居"。

此联对仗工整，长而不冗，写尽了逍遥津的 50 年魏吴战争史，点出飞骑桥、一船筝笛、水国逍遥的三国历史故事；又给出昆池、庄叟、鹿砦、右丞四个感而发的典故。

飞骑桥就在逍遥津公园南门内正北的 200 米处。此桥虽非彼时桥，此地却是那时地，此事仍是当年事。这座留下千古传奇的名桥，当年称之为小师桥。东汉建安二十年（215 年），孙权自认为抓住了战机，趁曹操东征张鲁之际，率东吴 50 万大军亲征合肥。本以为稳操胜券，孰料竟败于张辽的 7000 曹魏守军之手。孙权还被张辽狂追至小师桥边，但此时桥已为断桥，"桥南已折丈余"，若非孙权的坐骑后退三丈，奋力一跳飞过桥南，逃过此劫，孙权可就成了张辽的阶下囚啦！

这正是："退后着鞭驰骏桥，逍遥津上玉龙飞。"

从此，小师桥变成了飞骑桥。经此一战，张辽名扬天下，甚至小儿闻唤"张辽"，也不敢夜啼了。孙权偷鸡不成蚀把米，慑于张辽的威名，只得无功而返。

一船筝笛源于三国时期位于逍遥津西南角的筝笛浦，这是个多么富有诗意的地名啊！飞骑桥与张辽有关，筝笛浦则因曹操而闻名。曹操一生至少四次来过合肥。据《庐阳名胜便览》载，曹操在与东吴激烈交战间隙，忙中偷闲地率亲信、携歌伎，在合肥西门水阔浦清的战船之上，弹筝奏笛、轻歌曼舞、煮酒吟诗。正当醉眼蒙眬之际，浦面大风骤起，导致舟覆人翻。曹操被手下人救起，而可怜的歌伎们则香消玉殒，竟然玩出了人命。实可谓："美人画舫娇歌舞，鬓烟无数沉黄土。香魂一缕化湘云，千年尚听残箫鼓。"

水国逍遥乃因在三国时期，此地为淝水之上的一处津渡，故东吴军队北侵合肥时，可乘战船从长江经濡须口抵巢湖，再沿南淝河直达逍遥津以东的教弩台，当日便兵临城下。所以，当年的逍遥津的确位于水国之中。

今日之逍遥津公园，美至哉也！经过 4 次大规模的改造，现已是园中有园、园内有湖、湖中有岛、岛上有亭，更具动静结合、雅俗共赏之特色。

你看，园东侧那 168 亩的逍遥湖，波碧水绿，垂柳婀娜，澎岛竦峙，其景可与昆明之滇池相媲美。待那风和日丽时，撑一支长篙，轻舟泛湖，清风拂面，早把那泛萍浮梗丢到爪哇国里去啦！

你看，今日之公园，百花斗艳，奇木成荫，曲径通幽，清泓湾洄，其境与王右丞（王维）笔下"返景入深林，复照青苔上"的"鹿柴"又有何异哉？

你看，此园小径四时花，一湖千秋月。在此听风揽秀、叩问历史、寻访古迹，胜境与心相契合，此乃何等惬意之事啊！

想必南华真人庄周，也禁不住从庄子祠里醒来，乘水击三千里、扶摇九万里的大鹏到此地，阐述他"天地与我并生，万物与我为一"的深邃思想。他或许还会发出"天地有大美而不言"和"山林与，皋壤与，使我欣欣然而乐与"的由衷赞叹……

二、文远亭与张辽墓

文远亭（张辽字文远）和张辽墓均位于公园的西北角，此地地势略高，幽静肃穆。亭前的神道两侧立有羊、虎、狮的石像生，日夜忠诚地护卫着墓主。亭两侧楹联上书："威风几度雄江左，豪气千秋贯日间。"

亭内有一高大的墓碑，上书"魏故晋阳侯张辽之墓"。亭后便为张辽墓，高约两米，被周围葱翠的松柏簇拥着，墓顶芳草萋萋。墓前的牌坊刻有楹联一副："勇鏖曹魏七千兵古传佳话，大败孙吴十万众史载奇勋。"语言质朴，对仗工整。

张辽是智勇双全的一代猛将，他早年降昌豨、破乌桓、斩单于、逐柳毅、灭陈兰，为其主屡建功绩，但真正让他扬名天下的，正是这场逍遥津之战。此战之后，他名列曹操的"五子良将"（张辽、乐进、于典、张郃、徐晃）之首，还是历代推崇的中国古代 64 位名将之一。

张辽实为三国合肥人的守护神啊！他长期守护合肥城，率兵奋力拼杀，击退了东吴军队对合肥的多次侵犯，使之免遭生灵涂炭，让百姓安居乐业，共享太平。正因为如此，合肥人民由衷地感激他，专门为他塑像、修墓、树碑立传。

你看，公园南门内正中间那座张辽策马扬鞭、威风凛凛的全身铜像，让多少人为之敬仰啊！将军永生，英魂常在！他永远忠诚地护佑着合肥人民的安宁。

三、蘧庄

蘧庄，外璞而内秀，掩映于公园东侧桧柏环抱之一隅，是一座造型典雅别致的园林式建筑。门上有一短联："豆隐大千界，池环小五洲。"

别小看这短短十个字，来头可不小，更耐人寻味。此联与逍遥津公园南门额上的"古逍遥津"横匾，撰写者同为一人，即大名鼎鼎的清朝同治状元、东阁大学士、宣统皇帝的老师陆润庠。只不过字体不同，横匾为楷书，楹联为行书。

蘧庄为合肥绅士龚心钊所建。龚心钊何许人也？此公乃光绪进士、清末学者、外交家和收藏家，还是中国驻加拿大的首任总领事。但他对仕途并不热心，仰慕春秋时期卫国归隐不仕的上大夫蘧伯玉，将他所购建的山庄命名为蘧庄，以明不仕之志。

他自号豆隐，并将所购之斗鸭池更名为豆叶池，作为自己叶落归根之地而苦心经营。"豆隐大千界"既指蘧庄隐于偌大的豆叶池，也寓意此公面对大千世界、滚滚红尘，立志归隐不仕、与世无争。你看，这与老庄的道家思想，又何其相似啊！

蘧庄内有一座偌大的戏院，戏院西侧有一座高阔宽绰的大戏台，戏台两端有楹联高悬："文中有戏，戏中有文，识文者观文，不识文者观戏；音内藏调，调里藏音，识调者审调，不识调者听音。"横批："蘧庄听音"。

此联虽平仄不合，倒也通俗易懂，这类似于大白话的文字，却道出了看文与听戏之真谛。

逍遥津内百花娇，策马张辽意气豪。肥水东流永不断，一联阅尽万古歌。千年逍遥津，承载了多少精彩的历史传奇！古老而又年轻的逍遥津公园，既是市民们休闲健身的好去处，也是文人墨客们寻古探幽、低吟浅唱的绝佳地。这里的每一副长短不一、风格迥异的楹联，都跳动着鲜活的历史脉搏；楹联里的每一个文字，都值得人们细细揣摩，给人以无限的遐想和深刻的启迪。

2022 年 3 月 30 日

此文发表于《楹联博览》（半月刊）2022 年第 9 期。

第三篇

人 间 驻 真 情

REN JIAN ZHU ZHEN QING

青春永驻我心田

——写给寿县双庙中学 1977 届高中毕业班 2017 年同学大聚会

亲爱的老同学！四十一年前，风华正茂的我们，相聚双庙中学，同窗同学习。怀揣不同的梦想与憧憬，胸有如火的热血与激情，我们相遇相知，虽不懂人生真谛，却刻下了一生最难忘的记忆。

曾记否？高中毕业时，我们泪眼婆娑挥手相送；现如今，许多记忆依然如昨。岁月沧桑、物是人非、岁月蹉跎！

我们曾笑过、哭过；我们也爱过、恨过。今生，我们收获了许多许多。我们虽没成为高官和大款，但我们自立自强、自尊自爱，我们胸怀宽广、心地坦然！

1977 年元月母校那挥手一别，转眼已过四十一个春秋！暮年的我们，始终难以割舍和忘怀的，仍然是在双庙中学度过的那段美好的青春岁月！同学情最朴实、最珍贵、最纯洁！

四十一年的同学情，酿成了一瓶浓浓的老酒，火一样在我们的心中燃烧；四十一年前同窗的风采和神韵，始终在我们的心里魂牵梦萦。所以，我们热烈地期待着，有一天在故乡，全班同学再次在一起，听听熟悉的声音，看看久违的面孔，叙叙别离的思绪，谈谈人生的苦乐……

为了实现全班同学聚会这个夙愿，我们在聚会发起人的带动下，在聚会筹备组的领导下，广泛动员、集思广益，依靠集体的力量，收齐了分散在全国各地同学的手机号码；建立了同学之间的通讯联系，制作了《全班同学花名册》；翻印了高中毕业合影照，邮寄给全体同学；制定了《同学聚会活动方案》……

"忽如一夜春风来，千树万树梨花开。"在 2017 年的最后一天，这个风和日丽、紫气东来的温暖的冬日，我们寿县双庙中学 1977 届高中班的同学聚会，终于在时隔四十一年之后成功举办了！那萦绕在我们心头整整四十一年的同学聚会梦，今天终于梦想成真了！

这一天，我们全班同学欢聚一堂，喜气洋洋。我们在这里话友情、访母校、献才艺、共举杯。我们深情凝望那一张张曾经青春荡漾、现已饱经风霜的笑脸，真是恍若隔世、感慨万千！看到每个人绽放的笑脸，看到这欢乐祥和的喜庆场面，之前所有的付出，都是那么值得！

原以为母校那挥手一别，永难再见；未曾想，今天又在母校欢聚一堂！是什么力量让我们今天再聚首呢？我以为，是那久埋在心底里浓浓的同学情谊，是我们对青春韶华的深切怀念，是我们对家乡故土的无比牵挂！我之所以倡议举办这次同学聚会，就是为追忆那美好的中学时光，为纪念那早已远去的壮丽青春，为畅叙那弥足珍贵的同窗友情！

虽然两鬓如霜，但我们仍然魅力依旧；虽然岁月无情，但你们仍然美丽如初；纵然世态炎凉，物欲横流，世事难料，但纯洁如玉的同学友情依然让人无法割舍，此生难忘！

黑暗给我们追求光明的眼睛，贫穷和磨难使我们更快成熟。我们虽历经坎坷与挫折，但决不接受命运的摆布，我们从未向苦难低头，从未停下奋斗的脚步，从未放弃对幸福的渴望、对理想的追求、对事业的奋斗！我们也没有被这伟大的时代所抛弃、所辜负！

同学们！我始终认为，我们每人都有美好传奇的故事，都有值得骄傲的话题，都有闪闪发光的人生亮点！

四十一年前，我们从双庙中学的大门走出跨入社会，成为国家建设的主力军。通过我们自强不息的打拼，有的成为单位的领导，有的成为军队的干部，有的成为国企的中坚；有的成为人民教师，有的成为国家公务员，有的成为出色的老板；即便是回乡务农的同学，也活得有滋有味，都拥有自己的一片地和天。

虽然我们的分工不同，但都尽到了应尽的责任，实现了人生的价值。无论我们的职业多么不同，但永远都是双庙中学 1977 届高中班的学生；无论我们是什么身份，我们都有一个永恒不变的身份——双庙中学同班同学！

人生如梦，岁月如歌。蓦然回首，我们的生命已如西下之夕阳！

对于花甲之年的我们，早没了年少时的轻狂，没了壮年时的浮躁，没了争强好胜的冲动。我们有经历大风大浪的淡定，有看透滚滚红尘的成熟，有见惯荣辱悲欢的坦荡从容！

同学们！我们这一届虽然平凡至极，但在毕业四十一年后的今天，通过我们自身的努力，成功举办了这次全班同学大聚会，以创纪录的方式永载双庙中学的史册，难道这不是我们人生的精彩和骄傲吗？！

莎士比亚说过："生命如此短促，唯有美德才能将它留传到遥远的后世。"

我想，这次同学聚会，其意义决不仅为追忆过去、纪念青春、增进友谊；还在于，我们以这种庄重独特的方式（连同我们聚会活动的影像资料），将会对我们的后代有所昭示。让他们了解，我们那艰难的峥嵘岁月；让他们相信，这世上还有比金钱地位更珍贵的东西，那就是纯洁的同学友情！让他们明白，没有我们这一代人的艰苦奋斗和无私付出，哪有他们今天的幸福生活！更让他们懂得，一个人，一个家庭，一个民族，唯有不忘苦难，铭记过去，传承历史，才能兴旺发达，生生不息！

2018 年元月 10 日

红色的瓦东，我们向您致敬！

——在合肥同学群与瓦东娱乐群艺友2018年元旦联欢会上的讲话

尊敬的韩站长，尊敬的各位老师艺友，各位老同学：

大家新年好！

首先，我谨代表双庙中学合肥同学群的全体同学，向以韩祖全老先生为代表的瓦东艺友们的盛情邀请，表示衷心的感谢！

美丽的瓦东，这是楚国的故土，是英雄的故乡。这是物华天宝、人杰地灵的地方。

这里每一个英烈的名字是多么响亮；这里的每一个英雄的故事都耳熟能详。

今天，我们来到了这里，不仅仅为了两地的联欢和娱乐，更是为了向长眠在这里的英烈们祭拜和瞻仰。

今天，我们到这里，就是要追寻他们的足迹，追思他们的理想，继承他们的遗志，从而增强我们力量，坚定我们的信仰，把握我们继续前进的方向！

瓦东，这是一片英雄辈出的红土地。

瓦东人民历来具有光荣的革命传统。这里的每一寸土地，都浸透着烈士的鲜血；这里的每一片树叶，都承载着先烈的梦想。

——1931年著名的瓦埠暴动，在共产党的领导下，打响了反抗国民党反动派的第一枪。

——李山庙人民反抗日本侵略者的呐喊声，至今仍在我们耳畔回响。

——寿县独立团的战士们，为了新中国的诞生，在这片土地上前赴后继、血洒疆场。

——而那英名远扬的曹家"一门三烈士"，更让我们无限地景仰！

曹渊，饮弹南昌城头的叶挺独立团的一营营长；曹云露，慷慨赴死的西北独立游击师参谋长；曹少修，宁死不屈地倒在黎明前的革命老将。

他们叔侄三人的英名，永远镌刻在共和国的光辉史册上。

这是一片无上光荣的红土地。

自豪吧，瓦埠湖！骄傲吧，小甸集。

中国共产党在安徽省的第一个农村党支部，就在这里诞生！中共小甸特支——这是一个多么神圣而又光荣的名字啊！

尘封了半个多世纪，历经岁月的沧桑，今天，它越发熠熠生辉、光彩明亮！

正是那小甸集小学的一缕微弱的灯光，为贫苦大众驱散了黑暗，迎来了胜利的曙光！

"自从有了中国共产党，中国的面貌便焕然一新。"

自从有了小甸集特支，寿县人民才有了主心骨，劳苦大众才能得解放！

曹蕴真、薛卓汉、徐梦周、方运炽——这些当年带领瓦东人民闹革命的英勇先驱们，我们永远也不能把他们遗忘！

朋友们，如果没有他们的流血牺牲，怎能有我们今天的幸福生活？

中国共产党人，永远是中华民族的坚强脊梁！

这是一片幸福温暖的红土地。

在恰逢改革开放四十周年的日子里，我们来到这个美丽富饶的地方。勤劳勇敢的瓦东人民，继承先烈遗志，高举先烈旗帜，建设美丽新农村，正在逐步实现先烈们心中的梦想。

现在，虽然室外滴水成冰，但我们这里却温暖如春、喜气洋洋。你们以音乐为桥，以琴弦为友，以艺术为钥。你们主动邀请，坦诚相待，热情周到。

你们的一片盛情厚意，让我们感动，让我们温暖，让我们心花怒放！

这是一片欢乐祥和的红土地。

尊敬的老师艺友们！

你们老有所为，余热正旺。你们人人多才多艺、个个不同凡响。你们是经典红歌的领唱者，你们是文化惠民工程的推动者，你们是新农村文化建设的践行者，你们是社会正能量的传播者。你们的光彩事业，功在当代、利在千秋，你们为我为他为大家，利国利民利家乡。

你们老有所乐，老有所为，歌声嘹亮。

你们以乐会友，以艺交友，自娱自乐；你们不图名和利，只求心舒畅。

你们行走在精彩不断的艺术世界，你们优美动听的歌声，每天都在传唱，让这红色的瓦东变成了艺术的殿堂。

你们以艺术的人生，创造了人生的艺术。

你们为乡亲们带来了艺术的盛宴，美的享受，精神上的快乐！

你们充实了自己，超越了自我；你们的劳动，无比的崇高，无上的荣光！

今天在这里，我们共迎新年，新年新气象。

红色的瓦东，我深深地祝福您！

在新的一年里，祝愿这神圣的土地，越来越温暖，越来越富饶，带给我们共同的快乐、好运和吉祥！

"最是一年春好处，绝胜烟柳满皇都。"

最后，我祝愿各位新年幸福又安康！我祝愿瓦东民间文艺之树根深又叶茂！我祝愿瓦东的文艺之路越走越宽广！

我祝愿你们的作品更感人，你们的琴声更悠扬！

愿你们优美动听的音符，永远飘荡在楚国大地浩瀚的天空上！

2018 年 12 月 29 日

此文为吾应"瓦东娱乐群"群主韩祖全老先生等邀请，率合肥同学于当日赴寿县小甸镇参加合肥、瓦东两地艺友元旦文艺联欢会之讲话。

今年春节年味浓

岁岁年年人相似，年年春节景不同。今年我们家的春节，是在有惊无险中迎来，在充满期盼和惊喜中度过的。

元旦前后，已年届九旬的老父亲，自几年前所患的消化系统肿瘤，经首次放射治疗近一年后，近几个月出现了明显的复发表现，主要症状为进食梗阻逐渐加重，一顿饭要吃一个多小时，体质也明显下降。这说明，父亲的肿瘤已有逐渐增大趋势。

看到父亲痛苦的表现，我深为忧虑。于是，我查阅大量资料后，与兄长经过商量，立即到省立医院找到一直为他主诊的专家咨询，向专家提出希望对父亲进行第二次放疗。我们的建议很快得到了专家的首肯，经过一系列的必要检查后，便于元月初紧锣密鼓地开始了第一疗程放疗。

父亲放疗期间，我与兄长轮流负责全程陪同接送。父亲以最大的决心全力配合治疗。尤其在放疗的后期，他以顽强的毅力忍受着放疗带来的种种不适反应。老父那热切的眼神里，充满了想通过对此次减轻梗阻症状的热切期盼，因为，目前每顿饭对他来说，真犹如受刑一般痛苦。他多次对我讲：我一定要赶在春节前把放疗全部做完，好让你们安心过好年，好让大家吃一个和和美美的团圆饭。

也许是专家的技术和老父的真诚共同感动了上苍，经过这一疗程共

19 次的放疗。老父的进食梗阻症状逐渐改善，随着食量的逐渐增加，体质也显著恢复。至此，我们悬着一颗心终于慢慢放下了。心想，今年终于可以过一个平安年了。

吾儿作为本家族的第三代军人，自从军校毕业分配到作战部队工作后，已连续五年春节未能回家过春节了。我虽深感遗憾，但自己作为一名退役老兵，深知"自古忠孝两难全"。每年在大年三十年夜饭后，都是儿子通过电话逐一向我们拜年。

去年下半年一个偶然的机会，他通过严格考核与面试，顺利从外省交流到本省内的一家军事学院工作。虽然从此离家近了许多，但事实上儿子平时仍然回不来。因为，自古当兵不自由。部队严格的组织纪律性，全国都一样，全军无例外。

我的心里虽然盼望着儿子能够回家过年，但一想到他半年前才调到新单位，理智告诉我，这是多么不现实啊！直至腊月二十七，我突然接到儿子的电话，他在电话中兴奋地告诉我："爸爸，我今年可以回家过年了！"我几乎不相信我的耳朵，让他再重复一遍，这是真的吗？为什么呢？儿子讲，昨天下午，他们单位的领导下部队检查时，发现部队计划留守的干部人数较多，经慎重考虑，决定在确保部队春节正常战备值班的前提下，适当降低春节期间干部值班留守比例，优先安排多年未回家过年的干部与家人团聚，即便如此，也只同意他们回家过完三天年，大年初四就要归队。

这个消息真让我喜出望外啊！虽然只有短短的三天时间，但毕竟孩子终于能回家过年了！今年的春节，儿子终于不用在电话或微信里向我们拜年了！儿子也十分珍惜这难得的团聚时间。春节这三天，他哪儿也未去，扎扎实实地陪我们过了一个团圆年。

对于亿万普通百姓来说，春节全家团聚过年并非难事，但对于现役军人而言，却是一种可望而不可及的奢望啊！正是"军人"这个职业，使他们失去了本应享有的春节回家与亲人团聚的机会，也失去了共和国公民一部分应有的权利。我想，如果连这些都不能算作奉献，那么，这世上还有什么才能称得上真正的奉献呢？

国家国家，国在前、家在后，没有国，哪有家？正是一茬又一茬共和国军人的默默付出与坚守，才换来了我们今天的国泰民安、山河无恙和万家团圆！他们才是名副其实的家国守护神！

期盼老父的治疗有效果、疾病有好转，这个愿望实现了；期盼儿子在时隔5年后，今年春节能回家过个年，这个愿意也实现了；加之今年我圆了一个出书梦，并加入了中国金融作家协会。今年可以说是三喜临门啊！怎叫我的心里不高兴呢！尤其是在儿子回家那几天里，几乎整天与我形影不离，无话不谈，使我沐浴在浓浓的亲情中，让我尽享天伦之乐！

今年的年夜饭是在饭店吃的。四世同堂，四个家庭20多口人围在一个大圆桌旁，共同品尝着价格不菲的佳肴，其乐融融，充满温馨。

但我不时地望着老父亲那日益消瘦的面庞，心里还是隐隐作痛，鼻子不时酸酸的。我默默地为老父祈祷，但愿奇迹发生，但愿大慈大悲的菩萨能保佑着他。父亲在，我们尚知来处；父亲在，我们就有共同的家。

我暗地对自己说：明年的此时，我们一定还要这里团聚！一定的！

2019 年 2 月 16 日

父亲治病记

敬爱的父亲离开我们四个多月了，但我从内心到现在还不能接受这个事实。这段时间里，我时常梦到父亲，更多的是我小时候与他在一起的种种情景。其情节之细致，过程之清晰，犹如昨天。他老人家一生对我的呵护关爱的点点滴滴，如涓涓细流，滋润着我的心田。那过去的一桩桩、一幕幕，哺育着我、温暖着我、感动着我，让我终生难忘，让我热泪长流！每每半夜梦中醒后，再也无法入睡。丧父之痛，真是痛到骨髓里啊！

一

我的老父亲，自 2013 年下半年，以 85 岁高龄被确诊为贲门癌之后，我们始终以积极主动的态度，找到最好的医院和最好的医生为他治疗，举全家之力，尽我之全力，陪他一起与病魔作斗争。

刚开始时，父亲的情绪十分低落（我们始终都称此病为"内瘤变"，但他并不全信）。我向父亲说得最多的一句话就是："爸爸，您老别怕，治病要听医生的话，一切有儿子在这里呢！"

由于我曾从事外科临床十多年，深知要想彻底治愈此病，唯有手术切除治疗。虽然父亲已年过八旬，但我知道病人的高龄向来并非手术禁区，因此，我最初是力主手术治疗的。但同时，最担心他的心脏能否承受住手术的打击。

果然不出所料，父亲入院后，经心内科、麻醉科等多科室会诊，专家们一致意见是，鉴于父亲的心脏问题很多（不仅有房性和室性早搏、伴有左右束支传导阻滞；并且，据动态心电图报告，夜间还有近十次短暂的心脏停搏现象），他们认为父亲的心脏问题十分复杂棘手，手术风险极大，建议我们放弃手术。若一定坚持手术治疗，极有可能出现肿瘤虽能切除，但术中心脏骤停且无法抢救的严重后果。

普外科的柏主任在征求我的意见时，我内心极为矛盾和纠结。医生出身的我深知，此病除了手术根治，其他任何治疗手段，说到底都是姑息权宜之计。但在明知父亲心脏问题十分严重、手术风险极大的情况下，如果执意要求医生做手术，万一父亲的肿瘤虽被切除，人却下不了手术台，这岂不让老父亲白挨一刀、白遭一次罪吗？那么，作为儿子的我岂不害了老父亲？良心又能何安？

经过大家开会慎重商量，最后一致决定尊重专家们的意见，忍痛放弃手术治疗。临出院时，管床医生曾向我预言：我父亲此病，无论用哪一种保守治疗，最多只有两年的生存期。医生建议我们在老人家身体尚可情况下，尽快带他出去多走走看看。

二

"虽然放弃了手术，但决不等于放弃治疗！"我在心里暗下定决心，树立信念，于是找到了全省最具权威的化疗专家，为父亲量身定做了一套长期口服希罗达（卡培他滨）的化疗方案。

在化疗期间，我们督促父亲定期服药，定期复查，增加营养，不敢有半点差池。真是万幸，经过一段时间的化疗和支持治疗，父亲的贲门梗阻症状逐渐好转，病情得到了较好控制。到后来，父亲渐可慢慢吃下馒头米饭等固体食物了，"带瘤生存"状况良好。半年下来，他的体重增加，面色红润，行动自如，犹如常人。我们悬起的心慢慢放下了。

但是，在持续化疗近三年后，父亲的进食梗阻症状又逐步加重了。复查时医生说，这是肿瘤细胞对化疗药物产生了耐药性，化疗药物已对它失去疗效了。

鉴于此，医生为父亲更换另外一种名叫"吉替奥"的新的化疗药。谁知父亲服用这个药以之后没几天，便出现了严重的骨髓反应和消化道刺激症状，体内白细胞计数直线下降，仅一周左右便发展到滴水不进、卧床不起的危险境地，无奈之下，医生只有立即停药。

三

此时在医院里，有些医生劝我放弃治疗算了，说老爷子已经很高寿，不必再让他继续受罪了，我听后十分反感，很不赞成他们的观点。我望着老父亲那充满期待和渴望的眼神，怎能忍心能就此放弃治疗了呢？只要有一线希望，也决不放弃！我在心里想。

我一方面继续找关系，另一方面到处查资料。从网上、新华书店和图书馆查阅大量的医学资料后，我发现目前有一种离子加速器调强放疗手段，对于高龄贲门癌病人并非放疗禁区，只要恰当掌握好放射的剂量、部位与时间，因人施策，不仅风险可控，并且疗效较佳。不久，我打听到一家三甲医院的放疗科，正巧有一位从外国进修回国不久的放疗科张主任。于是，我大胆地向她提出了我的想法，十分庆幸的是，这位张主任不仅是一位经验丰富、技术精湛的放疗专家，还是一名具有高度责任担当和人文关怀精神的好大夫。

张主任听完我的讲述后，当即表态赞同我的请求。她在看过我父亲本人之后，明确表态接收父亲住院治疗。为此，张主任还针对父亲的身体状况，亲自为他精心地制定了一套切实可行的调强放疗方案。

放疗开始后，老父亲积极配合治疗，他紧咬牙关，以极大的毅力克服放疗反应，坚持做完了全部疗程的 25 次调强化疗。虽然父亲的身体变得极度虚弱，但在张主任的安慰鼓励下，在强烈的生存欲望支撑下，父亲表现出了十分坚强的意志。

真是天遂人愿，放疗结束后十天左右，疗效便慢慢显现出来了。贲门梗阻症状开始逐步减轻，进食也一天比一天通畅了。时间不长，老父又如同常人一样自主地生活了，我们全家人紧揪着的心也慢慢放下了。

这样的美好日子，一直维持了两年多时间。在此期间，由于父亲的病情暂时得到了很好的控制，老人家的身体变得硬朗起来，他精神矍铄，行动自如，生活自理，悠闲自在。他每天都要到小区外散步个把小时，一到下午，他都要到人最多、最热闹的地方去，要么与老人们聊天，要么看别人打牌，要么听别人唱歌。

这两年多，不仅是他十分开心的日子，也是我们做子女特别幸福的时光。每当看到老父亲奕奕的神采和轻快的步履，听到他爽朗的笑声，我时常幻想着，父亲身上的肿瘤也许真的消失了？

四

但是，这种状况毕竟是暂时的。肿瘤仅仅暂时被抑制，或者在潜伏，并未被根治。这个凶恶狡猾的敌人，是决不会放弃攻击机体的一切机会的。

两年多之后，父亲又逐渐出现了进食梗阻，经医院复查，发现肿瘤又已恢复性生长了。在我的请求下，加之张主任看到我父亲痛苦的表现后，她破例为老父亲做了第二次的调强化疗（按惯例，这种连续调强放疗，病人只能做一次，罕有重复的）。为了防止二次化疗极易使食管黏膜损伤而致溃疡穿孔的情况，张主任不得不减少了化疗的次数与剂量，这样，虽能避免食管穿孔，但必然导致二次放疗的疗效很差。

之后，我又到一家中央直属高校的肿瘤专科医院，找到一位擅长做生物靶向治疗的专家，恳求他为老父亲想想办法。按照他的要求，父亲必须先做基因检测，如果检测顺利的话，可为父亲做一次生物靶向治疗。然而令人遗憾的是，由于父亲的心脏问题严重，无论采用无痛麻醉还是普通麻醉，医生都不敢为父亲做胃镜。而做不了胃镜则无法在胃内采集病理标本（活组织），没有病理标本便无法做基因检测。最后，只得无奈地放弃这种最前沿的治疗手段。

随着化疗药物长时间的停用和放疗手段的失效，老父亲体内正邪相持（带瘤生存）的动态平衡，终被彻底打破，肿瘤开始疯长起来。食道梗阻症状迅速加重，半碗煮得软烂的米饭，他也要吃一个半小时以上。

我怀着焦急的心情，经多方打听，了解到一家大医院有一种新创的"胃左动脉栓塞化疗术"，非常适合父亲这样放化疗均无效，又无他法的患者。我知道后欣喜若狂，抱着很大的期望，以最快的速度让老父亲住院，并接受了这次栓塞化疗手术。

栓塞手术十分顺利，但让人意想不到的是，术后3天左右，梗阻虽有减轻，但此时的老父亲却因栓塞介入治疗，发生了严重的消化道反应和骨髓抑制症状，此时的他，没有任何食欲，连水也不想喝，不过几天便滴水不进，完全依靠输液来维持生命。

五

事情发展到这一步，要想再延长父亲的生命，只剩下最后一招了，那就是将摆鼻饲管直接插入小肠，以鼻饲的方式维持生命。我的意见得到了大家的支持，也得到了医生的赞同。于是，次日我便与兄长一道，带着父亲找到介入科的医生，由医生在导管室为父亲实施了鼻饲导管插入术，将长长的鼻饲导管插入了他的回肠里。

插管之后，我们按照营养科医生的医嘱，每天分5次定时为父亲打入有医院营养科配制的肠内混悬营养液（SP 与 TP 各 1 瓶和膳食纤维素 1 袋）；同时，还要定时打入稀释后的多种药物和水分，父亲很快地适应了这种全新的营养摄入方式。

本来医生和我们都寄希望于插入鼻饲导管后，能让父亲慢慢地自主饮水，并接受牛奶、豆浆、鸡蛋等营养品的补充，能让他身体尽快恢复，达到站立行走和生活自理之目的。为此，我们还买来了最先进的破壁机，用于随时制作多种营养液。

然而，想不到的是，父亲坚决拒绝用嘴饮水，而且他的肠道根本无法适应肠内混悬营养液以外的其他任何补给，哪怕注入少许牛奶或鸡蛋，父亲便很快出现严重的腹泻。而肠内混悬营养液只能够维持病人最基本的生理需求，根本无法使病人能够恢复到生活自理的状态——这也就意味着，从此以后，老父亲将不得不一直卧床下去，生活将完全不能自理，包括大小便都必须有人护理。

父亲出院后，我们不得不接受他全天候卧床这个严酷的现实。为此，我们实行了轮流排班和值班制，确保每天不仅有人要按时打入 5 次营养液，还要将降压药、利尿药、制酸药、抗前列腺增生药、防止深部静脉血栓形成药等六七种药物，全部碾碎后用水泡成液体后再经鼻饲管打入体内。

药物每天要分早晚两次注入，营养液的温度要适中，注入的时间要固定；每天必须至少补充水 1000 毫升，并要分几次补入；还要逐日做好出入量的准确记录。这是一项极其烦琐细致的工作，必须非常细心有耐心，药物的品种数量不能有任何差错。并且，还要每隔十天带父亲到医院冲洗 PPCT 管。

就这样，我们轮流为老父亲打药、补水、注入营养液、翻身擦洗、照顾大小便。我们克服一切困难，紧咬牙关，尽心尽力，日复一日、月复一月地悉心服侍着卧床不起的病父。

父亲面对如此状况，曾多次向我们表达了他内心的不安。他常常对我们喃喃自语："真没想到啊，我给你们几个儿女带来了这么大的麻烦呀。"每当这时，我就安慰他说："爸爸，您老可别这么说！你养我们的小，我们养你的老。现在我们服侍您，这是天经地义的事。您可千万不要心里过意不去。"我一再鼓励他一定要坚强些、乐观些。不要想得太多，过一天算一天，过一天赚一天。

在这段极其艰难的日子里，父亲平时很少与人说话。绝大部分时间，他都是静静地躺在床上，双目似闭非闭，人似睡非睡。但他的意识却十分清醒，思路十分清晰，说话十分简洁、准确。对家里发生的事情，他心里都明白，只是，他以长时间的沉默和偶尔一声轻轻的叹息，捱过这漫长难熬的时光。

我时常站在父亲的床头前，凝视着那日渐消瘦的面庞，心中充满了痛苦无奈和无助。此刻，我唯有祈求上天，能够让我的老父亲尽量活得更长久一些，无论多累，我也心甘情愿。因为，只要父亲在，我就知道自己的来处，我们的大家都还在。再苦再难我也会坚持下去，直到最后的那一天。

六

父亲与病魔进行了 6 年半的顽强拼搏（包括卧床不起的半年多），终因心肺衰竭和内脏出血而于 2020 年 3 月 25 日 10 时 25 分，永远地离开了我们。

他就像耗干了最后一滴油的灯，用尽了他最后的一点力气。他与病魔和死神顽强地抗争，直到他生命的最后一秒！他以他顽强无比的生命力，在被确诊为贲门癌后，又因心脏疾患被迫放弃手术治转而采取内科保守治疗。在坚持了整整 6 年半后，最后以 93 岁的高寿离世。从这个意义上讲，父亲创造了人类生命的奇迹；在如何对待生命上，父亲为人们树立了榜样。

略感慰藉的是，在他离世前，是我在床边陪他到最后，他咽气后，是我为他亲手擦洗身体的，也是我亲手为他穿上整套寿衣的。

我亲睹了父亲离世的全过程，他咽气前那最后一声叹息和流下的最后一滴眼泪，让我心如刀绞，终生难忘。我深知，那是老父亲无奈的叹息、悲伤的眼泪！他又是多么深爱着我们，他是多么深情地眷恋着这个美好的世界啊！

我敬爱的父亲，您永远地离开了我们！

我望着屋里剩下的几箱尚未拆封的营养液泪如雨下。常言道："久病床前无孝子。"但我从去年下半年服侍您直到现在，还从未感到有一丝一毫的厌倦，根本还没有这种体会，我对您老的尽孝还远没有尽够尽完啊！

别人都说，90多岁的老人了，已经活得够长寿了。但我作为您的儿子，在给您做过九十大寿之后，却盼望您能再活得更久一些，因为，我们还准备给您做百岁大寿呢！

父亲啊父亲，您轻轻地走了，永远地走了。如今您走了，我便失去了根、没有了家。人生便无来处，唯剩归途了。在这茫茫的人海里，我又成了一棵四处漂泊的孤蓬和无根的浮萍了！

同时，我也真切地感到，死亡离我越来越近了。人的生命在大自然面前是那么的脆弱，那么的不堪一击啊！健康，对于人多么重要，而作为生命长度的时间，又是多么的珍贵。

人的生命如此之短暂！而我们要想在有生之年有点成就的话，那就既要注重身体健康，又要倍加珍惜时间，切莫浪费生命的每一秒钟。

其实，生命的价值绝不在于生命的长度，更在于生命的意义，在于你对人类、对社会、对家庭贡献的大小。"你如果游戏人生，人生也将会游戏你。"

逝者长已矣，生者当努力。我们唯有以不懈的奋斗，扎实的工作，并怀着对世界、对生活、对亲人的挚爱，怀着一颗感恩、真诚和善良的心，认认真真过好每一天，扎扎实实做好每一件事，这才是对逝者最好的怀念。

安息吧！敬爱的父亲。

2020 年 8 月 6 日

追思绵绵无穷期

啊！父亲哟父亲！

有他在，家有宝；有他在，天不倒！有他在，家便在；有他在，我不老。

有他在，我尚知来自何方；有他在，仍还有人喊我的乳名，我甚至还能向他撒撒娇……

谁又能想到？年届 85 岁高龄的老父亲，竟然还能得到这"肿瘤君"的"特别关照"！

父亲入院后，经过多次多学科的会诊，专家们的观点都一样，都说父亲的心脏问题实在太多，身体无法耐受手术治疗。他们对我说，如果一定要手术，术中的风险太大，手术将肯定凶多吉少。

专家的意见怎能不听取？无奈我们只能放弃手术转而去看内科。三年多的口服化疗，两年多的两次调强放疗，两个多月的生物靶向准备治疗，一个多月失败的胃左动脉栓塞化疗，还有历时半年多的鼻饲维持与支持治疗……

吾父历经磨难，备受煎熬，但他始终全力配合，顽强地同病魔拼搏。火一样求生的渴望在他心中燃烧；期盼再当一次太爷的强大力量，奋力地在他的血液里奔跑！

在父亲与病魔顽强抗击六年半后，在他用尽最后一丝力气、洒下最后一滴眼泪后，犹如那耗干了最后一滴油的灯，终在农历庚子年春节后停止了呼吸和心跳，他撒手人寰安详地走了！他实在太累太疲劳！

共和国开国功臣的他，把一枚枚闪光的军功章留给了我们，却将他满身的枪伤刀疤带走了。那副骨瘦如柴的羸弱躯体化作了一缕青烟，他那九十三年的漫长人生画上了光辉的句号。

父亲虽逝，精神长存。音容笑貌，永刻心窝。历史功绩，永存山河。崇高风范，后人敬仰！

树高千尺总有根，没有父亲哪有我！养育之恩，地厚天高。舐犊之情，溢于言表。点点滴滴，永志难忘！

往事如昨，往事如昨——

怎能忘五岁丧母孤苦伶仃的我，父亲曾独自将父母双亲的责任一担挑。他一边拉扯我兄弟俩，一边还要去工作。他吃尽了人间的苦，含辛茹苦地哺育我。

怎能忘童年家中无人疼爱的我，父亲每次从外地工作回来时，总是将衣裳或糖果带回家，给我这颗孤独的心灵莫大的安慰，给了我童年无限的欢乐。

怎能忘少年酷爱读书的我，为了让我兄弟俩初中高中不辍学，父亲每年都要上交生产队的工分折价好几百。每年开春后，父亲就要想方设法把这一大笔交公的钱，一分一毛地积攒着，发誓哪怕砸锅卖铁也要供我们去上学。

回首当年农村真艰苦，年年春天断顿闹饥荒。社员全在生产队，大家集体出工去干活。每人出工计工分，全靠工分换粮养人活。

因此，谁家的大人不想让孩子早干活？趁早干活挣工分，挣到工分就能分到粮。哪管孩子没前途？哪怕孩子是文盲！假如当年我在家没把高中上，就算参军入伍又如何？

怎能忘当年参军入伍三年的我，父亲思子心太切，千里迢迢来探望。刚到梅园就遭遇倾盆雨，浑身湿透衣单薄。寻我军营住地时，又把地址弄错了。忍饥挨饿又受寒，半夜三更受煎熬。

　　父子三年才相见，满脸欢喜泪滂沱。父亲不断地鼓励我，要我安心服役在部队，工作一定要干好。要我刻苦学好医，掌握这门好技术，准备将来退伍回家时，要治病救人把乡村医生做。

　　万丈高楼平地起，儿的根基都是父辈来打牢。

　　若无父亲为我创基业，怎能有今天幸福的好生活？

　　树高千尺总有根，父母养育恩情胜江河！

　　父亲啊，父亲，

　　您为建立新中国拼过命、负过伤，但您从来不居功不自傲。

　　您那善良忠厚的人性光辉始终在您身上闪烁着。

　　您始终要我踏实做真人、真诚要善良、勤勉要自强。

　　父故逾五月，苍天催我老。今生无来处，余生剩归途。

　　父既亡，天无柱。父不在，根则无，吾身犹如孤萍水中浮！

　　父不在，家则无！来年春节聚何处？除夕为谁把岁守？

　　父不在，儿心苦！今后满腹心里话，我又能向谁去倾诉？！

　　追思绵绵无穷期，音容笑貌心永驻！

　　树欲静而风不止，无情死神夺我父！

　　子欲养而亲不待，家有高堂多幸福！

　　嗟呼！嗟呼！天堂之上再也无肿瘤，吾父吃饭喝水再也不梗阻！

　　从此以后天国里的您，再也没有一丝一毫的痛苦！

　　唯愿人间再无绝症与病痛，祝福天下父母都长寿。

　　安息吾父！安息吾父！您永远活我心中！

　　愿吾父在天之灵，永远永远把我们庇护！

2020 年 8 月 22 日（农历中元节）

此文荣获安徽省金融工会 2021 年重阳节征文比赛二等奖。

美好的生活值得我们讴歌

—— 在小甸合肥长丰双庙艺友 2021 年元旦联欢会文艺演出上的讲话

尊敬的韩站长，尊敬的各位老师艺友和老同学们：

大家上午好！

首先，我谨代表双庙中学全体合肥同学，对以韩站长为首的小甸镇老师艺友们的盛情邀请，表示衷心感谢！向来自长丰、双庙的老师艺友们致以美好的祝愿！

即将过去的 2020 庚子年，历经磨难不寻常，突如其来的新冠肺炎疫情，席卷全国，猝不及防。

五六月份的特大洪水，河坝告急，惊涛骇浪。我英雄的人民伟大的党，全民战疫情，白衣天使上战场，众志成城把洪抗。

看今朝，我巍巍中华，国泰民安，山河无恙。神州大地，生机盎然，繁花似锦，乾坤朗朗。

喜脱贫，全国贫困县全都摘帽；庆丰收，粮食产量又创新高；内外经济双循环，万众谱写新篇章！

伟大的时代，值得我们颂扬；壮丽的事业，值得我们赞美；多彩的世界，值得我们讴歌；美好的生活，值得我们放声歌唱！

"相知无远近，万里尚为邻。"今天，在这块英雄的土地上，我们四地艺友携手大联欢，共同迎接新年，共叙别后友情，齐唱《小甸灯光》！

让歌声增进我们的真挚友情，让鼓点祝福我们的晚年生活，让琴弦弹奏我们心中不灭的梦想！

即将请各位艺友登台献艺，一展歌喉，一展手艺，一展舞姿，把最好最美最年轻的您展现给大家吧！最后，预祝联欢会文艺演出圆满成功！谢谢大家！

2020 年 12 月 27 日

我与那帮音乐"老顽童"

在我众多的朋友里，有一个特殊的群体，这些人的年龄最小也在65岁，他们都住在一个小镇内。这些人的经济收入都偏低，物质生活相对贫乏，有男有女，背景不同。但他们都有一个共同的绰号"老顽童"，他们都有一个共同的爱好，就是音乐。

我最大的兴趣是读书写作。另外，源于自幼对音乐的喜爱，也酷爱听歌和唱歌。可谓"以乐为桥，以歌会友"吧！大约在五年前，一个偶然的机会，让我与这帮"老顽童"们相识至今，姑且称他们为艺友吧！这几年，随着彼此了解的不断加深，我不仅收获了欢歌笑语和真挚的友情，还提高了我的音乐素养。并且，我从中获得许多有益的启示，譬如对年龄、对金钱、对人生、对生命，等等。

一、对于音乐艺术的挚爱，使他们的心越来越年轻

这帮老艺友们，有乡镇退休干部、学校退休教师、企业退休工人，但更多是普通的农民。乍一看，他们并不起眼，但却人人身怀绝技，个个都有拿手好戏。

他们都有一副好嗓子，只要一登台，拿上话筒，每首歌都唱得腔正音纯、有板有眼、有模有样。他们唱歌从不看歌词，也不看屏幕，哪怕是再长的歌曲都能熟记于心。

这群"老顽童"中，有的擅长演唱经典红歌，有的偏爱流行歌曲，有的爱唱庐剧、推剧和京剧。不仅唱歌，有的人还擅长快板书和大鼓书；有的人能歌善舞，不仅能够边唱边舞，还能跳广场舞、扇子舞。

他们有一个由六七个人组成的小乐队。乐队的成员各有分工，有的拉二胡，有的弹电子琴，有的吹笛子，有的击鼓敲板（作用类似西洋乐器的架子鼓，负责控制乐曲的节奏）。就是这个小小的乐队，不仅要负责为全体艺友演唱的唱曲和表演的舞蹈全程伴奏，他们还时常进行各种乐器的大合奏表演。

你可别小看这几件普通的乐器！无论什么曲子，他们都能演奏得气势磅礴、精彩动听，那流淌的音符就像魔术般从他们指缝中悄然飞出，让人听得如痴如醉。

这帮老顽童中有的对音乐有相当深的功底，尤其是小乐队的人，他们个个精通乐谱，乐感敏锐。一首歌曲，只要你在他们的面前反复哼唱两遍后，他们就能试着为你伴奏了，这种对音乐的极强的领悟能力令人惊叹不已。

他们的外表年龄大都远小于他们的实际年龄，脸上始终堆满真诚友善的笑容。他们的话不多，即使简短的谈话，也大都与音乐有关，他们认为想说的话都表达在音乐里了，在音乐世界里，语言是多余的。

近几年来，我多次带领我那些爱好音乐的同学们，应邀参加与他们联手组织的文艺演出，亲睹了这帮老艺友们对音乐发自内心的挚爱。当他们以歌手的身份演唱时，对每一首歌的演唱都感情饱满、十分投入。尽管这些歌曲已相当熟练了，但只要人站在台上，都衣着整齐、姿态端正，从不马虎随便，表现出对音乐由衷的虔诚。

而当他们以乐手的身份演奏时，则眼睛或似闭非闭，或目不斜视，个个神情专注地抚弄着手里的乐器，把自己的全部情感都投入到演奏之中，完全沉浸在那美妙无比的音乐世界里。

此情此景，每次都让我心灵极为震撼！在他们眼里，音乐就是阳光雨露，就是雨后彩虹，就是春天的花朵。在这浩瀚无垠的音乐世界里，他们找到了自我，找到了快乐，找到了自己人生的价值。那美妙的音符，那优美的旋律，使他们完全忘记了年龄，忘记了人间无穷的烦恼、忧伤和痛苦。

是的，音乐让他们活得越来越充实、越来越年轻了！记得有位养生专家早就说过："唱歌就是人们最好的免费保健品。"这句话在这群音乐"老顽童"身上，得到了充分的验证。

二、追求高雅的精神文化生活，使他们淡泊名利、甘为清贫、乐观向上

我的家乡寿县曾长期为全国贫困县，经济欠发达，生活不富裕，文化不太繁荣。这帮老艺友，多无公职，收入较低，有的家庭甚至还徘徊在社会贫困线下，家庭重担如沉重的大山，紧压在他们的头上。

尽管物质生活贫乏，但在精神文化层面上，他们个个都是大富翁！他们以乐观豁达的心态对待贫穷、不公和不幸，以满腔热情拥抱平凡的人生，以善良感恩之心积极回报社会。

这帮老艺友的文艺活动比较频繁，一般小活动每天都有，参加人数不多；大活动则每月一次，全都参加。活动地点就是一处废弃的敬老院。这是被政府闲置的建筑，此前四面透风、破烂不堪，经他们收拾后，现已焕然一新。他们凑钱买材料搭建了舞台，又凑钱买了一套二手的 KTV 设备，安装在室内墙上，很快，一个像模像样的小型戏院便落成了。

每月一次的大活动聚会，他们有的带菜来，有的带油来，有的负责洗菜烧饭，大家七拼八凑，时间不长，一桌香喷喷的饭菜便弄好了。

饭前，饭后的所有时间，他们都用于唱歌、演奏，偶有歌舞相伴、乐器齐奏。在这个温暖友爱的大家庭里，大家人人平等、心情愉快、关系融洽，在曼妙的音乐中，他们的内心很充实，他们收获了许多幸福与快乐。

音乐乃高雅艺术，能使人向乐、向美、向善。凡热爱音乐者，必能感受到音乐的艺术魅力，受到潜移默化的熏陶。音乐让你穿越时空、放下世俗，让你与历史和大自然对话，让你达到真善美的高尚境界。动听的歌声、优美的音乐，能让人们的心情放松、情绪释放，心灵得到抚慰，灵魂得到净化，精神得以振作。

你看他们，虽然穿着朴素，吃得一般，钱包瘪瘪的，但他们的脸上始终写满了淡定、从容和满足，在他们的身上，体现了人类最可贵的真诚与友善。只要你与他们接触，很快让你心情愉悦，有如沐春风之感。

三、坚持传唱经典红歌，他们是繁荣社会主义文艺的践行者

这群音乐"老顽童"，大都生在新中国，长在红旗下。他们不仅是新中国成长的亲历者，也是在党的领导下，祖国巨变、由弱到强的见证者。因此，他们对党发自内心的拥护，怀有朴素而又深厚的阶级感情。而这种情感，他们都是通过饱含深情的歌声、舞蹈和乐曲来抒发。

在他们多年表演的节目中，革命红色经典歌曲一直占大头，无人向他们做出硬性规定，而是他们自发的选择。在独唱歌曲中，《党啊，亲爱的妈妈》《唱支山歌给党听》《再见了，大别山》《东方红》《绣红旗》等经典红歌，他们人人会唱；在合唱歌曲中，《没有共产党就没有新中国》《歌唱祖国》《走进新时代》《我和我的祖国》《小伢灯光》等，是他们每次大活动时的必备节目。

正是怀着对党的深厚情感，近几年来，每逢建党日和国庆日前夕，这群老艺友都在领头人的组织带领下，积极准备节目，认真排练，并以"老年大学艺术团"的名义，义务为当地居民演出。除此之外，他们还多次受邀赴外地参加文艺汇演。

每逢重大节日，这帮"老顽童"们，都为大家献上红歌主打、有歌有舞、有说有唱、有吹有拉的一台精彩纷呈的文艺节目，为乡亲们端上了一桌丰盛可口的文艺大餐，使当地的节日气氛更加浓厚，让党与人民的心贴得更紧。

他们人老心不老，红心永向党。十几年如一日，以古稀之岁发挥文

艺特长，以自己嘹亮动听的歌声、优雅绰约的舞姿、激动人心的乐器演奏，给乡亲们带来快乐和愉悦，产生了热烈的社会反响。

我以为，这些老艺友们，就是经典红歌的传唱者、社会正能量的传播者、社会主义核心价值观的践行者、新农村文化建设的推动者。然而，当我当面称赞他们几句话时，他们却马上不好意思了，像孩子般腼腆地对我说："我们只是在大家在一起玩玩而已。"这个"玩"字，让我感慨不已。

四、有一个好的领头人，是这帮"老顽童"老有所乐、玩有去处、老有所为的关键因素

常言道："火车跑得快，全靠车头带。"这群老艺友中，有一位谁也离不开的领头人。之所以能将文艺活动坚持到今天，这位老先生发挥了至关重要的作用。

老先生自十几年前从镇上的事业单位退休后，他看到本镇上不少60岁上下的音乐爱好者活动零散、各自为战，便决心结合自身音乐专长，依靠自己几十年工作中积累的人脉关系，将大家组织起来。在他的努力下，这些爱唱爱拉爱跳的老人们组建成了老年大学艺术团。

从此，在老先生的带领下，他们把文艺活动开展得如火如荼，老年大学艺术团的人气越来越旺，吸引了群众赞慕的目光。镇上的人们，只要一提到老先生，人人都竖起大拇指。

首先，老先生是一位具有较高艺术造诣的音乐人。他年轻时便酷爱音乐，且工作性质与文艺有关，加之几十年的勤奋努力，使他对音乐颇有研究。他不仅识谱懂谱，还能十分娴熟地使用二胡、手风琴、电子琴等多种乐器。

其次，老先生为人热情大方，凡事以身作则。每当活动需要物质支持时，他就带头出钱出物；每当艺友经济困难时，他都带头慷慨解囊。

再次，老先生为人和善、真诚大度，具有很强的亲和力。他那宽广如大海的胸怀，能够包容各种不同性格的缺点，加之他的人格魅力，从而让大伙儿对他心悦诚服。

最后，老先生善于协调内外部各种复杂的人际关系，形成团队整体合力，使艺术团充满生机活力。

老先生曾送给我几本讲解各种唱法的音乐书籍，并不厌其烦地为我答疑解惑，对我指导甚多。正是在老先生的热情帮助下，在"老顽童"们的影响激励下，我掌握了不少演唱的技巧，演唱水平提高明显，对音乐内涵的理解不断加深。

一个人退休后，以玩为主无可非议，只要你玩得开心快乐，有益于身心健康。但同样是"玩"其方式却大相径庭，比如打麻将、斗地主是玩，钓鱼、下棋也是玩，但坦率地讲，我以为这些方式的"玩"说到底，只是一种纯粹的玩。

而唱歌跳舞和音乐演奏，则是一种更高层次的娱乐，这种"玩"是一种讲究艺术水准高雅的玩；并且引吭高歌与翩翩舞姿，不仅能够增强人的肺活量，活动四肢筋骨，增进血液循环，还能让人心情愉悦，精神振奋，身心放松。

更为重要的是，一首歌、一支舞、一支乐曲便可组成一台精彩绝伦的文艺节目，可以展示给他人观看，能让更多的人得到美的享受、艺术的熏陶、爱的教育，能使观众在欣赏音乐的过程中，不知不觉地提高艺术修养，潜移默化地接受正能量的传递。

这帮"老顽童"用他们的音乐之手，为当地搭建了一个精彩无限的艺术舞台，同时，也无意让他们自己，变成了一道靓丽的艺术风景线。

他们都是我的好朋友，每次与他们在一起，我都会被他们的热情友善和真诚所感动，被他们对音乐的执着所打动，被他们那年轻乐观的心态所感染，我总是感到时间过得很快很快……

这帮"老顽童"多年来闪光的足迹，让我深为感动，让我受益匪浅。去年年底，我受邀参加了他们的庆元旦联欢，在文艺演出环节，我登台朗诵了一首专门为他们创作的小诗，以炽热的感情赞美他们：

　　今天，我与你们再相聚／这是一份天赐美好的缘／你们一颗颗年轻火热的心／让我变得信心满满／你们对生活的潇洒和挚爱／让我的心充满了感动和温暖／你们对音乐的执着追求／给了我莫大的激励和鞭策／啊！音乐让我们更年轻／欢歌让我们心舒坦／让动听的歌声换回那远去的青春／让优美的琴声滋润那干涸的心田／让我们与歌声同在／与欢笑为伍／与音乐相伴／歌声无须人来夸／要留真情在人间／你们都是音乐"老顽童"／你们个个赛神仙／人生只要有追求／我们都还没变老／世上万物多美好／再添精彩度华年／谁道人生再无少／白发依旧舞翩跹／夕阳依然无限好／晚霞璀璨照满天！

2021 年 1 月 7 日

惊世辽东 "凤仪亭"

——辽宁凤城市凤凰山凤仪亭诞生记

2021年8月7日上午，看似平常的日子，但在辽东凤凰山上，来自香港的著名全球华人作家梁凤仪博士，在众人的见证下，书写了又一个人间传奇，创造了新的历史。今天由她主持揭幕，在辽宁省凤城市凤凰山的情人谷里，诞生了一处风格独具的新景点——以她名字命名的凤仪亭，为美丽浪漫的情人谷，增添了无穷的魅力和深厚的文化底蕴。

梁凤仪，这位享誉全球、充满传奇的杰出女性，几十年来，一直在不断地创造奇迹、挑战自我、刷新纪录。深感荣幸的是，我作为由她倡导并资助由《金融文坛》杂志社今年年中主办的、"凤仪亭"杯"赞美凤凰城，歌吟凤凰山"全国采风征文活动的散文类一等奖获得者，今天始终在场，亲眼见证了这庄严的历史时刻。

辽东的八月，骄阳似火。但等候在凤凰山偌大广场上的人们，期盼梁博士莅临现场的热情，堪比盛夏的温度。

你看，她来啦！身着黑色西服的梁凤仪博士，举止优雅而又高贵。她目光如水、神态祥和，款款走上颁奖台，在为我们颁奖之后，便以精准的诗一般的语言、娓娓道来的平缓语调，全程脱稿发表了11分钟的精彩演讲。哦！你看，她是那么的谦逊、那么的真挚、那么的坦诚，又是那么的伤感啊！

梁博士演讲的大半时间，都在谈论爱情。爱情啊爱情！这人生永恒的主题，让多少人如痴如醉，又让多少人痛苦不堪。马克思曾说："真正的爱情能够鼓舞人，它能唤起人们内心深处潜藏着的力量和沉睡着的情感。"恩格斯说："人类所有痛苦中最高尚、最强烈、最个人的，乃是爱情的痛苦。"反言之，人间最幸福、最甜蜜、最快乐的，不是爱情又是什么呢？那么，爱情的真谛究竟何在？今天，梁博士就站在这俊秀无比的凤凰山上，饱含深情地向我们给出了她的答案。

梁博士说："真正的爱情，应当是相互的、心头的、永远的牵挂和牵动；是彼此之间互望时眼神的微笑；是先对方之忧而忧，后对方之乐而乐；也是敬慕和欣赏对方的长处，包容对方的短处。爱情更是开开心心地欢迎人生当中所有的信仰和灾难！爱情虽然是小爱，但只有我们懂得小爱，才能承受大爱。"她还说："真正的爱情，是对对方所有的敬意，不需要任何解释的谅解，不需要任何解释的包容；更是不断地、心甘情愿地付出我们能力以外的事情。如果我们连能力以内的事都做不好或者不愿意做的话，这样可能是爱得不够，而爱得不够就不算是爱情。爱情不只是两人希望或追求平平安安过一生，爱情在我的心目中，不单是今生今世的承诺，而且是生生死死的期许。"

这是我有生以来，在现场聆听到的对爱情最深刻、最精辟的阐述！若论何谓爱情，首推梁凤仪！

当谈到她深深挚爱的离世才刚刚两个月的丈夫黄宜弘先生时，她的声音立刻颤抖起来，脸上噙满了泪水；尤其讲到"今天宜弘离我而去，作为深爱着他的妻子，锥心的疼痛，刻骨的悲哀"那一句时，她那无比悲戚的神态，深深地震撼着我的心灵，让我禁不住流下感动的热泪。

"问世间，情是何物，直教生死相许。"黄宜弘先生不仅是梁博士的爱人，更是她的真爱、挚爱和最爱，梁博士从黄先生那儿找到了她今生期盼的真正的爱情。几十年来，他们心心相印，相敬如宾，彼此敬慕，而今黄先生驾鹤西去，与她阴阳两隔，怎能不令她心痛至极呢！

斯人虽逝，爱情永存！不是吗？香港狮子山下梁黄伉俪的爱情传奇，今天正在辽东凤凰山的情人谷里，续写美丽的故事新篇。

"与君远相知，不道云海深。"远在香港的梁博士与凤凰山颇有缘分。四年多前凤仪携夫宜弘亲游凤凰山，旋即被此山秀美俊奇的景色深深吸引；加之此山因凤得名，实为福地来仪；而凤仪则为有凤来仪，于是，梁黄伉俪由此认定辽东凤凰山与香港狮子山实为上天安排的千里情缘"凤"来牵。

恰巧二年前，当地欲在凤凰山情人谷里的两端各建一亭，有意以梁凤仪博士的名字命名，在征求其意见时，梁博士欣然应允。

位于凤凰山的东区的情人谷，实为两座高峰之间的天然大峡谷，风景怡人，秀丽无比。几年前，人们在两峰之间修建了一座长 183 米、宽 3 米的情人谷吊桥。而建成不久即将揭幕的两座凤仪亭，就坐落在横跨情人谷吊桥的东西两端。

"悲莫悲兮生别离，乐莫乐兮新相知。"已为纪念亡夫戒荤食素多日的梁博士，面容悲戚，一身缁衣，她迈着缓缓而又坚定的步履走在前往情人谷的山路上，我们默默地跟在她的后面，翻过一道梁下了一个坡后，我们来到了西边这座亭子前。

只见由黄宜弘先生生前亲书的浑厚苍劲而又挺拔的"凤仪亭"横匾，端端正正地悬挂在亭额之上，庄重华贵，光彩夺目。雕梁画栋的凤仪亭，内外绘有多个与爱情主题有关的古代故事传说。

梁博士径直走到立于庭子旁边的"凤仪亭记"石碑前。那深褐色硕大的石碑身披红绸，正静静静地等候着主人为它揭开面纱。梁博士在他人的帮助下，缓缓摘下了这块红绸布，为凤仪亭亲手揭幕。

揭幕啦！揭幕啦！镌刻在石碑上精致的碑文，终于完整地展现给世人。此时，我看见梁博士伫立在石碑前，她泪流满面，不时地抽泣着、哽咽着，用手深情地逐字抚摸着这二百余字黑色的碑文，一边抚摸一边轻轻地诵读着。望着她那抽搐的身躯、颤抖的双手，在场所有人无不为之动容，我已几度落泪心如潮。

此时此刻，我们的梁博士怎能不激动呢？怎能不百感交集、悲喜交加呢？所悲者，她今生"心有灵犀一点通"的人生伴侣，如今已离她而去，不能亲眼见证今日之荣耀，昔日相约白头偕老到永远，如今孑然一人，形影相吊，情何以堪，此情可待成追忆也！从此，再也无人把她当作心头肉、手中宝。"相顾无言，唯有泪千行"哟！

所喜者，通过多方不懈努力，虽历经周折，今日终将凤仪亭正式命名，公布于世。此亭正是梁黄伉俪旷世爱情的最好见证啊！此亭名为妻之名，此亭匾为夫所书，这岂非珠联璧合、天下无双？今天，梁博士为自己，也为他人创造了一个人间奇迹。

更重要的是，将梁黄伉俪生死相许、矢志不渝的爱情故事，镌刻于此，就是向世人昭示：人间自有真情在！就是"向青年人证明，这个世界上最宝贵的东西，除了经济、科学以外，还有人类最真挚的感情，其中一个就是爱情"（梁凤仪的演讲语）。梁黄伉俪的爱情故事，可谓感天动地、荡气回肠啊！堪称人类爱情之光辉典范。

梁博士为凤仪亭揭幕后，已时至中午，她不顾劳累和众人的劝阻，拒绝别人的搀扶，执意要走过情人吊桥，到对面的凤仪亭看一看。

她走得很慢，时而停下眺望前方，时而以纸巾拭泪。我猜想，此时的她或许正在心里与先夫默默对话吧？她要告诉他：宜弘，今天我来啦！我亲眼审视了你亲手题写的亭匾，我替你实现了我们共同的心愿，我替你展示了这人间的大爱真美，我替你创造了历史、书写了传奇。宜弘哦宜弘！今天的一切都如你所愿，我的眼就是你的眼，我讲的也是你想说的。此处甚佳，这边风景独好啊！

情人谷吊桥悬挂在峡谷悬崖两端之上，宛如空中蛟龙，又似亮丽的彩虹，煞是壮观。我看到，走在这颤悠悠的吊桥上的人中，唯有梁博士一身缁衣，那是她在为亡夫守孝啊！在这穿红披绿的人群中，她颇显另类。你看她那柔弱的身躯，在攒动的人流中显得那么渺小、那么单薄。

但通过今天的活动，梁博士的形象愈加高大光彩、更令人景仰。随着凤仪亭的横空出世，梁博士不仅为凤凰山新添了一个高雅精致的人文景观；为这个孕育和邂逅爱情的情人谷深深打上了"梁凤仪"烙印，平添了美丽动人、催人泪下的爱情故事，丰富了情人谷的人文内涵；为一代代少男少女们寻觅真爱，树立了巍伟标杆。

凤凰山，"古有帝王临驾，有凤来仪；今有凤仪来此，弘扬真爱之美，惟愿来者伫立亭中，感悟爱情之隽永"（《凤仪亭碑记》）。

走进东边这座凤仪亭，梁博士仔细审视亭内外的绘画装饰，轻轻抚摸亭子那些崭新的漆面，并且频频点头赞许。此时，她的脸上终于绽放出欣慰的笑容。

最后，梁博士将装有近百个气球的袋子解开，这些五彩缤纷的气球如鸽子似的纷纷飘向空中。它们带去了人们对美好未来的祝愿，对神圣爱情的祈盼，也捎去了她对天堂安息的爱人的无限眷念。"天涯地角有穷时，只有相思无尽处。"

凤仪亭哦凤仪亭！宛如两只美丽的金凤，栖落于辽东凤凰山。这两座画满了古今中外爱情故事的美丽亭子，不仅是梁黄伉俪真挚爱情的永久见证，并且从今日始，凤凰山不仅是秀美的传奇之山、宗教之山、历史之山，还是一座令人心驰神往的爱情之山。

凤仪亭哦凤仪亭！傲然屹立于悬崖峭壁之上、情人谷两端，从此将与青山同在，与四季相伴，与风雨同舟。两亭虽相距较远，但中间有座爱之桥紧紧相连，寓意着要想得到真爱，必须走过桥去，要付出勇气和真心呀！

凤仪亭哦凤仪亭！从此将日夜为前来寻觅真爱的男女们带来好运，并为他们遮风挡雨，祈愿心想事成，无论贫富贵贱，也无关老少妍媸。凤仪亭，从此还将默默地审视着，来到这里的人们对爱情不同的诠释和态度。

青山不老，人生短促，大爱永存。"生命对于无愧于心的人，永远漂亮"（梁凤仪语）。梁博士为辽东凤凰山的情人谷之亭揭幕命名，实为人间大爱大义之举啊！她以对先夫刻骨铭心的爱，对爱情极为深刻的解读、超凡脱俗的诠释，将个人之小爱化作人间之大爱，把爱情的内涵和纬度大大延伸和拓展，向人世间展现出了一幅瑰丽夺目的真善美的画卷，从而极大地提升了爱情的品质和境界，为后人树立了光辉的楷模。同时，也无意为她自己树立了爱的永恒之丰碑。

"曾经沧海难为水，除却巫山不是云。"凤仪与宜弘的真爱必将与山川永在，与日月同辉。今天，凤仪亭的诞生，定会让真正的爱情更美好、更纯洁！让人间的真爱真实可信、可望亦可及。

而真正的爱情，也定会让人间更加美好，让人生更加美丽。因此，人世间一切真正的爱情，都永远值得讴歌，都必将千古流传，永不泯灭！

2021 年 8 月 13 日

此文先后发表于中国金融作协 2021 年 9 月 29 日公众号、《金融文坛》2022 年第 5 期。

清风明月好团圆

"一轮秋影转金波，飞镜又重磨。"又逢中秋，又见满月，今年的中秋节，天高气爽，碧空如洗，秋风袅袅。9月21日，在八月十五的明亮月夜下，全家人围坐在摆满了佳肴的庭院里，丹桂飘着淡淡的清香，伴着习习拂面的清风，大家一边饮酒赏月，一边品尝月饼，这是一个多么惬意、多么温馨、多么幸福的夜晚啊！——这就是我今年中秋节的亲身经历。

自2008年国家将中秋节定为法定假期之后，又很人性化地将日期最靠近的双休日与中秋节假挪在一起，正是这个不起眼的政策，让全国千千万万个分隔两地的人们实现了中秋团圆梦！

"今夜月明人尽望，不知秋思落谁家。"遥想我身穿军装的当年，婚后分居八年多，夫妻相隔千里，总是聚少离多。"团圆"二字，对我来说多么奢侈，可真比金子还要贵重啊！在那个通信很不发达的年代，我与妻子平常保持联系、倾诉思念的方式唯有"两地书"，虽非"烽火连三月"，那可真是"家书抵万金"哟！

记得八年的两地分居，只有一次休假恰巧赶上了中秋节。那个中秋节过得多舒心啊！那油油的、酥脆的、掉渣的大月饼，味道真好！是那么香甜可口、油而不腻，令人回味无穷，肯定地说，那是我迄今吃到的味道最美的月饼。

　　在其他的几个中秋节里，我"发明"了一个独特的夫妻团聚方式，我与妻子提前约定，在八月十五晚上规定的时间里，我们放下手中的事务，走到室外，同时举目长时间地眺望着月亮——这样，我们两人的目光便可同时聚焦到一起了！也就相当于我们在中秋之夜实现了夫妻团圆。

　　那年中秋的此时此刻，皓月当空，万籁俱寂，我从那皎洁如水的月光中，真真切切地感受到了妻子深情的目光，浓浓的眷恋之情。

　　"月满中秋人团圆"这是一个多么美妙温暖、极富诗意的命题啊！

　　自从儿子出生后，休完产假的妻子既要上班，又要照顾孩子，独自一人撑起了这个家，其中的艰辛劳苦可想而知。而我身为军人因职责所系，实在爱莫能助。正是怀着这种愧疚的心情，我在一年中秋节前，在写给她的信中向她赠诗一首："月圆中秋人不圆，同在地球难相见。投笔从戎戎无期，遥望天河河有边？壮志不泯卿我中，真情岂在朝暮间？寄语吾妻莫悲切，万水千山心相连。"

　　光阴似箭，日月如梭，一晃几十年过去了。后来，儿子接过了我手中的枪，也成为一名现役军官。自他军校毕业分配到外地部队工作后，已连续六年未在家里过上一个中秋节，每到中秋节那天，他只能向我们打个电话问候一声。中秋全家来团圆，这对我来说只是一种期盼，一种奢望。

　　未想到，儿子今年不吭不响地考取了他母校的在职研究生，上月底，又回到了在家乡合肥这所军校开始读研。开学不久中秋节便到啦，学校放假三天。这样，在时隔六年之后，儿子终于与我们一道，全家过了一个真正意义上的中秋团圆节。

　　虽然，当下的广式月饼做得越来越贵、越来越精致了，但它的味道，却并不比几十年前我吃过的那个土月饼好多少。但我感到，今年中秋的月亮，真的很亮，很圆，很好看……

　　月亮本是地球的卫星，只是盈亏轮序，无声无息，无水、无氧、无光的寒冷而又荒凉寂寞的旷野，却被人们赋予了许多神奇的诗一样的内容，使之颇具传奇色彩，并拥有很多意境很美的别称，譬如婵娟、玉兔、玉盘、玉桂、金蟾等等。月亮自古就是美的象征、诗的源泉，它代表着恬静、美丽和幸福，更象征着人间的团圆，是诗人墨客们吟哦的永恒对象。

我想，也许正因为人类有太多太多的苦难，人间有太多太多的不平，亲人们有太多太多的分离，所以人们才将月亮作为爱情的表白、心灵的倾诉、理想的化身、精神的寄托吧！

"若得长圆如此夜，人情未必看承别。"在科技飞速发展的今天，随着微信的广泛普及和高铁时代的全面到来，当今人们的时空距离感越来越淡薄了，而由此带来的是，亲人之间的别离将越来越少，幸福的团聚会越来越便利。除了那些肩负特殊使命的人们外，"月满人团圆"必将成为人间之常态、美好生活之标配。

无论阴晴与圆缺，我都在心里默默祈祷，苍穹下那一轮美丽如初的明月，永远给我们带来吉祥，带来好运，带来它深情默默的祝福。

2021 年 7 月 11 日

此文发表于《金融文坛》2021 年 9 月 29 日公众号。

我的大合肥

——从"三国故地"到"创新高地"

记得去年年初，一个新名词"霸都合肥"突然成为网上热搜。"霸"者，十分厉害也。合肥这座不显山不露水的城市，二十余年来，就像个闷头大发财的人，突然一天变成了"暴发户"，让周围的"豪绅"们始料未及；合肥又像山坳下那雨后的春笋，几日间便"嗖嗖嗖"地蹿得老高老高。笔者作为合肥人，岂能不开心自豪呢？

其实，我的老家在寿县，合肥是我的居住地。转眼在合肥工作生活了三十五六年了！我在合肥的岁月已远超在故乡的时光，在这里，我收获了爱情、孩子乃至其他。合肥，是我第二故乡、温馨的家园、幸福的港湾。

几十年来，我亲睹了这座城市一次次壮美的"蝶变"，实可谓看之真、知之深、爱之切啊！今天的合肥，宛如华东大地上一颗耀眼的新星，光芒四射，魅力无穷。这几年，我总想为它写点文字，想通过追寻合肥历史源头和足迹，找到它如何穿越几千年的时光隧道，从"三国故地"变成"创新高地"的"密钥"。

一

"落其实者思其树，饮其流者怀其源。"朋友，你看"合肥"这个字多么美妙啊！"合肥合肥，天人合一、地肥水美。"当然，也有"两个胖子睡一头——合肥"这可爱诙谐的歇后语。

那么，"合肥"之名如何得来呢？合肥得名源于水，确切地讲与淝水有关。一千五百多年前的郦道元在他的《水经注》中说："夏水暴涨，施合于肥，故曰合肥。"（"施"即为今之南淝河；"肥"即为今之东淝河）至于"肥"的来历，比《史记》还古老的《尔雅·释水》解释道："归异，出同流（曰）肥。"即两条淝河（南淝河与东淝河）分而为二，合为一源，故称"合肥"。[1]

就像人有乳名一样，合肥的乳名叫"宋胡"（距今两千六百多年前），合肥在夏商时期称"夷虎"；在西周时期为"卢方"；在春秋战国时期叫"庐子国"。（据古书《通典》云："古庐子国也，春秋舒国之地。"）[2]

到了西汉时期，司马迁在《史记·货殖列传》中说："合肥受南北潮，皮革，鲍，木输会也。""输会"即货物集散地之意。这是有史以来，文字上首次记载"合肥"。自《史记》后，"合肥"又出现在班固的《汉书·地理志》、陈寿的《三国志》和郦道元的《水经注》中，你看，古老的合肥，名气有多大啊！[3]

合肥之名，至少在西汉之前已被叫了几百年，直到隋初才改名庐州，一直叫到了民国元年（1912年），才将庐州改回合肥，此实乃尊重历史、正本清源之举。另在南北朝，合肥还有一个只用了几十年的短暂称谓"合州"。[4]

---

〔1〕《走进合肥》，汪庭干主编，安徽人民出版社，2003年第1版，第10页；《合肥通史》安徽人民出版社，2016年版，"远古至南北朝卷"，第12页。

〔2〕《合肥纵横》，方明等著，安徽人民出版社，1990年第1版，第5页；《不得不读的合肥故事》第四辑，郑家余主编，安徽人民出版社，2019年第1版，第89页。

〔3〕《走进合肥》，汪庭干主编，安徽人民出版社，2003年第1版，第10页；《合肥通史》安徽人民出版社，2016年版，"远古至南北朝卷"，第12页。

〔4〕《走进合肥》，汪庭干主编，安徽人民出版社，2003年第1版，第11页；《合肥纵横》，方明等著，安徽人民出版社，1990年第1版，第7页。

现在，有人好将合肥称之为庐州，以示庐州比合肥更为久远，实则错也！其实"合肥"之称谓，要远早于"庐州"（"庐子国"虽含有"庐"字，但并不等同于庐州）。

那么，合肥的历史沿革又如何呢？合肥自古为"淮夷之地"。合肥是中华文化的发祥地，传说中的中华民族始祖之一"有巢氏"，就活动在合肥地区。据大量考古和史籍证实，早在距今五千年前，这里的先人就创造了灿烂的文化。[1]

合肥在春秋时期为诸侯国的庐子国，此乃合肥行政沿革之始。那个时候的合肥，实为"吴头楚尾"，它先属楚国、后属吴、越、又归属楚国，就这样反复拉锯，战事不息。

合肥建县始于秦朝，这是秦始皇的功绩。西汉亦然。到东汉初，光武帝看好合肥，将之升格为合肥侯国，东汉末年又改为合肥县。到了三国时期，合肥属于魏国的淮南郡。隋初（581年），又将合肥升格改称庐州，几经变更，直到民国元年（1912年），又将庐州降为合肥县。[2]

合肥地处南北要冲，襟江带淮，北接华北、西依荆楚、东临江南，自古为"淮右襟喉、江南唇齿"，战略地位十分重要。正因为地处要津，合肥几千年来，战事频繁，折腾不停。

合肥虽长期为县级建制，但在历史上，一是战国晚期便为全国八大都会之一；二是曾三度为侯国之都城（西周时期为庐子国、东汉光武帝建武六年即公元30年被升格为合肥侯国并历时四世百年、东汉灵帝时又复为合肥侯国）；三是三度为"中央直辖市"[东汉、三国时期均为扬州刺史府所在地、明洪武元年（1368年）朱元璋将合肥升格为庐州府并直属中央管辖]。

你说，难道合肥的历史还不足够悠久吗？

---

〔1〕《不得不读的合肥故事》第三辑，郑家余主编，安徽人民出版社，2019年第1版，第34—35页。

〔2〕《走进合肥》，汪庭干主编，安徽人民出版社，2003年第1版，第11—12页。

二

朋友，你是否知道，合肥可是一座有深度、有厚度、有温度的城市啊！若想抚摸到合肥的发展脉搏，就让我梳理一下合肥几千年的城建演变史吧！

合肥的城建发展史，概言之，就是先后建筑了五座城池，即汉城（也叫合肥故城）、三国新城（将在下一节另述）、金斗城（也叫唐城）、罗城、斗梁城（也叫宋城）。以上五座古城，按建城时间分述如下。

合肥第一座古城为汉城，此为合肥城建之始。因年代太过久远，其准确建城时间已无法确定。但据《庐州府志》说："府城之建，在昔莫详其始。当是庐子国以来筑。"合肥的汉城位于城北，其区域规模相当于今天的长丰路以西、四里河以东、南淝河以南之范围。[1]

说到汉城，必须提到刘馥此人。东汉末年，因连年战乱不息，人民流离失所，致使十室九空、人口锐减，汉城几乎沦为空城。正是曹魏政权的扬州刺史刘馥，于东汉建安五年（200年）千里单骑赴任，重建合肥空城。他立州制、收流民、设屯田、抓城建，在故城的基础上重建了合肥汉城。[2]

正是在刘馥的主持努力下，才避免了这座空城湮灭于历史尘埃之结局，是刘馥将汉城又变成了一座生机勃勃的城池，并将之成功升格为州治所在地。

第三座古城叫金斗城（又叫唐城），由唐开国大将右武侯尉迟敬德（又名尉迟恭），于唐太宗贞观年间（627—649年）主持建成。其大致

---

〔1〕《不得不读的合肥故事》第四辑，郑家余主编，安徽人民出版社，2019年第1版，第89页。

〔2〕《走读合肥》丛书之《长湖一望水如天》，刘杰主编，安徽文艺出版社，2014年第1版，第36页；《不得不读的合肥故事》第四辑，郑家余主编，安徽人民出版社，2019年第1版，第90—91页。

范围：北至寿春路，南至芜湖路，东到三牌楼，西至六安路。[1]

之所以叫金斗城，乃因该城位于教驽台河南岸地势高企的金斗岗，又因此地为金星与斗星之交汇处之故。当年之所以要建此城，乃因合肥老城地势低洼，易受洪灾，特别是汲取了南朝梁武帝天监四年（505年），梁朝大将韦睿围堰截淝水倒灌城池攻破合肥城的惨痛教训。并且，那时的合肥城历经战火的劫难，已损毁严重。

合肥第四座古城叫罗城。朋友，当你漫步在花团锦簇、四季常青、长达8.7公里的环城路时，你可知道它建于何时？[2]

这座始建于五代十国时期的城池，是由唐末吴国的庐州刺史张崇用八年时间（907—915年）主持建成的。

这座罗城不仅修建时间最长，投入人力物力最多，并且城池规模也最大、城防设施也最强。据唐翰林学士淮南节度掌书记殷文圭所撰《后唐张崇修庐州外城》记载："城固二十六里一百七十步，壕面阔七十丈。"

可是，这座偌大的罗城，却因主持建城的张崇为政太恶，品德太差，致后代史官都不愿记载其建城之功，差点成为被后人刻意遗忘的城池。司马光所撰《资治通鉴·卷277》说："崇在庐州贪暴，州人苦日。"可见，若当政者施政严重失德，受影响者何止他本人！

合肥现存的环城路、赤阑桥、黑池坝、护城河、县桥等，均为罗城之遗址。[3]

合肥第五座古城叫斗梁城。这座城池，就是南宋政权为了防范金兵侵犯江淮腹地，由西路元帅、庐州知州郭振于南宋乾道五年（1169年）主持建成。据《舆地纪胜·景物》（卷四十五）载："斗梁城乾道五年

---

〔1〕《走读合肥》丛书之《长湖一望水如天》，刘杰主编，安徽文艺出版社，2014年第1版，第41—42页；《不得不读的合肥故事》第四辑，郑家余主编，安徽人民出版社，2019年第1版，第93—94页。

〔2〕《不得不读的合肥故事》第四辑，郑家余主编，安徽人民出版社，2019年第1版，第94—95页。

〔3〕《不得不读的合肥故事》第四辑，郑家余主编，安徽人民出版社，2019年第1版，第96页。

郭振新筑，横截旧城之半。"《庐州府志》亦云："宋乾道五年，郭振筑斗梁城，跨金斗河北……"[1]

此城从逍遥津向西扩展至谢家坝，将城北河边的市场、逍遥津、金斗圩揽入，金斗河也贯穿其中。当时，在郭振的率领下，全城军民一边抗击金兵，一边抓紧建城，后来，南下金兵多次猛攻该城均屡屡受挫、久攻不下，斗梁城因而赢得了"铁庐州"的美誉，从此名扬天下。

合肥今天的义仓巷、操兵苍、西马道巷、教场，均为斗梁城之遗址。

三

"往事越千年，魏武挥鞭。"合肥几千年波澜壮阔的历史进程中，有一段十分耀眼的经历，那就是合肥为三国故地的光辉历史。三国为合肥而屡起战火，合肥因三国而扬名于世。

在这座古老的城市中，留下了诸多的三国遗迹，独具特色的三国文化元素成为大合肥一张炫目的品牌。或许你在合肥淮河路步行街的闹市中行走时，会不经意地遇到魏武帝曹操，因为在合肥老城区里，刻下了曹操留下的无数印记；也许你在合肥的西城郊外游玩时，会无意间碰到魏明帝曹叡和扬州都督景侯满庞，因在那里的山冈，留下了他们策马扬鞭的许多足迹。

时隔八载，深秋时节，我再访逍遥津公园。我惊喜地发现，公园内的三国曹魏的文化元素显著增加，真好！这下抓住了"牛鼻子"，这才与"逍遥津"三字高度契合啊！

一入园内，正面便是身披战甲的张辽跃马持戟、威风凛凛的全身雕像。"退后着鞭驰骏骑，逍遥津上玉龙飞。"张辽确是一代英雄豪杰，他

---

[1]《走读合肥》丛书之《长湖一望水如天》，刘杰主编，安徽文艺出版社，2014年第1版，第43—46页；《不得不读的合肥故事》第四辑，郑家余主编，安徽人民出版社，2019年第1版，第96—97页。

不仅是曹魏政权的功臣，更是合肥人的大功臣。若没有他威震逍遥津，击退孙吴兵，那么，合肥城必将不保，老百姓必遭劫难。正因为如此，合肥人对他崇敬有加，不光为他单独塑像，还为他立碑建亭修墓。[1]

你看位于魏武遗踪景区内的文远亭（张辽字文远），多么幽静雅致；你看那文远亭背后的张辽墓，多么庄严肃穆；还有挺立在铁栏内那四匹无声嘶鸣的战马铜像，似乎在日夜呼唤张辽将军从战场归来，坐上他晋阳侯的战车，去前线视察他统帅的那支所向披靡的军队。[2]

合肥作为当年魏吴交战的桥头堡，实为曹魏政权之军事重镇，也成为曹操心头终生的牵挂，他始终将合肥视为曹魏的三大战略重镇之一，一生亲赴合肥四次以上。

你看那与张辽雕像隔街相望、高出地面五米以上的教弩台（今为明教寺），便是曹操命人所建。当年曹操在此台上，训练弩手，点兵调将，摆兵布防，派人日夜监视孙吴的水军动向，殚精竭虑地运筹护城谋略。

"千载泥滨资重镇，崇台醉酒祭将军。"当年金戈铁马、旌旗猎猎的教弩台，早已化干戈为玉帛，蝶变为香火旺盛、有求必应的佛门圣地。那高台空中袅袅飘荡着的一缕缕青烟，不仅寄托着香客们心中的虔诚祈愿，也是对无数个守城护民勇士们的深情祭奠。

当年的曹操，命令大批水军战船，进退自如地隐藏于水西门茂盛芦苇之中的藏舟浦，已了无踪迹，无情的沧桑早就将它深埋在一幢幢高楼大厦之下了！当年的曹操，忙里偷闲地在月夜摇舟之上，与歌伎弹筝奏笛、轻歌曼舞、醉眼蒙眬、对酒当歌的筝笛浦，至今仍在离藏舟浦不远处的杏花公园湖内。每当星夜阑珊之时，不知在今天这平静的湖面上，是否还能听到因风起舟覆而香消殒玉的冤魂们，那一阵阵的悲泣哀歌呢？[3]

---

〔1〕《合肥纵横》，方明等著，安徽人民出版社，1990 年第 1 版，第 291 页。

〔2〕《走进合肥》，汪庭干主编，安徽人民出版社，2003 年第 1 版，第 258 页。

〔3〕《走读合肥》丛书之《长湖一望水如天》，刘杰主编，安徽文艺出版社，2014 年第 1 版，第 34—35 页。

在合肥老城区内，虽然曹操留下了很多珍贵的遗迹，但合肥人给予张辽的礼遇却远高于曹公。你看在整座合肥城里，就没有一尊曹操的雕像——偌大的逍遥津公园里，也仅只为他刻了几首诗作罢。那藏舟浦早已深埋地下，而筝笛浦也只留下了曹操狎妓取乐、玩出人命的典故，似乎人们只认可他风流倜傥的千古诗人身份。

合肥的第二座古城就是三国新城。

初冬的一个晴日，我再次寻访。这座位于鸡鸣山下、距老城区以西15公里、位置偏僻的古城池，已与曹操无关了，它是由魏国东征将军扬州都督满宠，向魏明帝曹叡奏请首肯后主持建造的。这实际上是一座十分坚固的军事城堡，专为对付频繁来犯的强大的东吴水军而建，整座城堡只驻扎军队人马和制造武器的工匠，不住普通百姓。[1]

说实话，合肥人真要感谢这座建于高冈地之上、易守难攻的城池啊！正是这座建于东吴水军进攻合肥必经之路（淝水故道旁）的新城池，在233年刚刚建成之时，便通过了战争的"大考"，满宠率魏军多次成功阻击了东吴大军的侵犯，将来犯之敌挡在此地，让合肥老城免遭生灵涂炭。

在这里，我看到了一尊长须飘逸的老将军横刀立马的全身铜像，铜像虽无文字说明，但我猜想，这应该就是满宠将军吧？笔者以为，若论对合肥人的贡献，满宠的功劳要远大于张辽，所以，在三国新城里，无论如何，也应该有满宠的雕像。

诚然，此处的一切皆非1800年前之所建所存，但是今天这里所展示的东西，还是给人以真实的历史感、强烈视觉冲击和心灵震撼。

你看，那宽阔的练兵指挥台下肃立的一排排披甲戴盔、手握战戟的士兵，个个威武雄壮、目光炯炯，满脸的坚毅与自信。你看，挺立在

---

〔1〕《走读合肥》丛书之《长湖一望水如天》，刘杰主编，安徽文艺出版社，2014年第1版，第35—36页；《不得不读的合肥故事》第三辑，郑家余主编，安徽人民出版社，2019年第1版，第92—93页。

"守望淮扬"石墩上的三位战将，一个挥刀催马、奋力拼杀；一个战马双蹄凌空、手持长枪冲锋陷阵；一个手搭凉棚、正在警惕地巡查四周敌情。此景让人身临其境，仿佛眼前是战场，到处战马奔腾、杀声震天。

正是这些浴血奋战、视死如归的勇士，以血肉之躯把三国新城变成东吴军队屡攻不破的"金汤虎台"，让敌人只能够望城兴叹，铩羽而归。三国新城前后经受住了50多年的战火考验，为合肥百姓带来了半个世纪的安宁。

笔者以为，但凡合肥人都应记住这五位古人：刘馥（汉城主建者）、满宠（三国新城主建者）、尉迟敬德（金斗城主建者）、张崇（罗城主建者）、郭振（斗梁城主建者），若无他们，哪里还有今天的大合肥啊？

四

实际上，合肥这座城市与我的故乡寿县渊源极深。

首先，在远古时期，合肥与寿县同属淮夷之地，两城均有十分悠久的历史文明，同时被班固记载于他的《汉书·地理志》："寿春、合肥受南北湖皮革、鲍、木之输，亦一都会也。"在东汉时期，寿春与合肥同为全国八大都会之一。

其次，在地理上，两城同居江淮之间，同属江淮分水岭。地貌相似，习俗相近。合肥与寿县的两条母亲河（南淝河与东淝河）均发源于肥西县境内，两城同根同源，宛若兄弟。

再次，从历史行政沿革上看，在秦朝时期两城同属于九江郡；在西汉初期，合肥为刘安的淮南王国之辖地，淮南王国的国都即驻寿春（今寿县），那时的寿春还是合肥的"上级"呢！在三国时期，寿县与合肥同属魏国的淮南郡；并且，寿春还是曹魏与孙吴争天下的战略大后方和后勤保障基地。

另外，在楚国时期，合肥一直为寿县的大后方。秦王二十四年

（223 年），秦军攻破楚国都城郢（即今寿县），不愿当亡国奴的楚人逃到合肥的山野乡地，并纷纷将新居住地取名"郢"字，以示不忘根本。所以，今天合肥以"郢"命名的村庄很多，而寿县也是"郢子"何其多。

最后，在中国革命史上，寿县在 1923 年冬，便成立了全省第一家党支部（即中共小甸集特支），并迅速向四周发展党员和党组织。3 年后，寿县的党组织于 1926 年 10 月，派遣曹广化、崔筱斋和胡济 3 位党员到合肥的北乡，成立了合肥地区的第一个党支部（即北乡党支部），从此合肥的革命斗争形势风起云涌。[1]

1934 年 10 月，由中共寿县中心县委领导的皖北红军游击大队，在张如屏、曹广海率领下开到合肥，与刘敏、孙仲德领导只剩 6 人的合肥游击队合并，成立了皖西北游击大队；并成立了由刘敏任书记的中共皖西北特委，统一领导合肥、寿县两地党组织的革命活动。[2]

五

从 5000 年前的诸侯庐国，到 2000 年前的中国都会，从 1800 年前的三国故地，再到今天的创新高地，勤劳智慧的合肥人创造了灿烂的过去，也创造了辉煌的今天。

合肥成为安徽省省会至今还不到 70 年，但新旧合肥天壤之别，其进步之大、发展之快、变化之巨，真乃世所罕见！实可以"超越、跨越、飞跃"概括之。

"淮南重镇为金斗，白屋萧条谁为哀！"曾记否？在 1949 年元月合肥和平解放时，沦落为小县城的合肥只剩下两个"五"：五平方公里的

---

〔1〕《中国共产党安徽历史》，中共安徽省委党史研究室著，中共党史出版社，2021 年第 1 版，第 40—41 页；《寿县革命史》，中共寿县县委党史和地主志办公室编，1992 年第 1 版，第 209 页；《走进合肥》，汪庭干主编，安徽人民出版社，2003 年第 1 版，第 258 页，第 12—13 页。

〔2〕《寿县革命史》，中共寿县县委党史和地主志办公室编，1992 年第 1 版，第 104—105 页的

城区面积、五万多的人口。全城只有一条破烂不堪的前大街和一条不完整的后大街，街面狭窄，路面破损，百业凋零。歌谣"一条马路三盏灯，一个喇叭全城听。一条小河穿城过，一座小楼才两层"便是旧合肥的真实写照。

在 1952 年 8 月 7 日，中央正式批准合肥为省辖市和安徽省会之后，却出现了持续几年是否将合肥迁出省会的较大争议，影响了合肥的建设发展。何也？几个老牌城市不服气啊！说到底，乃近代衰落的合肥实力不强，体量不够。若不是 1958 年 9 月，毛主席在视察合肥后，写给曾希圣的那封里"合肥不错，为皖之中……从长远考虑，似较适宜"这段话的一锤定音，那么合肥的这段历史必将重写。

可以说，中华人民共和国成立后合肥的发展一切都是从零开始的。几十年来，卧薪尝胆的合肥人，事实胜于雄辩地证明了合肥作为安徽省会的资格和底气！那么，1952 年之后的合肥，究竟是如何发展成为"创新高地"的呢？今天的合肥又怎样了呢？

1953 年至 1957 年，合肥重点发展机械、化工、轻纺产业，从外省迁入了大批骨干企业，为合肥的初步发展奠定了坚实的物质基础。

1970 年，合肥张开双臂，真诚地接纳了在多地遭遇闭门羹的中国科技大学，为中科大在安徽安家落户大开方便之门。

1978 年，中科院的四所研究所（光学机械、智能机械、等离子物理、固体物理）顺利入驻合肥董铺岛（即科学岛）。

1980 年之后，原电子工业部的三个研究所（第 16、第 38、第 43）也迁入合肥。从而使合肥高校的档次大大提升，科研水平实现整体超越。

1982 年 6 月，合肥成为与北京、西安、成都并驾齐驱的全国四大科教基地之一。

1999 年，合肥的规划发展前景被国务院定位为"科技之城"。

2001 年以来，合肥先后提出了"科教兴市""工业立市""建设现代化滨湖大城市""大发展、大建设、大环境、大招商""大湖名城、创新高地"等重要发展目标，目光远大、思路清晰、路径精准。

1990 年起，合肥掀起了开发区建设热潮，很快建成了 3 个国家级开发区，吸引了一大批科研机构和知名企业入驻其中，在电子信息、生物制药和新材料等领域开始领跑全国。

2005 年合肥"工业立市"战略实施后，又很快在全国领跑家电、汽车装备制造等行业，从而为合肥的跨越式发展奠定了雄厚的经济基础。

我的大合肥，几十年来，创造了许多中国或世界第一：中国第一台微型计算机，中国第一台窗式空调，中国第一辆卫星汽车，中国第一条纯电动汽车公交线路，中国第一个科技创新型试点市；世界第一台DVD，世界第一台仿生洗衣机，世界第一台变容式冰箱，世界第一个（最高）世代京东方 10.5 代线，世界第一款人工智能翻译机，世界第一个城域量子通信实验示范网……

我的大合肥，近二十几年来，从"合肥超环""东环超环"到"人造太阳"；从"合肥光源"（合肥同步辐射装置）到稳态强磁场实验装置；从量子纠缠到量子通信；从"九章""祖冲之"量子计算机到"墨子号"量子科学实验卫星；从"合肥光源"到"合肥声谷"……

我的大合肥，从 1982 年的全国四大科技基地之一，到 2017 年的四大（北京、上海、粤港澳大湾区、合肥）综合性国家科学中心之一，可持续发展能力位列全国第三（仅次于上海张江、北京中关村）。

从此，合肥成为我国大科学装置最集中的城市之一；从此，合肥开启了以现代科技为龙头的全面飞跃发展之模式。

我的大合肥，从 1949 年衰落不堪的"淮上小邑"，到 2020 年的长三角城市群副中心城市；再到 2021 年的全球价值活力城市一百强。

我的大合肥，城区面积，从 1949 年的 5 平方千米，到 2020 年的 500 多平方千米。

城区人口，从 1949 年的 5 万，到 2020 年的 512 万（全市 937 万）。

经济总量，从 1949 年的 931 万元，到 2020 年的 10045 亿（国内生产总值）。

交通建设，从 1949 年的狭窄马路几条，到今天的全国铁路网、高速公路网、民用航空网的重要枢纽。

我的大合肥，现已大步跨入了全国亿万城市俱乐部，豪迈地扛起了安徽全省的半壁江山。

"昔年吴魏交兵地，今日承平会府开。"这就是具有 5000 年悠久历史文明的大合肥；这就是从一千八百多年前三国魏武争雄的刀光剑影下走过来的大合肥；这就是先后走出了唐末吴王杨行密、铁面清官包孝肃、清末重臣李鸿章、台湾首抚刘铭传、科学巨匠杨振宁的大合肥！

合肥五千年的悠久文明，蕴含着海纳百川、厚积薄发、勇于超越的基因；合肥近 70 年的发展历史，恰似激昂的战歌、壮丽的画卷、英雄的史诗，波澜壮阔、绚丽夺目、振奋人心。

我深爱着这座既古老又年轻，既养人又励人，既充满活力又不断创新的城市，我要深情地为它讴歌！

我的大合肥，正在不断超越自己、超越周围。它每天都在变美、变大、变强；它每天都在演绎故事、书写精彩；它每天都会产生惊喜、创造传奇、刷新纪录！

鲁迅先生说过："不满是向上的车轮。"大美大强、低调务实的合肥，决不会沾沾自喜、故步自封。既然它独揽八百里巢湖入怀中，那么，合肥的襟怀怎能不开阔、目光怎能不深邃、志向怎能不远大、事业又怎能不通江达海呢？

美好的未来属于中国，也属于合肥，我的大合肥哦！您的明天必将更加璀璨无比。

2021 年 11 月 18 日

第四篇

工 作 真 美 丽

GONG ZUO ZHEN MEI LI

分水岭上英雄谱

——记首届安徽"杰出青年卫士"、农行长丰县支行保卫科科长邓继茂

1998 年 9 月 18 日，天高气爽、秋风习习，一辆由省会合肥市开出的小汽车，正沿着两旁稻香四溢的合淮公路风驰电掣地直奔长丰县城。原来，这是合肥市农行的领导专程赴长丰县支行向荣膺安徽省首届"杰出青年卫士"的县支行保卫科科长邓继茂同志颁奖来了！

在颁奖仪式上，当市行领导将一颗金光闪闪的大奖章亲自挂在邓继茂的胸前时，全场响起了热烈的掌声，人们不约而同地称赞道："邓科长是好样的！""这份殊荣他受之无愧。"……

是的，邓继茂同志是好样的。他在这次全省范围内的激烈角逐中，依靠自己过硬的实力和出色的工作业绩，过五关斩六将，通过层层遴选，最终成了我省农行系统仅有的三名获奖者之一。

这份殊荣的确来之不易，不仅是他个人的荣誉，同时也是全省农行人的光荣。对于这一崇高奖赏，他是受之无愧的。这是他多年如一日地在保卫战线上辛勤耕耘的结果。凡是去过长丰农行的人大都听说过这样一首打油诗："长丰农行邓继茂，安全保卫最重要；勤检查来细思考，出了问题不得了。"朋友，您也许很想了解这打油首诗的来历吧？笔者最近刚从该行采访归来，在这里就让我用实、勤、严、细四个字对其做

一番演绎吧！

一、实——安全保卫工作的实干家

脚踏实地、任劳任怨是邓继茂同志的一贯作风。他刚从军队转业挑起安全保卫工作的重担时，对保卫业务一窍不通。他为了尽快熟悉业务，成为真正的内行，硬是下到基层一蹲就是一个多月，未回过一次家。他对支行所有的网点进行了全面调查，详细收集资料；与每位守押人员促膝谈心，掌握其思想动态。就是这样他很快就进入了角色，明确了工作重点。

在此基础之上他重新制定了一整套的规章制度，提出了一系列切实可行的措施与建议，在较短的时间里，便把全行的安全保卫工作开展得有声有色、卓有成效，转业当年便受到了上级行的通报嘉奖。

别看他平时乐呵呵的，但一旦工作起来就如同玩命。譬如在1991年的抗洪抢险战斗中，他率领经警小分队身先士卒、出生入死，日日夜夜奋战在抗洪第一线，哪里最危险，哪里就有他的身影。

一次他在组织送款的途中，桥梁被洪水冲垮，转眼间四周一片汪洋，但他临危不惧，凭着过硬的军事素质，带领大家冒着生命危险蹚水到对岸，将钱款按时送到，而他自己却因极度劳累而晕倒在地，大病一场。

行领导在看望他时心疼地"责怪"他说："你这病硬是给累出来的啊！"当笔者翻阅着他那一本本记满了密密麻麻的各种资料、情况分析和数据的工作笔记时，便不难想到他为安全保卫工作倾注了多少心血！当他如数家珍地与笔者谈起那一件件、一桩桩的"安全经"时，我不禁被他对保卫事业无限钟爱的拳拳之心深深感动！

二、勤——保卫园地的勤耕人

古人云"业精于勤，荒于嬉"，大凡事业有成者莫不以勤而著称。邓科长便是这样的一个人。

一是勤检查。众所周知，长丰县的地形宛若一条长长的扁担，南北十分狭长。长丰农行共有大小营业网点 20 多个，遍布城乡，绵延一百多公里，即便随便转一趟，起码也要两天时间，但当你任意抽出一处网点的安全检查记录本查看时，都会看到每月至少有 2 次他检查时留下的笔迹，而且每次记录的内容都十分翔实，有根有据。可想在这块辽阔的江淮分水岭上，每个角落都留下了他坚实的足迹，洒下了他辛勤的汗水。

二是勤宣传。他深知一个人的力量是有限的，安全保卫工作是一项需要综合治理的系统工程，只有着力增强全行员工的安全防范意识，才能真正把各种制度和措施落到实处。为此，他真是"三句话不离本行"，善于利用一切恰当的场合和机会，并联系治安形势和具体案例，大力讲安全、作宣传、抓教育。通过长期的不懈努力，已使全行上下形成了人人讲安全重防范的良好氛围。

三是勤汇报。搞好安全保卫工作，领导重视是关键，他可谓深谙此道。对行领导他一贯做到多请示勤汇报、多报忧少报喜。在采访时，长丰支行的行领导多次对笔者讲："邓继茂的磨工真是强！"有时，他可以为一项安全设施费用的落实缠住不放，磨上几天，直到费用解决为止。

正是有了这种可贵的磨劲和韧性，他得到了行领导的充分理解、信任和支持，凡是安全保卫方面的事，在长丰县农行历来都是一路绿灯；安全设施费用一直都由保卫部门直接支配，虽然行里各种费用一直很紧张，但行领导在安全保卫上花钱却从不吝啬，上下早已形成了"舍得花小钱才能保住大钱"的共识。仅 1996 和 1997 两年，该行就投入安全保卫专项经费 100 万元。由于有了充分的资金保障，该行提前 2 年完成了全部营业场所的风险防范等级达标任务，率先跨进全省先进县支行的行列，并已连续十几年从未发生过任何刑事案件。

三、严——"严"字当头的好干部

邓继茂同志常对他身边的人讲："干我们这一行的，人命关天，责任重大，不严怎行？"一是对工作高标准严要求。他每天下去检查第一句话就是"我今天是专门来挑刺的"。对于查出的问题，他当场指出，限期整改；对于发生的违规行为，他处置果断、措施严厉，从不搞下不为例。经他一手制定的一整套规章制度和考核标准，既严密得无懈可击，又严格得近乎苛刻。

二是严于律己。虽然在工作中他有时严厉得几乎不近人情，但人们却对他心悦诚服，这是因为他时时注意以身作则，处处发挥表率作用。

此类感人的事例不胜枚举，这里就说说他 1992 年大年三十送款的惊险一幕吧。那天为了把粮站支付给农民的售粮款及时送到孔店营业所，也为了让其他的同志过上个团圆年，他拖着出院才 3 天的虚弱病体，亲自带领两位同志冒雪押款。途中不巧押款车突然熄了火，这时他发现路旁的空房里有几个青年人一边朝押款车频频张望，一边在窃窃私语。他警惕地靠过去听到他们正在小声说道："这台车像是银行的，车上装的一定是好东西。"听后他立即命令大家子弹上膛，准备战斗，同时，果断地指挥经济警察在前开路，司机背款居中，他自己则持枪断后。他率领大家保护着钱款迅速撤离现场，顶风冒雪步行了几公里路，终于将钱款安全判送到了营业所，而他却又一次累倒了……

四、细——精细过人的好管家

在采访时，笔者多次听到营业处所的主任们讲道："老邓是一位很精细的人，他下去检查时，谁也别想糊弄住他。"基于他对保卫业务的精通，更由于他高度的工作责任心，他在检查中很善于挖死角、找隐患，常常从人们容易忽视的薄弱环节发现问题，并能举一反三，让人心服口服。

邓科长还是位擅长精打细算的好管家。这里仅举一例：1996 年该行决定公开招标为支行营业部安装闭路电视监控系统。消息传出后，不少厂家、公司纷至沓来。在首次的招标会上，众厂家公司口若悬河、满嘴的专业词汇，听后让人如坠五里云雾之中。邓继茂则冷眼静观、沉思不语。他只向厂家和公司各要了一整套的资料带回去，以非凡的毅力花了半个多月时间反复研究琢磨，硬是把它们全都"啃"了下来。并在多次调查与认证的基础上，他自己动手设计出一套适合本行特点的监控方案，接着经过与有关厂家、公司的反复谈判和多次砍价后，终于以最优惠的价格选中了一家实力雄厚、技术先进、服务上乘能完全满足设计要求的公司。安装后经上级有关部门多次检测后确认该系统的各项技术指标居于当前领先水平，仅此一项工程便为行里节约费用5万多元。

"一分耕耘，一分收获。"邓继茂同志就是凭着这样一种精神和干劲，在平凡的岗位上做出了很不平凡的业绩，并无意为自己谱写了一曲壮丽的英雄赞歌。他自担任保卫科长以来，先后十多次被总行和省、市分行评为"安全保卫先进个人""优秀保卫干部"和"优秀共产党员"；1995年荣立三等功一次，1997年被省公安厅授予"优秀经济民警"。

面对荣誉他多次表示，所有这些都只能说明过去。百尺竿头，更进一步。他决心以此为新的起点，在以后的工作中加倍努力，再创佳绩，以报答领导和同志们的关心和厚爱。

1998 年 10 月 15 日

此文发表于《安徽农村金融》1998 年第 12 期。

强化"五个意识"防止权力腐败

腐败是寄生在我党机体上的一个毒瘤，严重地腐蚀党的机体、败坏党的作风、破坏党群和干群关系、损害党在群众中的形象。腐败是社会主义现代化建设中巨大阻碍，它侵蚀人民的利益、吞噬改革的成果，是党、国家和人民的大敌和公害。

为什么同处一样环境、同在一个岗位、同握相似权力，有的人很好地把握住自己，坚持做官做人的底线，始终经得起种种诱惑、拒绝各种"围猎"，而有的人却一步步地沦为腐败分子呢？

唯物辩证法的基本原理告诉我们，事物都是相互联系和不断变化的，外因无论多么重要，也只是事物变化的条件，而内因才是事物变化的根本。虽然各类腐败案件的发生，无一例外的都是各种内外因素相互联系、相互作用和相互发展的结果，但其中起关键性作用的，还是涉案者自身的主观因素。

近年来，许多领域发生的腐败案件，涉案金额越来越大、涉案者级别越来越高、危害程度也越来越大，其中的教训是极其深刻的，带给人们的警示是多方面、多角度和多层次的。

对于手中握有一定权力的领导干部，尤其是手中掌握着信贷审批大权的银行领导干部而言，如何真正做到每日"三省吾身"，不断增强自身道德修养，时刻保持清醒头脑，正确使用手中权力，决不以权力谋取不当利益，始终清白为官、坦荡做人、干净做事，筑牢拒腐防变的思想堤坝，这是摆在每一位领导干部面前一道十分严肃的人生课题。

一、一切腐败都是从人的思想蜕变开始

人的思想是灵魂，思想决定人的行为也支配行为。一个人具有何种世界观、人生观，他便必然具有与之相对应的思想意识。因此，人的世界观和人生观始终决定其思想活动状况。由此可见，树立正确的世界观、人生观是何等重要！尤其是作为整天经营货币、与金钱打交道的各级银行领导干部，如果解决不好世界观、人生观的问题，那么，他至少在政治上算不上一个合格的领导干部，他即使能够把握住一时，也难以把握住一世，面对来自方方面面的种种诱惑，必然由意识上产生动摇，到思想上发生转变，从而最终走向腐败，陷入犯罪的泥潭。正所谓："物必自腐而后虫生。"近年来，陆续发生的个别银行高级领导干部沦为腐败分子的罪恶人生轨迹，恰恰验证了这个观点。

二、权力观的异化和错位，是走向腐败的开始

何谓权力观？简而言之，就是人们对权力的如何认识与运用的看法。从本质上讲，它是人们对世界观的现实反映，也是地位观和利益观的基础和前提。

古今中外对权力的认识，历来就有两种观念，一种是视权力为责任，为民造福、为国争光，慎重用权、公正用权、民主用权的权力观；另一种是视权力为商品，以权力为工具，沽价待售、巧取豪夺，为己谋利、为己造福的权力观。前者是清官的权力观，后者便是贪官的权力观。而共产党人的权力观无疑是前者，那就是：要用权为公、做官为民，服务百姓、造福大众。

一般来说，从古至今，拥有一定的权力是人人所向往追求的，但权力同时又是一把双刃剑，它既可助人建功立业，为人民创造福祉，让人流芳百世；它也可使人祸国殃民，胡作非为，遗臭万年。

因此，作为一名领导干部，特别是处在"一把手"位置上的领导干部，必须牢固树立正确的权力观，必须始终保持清醒的政治头脑，必须时刻牢记手中的权力是由党和人民赋予的，绝不是个人私有的。对于手中的权力要始终有一种战战兢兢、如履薄冰之心理，认识到手中的权力，就是一种沉甸甸的责任，一种庄重的承诺，甚至是一种维艰的负重。只要能够时常保持这样的心态，他就能无愧于党和人民的信赖与重托，就能真正做到为官一任、造福一方，在自己的任期内创造出辉煌的业绩。

三、只有防微杜渐才能真正做到防腐拒变

古人云，"千里之堤，溃于蚁穴""勿以恶小而为之，勿以善小而不为"。任何事物的发展规律都是一个由量变到质变的渐进过程。腐败分子的堕落和对于金钱美色欲壑难填般的贪婪，也是一步步地演化而成的，而其迈出的第一步最为关键，正是从这第一步开始，使之冲破了制度的防线和道德的堤坝，从自律到放纵、从自尊到无耻；由小贪到大贪、由违规到犯罪，最终锒铛入狱、身陷囹圄。

由此可见，领导干部的廉洁自律绝非虚无缥缈的东西，而是实实在在、来不得半点含糊的要求。因此，我们必须注意从一点一滴做起，从今天从现在做起，时刻保持自律、自省、自警、自重。作为领导干部要始终自觉做到：不取不义之财、不捞分外之物，不起分外之心、不伸分外之手；要坚持行君子之道、养廉政之风，尽勤政之职、树浩然之气，只有这样，才能守得住根本、耐得住寂寞、拒绝了诱惑，真正做到防微杜渐，一尘不染，两袖清风，始终保持一名领导干部清正廉洁的应有品质。

四、交友不慎则必然要"摔跟头"

在现实生活中，我们通过剖析贪官们的腐败堕落史不难发现："交友不慎，以利择友"是他们沦为腐败分子的一个重要外界因素。这是很值得我们深思一个重要问题。由于领导干部的手中都掌握一定的权力，所以往往成为一些心术不正的小人们拉拢收买的对象。这些人看中的只

是领导干部手中的权力，绝非他们自身的人格魅力。这些人都戴着一副"朋友"的假面具，披着温情脉脉的面纱，不择手段地施以种种诱饵，诱使一些意志不坚定的领导干部在不知不觉中上钩，一步步地被拉下水，最终落得个身败名裂的可悲下场。

所以，领导干部对待交友一定要慎之又慎，要做到近君子、远小人，重公交、轻私交；要坚持以德交友、以道择友，要避免以权交友，以利择友；要结有德之友，绝不义之朋。要时时提防被小人所利用，成为他们"围猎"对象，时时提防在不经意间，成为这些所谓的朋友哥们儿偷偷射出糖衣炮弹的俘虏。

五、要不断加强学习，树牢正确的世界观、价值观和权力观

领导干部如果长期放松了政治理论学习和世界观的改造，那么，他就很难保证在市场经济的大风大浪中，始终站稳脚跟而摔不跟头。因此，作为领导干部，一定要主动并善于从繁忙的公务和应酬中解脱出来，挤出一定的时间坚持学习政治理论书刊，还要加强对法律法规知识的学习。要通过持之以恒的学习，切实掌握马列主义的基本原理和方法，在不断改造客观世界的同时，自觉地改造主观世界，树牢正确的人生观、价值观和权力观，自觉做到知法懂法，带头做到遵法守纪。只有这样，才能真正为党用好权，为人民服好务，做一名共产主义事业的辛勤播火者和"三个代表"重要思想的忠诚实践者。

六、要不断强化"五种意识"，切实筑牢思想道德防线

一是要强化政治意识。要树立正确的理想和信念，要时刻牢记住共产党的根本宗旨，带头实践"三个代表"的重要思想，始终自觉地与党中央在政治思想和行动上保持高度一致。

二是要强化表率意识。古人云，"其身正，不令而行，其身不正，虽令不从""己身不正，焉能正人"。作为领导干部尤其是单位"一把手"，始终处于本单位的权力中心，其一言一行、一举一动都具有很强的示范效应，都时刻潜移默化地影响着周围的人们。因此，领导干部必须要有过硬的政治思想素质和道德素质，必须要自觉带头地执行党的方针政策和各项廉政制度，在任何时候都敢高喊："向我看齐！"始终成为干部群众心目中一根闪亮的"标杆"。

三是要强化民主意识。领导干部要有大海一样宽广的胸怀和大肚容人的气度。要真正做到从谏如流、博采众长；要在党内带头坚持民主集中制原则，要严格执行各种决策程序，坚持不搞"一言堂""家长制"。

四是要强化纪律意识。领导干部要带头遵纪守法，依法合规经营；要严格按照规章制度和操作规程办事，通过自身的模范带头作用，不断强化所属干部员工的纪律意识和制度观念。

五是要强化接受监督意识。"失去监督制约的权力必然导致腐败"，这是一条亘古不变的铁律。作为领导干部要不断警醒自己：权力是党和人民赋予的，自己只有用好权的责任，而绝无滥用权的资格。任何人的权力都是有边界的，世界上绝没有无限大的权力，更没有不受监督制约的权力。因此，领导干部要树立监督就是爱护关心和帮助的观念，树立主动接受监督就是对自己负责的观念，从而自觉接受上级、同级、下级和群众的监督和批评；要经常反省自我，时刻校准人生航向，始终保持着清醒的头脑、坦诚的襟怀和谦虚的姿态，这样，就能确保自己始终立于不贪不腐的清白干净之地。

2002 年 6 月 8 日

党旗下的报告，建党节的颂歌

——省农行营业部举办"为党旗争辉"演讲竞赛活动侧记

"火红七月火红旗，鲜红党旗映我心。"在隆重庆祝建党 84 周年之际，2005 年 7 月 1 日的上午，省分行营业部成功举办了以"为党旗争辉"为主题的演讲竞赛活动。

偌大的机关会议大厅里，座无虚席。来自分行营业部机关和全辖 26 个经营行党组织的党员代表，聚集在鲜红的党旗下，向敬爱的党致以节日的祝福。一张张笑脸在鲜花和党旗的辉映下光彩夺目，到处荡漾着节日的欢乐和喜悦。

来自 11 个支行党委（支部）和 1 个机关党支部的 12 名演讲参赛选手们身着行服，精神饱满地地端坐在选手席上，人人炯炯的目光中闪耀着激情和自信。

营业部在家的党委各位领导同志，在省分行营业部党委书记、总经理江晓健同志的率领下，以普通党员的身份，端坐在前排的听众席。

在新党员入党宣誓仪式、对"一先二优"单位和人员表彰颁奖仪式结束后，省分行营业部庆祝建党 84 周年"为党旗争辉"演讲竞赛，于上午九时正式拉开了帷幕。

首先上场的是来自三牌楼支行的殷勇同志，他演讲的题目是《党旗下我们携手奋进》。

"穿岁月峰头，伴历史云烟，回首 84 年，正是千千万万个共产党员用他们的鲜血和生命，才换来了新中国的日益富强。当今，中华民族的崛起需要经济的腾飞和金融的创新，更需要我们奋发争先的农行人撑起一片希望的蓝天。请看：三牌楼支行走来了一批共产党人，梁海霞、刘怀荣、高万明……"殷勇那铿锵有力的演说，很快赢得了台下一片潮水般的掌声。"哗……"

紧接着，东陈岗支行的郑黄竞、新站支行的陈侃、长江路支行的宋蓓和省分行营业部机关第四党支部的王静静等同志先后登台一展风采。

他们分别从不同的侧面和角度，用饱含深情的语调和真实可信的情节，向听众讲述了其所在行的党员同志，在开展"创先争优"活动中一件件感人至深的故事。他们和殷勇同志一样，讲述的都是一个个切实发挥了先锋模范作用的党员群体。正是这些党员群体构成了基层农行在当代改革与发展中的坚强脊梁！正是这些党员群体真正体现了共产党员的时代先进性。他们都在用勤劳的一双手，弹奏着时代的最强音，创造着农行的辉煌！

随着演讲者声情并茂的倾诉，我的眼前不断浮现出一群群活跃在基层一线党员们那忙碌的身影。他们工作在不同的岗位，他们具有不同的经历，但是，他们所相同的，都是奋战在农行最基层第一线的同志。他们终日劳累，负重前行，默默地为农行创造着最直接的经济效益。更为重要的是，他们都有一个光荣而又响亮的名字——共产党员！在今天党的生日里，他们最有资格得到党的褒奖。他们可歌可泣的动人事迹，深深地感动了在场的所有听众，不时博得一阵又一阵热烈的掌声。

随之而来是金寨路支行的冯玲玲、金穗支行的刘峰和明珠支行的汪岳琴三位同志，这三位女将分别用朴实的语言和亲身的经历，向我们演绎她们自己感人至深的奋斗拼搏故事，向听众汇报她们各自骄人的工作业绩。

冯玲玲同志向我们讲述了一位当代大学生如何在党旗下逐步成长为

一名优秀农行员工的动人事迹。

刘峰则是向我们揭开了她在去年总行外币点钞大赛中，如何力战群雄，奋勇夺冠。从她浸透心血和汗水的诉说中，我们不仅破解了一个业务比赛冠军的神话，更看到了我们省农行营业部奋勇崛起的无限希望！

明珠支行汪岳琴作为一线柜员的代表，她那舍小家顾大家的故事平凡得像一棵小草，她那忍辱负重、默默奉献的精神恰如孺子牛。但就是这些朴实无华的语言，平凡琐碎的事例，却激起了广大听众的共鸣，感动得让人落泪。因为，正是像汪岳琴这些成千上万个普普通通的农行基层员工，才构成了农业银行这座宏伟大厦最坚实的根基！

紧接着，肥西县支行的王陶、长丰县支行的刘伟和城西支行的盛艳艳，他们用脱口而出的一串串数据，用娓娓道来的一个个精彩事例，由衷地颂扬了三个支行党委领导班子，在"班长"的带领下，如何在激烈的市场竞争中，深入持久地开展创建"五好党支部"活动，并且率先垂范、真抓实干、锐意进取，创造出一流业绩的突出表现。在他们身上所体现出来的，正是基层党组织坚强的战斗堡垒作用，而这，不正是省分行营业部 72 个基层党组织的代表和缩影吗？

"沧海横流，方显出，英雄本色。"在当前波涛汹涌的金融大潮中，他们是坚如磐石的中流砥柱，他们是顶天立地的定海神针！

这时，伴着一阵优美悦耳的陕北音乐，来自肥东县支行具有诗人气质的张雷同志，带着他倾注心血、饱含深情的诗朗诵《延安颂》，健步走上演讲台。

"走进新时代的人们/不会忘记/春天故事里的明媚阳光/走向富强的中国/不会忘记/枣园那彻夜不灭的灯光/……"这首高起点、大手笔的诗朗诵，一开篇，便先声夺人，立刻博得了台下一片喝彩声，"哗……"

"清清的延河水啊，/还像六十年前那样流淌/那样低吟浅唱/党和人民的深情啊/永远流长/黄土高坡的狂风啊/吹得去沙尘万丈/却总也吹不去一个伟大政党/立党为公的浩然正气/执政为民的崇高理想！"

优美的诗句、深刻的内涵、鲜明的主题，再加上张雷那抑扬顿挫、激情飞扬的深情朗诵，让在场的每位共产党人热血沸腾、心潮澎湃！

是啊！这首《延安颂》道出了每一位共产党员的心声，抒发了我们农行共产党人对党发自内心深处的情感，又怎能不引起我们心灵的共鸣和感情的震撼！

是啊！从一定意义上讲，没有延安，何人知道西柏坡？没有西柏坡，哪里会有今天的新中国！延安，您是中国共产党人心中一块永恒的圣地！延安精神，永远是我们党从胜利走向胜利的不竭力量源泉！

这首气势磅礴的诗篇不仅彻底征服了所有听众，也征服了所有评委，在台下经久不息的掌声中，五名评委不约而同地亮出了最高分。最后，张雷同志以他几乎无可挑剔的出色演讲，以他技压群雄的绝对优势，众望所归地摘得这次竞赛的桂冠。

经过历时近 2 个小时的紧张角逐，经过评委们公正、公开的评判，所有奖项最终各归其主，除肥东县支行荣获一等奖外，肥西县和长江路两家支行分获二等奖，城西、金穗、新站 3 家支行各获三等奖，其他 6 个单位则荣获优秀奖。

在欢快的乐曲声中，省分行营业部党委的各位领导分别为获奖选手隆重颁奖，并与他们合影留念，在一片欢声笑语中，此次竞赛活动圆满地落下帷幕。

这次"为党旗争辉"演讲竞赛活动，是省分行营业部党委委托机关党委和党委组织部，为迎接建党 84 周年而举办的系列纪念活动之一，也是机关党委为在基层党组织更好地开展"创先争优"活动所进行的一次有益的探索和尝试。这次活动之所以取得了圆满成功，除了主办部门机关党委做了大量卓有成效的准备工作外，还得益于省分行营业部党委的高度重视，得益于各支行党委（支部）的大力支持，更要归功于广大参赛选手们的踊跃参与和无私奉献。

是他们放弃休息、加班加点地赶写一篇篇内容丰富、质量上乘的稿子；是他们勇敢地走向演讲台，热情咏颂、激情放歌，用一片丹心表达对党的深厚感情和对农行事业的执着追求；是他们在"七一"这一天，共同为党的生日献上一份厚礼，向亲爱的党道一声深深的祝福！同时，也是他们再一次向人们展示了省农行营业部共产党人的靓丽风采！

他们这种可贵的奉献情怀、顽强的拼搏精神、崇高的理想信仰，不正是农行共产党员精神品质的集中体现吗？不正是对共产党人时代先进性的最好诠释吗？

"长风破浪会有时，直挂云帆济沧海。"在鲜艳的党旗指引下，农行的一代又一代共产党人，必将继承前辈的优良传统，以与时俱进的开拓精神，用我们勤劳智慧的双手，创造出一个又一个人间奇迹。

2005 年 7 月 4 日

此文发表于 2005 年 7 月 9 日的《安徽经济报》。

群芳斗艳竞风流，汗水浇开成功花

——安徽省农行营业部参加全省农行第四届柜台业务技术比赛侧记

2010 年 11 月 25 日上午，在省农行的颁奖大厅里，音乐悦耳、花团锦簇、掌声雷动，省分行营业部参加全省农行第四届柜台业务技术比赛的 5 名女选手们，容光焕发地站在领奖台上，接受省分行领导的现场颁奖。

当她们从省行领导手中接过全省农行团体第二名的奖杯和获奖证书时，所有人的脸上都绽开了灿烂的笑容，有的脸上还挂着喜悦的泪花，这开心和幸福的笑脸在镁光灯的照射下、在鲜花和掌声的衬托下，是那么的美丽和圣洁！而此时此刻，只有她们自己才知道，在这成功和胜利的背后，她们付出了多少艰苦的劳动、洒下了多少辛勤的汗水！事情的来龙去脉还得从两周前说起。

一、领导高度重视，工会全力以赴，部门通力合作

在我行接到省分行的正式文件通知时，离正式比赛只有短短的两周时间，而据多方了解，不少兄弟行已经悄悄组织选手集训至少一周了。此时，我行面临着时间紧迫、任务重、柜员严重紧缺、老选手普遍年龄偏大且人员不齐等诸多困难。

对此，省分行营业部党委高度重视此次比赛，党委"一把手"亲自过问，与班子成员碰头后决定立即组队参赛，明确要求在最短时间内组织参赛选手进行赛前强化集训，并确定由省分行营业部党委副书记、副总经理总刘亚光同志任领队全权负责此事，同时指定金城支行副行长刘峰同志担任比赛教练。各相关支行行长顾全大局、要人给人，对参赛工作全力支持；牵头部门营业部工会自始至终全员出动、全力以赴，部门新老负责人精诚团结、通力合作，全方位做好协调和服务工作。尤其是运营管理部和信息技术管理部等相关部门全力配合，积极从物品、设备和技术上予以全力保障，从而保证了选手们在很短时间内即投入了正常的赛前训练之中，并迅速进入了训练状态。

二、选手奋力拼搏，巾帼不让须眉，誓为荣誉而战

我行这次的 5 名参赛选手，均为来自基层一线重要岗位上的女同胞，她们都是我部柜面业务方面尖子中的尖子。她们不仅具有精湛娴熟的业务技能、扎实的理论功底，并且，都还有较高的综合素质，更有一种不畏强手、不甘服输的可贵精神。

从受领比赛任务的第一天起，她们就深知，她们 5 人将代表省分行营业部 1300 多名员工，为全行的荣誉而战！为此，她们暗下决心，一定要在赛场中比个高低，力争团体第一名确保第二名！

从 11 月 8 日集训开始一直到 21 日，在这整整 14 天里，她们放弃了所有的休息日，从上午八时开始，一直要练到晚上七八点钟，中午几乎不休息，回家后还要抓紧复习柜面业务理论知识。

在她们中间，有的住家远在滨湖新区，有的家中还有生病的亲人，有的孩子几个月后就要高考，尤其让人感动的是来自长江路支行的选手蔡蓓同志，从集训第三天时便突患重感冒，为了不耽误训练时间，她多次拒绝我们让去医院看病输液的劝告，硬是一边吃药一边刻苦训练，一直咬牙坚持练到比赛开始，并最终取得了很好的竞赛成绩。

尤为难能可贵的是：这种连续作战、不怕疲劳是她们自主自觉的，这种加班加点是她们主动要求的，这种默默奉献是她们甘心情愿的。为了省分行营业部的集体荣誉，为了取得更好的成绩，她们真正做到了舍弃小家顾大家，她们实现了自我超越，她们体现人生价值，这种精神让我们深为感动。

三、他山之石攻玉，讲究科学训练，汗水铸就辉煌

面对强手如林、竞争残酷的赛场，以刘总为总指挥的参赛团队一直保持着清醒的头脑，一直在思考琢磨着改进方法提高成绩的新办法，即在选手们已经刻苦训练、顽强拼搏的同时，如何在十分短暂的集训时限内改进训练方法、讲究科学练兵，最大限度地提高比赛成绩。

为此，一是针对我部单指、多指点钞相对较慢的弱项，采取"走出去"的办法，组织此项参赛选手赴阜阳分行实地学习取经，以他山之石而攻玉。通过实地向兄弟行现场观摩，选手们学到"真经"、找到了存在问题，回来后很快地改进了训练方法，较大幅度地提高了点钞速度。

二是要求各位选手严格按照正式竞赛的规则实施训练。要求每位选手必须熟练掌握比赛规则，不折不扣地遵循比赛细则；必须十分注重细节、严格规范程序；杜绝不规范动作和不良习惯，讲究在单位时间内提高训练实效，尽量避免打疲劳战。

三是鼓励选手们相互切磋、互帮互学，互找问题、互揭"短处"，相互传授好的技巧，相互交流训练心得体会，力求使全部6个比赛项目的掌握水平保持均衡进步，各项训练成绩齐头并进，尽最大努力克服训练项目的"短板"现象发生，进而达到在总的训练时间不变条件下，达到训练效果事半功倍的良好效果。

苍天不负有心人，汗水浇来成功花！在11月23日至24日的两天正式比赛中，我行的5名女选手不畏强手、沉着应战，奋力拼搏、出色发挥，从而一举拿下了外币兑换个人全省第一名（柏丽娅）和第二名（王莉）、个人全能全省第三名（王莉）、多指多张点钞个人全省第二名（张东云）、机器点钞个人全省第五名（蔡蓓）、第六名（计恩芝）等多项省级比赛的好名次。特别是省分行营业部还取得了团队全省第二名的良好成绩！

　　上述有一些名次的获得出乎赛前我们之预料，因此可以说，我行参赛代表队这次比赛所取得的总体成绩是超预期的、整体表现是卓越的！

　　这骄人的业绩来之不易，可喜可贺！这些优异成绩的取得首先归功于省农行营业部党委的高度重视和正确领导，归功于全行上下的全力支持和密切合作，更归功于 5 名参赛选手的刻苦训练和顽强拼搏！她们才是真正的英雄！她们是我们合肥农行人光荣和骄傲！请让我们记住这批农行巾帼英雄的姓名吧！她们是：柏丽娅、王莉、张东云、蔡蓓、计恩芝。

　　她们这种一切为了集体的荣誉的无私奉献和顽强拼搏精神，值得我行每一位员工学习。这种高度负责的工作态度和自强不息的拼搏精神，将不断地激励着 1300 多名合肥农行人，在省农行营业部党委的坚强领导下，战胜前进道路上一个又一个艰难险阻，走向理想的高地，走向成功的彼岸，走向更加辉煌灿烂的明天！

2010 年 12 月 2 日

什么知识最重要？

在当今的信息化时代，知识的更新呈几何方式递增，尤其随着微信的广泛应用，信息的传播快如光速，每天海量的信息，五花八门，铺天盖地，让人目不暇接。

实际上，在这些庞杂的信息中，许多是无用的知识，甚至是垃圾信息。而对于有用的知识，你若问一问众人：究竟哪些知识最为重要，答案肯定千差万别；但若要问世上什么东西最贵重时，大家一定会异口同声地回答：那当然是人的生命与健康啊！既然人的生命健康最贵重，那么，直接呵护和服务人类健康的医学知识难道不是最重要的知识吗？

一

笔者曾是一名资深医生，在与形形色色的病人打交道的十几年行医生涯中，感触颇深的一点是，国人对医学知识的匮乏程度让人难以置信！

譬如：细菌与病毒有何区别？什么是细菌感染与病毒感染？普通感冒究竟是以细菌感染为主还是以病毒感染为主？应该如何用药？实际上，许多人对这些问题并不清楚。很多人并不认为普通感冒以病毒为主，以为治疗就是抗生素加上感冒药。

其二，什么是细菌对药物的耐药性或抗药性？怎样才算正确地使用抗生素？许多人对此一知半解。有的人一生病就口服抗生素，甚至动辄输液治疗。有的人用起抗生素来随心所欲，要么服药不连续，想吃就吃、想停就停；要么服药时间过短或者过长。还有些人却视抗生素为洪水猛兽，即使炎症很明显，高烧不退，仍然拒绝服用，从一个极端走向了另一个极端。

其三，很多人误认为儿童龋齿无须治疗。我之前遇到过许多年轻的父母带着自己的孩子来看感冒，当我为孩子检查咽喉部时，发现孩子有龋齿并提醒尽快带孩子去看牙科时，他们大都不以为然，误认为孩子的乳牙不久都要脱落，迟早都要换成恒牙，所以无须专门治疗乳牙。但这是极端错误的观念，因为，儿童龋齿若不及时治疗，不仅显著影响对肉类等较硬食物的充分咀嚼，还会直接影响到恒牙的顺利萌出，甚至造成恒牙的阻生或斜位，给孩子以后的生活带来很大麻烦。

二

人类抗生素的滥用，已成为全球性的社会问题，严重地威胁到人们的身体健康，甚至已威胁到人类自身的生存。自 2010 年南亚发现新型超级细菌 NDM—1 的耐药性几乎可以抵御所有抗生素后，我国便闻风而动，先是原卫生部于 2011 年 4 月印发了《关于做好抗菌药物临床应用专项整治活动的通知》。之后原卫生部又于 2015 年 8 月日印发了《抗菌药物应用指导原则》，到了 2016 年 5 月，我国又制定实施了《遏制细菌耐药国家行动计划》（2016—2020 年），这充分说明，对于全社会滥用抗生素严重危害的重视程度，已上升到整个国家层面。

抗生素的滥用，原因是多方面的，绝不仅仅是医院与医生的问题，医患双方都有责任。笔者无数次地遇到过那些，仅仅因为普通的感冒低热或劳累不适，就不听医生劝阻，执意要求为之输液使用抗生素的患者。另外，还有相当多的病人，他们不按照医嘱或药物说明书的要求使用抗生素，用药存在着很大的随意性。

须知，抗生素服用时间的过长、过短或间断性，不仅达不到预期疗效，还能促使病原菌对药物很快产生耐药性，给人类自身造成很大的安全隐患，以上这些，都是人们缺乏基本医学知识之故。

三

医学知识不仅是人类文明的结晶，也是人类知识体系的重要组成部分。它既有自然科学的属性，也有应用科学的特点。医学知识是人类共有的科学知识，应是一个开放的知识体系，它决不只为医学工作者专属。

笔者以为，作为一位有文化的当代国人，在其拥有的知识体系里，医学知识是不可或缺的。并且，国民对医学基本知识的掌握程度与国民综合素质和文明程度密切相关。

无论自然科学还是社会科学，无论理论知识还是应用知识，都是人类创造出来的知识体系，并且反过来为人类自身所用。但真正能够直接为人类自身生命健康保驾护航的知识，则非医学知识莫属，其他任何知识也无法替代。

"体者，载知识之车而寓道德之舍也。"正因为黄金有价而生命无价，任何人的生命只有一次；正因为身体健康是做好一切事情的基础和前提，因此，从这个意义上讲，医学知识是对人类最为重要的知识之一。

也许有人会说看病都是到医院找医生，懂不懂医学无所谓。此言差矣！因为身体是自己的，健康更是自己的。掌握必要的医学基本知识，不仅有利于日常生活和自我保健，而且有利于就诊时少走弯路，更便于看病时与经治医生进行充分的沟通交流，从而有助于医生为自己迅速准确地做出诊断，并确定最佳的治疗方案。

四

在阅读渠道不断拓展的当下，人们的心态浮躁，浅尝辄止的快餐式阅读非常普遍，必然导致人们接受新知识的碎片化。另外，网上每天大量似是而非、真假难辨的保健养生知识冲击着人们的眼球，误导着人们的正确判断，甚至有打着保健养生的帽子，以谋财夺利为目的的伪科学，到处招摇撞骗，贻害国人。

谣言止于智者。只有掌握真理才能战胜谬误，只有掌握真科学才能识破伪科学，只有掌握基本医学知识，才能更好地呵护自身健康。所谓基本医学知识至少应当包括基础医学（解剖学、生理学、诊断学）和临床医学（内科、外科、妇科、儿科和口腔科）一些最基本的概念和定义。

在新时代的今天，为了亿万人民的身体健康，在国民中全面普及医学基本知识已刻不容缓；在国民预期寿命不断延长的背景下，努力提高人们的医学素养水平意义重大。我坚信，当人们真正将医学知识视为最重要的知识，并自觉学习它时，抗生素滥用现象将有效遏制，国民的综合素质会有很大提高。

2018 年 11 月 25 日

最浓莫过农行情

转眼间，农行恢复成立走过了 40 个春秋。40 年来，农行通过一次次华丽的转身，一次次脱胎换骨式的蝶变，不断发展壮大，逐步成长为一家特色鲜明、驰名中外的超大银行。而我，也迎来了加入农行这个大家庭的 22 周年。22 年前入行的许多细节仍历历在目，22 年农行职业生涯的点点滴滴让我回味无穷，22 年来亲爱的农行给予的许多让我充满感恩。

记得当年我到合肥市农行报到时，迎面映入眼帘的是办公楼顶上竖起那醒目的农行标识。那硕大的绿绿的麦穗，这对于农村长大的我来说，真是太熟悉不过了！它让我倍感亲切和温暖，青禾绿穗是稻麦成熟的前身，让人充满踏实和安全感，因为，它象征着希望、丰收和幸福。

记得当年我刚从部队转业到农行的那年，农行的"一分一脱"改革才过一年多，初来乍到的我不知此为何物，感到十分好奇。后来仔细打听，方知所谓一分：就是从农行分出一部分人和资产，为国家新组建一家政策性银行即农发行；所谓一脱：就是农行与农村信用社彻底脱钩，交由地方管理。

随着对农行更深入的了解，我越来越感到农行犹如一位负重前行、任劳任怨的"忍者"。几十年来，农行为国家承担了大量的政策性、财政性任务，默默地付出了许多许多。农村信用社由农行代管，而这一

"代"就代了几十年。由于农村信用社底子薄、基础差，使农行背上了一个沉重的包袱。

由于农行几十年来的"一身三任"，严重制约了农行的业务发展和盈利能力，阻滞了农行现代商业银行的改革进程。这种现状与当时国有银行市场化改革的发展要求发生了尖锐的矛盾和冲突。对此，几十万农行人却毫无怨言，一直默默地忍受担当。我想，这恐怕就是我常听人说起："农行人比较忠厚老实"的缘由之一吧。

自 1951 年 8 月国家成立"中国农业合作银行"（即中国农业银行的前身），农行前后经历了 4 轮大规模的撤并分合。真可谓命运多舛，一路坎坷。可以说，农行是四大国有银行中折腾最多的国有商业银行。如果从中华人民共和国成立后算起，农行无疑是国字号银行中正宗的老大哥。但频繁的撤并分合和"一身三任"的重担压身，最后"老大哥"竟变得越来越不如工行、建行和中行这几个小老弟了！

也就是在我进入农行的前一年，农行开启了商业银行改革的新征程。自 1997 年后，农行的改革步伐明显加快，逐渐进入了发展快车道。正可谓天道酬勤。勤劳能干的农行人，不甘落后，奋起直追，内强管理，外拓市场，不断创新，在较短时间内便实现了历史性的跨越，资产规模大幅增长，信贷质量显著提高，经营业绩大幅攀升。据统计，从 1996 年末到 2018 年底这 22 年间，农行的各项存款余额由 9514 亿，增长到 17.3 万亿，增长了 18.2 倍；各项贷款余额由 8985 亿，增长到 11.9 万亿，增长了 13.2 倍；经营利润由净亏损，增长到去年的 2026 亿元。

扎根在古为"淮右襟喉，江南唇齿"、今为"大湖名城、创新高城"这片热土上的合肥农行，那是我的单位我的家。其实合肥农行最早叫作农行合肥市支行，其称谓曾几度变更。先由合肥市支行改为农行合肥办事处，再改为合肥市分行，后又更名为安徽省农行营业部。而唯独"分行营业部"这个既让外界人一头雾水，又让农行人尴尬不已的称谓竟然被叫了十几年，直到 2018 年才为正式更名为合肥农行（去掉了一个"市"字）。现在来看，当年硬生生地将叫得响当当的合肥市农行更名为省农行营业部，无论有多少冠冕堂皇的理由，在客观上都丝毫无助于合肥农行的经营发展。

成立于 20 世纪 60 年代的合肥农行，几十年来栉风沐雨，砥砺前行。合肥农行几十年的成长经历就是全国农行发展的真实缩影。合肥农行称谓的反复变更与中国农业银行的四次大的变迁何其相似！合肥农行的发展历程又是多么艰难曲折！

自合肥农行组建以来，尤其在早年那些岁月里，合肥农行人不退缩、不懈怠、不自卑，以农行人特有的淡定执着和坚韧不拔，披荆斩棘，稳健经营，始终坚持姓"农"为民，着力服务城乡两地，在助力当地经济腾飞的同时，自身也得到了迅速发展。通过一代代合肥农行人的接力拼搏，业务经营一年一个小台阶，几年一个大台阶，我们亲手创造了许多奇迹，取得了一串串骄人的业绩。

据资料显示，从 1996 年底到 2018 年底这 22 年间，合肥农行的各项存款余额由 24.8 亿增长到 1020 亿，增长了 41.2 倍；各项贷款余额由 17.7 亿增长到 720 亿，增长了 40.6 倍。经营利润由 1996 年的实际净亏损，到 2018 年实现净利润 13.1 亿元，利润增长了 N 倍，人均创利 68 万元。2018 年仅中间业务收入就高达 4.57 亿元。今天的合肥农行无论是规模实力和经营创利能力，都是 22 年前的"合肥市农行"不可比拟的。

尤其是近十余年来，合肥农行在当地银行同业的市场份额稳步上升，对当地经济对国家的金融贡献度大幅增长，在全省农行的分量显著提升，地位举足轻重。与此同时，市场同时也给予了农行人丰厚的经济回报，近些年来，我们合肥农行员工的经济收入也犹如芝麻开花节节高。他们的腰包是鼓鼓的，心里是暖暖的，眼睛是亮亮的，干劲是足足的。

今天，我在农行的行龄已超过了我在军队服役的军龄，22 年的农行职业生涯已将我磨炼成一名地地道道的农行人。自从进入农行之后，我就把自己的命运与农行紧紧地绑在一起，从未有过另谋高就的念头。那同心圆内青绿绿的麦穗标识，早已融入了我的血液里；那简约而又博大的"ABC"字母，早已镌刻在我的骨子里。农行人的低调不张扬，农行人的勤勉敬业，农行人的严谨精细，农行人的朴实忠厚，农行人的淡定沉着，农行人的奉献精神，这一切都丰富了我的精神世界，提升了我的品质，锤炼了我的意志，重塑了我的灵魂。尤其是合肥农行人忍辱负重、不折不挠、永不服输、敢为天下先的优秀品质，更是令人肃然起敬！

入行这几十年来，我既目睹了合肥农行经营业绩下滑、不良贷款大幅攀升、员工收入显著下降的短暂窘境，也亲身经历了合肥农行本部机关长达十几年来无固定办公楼、四处漂泊的尴尬与辛酸，但我更亲眼见证了合肥农行近十年来，高歌猛进、弯道超车的一路辉煌！合肥农行取得的每一点成就都让心花怒放、泪流满面！我早已同农行休戚与共、命运相连。

在这22年的农行职业生涯里，虽然我放弃了自己原在部队所钟爱的专业技术，虽然我从未当过行长，但我入行后，经过勤学苦练，很快成为一名合格的机关员工和称职的行政管理者，无论是从事什么工作，我都能胜任岗位、尽职履责。工作的每一天，我都在努力为农行这座宏伟壮丽的金融大厦增光添彩、发光发热。22年的农行生涯，我无怨无悔，问心无愧；我充满温暖，心存感激！

"并非所有的屈辱之后都有荣耀，但所有的荣耀之前必曾有过屈辱。"亲爱的农业银行，您历经坎坷和磨难，今天正向着世界一流商业现代商业银行的康庄大道迈进。您的前途一片光明，您的步伐不可阻挡！您饱尝风霜雪雨、不畏霹雳闪电，今天犹如那雨后彩虹，更加光彩夺目，魅力四射！我坚信您的明天必然更加壮丽美好，而这一切，必定将由我们这些忠诚的守护者亲眼见证和亲口喝彩！

2019 年 8 月 2 日

"医心仁术"话当年

　　因工作需要，我改行离开医生工作岗位已二十余年了。二十年弹指一挥间，一切都已悄悄改变。对于当年的转行，虽深感惋惜、却身不由己。

　　回首当年的杏林医坛的奋斗岁月，真令人感慨万千。生命既是那么宝贵，又是那么脆弱，那么不堪一击。

　　从医 17 年，既亲手治愈了成百上千的病人，也目睹了许多垂死挣扎、生死离别的病例；既见证了许多人间大爱，也直面了人性之丑陋。既有享受病人痊愈后，对我真诚致谢的成就感，也有承受人财两空后，逝者亲属捶胸顿足、痛不欲生的悲哀；既有对久治不愈病人失望的背影的无奈，也有对无法治愈的绝症病患绝望眼神的伤感。

一

　　岁月的激流虽会无情地冲淡人们许多的记忆，但有些东西，早已深刻在脑海里、融入了骨髓里，并在沐浴岁月的风霜后，愈加清晰。

　　曾记得几十年前，我在部队的卫生队做卫生员，在部队驻地的梅园医院实习时，拜师一位须发长飘的老中医。这位老先生为中医世家，尤其擅长针灸治病。他见我在十几名实习生中学习最刻苦、钻研最勤奋，便认定我是个从医的好苗子，对我另眼相看，时常为我开"小灶"。

在他手把手的调教下，我很快掌握了运针技巧和艾灸方法，还学会了用针灸治疗一些常见病，特别对面瘫治疗颇有心得，深感用针灸治疗确有奇效。半年多的实习结束前，我已亲手治愈了好几例面瘫患者，有一例病人情况特殊，我至今记忆犹新。

记得在我临结束实习前两天的上午，门诊来了尚未成年的姐弟二人，姐姐最多只有十六岁，弟弟大概十一二岁。患者是弟弟，只见他右眼显著斜视，面部斜歪，上唇翘起、牙齿外露，口水频频外溢，右眼明显斜视，这就是典型的急性面瘫。

当我的师父告诉他们，一个疗程至少需要 200 元时，女孩便面带难色。她说父亲常年患老慢支，干不动重活；她母亲前不久在干活时不小心把腿摔骨折了，至今还在家躺着，家里实在花不起这笔钱。

我心里很同情他们的处境，就问他们是否愿意到我们部队驻地的卫生队治病。我实习马上结束要回部队了，我可以为男孩免费针灸治疗。一问他们家的地址，离我部的驻地大概五六公里，不太远。

当女孩以迟疑的眼神征求我师父意见时，老中医对她肯定地点点头说："对于治疗面瘫，我这个徒弟小徐，早已经出师了。"

实习结束后，我回到了团卫生队，我向队领导报告此事，领导很支持。在接下来的两周多时间里，第一周，女孩用自行车带着她的弟弟，每天过来治疗两次。我用师父传授给我的绝技，先以泻针法泻之，再以留针法留之，坚持虚则实之、实则虚之的治疗原则，很快制住了病症发展。第二周，实行标本兼治，不断巩固疗效，每次治疗采用运针加留针，间断性用艾灸，一次少则四五十分钟，多则一小时。

面瘫是指针灸治疗的拿手好戏，只要熟悉人体经络，准确掌握穴位，灵活应用辨证施治，一般都能够很快治愈，但临床行针、运针的操作技巧和留针的时间十分重要。对于此例的患者，我前后仅用了两周多的时间，便将男孩的口眼斜歪的症状完全祛除，半个多月后，一个五官端正、面目清秀的帅气男孩又回来啦!

这时,姐弟俩的脸上满满的感激之情,他们眼含热泪,向我深深地鞠躬致谢,嘴里不停地说:"谢谢解放军叔叔!谢谢解放军叔叔!"此时,我的眼眶也湿润了,感到这些天所有的辛苦付出都是值得的,深深体会到做医生幸福的成就感。

二

在我早年做外科医生一个下午,突然从市医院转来了一名晚期胃癌患者。这是一位年仅二十多岁的姑娘,因癌肿广泛转移而无法手术,又因家境贫寒承受不了大医院昂贵的化疗费用,其家人主动要求出院,转到我们这家收费很低的军队医院治疗。

担架上的这位名叫莉华的姑娘,虽十分消瘦,却面若桃花,那一双美丽的丹凤眼,充满了期盼求生的热切眼神,让人瞥一眼就很难忘记。姑娘虽已病入膏肓,承受着常人无法忍受的病魔折磨,但她的全身上下,仍然透射出美丽的青春之光。从姑娘与我断断续续的诉说中,我得知,天真单纯的她尚不知自己已身患绝症,她怯怯地对我说:"军医大夫,请帮帮我吧,这些天以来,我只要一吃饭就吐,喝水有时也会吐。"她哪里知道,这是晚期肿瘤下消化道严重梗阻造成的典型症状。

从陪她过来的亲人们的口中我方知,实际上莉华姑娘的病,早在半年前就去当地的一家县级医院看过多次了,但医院的医生一直按照常见的胃窦炎给予内科治疗,并且两次胃部钡剂造影,都未能发现实质性占位,直到病人出现了饭后呕吐症状时,才怀疑是胃癌。但是此时,病人已被耽误了五个多月,错过了手术治疗的最佳时机。那不停疯长的肿瘤组织,无情地将她下消化道最后的一点狭窄的空隙全都堵死了。

试想,这样几乎滴水难进的晚期癌症患者,仅靠输液维持生命,还能活多久呢?望着这位天生丽质的姑娘,护士们偷偷地抹泪,医生们仰天长叹，我们只能眼睁睁地看着她，犹如含苞欲放的红杜鹃，很快地枯萎凋谢。是的，入院后半个多月，这没来得及化疗，这位被误诊的可怜的姑娘，便香消玉殒了，至死，也没有闭上她那双美丽动人的丹凤眼。当时，看着她父母伤心欲绝的惨景，我感到，任何言语的安慰都是苍白无力的，哪怕铁石心肠的人，也不可能不落泪啊！

三

首创大医精诚观点的唐代医学家孙思邈说："凡大医治病，必当安神定志，无欲无求，先大慈恻隐之心，誓愿普救含灵之苦。"精者，乃医术之精湛也；诚者，实指医生对病人的高度负责精神。诚与精，两者相辅相成、缺一不可。凡为名医者，不仅医术精湛，医德也很好；凡庸医者，不仅医术差，对病人也缺乏应有的责任心。推而广之，凡做事责任心不强，不能够精益求精的人，在任何领域都不可能有大的作为。世间万事万物，虽千差万别，但基本原理都是相通的。

记得 20 世纪末，我调到了省城的一家院校医院负责大外科，成为这个拥有 60 余张床位的外科病房主任，先后开展了甲状腺和胸腹部二类以上的较大手术。对于每一例手术病人的治疗，我都如临深渊、如履薄冰。术前要全面了解患者的全身状况和既往病史，耐心听取病人及其家属的意见，反复琢磨手术方案，评估手术风险，温习手术图谱，从不敢放过任何细微的环节。

外科病的治疗，手术是关键，细节至关重要，它直接关系到术后患者的康复。外科业内有一句很流行的行话："这台手术做得很漂亮！"所谓漂亮，不仅指主刀医生的动作干脆利索，不拖泥带水，切口大小恰当，缝合整齐严密；还要求术中尽量减少创面出血、精心保护正常组织、尽力避免手术副损伤，即要以最小的切口、最轻的创伤、最短的时间来切除病灶组织、彻底止血、完成缝合，结束手术。

　　而对于恶性肿瘤的肿块切除手术，不仅要做得漂亮，更要切得干净。必须把所有肿瘤组织包括周围的淋巴组织，一次性切除干净，此乃外科手术之最高标准。

　　普外科的所有手术都要求医生必须站立着完成整台手术（骨科手术，医生则可以坐着做手术）。因此，做一名普外科医生是非常辛苦的，而我当年从事的就是普外科。我曾经历过一台时间最长的胰头癌切除手术，我在手术台上连续站立了十个小时。但为了确保手术安全顺利，在那种高度紧张、聚精会神的手术过程中，所有医生都早已忘记了疲劳和饥渴，达到了完全忘我之境地。

　　回顾当年，有一件事让我深感自豪，我针对腹部手术后的切口裂开——这个普外科公认的难题，摸索出了一个改良式换药法，获得了临床腹部外科技术创新优秀奖。

　　对于体型肥胖且为纵向切口的患者，虽然术后普遍使用腹带，但仍然时常发生缝线崩断，从而导致切口裂开。而一旦切口裂开，则需要很长时间的连续换药，因缝线裂开后的陈旧性切口，虽可进行二次缝合，但却更难愈合，这不仅给患者增加很大痛苦，还大大提高了患者的住院费用，加重了他们的经济负担。

　　当年，对于这类病人，除了对裂口进行二次缝合、增强病人蛋白质摄入之外，我还尝试着适当增加换药次数，在换药剂中，添加了生物制剂和能量合剂，并由最小量逐步加大到中等量。我发现，增加以上两类换药剂成分后，切口的愈合进度明显加快，愈合周期大幅缩短。通过对同类病例中相似体型、相同切口裂开的部位进行对比，发现两者在统计学上的显著差异。

　　由于换药方法的成功改进，进而大幅缩短了患者的住院时间，实实在在地为患者节省了一笔经济开支，他们从内心里感激我们，而我则从他们发自内心的笑容和闪光的泪花中，找到了一个外科医生的人生价值，领悟出孙思邈"大医精诚"的深邃内涵。

四

古人云："医乃仁术。"医生为极其特殊的职业，其职责是呵护人类的健康。从医者，不仅要有聪慧的大脑、灵巧的双手，极端负责的工作态度，还要有高尚的情操、怜悯的情怀、善良的心肠和无私奉献的精神。如果说作家是人类灵魂的工程师，那么医生则是人类健康的工程师。世上最可贵莫过人的生命，而医生，正是他人将其生命健康托付给你的人。可见，医生一种多么神圣崇高的职业！

医术乃人类积德行善之术。救死扶伤既是医生之职责所系，也是医生用心去诠释人间大爱、谱写的生命之歌。医生是一个知识高度密集、技术含量极高、需要不停学习、知识不断更新的行业，也是一个十分辛苦，需要具备高度自觉和无私奉献精神的职业，只有亲身从事过这份工作的人，才能深知其中的艰辛和不易。

实际上，医生在病人的背后，每天都有许多默默的付出。而这些付出，病人却永远不为所知。凡为医者，没有谁不想把自己病人的疾病治好，因为医生的价值，归根到底体现在对病人的治疗上。而作为病人，对于医生的治疗行为，无须过多的感激，但要给予充分的理解、配合甚至宽容。

凡为良医者，不仅要"精"要"诚"，更要"仁"才行。要拥有一颗"仁心"，就要真正对病人慈悲为怀，有发自内心和本能的同情怜悯之心。因为，病人在医生面前永远都是弱者，是病魔的受害者，是有可能失去健康甚至生命的人。病人找你看病，那就是对你的认可和信赖。他们为了治病，情愿将个人最隐私的、最难以启齿的事情如实地向你坦白，他们愿将自己的身体完全裸露在你的面前，这是一种多么神圣的依赖和托付啊！

我觉得，但凡缺乏仁心同情心，缺乏怜悯情怀的人，决不适合从医，即使成了医生，也终究难成大器。因为，这将从道德的维度上制约其向更高的层次发展。

作为外科医生，在为处于麻醉状态下的病人手术时，是否以最大的耐心将肿块彻底切除干净，是否以最负责的态度，将周围脏器反复探查，以确保不留一点隐患，是否尽最大的努力保护正常组织不发生术中副损伤，尤其对于恶性肿瘤的肿块根治性切除，如何在恶性肿块与正常组织之间科学地取舍，所有这一切，都取决于手术医生的良心。

作为内科医生，面对一位需要化疗或放疗的癌症病人，如何科学地界定的化疗或放疗剂量，能否做到以最小的剂量达到最理想的疗效，能否做到在治疗中，将对病人正常组织细胞害降低到最低程度，所有这一切，也都取决于医生的良心。在治疗上，医生拥有绝对的话语权；而病人，由于掌握知识的不对称，只能被动地接受和服从。

白求恩大夫，这位来自加拿大的外国医生，为何得到了毛泽东高度的称赞，为何深受中国人民的尊敬和缅怀？我想，这绝不单是他高超的医术，更在于他具有毫不利己、专门利人的崇高精神，而这种精神，正是一位优秀的、有良心的医生必备的品质。

荣获"共和国勋章"的钟南山院士，之所以受到国人的高度信赖，也不仅在于他具有卓越的学术水平，更缘于他那深厚的爱国情怀和一颗炽热的赤子之心。

当武汉正处于疫情肆虐最严重的时刻，当别人恨不得离武汉越远越好的时候，他却甘冒被新冠病毒感染的巨大风险，义无反顾地逆行武汉，深入疫区一线，实地调查研究，很快地提出真知灼见，果敢地拨正了抗疫的航向，从而成为全国人民的"定海神针"。

他这种心中装着人民、唯独没有他自己的崇高精神，恰与白求恩精神如出一辙，一脉相承。这种毫不利己、专门利白求恩精神，也是对"医心仁术"的最好诠释！

一直广受社会诟病的过度医疗（即过度检查、过度治疗）问题，究其根源，不仅有制度与管理上的原因，从更深层次讲，还有医生道德修养方面的问题。因为，医院所有的检查申请和治疗医嘱，归根结底统统出自临床医生之手，当一位医生热衷于追逐经济收入时，他已将"医心仁术"抛到九霄云外啦！这样的医生永远不会成为良医的。所谓良医，不仅医术高明，并且良心更好。古今中外，凡为良医者，无一不把金钱看得很淡，把病人的生命健康举在头顶。

秉承医心仁术，永葆大爱初心，永远是所有医生最根本的职业操守。"不为良相，便为良医。"只有"良医"，才是患者真正的生命的保护神，才是天下患者永远的福祉。

2021 年 6 月 10 日

青春献国防，丹心为农行

建党百年，举国同庆，百年华诞，千秋伟业。今年党旗别样红、党徽更闪亮。"七一"刚过，"八一"将至。有人说得好：没有"七一"，就没有"八一"；没有"八一"，又何来"十一"？没有人民军队浴血打天下，哪有今天的社会主义锦绣江山？请问一年中哪个月最酷热？当然是八月啊！那为何建军节在八月呢？这可并非全是巧合哦！因为，中国军队是世界上历经磨难最多、战斗牺牲最多的军队；中国军人是世界上吃苦最多、奉献最多的军人！

习近平总书记在几天前的建党庆祝百年大会上讲道："人民军队为党和人民建立了不朽功勋，是保卫红色江山，维护民族尊严的坚强柱石，也是维护地区和世界和平的强大力量。"

我曾在军队服役了整整 18 年，将最美好的青春年华，献给了国防事业，18 年的军旅生涯，让我的骨子里深深地刻下了军队的烙印，我为曾属于这个"坚强柱石"中的一分子而永远引以为荣。

回想几十年前的军营生活，许多军旅往事仍然记忆犹新，今天仔细回味起来，仍感倍感亲切，感慨无比。

18 年的军旅生涯，平淡无奇、波澜不惊。我从军最大的遗憾，就是未能像我的父亲一样，走上硝烟弥漫的战场，与敌人真枪实弹地干一仗。在我 18 年的从军生涯里，虽无生与死的考验，但经历了许多次血与火的锤炼。

我记得，当年最艰苦的便是开凿国防山洞了！该山洞位置相当隐蔽，地质结构十分复杂，工期要求又很紧，我们全团官兵就在吃住山坳下，在交通不便、整天满脸尘土一身泥浆的艰苦条件下，打了整整两年的山洞。山洞里非常湿闷，空气污浊，每次用炸药轰下来的碎石，都全靠人工搬运出山洞，劳动强度极大。为了赶工期，连队实行三班倒，昼夜不停地施工，一天劳动下来，大家都累得筋疲力尽，双腿发软，人的体能消耗达到了极限。

尽管如此，连队却没有人叫苦叫累装孬熊，各个班组每天都暗自较劲比进度，都想拿第一名的"流动红旗"。

我记得，最令人振奋的是 1983 年 9 月，原南京军区组织的名为"83-9"联合军事演习。此次演习为历次规模最大、参演武器最先进、最贴近实战，目标直指台湾。演习时万炮齐鸣、火光映天、硝烟弥漫，场面十分壮观，不仅让台湾国民党当局惊恐万状，还被"美国之音"电台高度关注，多次进行"实时播报"，这次大规模军演，着实让美国人惊出了一身冷汗。

在我服役期间，正赶上中央要求"部队要忍耐""部队要过几年紧日子"的时代，国防让位于经济，军队服务于地方。部队官兵待遇低，一个战士的津贴费每月只有几块钱，部队装备普遍落后陈旧。但部队的政治思想工作做得好，干部的模范带头作用好，部队的传统好，士气高，风气正，作风硬，没有哪一个国家敢小觑我们，我们的社会主义江山在人民军队这座钢铁长城的护卫下山河无恙、人民安谧。

"我是一个兵，来自老百姓。"1997 年，这是一个回归之年。香港回归祖国了，我也随之回归故里。我脱下军装，悄悄把军衔符号和帽徽珍藏在箱底，依依不舍地离开军营，转业来到了农业银行，开启人生新征途。

岁月如歌，往事如昨。在农行 24 年的职业生涯，既充满了酸甜苦辣，更让我回味无穷，点点滴滴，铭记心头，亲爱的农行给了我许多，我对农行永远心存感激。

入行 24 年来，我不仅亲身经历了农行经营业绩下滑和不良不升贷款攀升的艰难困苦，更亲眼见证了农行近十几年来，一路披荆斩棘、高歌猛进的荣光！农行取得的每一点成就都让我欢欣鼓舞！工作的每一天，我都在尽力为这座壮丽宏伟的绿色的金融大厦增光添彩、增砖添瓦、发光发热。

吾爱农行，因为农行是我家；吾爱吾党，因为我为党之子；我爱吾军，因为我过去是一名现役军人，现在是一名退役军人。国家还我们专门制定了一部《退役军人保障法》，可见，党和军队从来没有把我们这些"老转"们遗忘哦！

有句歌词唱得好："生命里有了当兵的历史，一辈子也不会感到后悔。"身为七尺男儿，投笔从戎天经地义，献身国防义不容辞。军队严明的纪律，"一不怕苦，二不怕死"的顽强作风，"压倒一切敌人，而绝不被敌人所压倒"的英雄气概，都永远镌刻在我的骨子里，时刻流淌在我的血脉里。

"退役不褪色，转业不转志。"我永远为曾是一名军人而骄傲，为是一名退役军人而自豪。无论何时何地，我都会永葆一名军人应有的本色，继承发扬军队的优良作风，为正在阔步走向世界一流军队征程上的子弟兵呐喊助威；为农业银行的永续发展和迭创辉煌而发光发热、贡献力量。

2021 年 7 月 10 日

第五篇

初心永不变

CHU XIN YONG BU BIAN

致敬！安徽省第一面党旗

安徽寿县的小甸集，位于寿县瓦埠湖以东。虽离省城合肥只有 50 多公里，却一直默默无闻，知之者甚少，犹如深藏在闺中无人知的佳人，更像蒙上厚厚历史尘土的美玉。

朋友，这可是个藏龙卧虎之地！这里是安徽省第一个党组织的诞生地，安徽的第一面党旗就在这里升起！这是一片洒遍英烈鲜血的红土地，这是一座蕴藏着丰富党史资源的宝藏！几十年前发生在这里的一切，曾经牵动着时代的脉搏，影响着历史的进程，在我党的光辉历史上留下了浓墨重彩的一笔。当年，发生在这里的革命故事感天动地，这里的英雄事迹荡气回肠，这里英雄的名字威震四方！

春寒料峭的农历二月二，我们一行 8 名老同学，结伴从省城驱车前往小甸集，专程参观安徽省第一面党旗纪念园。真是天公作美，连绵半个多月的阴雨终于消停，太阳露出笑脸，春风徐徐拂面。一个多小时的车程转眼即到。

首先映入眼帘的，是镌刻在一块巨石上的"安徽第一面党旗纪念园" 10 个苍劲有力的红色行体大字，在阳光的照射下闪闪发光。红色的瓦东，我们来了！光荣的小甸集，我们来了！英雄的先烈们，我们来看你们了！

纪念园建成于 2013 年 10 月，于 2014 年 3 月向公众免费开放。目前园内建有：中共小甸集特支纪念馆、淮上中学补习社、寿县革命烈士陈列室、寿县烈士陵园（内有烈士纪念塔、烈士墓）、廉政文化园和纪念园广场（内有党旗雕塑）等。这里是安徽省领导干部党史教育基地、安徽省廉政教育基地、青少年爱国主义教育基地，同时也是安徽省红色旅游经典景区、国家 3A 级旅游景区。

我们跟随讲解员徐佳同志，首先参观纪念园的主体建筑中共小甸集特支纪念馆。

该馆占地 540 平方米，为四合院式仿古建筑，通过大量实物、图片、文字、表格、雕塑等真实生动地再现了特支成立前后发生的一系列重大历史事件。随着讲解员那声情并茂的专业讲解，把我们带到了近一个世纪前那风雨如磐的峥嵘岁月。

一、英勇的小甸集，这里是寿县乃至安徽早期革命的发祥地

1921 年中国共产党成立后不久，以高语罕、曹蕴真、薛卓汉、曹渊、徐梦周、曹广化为代表的寿县籍优秀青年学生，积极宣传马克思主义，唤起民众反帝反封建的政治觉悟，扩大我党在劳苦大众中的广泛影响。并于 1921 年春，成立了全省最早的社会主义青年团特别支部（由曹蕴真担任书记），从而为安徽最早党组织即小甸集特支的诞生奠定了基础。[1]

由此可见，寿县的建党活动是始于建团之后的。展室墙上那发黄的《建团报告》和数据翔实的《团员调查表》，仿佛在向我们深情诉说着那段辉煌的历史。

1922 年春，在上海经施存统介绍入党的曹蕴真、徐梦周、鲁平阶等人回到家乡小甸，积极开展革命活动，建立了中共小甸集小组，这是安

---

〔1〕《皖西革命史》，中共六安地委党史工作委员会编，安徽人民出版社，1987 年第 1 版，第 31—32 页；《红皖印记》，中共安徽省委党史研究室编，安徽人民出版社，2015 年第 1 版，第 118 页；《小甸集特支纪念馆图册》，中共安徽省委党史研究室编，安徽人民出版社，2017 年第 1 版，第 44 页；《寿县革命史》，中共寿县县委党史和地主志办公室编，1992 年第 1 版，第 18—19 页。

徽省最早成立的直接受中共中央领导的党小组。1923年冬的一个寒夜，受党中央的指派，在小甸集小学一间普通的校舍里，在昏暗的煤油灯和在安徽第一面党旗的见证下，曹蕴真、薛卓汉、徐梦周、鲁平阶、徐梦秋等5名青年党员高举右手，庄严宣告了中共小甸集特别支部（由曹蕴真任支部书记、徐梦周任宣传委员、鲁平阶任组织委员）——这个直接隶属于党中央领导的安徽第一个党组织的诞生，在中共建党历史上刻下了永不磨灭的光辉印记![1]

二、光荣的小甸集特支，是我党早期革命的播种机

从中共小甸集特支成立后，寿县的革命历史便翻开了崭新的一页，寿县人民才有了主心骨，寿县乃至皖西北的革命形势才得到快速发展。由小甸集特支开启的农民革命运动发展迅速，特支成员们积极向广大农民宣传革命道理，启发革命觉悟，成立农民协会，以星火燎原之势，有力地带动了安徽全省的革命形势的发展，并得到了党中央的高度评价。

从1923年冬小甸集特支的成立到1924年底，在当时全省的40多名早期党员中，寿县籍党员就有29人；到1927年，寿县党员一直占全省党员总数的一半左右；直到1931年春，寿县籍党员数量仍然是全省党员最多。同时，各地的党团组织犹如雨后春笋般出现，先后成立了5个党支部和多个团支部。[2]

此外，特支成员还前往上海、芜湖、安庆、武汉、广州等发展党团员，建立党团组织，为我党早期在多地播撒下了大量宝贵的革命种子。

---

〔1〕《中国共产党安徽历史》，中共安徽省委党史研究室著，中共党史出版社，2021年第1版，第40—41页；《皖西革命史》，中共六安地委党史工作委员会编，安徽人民出版社，1987年第1版，第35-36页；《红皖印记》，中共安徽省委党史研究室编，安徽人民出版社，2015年第1版，第118—119页；《小甸集特支纪念馆图册》，中共安徽省委党史研究室编，安徽人民出版社，2017年第1版，第49—50页、第53页；《寿县革命史》，中共寿县县委党史和地主志办公室编，1992年第1版，第20页。

〔2〕《红皖印记》，中共安徽省委党史研究室编，安徽人民出版社2015年第1版，第120页；《小甸集特支纪念馆图册》，中共安徽省委党史研究室编，安徽人民出版社，2017年第1版，第61—62页、第83页。

正由于小甸集特支的建立及其卓有成效的工作，才奠定了皖西北革命运动和党组织发展的坚实基础。随着党组织的发展壮大，后来成立了中共寿县县委，并于 1931 年领导发动了著名的瓦埠武装暴动，在此基础上诞生了皖北第一支工农红军——皖北红军独立游击大队。由此可见，小甸集特支对全省早期建党工作的历史贡献如此之巨大！[1]

我驻足凝视着墙上小甸集特支首任书记曹蕴真那张头戴礼帽、目光炯炯的照片，端详那一张张特支成员们年轻的面庞和那神情激昂的风采，心中对他们充满了无比的敬仰。

三、光荣的小甸集特支，是我党人才培养和输送的重要基地

随着讲解员的娓娓道来，我们了解到小甸集特支为我党培养输送了那么多优秀人才，这些闪亮的数据让我们由衷地赞叹：

一是 1925 年至 1926 年，特支选送了寿县籍青年 17 人赴苏联莫斯科的中山大学深造，占全省的半数，他们回国后大多数人担任了党团组织的领导工作。二是先后选送了 9 名寿县籍青年赴广州参加由毛泽东主持的中央农民运动讲习所学习（占全省 15 人的绝大多数），他们后来大多成为农民运动的骨干分子。三是选送了 20 多人报考了黄埔军校一至六期学习，这批人后来都成为英勇善战的军队指挥员，而其中，当以同为黄埔军校一期毕业生的叶挺独立团一营营长曹渊和红军第二军军长孙一中（又名孙德清）为杰出代表。[2]

我们紧跟着讲解员的脚步，又来到淮上中学补习社参观。这是安徽

---

〔1〕《红皖印记》，安徽人民出版社 2015 年第 1 版，中共安徽省委党史研究室编，第 121 页；《小甸集特支纪念馆图册》，中共安徽省委党史研究室编，安徽人民出版社，2017 年第 1 版，第 94—101 页；《寿县革命史》，中共寿县县委党史和地主志办公室编，1992 年第 1 版，第 62—65 页。

〔2〕《红皖印记》，安徽人民出版社，2015 年第 1 版，中共安徽省委党史研究室编，第 121 页；《皖西革命史》安徽人民出版社，1987 年第 1 版，中共六安地委党史工作委员会编，第 40—41 页；《小甸集特支纪念馆图册》，中共安徽省委党史研究室编，安徽人民出版社，2017 年第 1 版，第 69—71 页；《寿县革命史》，中共寿县县委党史和地主志办公室编，1992 年第 1 版，第 24—25 页。

省开展马克思主义教育的第一个课堂。当年，在上海大学就读并入党的吴云等 6 名寿县学生，受党组织的派遣返乡工作，他们在这里为一批有志青年传播马克思主义和科学知识，宣传革命道理。通过他们的艰苦努力，带动了一大批有志青年走上了革命道路。在这异地重建的 150 平方的展室内，通过实物、图片和人物蜡像，生动真实地再现了当年一批热血青年渴求知识、追求真理、追求光明的热烈场景。

四、英勇的小甸集，这是一片英雄辈出的红土地

红色的瓦东，英勇的小甸集，这里的每一寸土地，都浸透着英烈们的鲜血；这里的每一片树叶，都承载着英烈们的梦想！

接下来，我们来到寿县革命烈士陈列馆。我凝神屏气地仰望墙上那一张张烈士们的照片，伴着讲解员的深情讲述，我们犹如穿越了时空的隧道，来到近一个世纪前那腥风血雨的艰苦年代。

英勇不屈的寿县人民，为了推翻三座大山，抛头颅、洒热血，前仆后继、舍生忘死。这里陈列的英烈就是其中的杰出代表。譬如：小甸集特支的首任书记曹蕴真，家喻户晓的曹家"一门三烈士"（曹渊、曹云露、曹少修），红军高级将领红六军、红二军军长孙一中（又名孙德清），红一军二师政委王培吾，红十师政委李坦（又名李荣桂），中共延安县委书记、陕西省委秘书长徐梦周，安徽早期学生运动领袖、安徽工人运动先驱、中共小甸集特支和中共安庆特支的创建者之一薛卓汉，著名瓦埠武装暴动的领导人方运炽，沪宁铁路罢工委员会委员长、沪宁杭甬铁路总工会委员长、中共南京市委书记孙津川等。孙津川同志在南京牺牲前与其母诀别的雕像，至今仍安放在南京雨花台烈士陵园内。

他们的英名，都永远镌刻在共和国的光辉史册上！

从纪念馆出来后，我们来到寿县烈士陵园内高达 23 米的寿县烈士塔下。大家默默地绕塔一周后，向纪念塔深深地三鞠躬，向英烈们表达我们崇高的敬意！

在临近参观结束时，我们不约而同地来到位于纪念园广场那造型独特的党旗雕塑下，大家整齐地排成 2 排，怀着对先烈们的无限景仰之情，怀着对党的无比感恩之心，齐声高唱《没有共产党，就没有新中国》。那激昂嘹亮的歌声在广场上空久久回荡……

参观回来后，我的心情一直难以平静。随着清明节的日益临近，怀着对革命先烈的敬仰，以及对生命意义的思索和对人生价值的探究，我辗转反侧、夜不能寐。

在参观中让我印象最深的是一位农民党员书写的入党誓词。在他用歪歪扭扭的笔画写下的内容为"牺性（牲）个人，言首（严守）秘蜜（密），阶级斗争，努力革命，伏（服）从党其（旗），永不叛党"的 24 个字里，就有 6 个错别字，但他却甘愿冒着时刻被敌人杀头的危险，铁了心地跟着共产党闹革命。据了解，这位农民党员早就为党献出了自己年轻的生命，实现了自己入党时的诺言。[1]

依我看，这份短短 24 个字的入党誓词，就是一位真正的共产党员的铮铮誓言！它毫不逊色于那些洋洋洒洒、辞藻华丽的豪言壮语！那些早已忘记自己党员身份的人，那些对党不忠的政治上两面人，在这份入党誓词面前，难道不感到万分羞愧吗?!

寿县小甸集，这个位于皖西北的地理偏僻、经济落后之地，缘何成为安徽省第一党组织的诞生地和安徽工农革命的策源地？我想，主要是有一批追求真理和光明、立志铲除剥削和压迫、拯救劳苦大众于水火之中的先进知识青年。是他们主动走出去，到北京上海等地建党的领军人物那里，寻找建党理论和革命火炬；尤为可贵的是，他们又把这些"宝贝"都带了回来。他们高擎真理的大旗和革命的火炬，唤起民众，为贫苦大众驱散黑暗，带来了希望和光明。在这个过程中，他们将自己与真理的大旗和革命的火炬融为一体。为了让劳苦大众得到解放，他们无私无畏地燃烧自我，牺牲生命，践行了自己庄严的入党誓言。

---

〔1〕《小甸集纪念馆图册》，中共安徽省委党史研究室编，安徽人民出版社，2017 年第 1 版，第 93 页。

他们几乎都牺牲在人生最美好的青春韶华之年。他们的生命是多么短促啊！名列黄埔军校北伐烈士谱第一名的曹渊，24岁便饮弹武昌城头。由他率领的第一营是我党领导的叶挺独立团的开路先锋，在北伐征程中，第一营能征善战、斩关夺隘、战功赫赫，为叶挺独立团赢得"铁军"的美誉。周恩来和叶挺都对曹渊十分器重，评价很高，对他的过早牺牲甚感痛惜！[1]

小甸集特支首任部书记曹蕴真和瓦埠暴动主要领导人、皖西北特委书记方运炽（又名方英）都只活了26岁。先后参与创建中共小甸集特支和中共安庆特支的薛卓汉（后任红一军政治部副主任）牺牲时只有33岁；曹家"一门三烈士"之一的皖西北独立游击师参谋长曹云露，29岁便在湖北壮烈牺牲；红军高级将领孙一中（又名孙德清）牺牲时年仅28岁。[2]

著名爱国诗人屈原在《国殇》中深情地吟哦道："诚既勇兮又以武，终刚强兮不可凌。身既死兮神以灵，魂魄毅兮为鬼雄。"这些革命英烈们虽死犹生！他们的英名永在，他们的精神永存，他们的灵魂永驻，他们永远活在人民的心中！

"忘记过去，就意味着背叛。"今天，我们在安享和平、幸福、祥和之时，切莫把这些英烈们遗忘了。他们都是革命的先行者和胜利果实的播种者，他们都是真正的英雄！因为，真正的英雄从不参与收获，他们，只负责耕耘和播种；而我们，都是胜利果实的收获者和享受者啊！

---

〔1〕《红皖印记》，安徽人民出版社2015年第1版，中共安徽省委党史研究室编，第121页；《小甸集特支纪念馆图册》，中共安徽省委党史研究室编，安徽人民出版社，2017年第1版，第144页；《热血丰碑——安徽省著名烈士图册》，安徽省革命烈士事迹陈列馆、合肥蜀山烈士陵园管理处编，安徽教育出版社，2018年第1版，第36—37页；《中共寿县党史人物》，中共寿县县委党史和地主志办公室编，1992年第1版，第114—117页。

〔2〕《红皖印记》，安徽人民出版社2015年第1版，中共安徽省委党史研究室编，第121页；《小甸集特支纪念馆图册》，中共安徽省委党史研究室编，安徽人民出版社，2017年第1版，第123页、第129页、第151页、第154页、第157页；《红军人物志》，王健英编，解放军出版社，1988年第1版，第95页、第427—428页、第584—585页。

可是，如果没有耕耘和播种，又何来收获呢？他们都是共和国大厦的奠基者，而我们，则是这座大厦的享用者和主人！但是，若无他们以血肉之躯作奠基，又何来大厦？我们又怎能成为大厦的主人呢？

作为一名共产党员，永远别忘了，我们的初心是什么，我们是从哪里来的，我们又要到哪里去，作为一名共和国公民，永远别忘了，今天的幸福从何而来的，又应该如何去呵护和珍惜这来之不易的幸福。

寿县不仅是安徽省首批审报、国务院1986年公布的全国历史文化名城，同时还诞生了全省第一个党组织——中共小甸集特支，这充分说明，寿县不仅拥有悠久的历史文明和灿烂辉煌的楚文化，而且还拥有我党宝贵纯正的红色基因和光荣的革命传统。

悠悠天地旷，切切故乡情。作为一名寿县人，我永远为自己的故乡而自豪！作为一名共产党员，我永远为中共小甸集特支而骄傲！

中共小甸集特支啊！您是照亮人间真理和光明的火炬，您是皖西北大地上永不熄灭的灯塔，您是江淮大地上璀璨耀眼的明珠，您是楚国天空上高高飘扬的红旗！安徽第一面党旗，我向您致敬！我永远把您珍藏在心底！

2019 年 3 月 26 日

此文分别发表于《中国金融文化》2020 年第 2—3 期合订本、《城乡文化》2020 年第 2 期；此文荣获《中国金融文化》杂志社 2020 年度"优秀文学艺术作品奖"。

军人血脉代代传

——献给 2020 年八一建军节

93 年弹指间，转眼又到建军节。

离八一建军节越来越近了，我把挂在墙上的"光荣之家"牌匾擦了又擦，又将父亲的遗像仔细擦了一遍。享年 93 岁的先父是一位转业老军人，他才于今年 3 月份带着战争年代留下的多块弹片因病离开我们。

72 年前，在那个春寒料峭的晚上，不甘忍受地主欺负剥削的父亲，与几位志同道合的同村青年，悄悄结伴外出去寻找人民军队，加入了淮西独立团，成为一名光荣的解放军战士。

入伍后，父亲随部队风餐露宿，南北征战。先后参加了大小几十次战役，他们围歼国民党军守敌，追击消灭残敌，清除地方民团，剿灭土匪势力等。每次战斗，父亲都冲锋在前，多次负伤，多少次与死神擦肩而过。他的身上留下了好几处伤疤，体内留下多块弹片，至今无法取出。由于父亲作战勇敢，入伍后很快入了党，先后当上了班长和排长。1949 年初，淮西独立团并入华东野战军某部，父亲又随部队进驻上海和福建沿海地区，他们日夜操练，作紧张的战前准备。

20 世纪 50 年代初，抗美援朝战争爆发。父亲所在部队负责武装押运军用列车，驶出国境向前线输送弹药物资。父亲押运着满载着前线急需弹药的军列，不顾美军飞机的狂轰滥炸，来回奔驰在鸭绿江畔，舍生忘死地完成押运任务。

父亲 10 年的军旅生涯虽不算太长，但他却是真正上过战场打过仗的人，是在战火中经受了血与火、生与死考验的人，是为建立中华人民共和国拼过命、流过血的人，鲜艳的五星红旗上有他血染的风采，他是共和国的功臣！父亲在部队多次立功受奖，他同时是建国 60 周年纪念章和建国 70 周年纪念章的获得者。在国家即将颁发的抗美援朝战争 70 周年纪念章的名单中还有他（因为按照颁布规定，今年元月一日以后逝世的人仍可获得）。

42 年前深冬的一天，一身绿军装、喜气洋洋的我，在父亲的反复叮咛和依依不舍的目光中，离开家乡，登上向南方驰去的绿皮军列，参军入伍到部队，成为徐家的第二代军人。

20 世纪 80 年代初的军营，生活设施相当简陋，物质条件非常贫乏，每月 5 元钱的战士津贴少得可怜。即便如此，我仍从中抠出十几元咬牙买了一台收音机，利用中午午休，每天坚持收听中央电台的英语广播教学。

高中毕业生的我成为连队的小知识分子，连首长让我做连队的文化教员，为那些文化程度偏低的老兵们补习文化课。教语文还可以（因我喜爱写作，入伍不久便担任了营部的通讯报道员），但让我教战士们数学和物理，实乃赶鸭子上架啊！我读的这个高中真没学到多少东西。可这是连首长交给我的任务，实在没法子呀！我只好边学边教，现炒现卖。现在回想起来，当年我可真是"误人子弟"，很对不住那帮老战友！

不停地自学复习加上运气好，基础差底子薄的我后来竟然考取了军校！对于农村户口的我，军校毕业后便成为军队干部，自己也成了家乡人的骄傲。

我 18 年的军旅生涯实可谓平淡无奇、波澜不惊，虽然吃过不少苦流过不少汗，挖过两年国防山洞、参加过十多次的实弹演习和几十次的战地救护，尽心尽力地为官兵治病疗伤，但却始终没能上战场打仗，这成为我当兵最大的遗憾。

1979 年，我虽已入伍，但是刚刚入伍才几个月的"新兵蛋子"，虽然主动递交了请战书，但还是无缘参战上前线。

11 年前盛夏的一天，我身穿迷彩服军装的儿子，怀揣着超过一本重点线 30 多分的炮兵学院的《入学录取通知书》，来到军校报到，成为我徐家的第三代军人。

由于儿子报考的是军事指挥类专业，将来毕业出来是要带兵打仗的，因此，相对于技术类专业学员而言，军校对指挥类学员的体能、意志和吃苦精神要求很高，训练强度很大，各方面的标准比技术类学员要严格得多。入学不久，各种考验便接踵而至：随时进行的夜间紧急集合为家常便饭，每天一次的全副武装 5 公里越野雷打不动，近一百公里的武装徒步大别山长途拉练，每学期必不可少，野外一周生存训练，考验着人的生理极限和生存智慧。面对如此严峻的考验，争气的儿子没有一次当孬种，每次考核成绩都名列前茅。一个学期下来，这些娇生惯养的独生子们，个个都变成了充满血性、一身刚毅、满脸锐气的真正男子汉！

今天，当身高一米八、身着 07 式军服、佩戴上尉军衔的儿子，军姿挺拔地站在我面前时，我的心中感到由衷的欣慰！

72 年前在那战火纷飞的年代，我的父亲为追求光明和真理，加入了我党领导下的人民军队，他与他的战友们，冒着枪林弹雨，用小米加步枪打败了国民党军队，成为共和国的开国功臣，他英勇无畏地完成了他那一代人的光荣使命。同时，父亲作为离休干部，党和国家也给予他较高的政治与物质待遇。

42 年前我，在父亲的教诲、影响和支持下，为改变命运追求幸福，踩着父辈的脚印，参军到部队，成为父亲的传人。我将人生最美好的青春年华献给了军队，并以悬壶济世的仁慈之心在卫生战线治病救人，履行军医之责，尽到了我们这一代人的使命担当。整整 18 年的军旅生涯使我对军队怀有深厚的感情，我始终视军队为自己永恒的精神家园。

11年前，我让我的儿子报考军校，并被提前批次录取，子承父业的他成了我的传人。这一方面是我深埋在心里那份浓浓的军队情结使然；另一方面是期望儿子在军队这个大熔炉里得到更好的锤炼，在这个军队大学校里受到更好的教育，将来成为国家的有用之材。其实，凭他当年的高考成绩，完全可以报考211之类国家重点大学。为什么祖孙三代都从军？为什么不爱西装爱军装？这，也许就是军人血脉所系吧！我的心愿是等到我有孙子并等他长大时，也会让他继承前辈的意志，当好徐家的第四代军人。

有句歌词说得好："生命里有了当兵的历史，一辈子也不会感到后悔。"身为七尺男儿，投笔从戎天经地义，参军报国义不容辞。你为军队献青春，军队不会亏待你。军队严明的纪律、优良的作风，一往无前、决不退缩的精神，压倒一切敌人而决不被敌人所压倒的英雄气概，这一切都深深地教育了我，塑造了我，升华了我。

在后来我转业到银行工作的金融岁月里，无论工作上遇到多大的困难，多急的事情，多重的任务，我都从不畏惧，从不退缩，决不回避，决不扯皮，决不绕道走，而是想尽一切办法去克服困难、解决问题，按时完成任务；即使工作上出现失误，也决不强调客观，而是主动寻找主观原因，决不推卸责任、推诿他人。

基辛格在《论中国》一书中写道：中国总是被那些最勇敢的人很好地保护着。一场百年不遇的疫情给人类上了一堂深刻的哲理课，当危及人类生命安全和健康的灾难来临时，究竟什么人对你最重要？当然是那些逆行英雄——可爱可敬的白衣天使们！

而一旦战争降临，人们首先想到是军队，最需要的人一定是军人，因为，只有军人才能以血肉之躯去保卫你的生命安全。可是，朋友，当你在安享和平之时，你是否想过，这和平究竟是谁给予的？我告诉你：这和平，还是那些军人们以默默奉献和自我牺牲所换来的！须知当今世界并不太平，我国的周边并不安全，战争的阴霾从未消散，维护和平的责任越来越重、重于泰山。

因此，我们应该记住：这个世界上有两类人永远值得我们善待和敬重：一类是呵护我们生命健康的人（医护人员），一类是保卫和平，守护国门的人（军人）。没有他们，我们真的可能一无所有。

退役不褪色，转业不转志。我永远为自己曾是一名现役军人而骄傲，我更为自己现为一名退役军人而自豪。无论何时何地，我都永葆一名军人的应有本色，军人的基因永远流淌在我祖孙三代的血脉里，深深镌刻在我们的骨子里。

就像歌曲《祖国不会忘记》中唱的那样："山知道我，江河知道我，祖国不会忘记我！"鲜艳的八一军旗，我向您致以最崇高的敬礼！祝福您：人民军队，光荣永远属人民子弟兵！

2020 年 7 月 10 日

此文发表于《中国金融文化》2020 年 8 月 1 日公众号。

星塔巍巍耸云霄，战船猎猎永向前

——渡江战役纪念馆参观记

八百里巢湖，虽无太湖的名气大，但整个湖面全在合肥怀中，并且还通江达海，巢湖通过濡须河和裕溪河直通长江。正因为它通江达海，所以在巢湖之滨（北岸）的合肥滨湖新区内，闻名全国的渡江战役纪念馆就建在这里。

笔者曾多次前往纪念馆参观，每去一次，心灵便受到一次强烈的震撼，灵魂受到一次深刻的洗礼，思想得到一次极大的升华。

一

作为全国爱国主义教育示范基地的渡江战役纪念馆，位于合肥市滨湖新区云谷路299号。它始建于2009年10月20日，开馆于2012年11月28日，规划面积22万平方米，主馆建筑面积1.4万平方米，厅展面积7000平方米。该馆自南向北由渡江胜利纪念塔、总前委群雕铜像、渡江战役纪念馆和北广场四大建筑组成。

在距纪念馆几千米时，你便可眺望到那高耸入云的渡江胜利塔和酷似两只迎风猎猎的巨轮。走近后仰望那胜利塔，就犹如一把直刺苍天的利剑，巍然矗立在巢湖岸边，给人巨大的心灵震撼和无限的遐想。胜利塔高 99 米，九九八十一，寓意着八一南昌起义，这是人民军队夺取全国胜利的开端。若从空中鸟瞰，胜利塔的塔顶则呈五角星形状。纪念馆的两侧专门挖掘了宽约 36.5 米、长约 175 米的广阔水面。

作为主体建筑的纪念馆，设计独具匠心，造型十分独特。馆长 107 米、宽 39 米、高 44 米，馆首跨度 35 米，整个馆身向前倾斜 49 度，寓意着发生在 1949 年的渡江战役。纪念馆巨大的馆身，就像两艘劈波斩浪、迎风远航的雄伟战舰，在宽阔的、波光粼粼的水面衬托下，并排行驶在浩瀚的长江，并直奔长江南岸。它那蔚为壮观的宏伟气势，给人以强烈的视觉震撼。

坐落在纪念馆前、以邓小平为书记的渡江战役 5 人总前委的全身群雕铜像，英姿伟岸、威风凛凛。铜像高达 4.2 米，他们站在高约 1.4 米的大理石基座上，由西向东分别为粟裕、邓小平、刘伯承、陈毅、谭震林。在灿烂阳光的辉映下，他们个个神采奕奕，目光炯炯。这座巨型群雕铜像，再现了当年在肥东瑶岗指挥渡江战役的五位总前委，那运筹帷幄、决胜千里、指挥若定的大将风采和伟人气势。

位于总前委群雕像与胜利塔之间的地面上，还镶嵌着 8 个硕大的五角星图案的大理石，它既寓意着八一建军节，也表示人民对渡江英雄们由衷的敬意和褒奖。

我沿着两侧宽阔水面中间的一条道路迈上 37 层台阶，进入纪念馆的正大门。只见门头上悬挂着 2017 年 3 月 29 日由中宣部命名的"全国爱国主义教育示范基地"的铜牌，赫然醒目。

二

渡江战役共设 7 个展厅，即序厅、战前形势、战役准备、突破江防、战役胜利、人民支前和英烈业绩。进入一个个展厅，就犹如一幅徐徐展开的绚丽多彩的历史画卷，又像走进了光荣的历史隧道。厅展以大量的实物文物，通过图片、照片、文字、讲述音频视频和 4D 电影等多种形式，全方位、立体式展示了 70 多年前那段波澜壮阔的革命战争历史。

在一楼的展厅内，首先跃入眼帘的是一座 50 米长、我军占领"总统府"的巨大群雕像。昔日那威严森森的总统府，就这样被我英勇无畏的解放军战士踩在了脚下。

1949 年初，经过三大战役之后，国共两军的力量对比发生了根本性变化，我军总兵力达到 358 万人，而国民党军队只有 204 万人，国民党陷入四面楚歌的境地。蒋介石虽已下野，却仍在遥控指挥国民党军。[1]

为挽回败局，国民党政府一边释放和平烟幕，提出要与我进行和谈，想以此拖延时间；另一方面，他们抓紧招兵买马、扩军备战。他们与美英帝国主义一道，向我党提出"划江而治"，妄图在中国再造一个南北朝。但是，已经成熟强大起来的中国共产党，岂能答应?! 毛主席向全党全军发出了"将革命进行到底"的号召。[2]

蒋介石既然没能阻挡 14 年前长征途中的英勇红军，那么，今天的中国共产党人也绝不允许中国再出现一个南北朝! 为解救江南人民于水深火热之中，为了中国人民的根本利益，我百万雄师必须打过长江去，解放全中国。

但是，为了尽量减轻战争给人民带来的破坏与痛苦，以最大诚意去争取和平渡江，毛主席将渡江的日期一推再推，直到 4 月 20 日国民党政

────────

〔1〕 合肥市渡江战役纪念馆内展示内容；《中国人民解放军军简史》（下册）中国人民解放军国防大学编，江苏人民出版社，2007 年第一版，第 620 页、第 624 页；《中国人民解放军军史》（第三卷）中国人民解放军军史编写组编，2010 年第 1 版，第 347 页；《横扫》王银赛主编，上海人民出版社，2017 年第 1 版，第 1 页、第 9 页。

〔2〕 合肥市渡江战役纪念馆内展示内容；《中国人民解放军军简史》（下册）中国人民解放军国防大学编，江苏人民出版社，2007 年第 1 版，第 623—625 页。

府拒绝在和平协议上签字之后，我军才发起行动。[1]

随着一声令下，由解放军第七兵团（3个军）、第九兵团（4个军）和特种兵纵队所组成的中突击集团，首先于4月20日20时发起了渡江战役，并迅速突破了安庆、芜湖防线，登上长江南岸。4月21日晚，由第八、第十兵团（各4个军）所组成的东突击集团，以及由第三、第四、第五兵团（各3个军）和特种兵纵队组成的西突击集团，分别从镇江、江阴、贵池和江西湖口长达一千余里的江面强渡长江登岸。[2]

此时，长江两岸火炮隆隆、硝烟弥漫，江面浪花四溅。我军万船竞发，千帆怒张，我百万雄师以排山倒海之势直插长江对岸，指战员们前仆后继、浴血奋战，争先登岸。蒋介石苦心经营三个半月、吹嘘固若金汤的长江天堑顷刻土崩瓦解了！

在"突破江防"展厅里，有多张随军记者拍摄的我英勇的解放军指战员手持武器、冒着硝烟弹雨奋勇杀敌的真实战争场面。

展厅里那张由毛主席起草并与朱德总司令联名发布的《向全国进军的命令》的图片，这样写道："奋勇前进，坚决、彻底、干净、全部地歼灭中国境内一切敢于抵抗的国民党反动派。"这充分代表了广大人民的共同心声。[3]

---

〔1〕 合肥市渡江战役纪念馆内展示内容；《中国人民解放军军简史》（下册）中国人民解放军国防大学编，江苏人民出版社，2007年第1版，第647—648页；《横扫》王银赛主编，上海人民出版社，2017年第1版，第15—16页。《1949决战京沪杭——渡江战役胜利纪实》杨学功著，江苏人民出版社，2021年第1版，第97—648页。

〔2〕 合肥市渡江战役纪念馆内展示内容；《中国人民解放军军简史》（下册）中国人民解放军国防大学编，江苏人民出版社，2007年第1版，第648—649页；《中国人民解放军军史》（第三卷）中国人民解放军军史编写组编，2010年第1版，第376—377页；《横扫》王银赛主编，上海人民出版社，2017年第1版，第16—18页；《1949决战京沪杭——渡江战役胜利纪实》杨学功著，江苏人民出版社，2021年第1版，第97—100页、第104—106页。

〔3〕 合肥市渡江战役纪念馆内展示内容；《中国人民解放军军简史》（下册）中国人民解放军国防大学编，江苏人民出版社，2007年第1版，第647—648页；《中国人民解放军军史》（第三卷）中国人民解放军军史编写组编，2010年第1版，第377页；《横扫》王银赛主编，上海人民出版社，2017年第1版，第16页；《1949决战京沪杭——渡江战役胜利纪实》杨学功著，江苏人民出版社，2021年第1版，第96—97页。

4月23日晚,我第八兵团35军104师312团3营的官兵,占领了总统府,宣告了蒋家王朝在大陆的统治的覆灭!在展厅内墙上,有一张有随军记者拍摄的"人民解放军占领总统府"的珍贵照片,真实地记录了那段光辉的历史。[1]

我站在"渡江第一船"的照片旁,驻足良久。这张照片里清楚地记载着:我军"渡江第一船"由最先抵达长江对岸的第九兵团27军79师235团1营3连5班光荣获得。[2]

渡江战役开始前,由于我军战前动员十分充分,"打过长江去,解放全中国"的口号响彻云霄,传遍作战部队的连队班排。战斗打响后,成千上万艘渡江船只,犹如一支支利箭,争先恐后,奋力向前,都要争当渡江第一船,战士们早已将生死置之度外,人人都要立功,个个争当英雄。这样的英雄怎能令不令人敬佩?这样的军队又怎能不无往不胜呢?[3]

三

我军渡江战役的目标,决不仅限于占领南京推翻国民党反动统治,还要占领蒋介石的大本营京沪杭地区,还要消灭国民党军队更多的有生力量,还要解放中国更多的土地和人民。

---

〔1〕　合肥市渡江战役纪念馆内展示内容;《中国人民解放军军简史》(下册) 中国人民解放军国防大学编,江苏人民出版社,2007年第1版,第649页;《中国人民解放军军史》(第三卷) 中国人民解放军军史编写组编,江苏人民出版社,2010年第1版,第377页;《横扫》王银赛主编,上海人民出版社,2017年第1版,第23页;《1949决战京沪杭——渡江战役胜利纪实》杨学功著,江苏人民出版社,2021年第1版,第98页、163页。

〔2〕　合肥市渡江战役纪念馆内展示内容;《1949决战京沪杭——渡江战役胜利纪实》杨学功著,江苏人民出版社,2021年第1版,第98页。

〔3〕　合肥市渡江战役纪念馆内展示内容;《中国人民解放军军史》(第三卷) 中国人民解放军军史编写组编,江苏人民出版社,2010年第1版,第376页;《横扫》王银赛主编,上海人民出版社,2017年第1版,第17页;《1949决战京沪杭——渡江战役胜利纪实》杨学功著,江苏人民出版社,2021年第1版,第101—102页、第104页。

为此，我军在突破长江防线之后马不停蹄，以摧枯拉朽之势向敌占区的纵深发展，不断扩大战果。5 月 3 日，浙江省会杭州解放。5 月 14 日，由四野第 12 兵团 2 个军组成的先遣兵团，从武汉以东的团风至武穴段强渡长江，于 5 月 16 日和 17 日解放了湖北省会武汉三镇。5 月 22 日，江西省会南昌解放。至此，伟大的渡江战役完成了第一阶段（4 月 20 日至 4 月 25 日）和第二阶段（4 月 25 日至 5 月 11 日）。[1]

从 5 月 12 日开始，战役转入了第三阶段，也就是上海战役阶段。此战役历时 16 天，打得十分艰苦惨烈，我军付出了较大代价，这是渡江作战以来，我军遭遇的最大伤亡；也是我军对国民党军坚固设防大城市的一次规模最大的城市攻坚战。[2]

之所以如此，一是因为蒋介石为了守住这座当时中国乃至亚洲最大的城市，集结了 8 个军 25 个师，20 多万人的军队。敌人利用上海已有的防御工事，在郊区的刘行、杨行、杨浦和狮子林到吴淞口一带，修筑了 4000 多个钢筋混凝土永久性要塞工事和土木工事组成的纵深防御阵地，加之还有海军和空军的协同防守，从而对攻城部队构成了陆海空联合作战的立体防御网，大大增加了我军的攻城难度。[3]

二是为了尽可能将上海这个中国工业经济和文化中心完整地交回到

　　〔1〕　合肥市渡江战役纪念馆内展示内容；《中国人民解放军军简史》（下册）中国人民解放军国防大学编，江苏人民出版社，2007 年第 1 版，第 650—651 页、第 655—656 页；《中国人民解放军军史》（第三卷）中国人民解放军军史编写组编，江苏人民出版社，2010 年第 1 版，第 377 页；《横扫》王银赛主编，上海人民出版社，2017 年第 1 版，第 24—25 页。

　　〔2〕《渡江战役》，江苏省档案馆、安徽省档案馆编，档案出版社，1989 年第 1 版，第 2 页；《中国人民解放军军简史》（下册）中国人民解放军国防大学编，江苏人民出版社，2007 年第 1 版，第 653 页；《中国人民解放军军史》（第三卷）中国人民解放军军史编写组编，江苏人民出版社，2010 年第 1 版，第 377 页；《横扫》王银赛主编，上海人民出版社，2017 年第 1 版，第 27 页；《1949 决战京沪杭——渡江战役胜利纪实》杨学功著，江苏人民出版社，2021 年第 1 版，第 203 页；《战上海》刘统著，上海人民出版社，2021 年第 1 版。

　　〔3〕《中国人民解放军军简史》（下册）中国人民解放军国防大学编，江苏人民出版社，2007 年第 1 版，第 653—654 页；《横扫》王银赛主编，上海人民出版社，2017 年第 1 版，第 26 页；《1949 决战京沪杭——渡江战役胜利纪实》杨学功著，江苏人民出版社，2021 年第 1 版，第 181—183 页。《战上海》刘统著，上海人民出版社，2021 年第 1 版，第 62 页。

人民手中，党中央和总前委制定了"完整保全大上海，争取军政双丰收"的方针，要求攻城部队禁用炮弹和炸药。既要保护城市建筑，又要歼灭城内守军，这就像在瓷器店里打老鼠，从而极大地增加了战役的复杂性和艰巨性，大大降低了我军的攻城火力。[1]

由于严禁使用重武器，所以攻城部队只能使用轻武器，利用兵力优势去消灭敌人。面对从高楼大厦里射出来的密集子弹，将一波又一波冲锋的战士打倒的惨烈情景时，指挥员们只能眼含热泪、强忍悲痛。面对战士们责问："到底是革命战士的生命重要？还是资本家的洋楼重要？"指挥员们只能紧咬牙关，反复地重申"不准开炮"的死命令。[2]

试想，哪有指挥员不爱惜战士生命的？试问，天下有哪支部队能够做到这一点？唯有共产党领导的人民军队，才能做到为了保卫人民的财产而不惜牺牲战士的宝贵生命。这就是人民至上、人民利益高于一切。因为，中国共产党除了人民的利益，从无自己的特殊利益。

请看展厅里内墙上那张早已发黄的"中共战时临时党证"吧。这个编号为第 20304 号的临时党证签发日期为某年的 9 月 28 日，内有文字："为了保卫全解放区人民的生命、财产、权利和幸福，为了解救全国人民的大灾难、大危机，我们共产党员愿献出自己的一切！"这就是那个时代的共产党人最真实的人生写照。[3]

再请看"战役胜利"展厅内那张解放军解放上海后，解放军某部战士们露宿在市区街头，就地和衣而睡的照片吧！

早在上海入城之前，我军就提前制定了《入城三大公约十大守则》以及《入城纪律十二条》等规定，下发到所有入城部队，要求全体指战

---

〔1〕《横渡长江》杨波著，江苏凤凰文艺出版社，2019 年第 1 版，第 147—148 页、第 152—154 页；《1949 决战京沪杭——渡江战役胜利纪实》杨学功著，江苏人民出版社，2021 年第 1 版，第 188—189 页；《战上海》刘统著，上海人民出版社，2021 年第 1 版，第 77—79 页。

〔2〕《横渡长江》杨波著，江苏凤凰文艺出版社，2019 年第 1 版，第 152—153 页；《1949 决战京沪杭——渡江战役胜利纪实》杨学功著，江苏人民出版社，2021 年第 1 版，第 210—211 页；《战上海》刘统著，上海人民出版社，2021 年第 1 版，第 67—68 页。

〔3〕合肥市渡江战役纪念馆内展示内容。

员坚决执行。正由于入城指战员自觉地执行了这些规定，才赢得了威武之师、文明之师的赞誉，才得到了人民群众的信赖和拥护，这也只有共产党领导的人民军队才能做得到。[1]

以我 25 军 6 月 2 日攻占崇明岛为标志，历时 43 天的渡江战役最终以我军的辉煌胜利而结束。[2]

渡江战役，是中国解放战争时期规模最大、国共两军双方投入兵力最多（我军投入兵力 120 万，敌军投入兵力 70 万）的重大战役，是我军首次实施水面渡江作战的重大战役，也是国共双方最后一次的战略决战。此役，我军总共消灭国民党军队 43 万人，其中毙伤敌军 2.8 万多人，俘虏敌军 32 万多人，国民党军队起义投诚 8.5 万多人。而我军共伤亡近 5 万人，其中牺牲 2 万多人，伤亡的大部分发生在上海战役中。[3]

渡江战役的胜利，一是彻底粉碎了国民党反动派划江而治的阴谋。二是彻底粉碎了美英帝国主义武装干涉中国革命，尤其是美国有可能会直接出兵干涉的政治图谋，取得了政治和军事上的双丰收。三是占领了国民党政府的首都南京和国民党的政治经济文化中心宁沪杭地区，宣告了国民党反动政权在大陆统治的覆灭。四是解放了江苏和安徽全境、浙江大部、闽北、赣东北、鄂东南等广大地区，为我军解放华南、西南地

---

〔1〕 合肥市渡江战役纪念馆内展示内容；《渡江战役》，江苏省档案馆、安徽省档案馆编，档案出版社，1989 年第 1 版，第 121—122 页；《1949 决战京沪杭——渡江战役胜利纪实》杨学功著，江苏人民出版社，2021 年第 1 版，第 245 页；《战上海》刘统著，上海人民出版社，2021 年第 1 版，第 77—79 页。

〔2〕 肥市渡江战役纪念馆内展示内容；《中国人民解放军军简史》（下册）中国人民解放军国防大学编，2007 年第 1 版，第 655 页；《中国人民解放军军史》（第三卷）中国人民解放军军史编写组编，2010 年第 1 版，第 377 页；《1949 决战京沪杭——渡江战役胜利纪实》杨学功著，江苏人民出版社，2021 年第 1 版，第 214 页；《战上海》刘统著，上海人民出版社，2021 年第 1 版，第 77—80 页。

〔3〕 合肥市渡江战役纪念馆内展示内容；《渡江战役》，江苏省档案馆、安徽省档案馆编，档案出版社，1989 年第 1 版，第 2 页、第 4 页、第 309—310 页；《中国人民解放军军简史》（下册）中国人民解放军国防大学编，2007 年第 1 版，第 655—656 页；《中国人民解放军军史》（第三卷）中国人民解放军军史编写组编，2010 年第 1 版，第 377—378 页；《横扫》王银赛主编，上海人民出版社，2017 年第 1 版，第 29 页《1949 决战京沪杭——渡江战役胜利纪实》杨学功著，江苏人民出版社，2021 年第 1 版，第 221 页。

区，奠定了坚实的基础，从而大大地加快了全国解放的进程。[1]

四

在展厅里有几张关于英国军舰紫石英号被我军炮火击伤搁浅在长江的新闻报道，以及我军发言人李涛将军答记者问的图片。这就是让国人扬眉吐气的紫石英号事件。[2]

在我军渡江大战即将打响的关键时刻，英国军舰紫石英号未经允许便贸然闯入我军控制的长江江面。狂傲的英国军舰，在我炮兵多次警告性开炮之后仍然置若罔闻，快速向前，全然不把解放军放在眼里。我炮兵在警告无效后果断开炮，一阵急射很快将其击毁，其舰长重伤后殒命，致使该舰严重受伤而被迫搁浅。之后，怒气冲冲地前来支援的两艘军舰也被我军强大的炮火击伤，只得狼狈地逃回上海。[3]

历时两天三战，上海解放军炮打英舰的紫石英号事件，是自鸦片战争以来，中国军队第一次痛打西方列强驶入我国领域的军舰，它标志着西方列强们，依靠坚船利炮欺负奴役中国人民的舰炮政策历史一去不复返了！这场海战长了国人的志气，灭了美英帝国主义的威风，鼓舞了前线解放军指战员的士气，使国民党反动派指望美英帝国主义干涉中国革

---

〔1〕《渡江战役》，江苏省档案馆、安徽省档案馆编，档案出版社，1989 年第 1 版，第 2 页、第 4 页；《横扫》王银赛主编，上海人民出版社，2017 年第 1 版，第 29—30 页；《1949 决战京沪杭——渡江战役胜利纪实》杨学功著，江苏人民出版社，2021 年第 1 版，第 216—217 页。

〔2〕合肥市渡江战役纪念馆内展示内容；《渡江战役》，江苏省档案馆、安徽省档案馆编，档案出版社，1989 年第 1 版，第 306 页；《中国人民解放军军简史》（下册）中国人民解放军国防大学编，2007 年第 1 版，第 649 页；《横扫》王银赛主编，上海人民出版社，2017 年第 1 版，第 28—29 页；《横渡长江》杨波著，江苏凤凰文艺出版社，2019 年第 1 版，第 233—235 页；《1949 决战京沪杭——渡江战役胜利纪实》杨学功著，江苏人民出版社，2021 年第 1 版，第 118 页、第 236 页。

〔3〕合肥市渡江战役纪念馆内展示内容；《中国人民解放军军简史》（下册）中国人民解放军国防大学编，2007 年第 1 版，第 649—650 页；《横渡长江》杨波著，江苏凤凰文艺出版社，2019 年第 1 版，第 235—238 页；《1949 决战京沪杭——渡江战役胜利纪实》杨学功著，江苏人民出版社，2021 年第 1 版，第 123—129 页。

命的图谋彻底破灭。

我边看边想：这场战役为何我军全胜、蒋军惨败？长江因其江面宽阔水深，自古就有天堑之称。《南史·孔奂传》这样写道："长江天堑，自古限隔，虏军岂能飞渡？"

而我百万大军横渡长江，既无军舰可乘，也无空中飞机掩护。全靠一艘艘木帆船，顶着敌人猛烈的炮火，用手划着船桨划到对岸的。请问，这难道不是中外战争史上的奇迹吗？

我军取得渡江战役的胜利因素很多：毛主席和中央军委的英明决策，总前委的正确领导，各级指挥员的有力指挥，指战员的舍生忘死和英勇奋战，敌占区我地下党组织的和江南游击队的密切配合等。而国民党惨败的原因也很多：军心涣散、矛盾重重，士气低落、士兵普遍反对内战，长江布防顾此失彼，各级军官指挥失当等。[1]

但笔者认为，决定战役胜败的最根本原因还是人心向背。在渡江战役中，解放军得到了广大人民的广泛支持，馆内几个大型群雕像，充分说明了这个问题，这些群雕像中有男有女，有老有少，他们都在全力以赴地忙于渡江支前。

在"人民支前"展厅里，有一张"华东支前委员会"图表，详细列出了后方支前的组织构架情况。首先，为使渡江战役有坚强可靠的后勤保障，我党成立了渡江战役总支前委员会和各级支前委员会，构成了严密统一的支前领导网络。[2]

其次，解放区的广大群众不分男女老幼，以极大的热情投入到支前工作中。他们夜以继日地碾米磨面、筹集粮草、赶制军鞋、抢修船只、铺路架桥、开渠疏河、运送弹药。据统计，开战前我军筹集到船只9000

〔1〕 合肥市渡江战役纪念馆内展示内容；《渡江战役》，江苏省档案馆、安徽省档案馆编，档案出版社，1989年第1版，第2—3页；《1949决战京沪杭——渡江战役胜利纪实》杨学功著，江苏人民出版社，2021年第1版，第218—220页。

〔2〕 合肥市渡江战役纪念馆内展示内容；《渡江战役》，江苏省档案馆、安徽省档案馆编，档案出版社，1989年第1版，第301页。

多只，动员船工近 2 万人（每条渡船至少配有一名船工随军掌舵），16个子弟兵团随军作战，320 万名民工参加运粮修路，调运粮食 4.5 亿斤，完全做到了"要人有人，要船有船，要粮有粮"。[1]

在渡江战役中，发生在民工和船工身上的英雄故事不胜枚举。在"人民支前"展厅里有一个全军年龄最小的渡江英雄"马毛姐送军过大江"的雕塑，最具有代表性。就是这位小姑娘，不顾战士们的多次劝阻，硬是撑着载满战士的木船，冒着枪林弹雨奋力向前划，并在手臂中弹受伤后，仍坚持把全船战士送到长江对岸（其实她本名马三姐，马毛姐的名字还是毛主席为她起的）。[2]

试想，一个年仅 14 岁的小姑娘都敢冒着生命危险去支援子弟兵，世界上还有何种力量能够战胜这支伟大的人民军队，还有何种力量能将这浓浓的军民鱼水关系分隔开？因此，没有人民群众的支援，就没有渡江战役的胜利，渡江战役的胜利也就是人民的胜利。

正如陈毅元帅在《赣南游击词》中所吟："靠人民，支援永不忘。他是重生亲父母，我是斗争好儿郎。革命强中强。"人民，永远是我们克敌制胜、战胜一切困难的根本依靠和最大底气！[3]

反观国民党政府，由于蒋介石集团执意发动全面内战，坚持一党独裁，政治腐败，穷兵黩武，反对民主，压迫人民，这样便必然走向了人民的对立面，必然失去民心。由于蒋介石主动挑起内战，不得人心，使国民党军队上下普遍厌战，消极备战，军心不稳。

在这次渡江战役中，国民党军共投入兵力 70 万人，最后被歼 43 万，其中被俘高达 32.2 万人，占投入总兵力的 46%，占被歼总人数的

---

〔1〕　合肥市渡江战役纪念馆内展示内容；《渡江战役》，江苏省档案馆、安徽省档案馆编，档案出版社，1989 年第 1 版，第 3 页、第 310 页；《1949 决战京沪杭——渡江战役胜利纪实》杨学功著，江苏人民出版社，2021 年第 1 版，第 52—54 页、第 218—219 页。

〔2〕　合肥市渡江战役纪念馆内展示内容；《横渡长江》杨波著，江苏凤凰文艺出版社，2019 年第 1 版，第 102 页、第 106—108 页。

〔3〕　《陈毅诗词选集》，人民文学出版社，1977 年第 1 版，第 16 页。

74.8%。也就是说，敌军当俘虏的人数接近其投入总兵力的半数、占被歼总人数四分之三；敌军起义和投诚人数为 8.5 万人，占投入总兵力的 12.1%、占被歼总人数的 19.7%。以上数据说明，国民党军队对蒋介石统治集团多么失望，却对共产党寄予厚望！这深刻反映了民心所向和时代潮流。[1]

五

我站在"国民党江阴要塞在我地上党员策动下全体起义"的文字和图片报道前仔细观看。

由长江边的君山、黄山、肖山、长山组成的江阴要塞，因其地势险要，江面狭窄（仅有 1500 米宽），素有"江河门户"之称，自古为兵家必争之地，为国民党军视为保卫首都南京的首要屏障。江阴要塞装备精良，炮火强大，配有兵力 7000 余人。就是这样一个由国民党国防部直接领导的军事要塞，却在我华东野战军第 10 兵团的直接领导下，通过我打入敌内部的地下党员们的艰苦努力，终使要塞全体官兵成功起义，并立即掉转炮口打击蒋军。江阴要塞起义是发生在渡江战役期间多起国民党军起义的典型案例，极大地削弱了蒋介石统治集团的军事力量，也沉重打击了国民党军队的士气。[2]

---

〔1〕 合肥市渡江战役纪念馆内展示内容；《渡江战役》，江苏省档案馆、安徽省档案馆编，档案出版社，1989 年第 1 版，第 2 页、第 4 页、第 309—310 页；《中国人民解放军军简史》（下册）中国人民解放军国防大学编，2007 年第 1 版，第 655—656 页；《中国人民解放军军史》（第三卷）中国人民解放军军史编写组编，2010 年第 1 版，第 377—378 页；《横扫》王银赛主编，上海人民出版社，2017 年第 1 版，第 29 页；《1949 决战京沪杭——渡江战役胜利纪实》杨学功著，江苏人民出版社，2021 年第 1 版，第 220—221 页。

〔2〕 合肥市渡江战役纪念馆内展示内容；《渡江战役》，江苏省档案馆、安徽省档案馆编，档案出版社，1989 年第 1 版，第 307 页；《横扫》王银赛主编，上海人民出版社，2017 年第 1 版，第 19 页；《横渡长江》杨波著，江苏凤凰文艺出版社，2019 年第 1 版，第 192—194 页、第 152—154 页；《1949 决战京沪杭——渡江战役胜利纪实》杨学功著，江苏人民出版社，2021 年第 1 版，第 57—58 页、第 237 页。

　　展厅里有一张注明姓名为陈修良的大幅黑白照片引起了我注意。这位看起来气质优雅、眉清目秀、公开身份为张太太的女子，实际上却是一位极富传奇色彩、功勋卓著的中共南京地下党委书记。[1]

　　正是在她的杰出领导下，南京地下市委先是成功策反了飞行员俞渤，使其带领机组 4 人、驾驶当时国民党最先进的 B24 轰炸机起义并顺利飞入解放区，随后成功策动武器装备最先进的国民党重庆号全体官兵在上海吴淞口驾舰起义，这两起重要起义对国民党内部造成了巨大的心理震撼。

　　俞渤（驾机起义前已被陈修良批准发展为中共党员）驾机起义和敌舰重庆号全体官兵驾舰起义的图片和文字报道在纪念馆内均有详细陈列。[2]

　　参观的最后，我轻轻走进了负一层的烈士名录馆。馆内空间高阔，屋顶透明，用自然光采光，这寓意着英烈们的灵魂高洁，精神永恒，与日齐辉。只见馆内四周的墙上镶嵌着 25 块颀长的大理石墙，墙上刻满了按姓氏笔画整齐排列的烈士姓名、籍贯和他们所在部队的番号。

　　这时万籁俱静，光线柔和。我在默默地细数着墙上这些烈士的英名。我凝望着这一个个金黄色的字体，仿佛看到了英烈们那一张张年轻活泼的笑脸。墙上总共镌刻了 8500 多个烈士的名字，这一个个冰冷的名字，可都曾经是鲜活可爱的生命啊！当年他们绝大多数都是二十岁左右的年轻人，为了革命，为了人民的自由和幸福，他们献出了年轻宝贵的生命。

　　那高高耸立的渡江战役胜利塔，就是一座巍峨的英雄之碑！那塔顶上硕大的五角星，昼夜闪耀着无数个先烈的英名，英雄们的功绩照亮天

　　〔1〕　合肥市渡江战役纪念馆内展示内容；《横渡长江》杨波著，江苏凤凰文艺出版社，2019 年第 1 版，第 243—245 页。
　　〔2〕　合肥市渡江战役纪念馆内展示内容；《横渡长江》杨波著，江苏凤凰文艺出版社，2019 年第 1 版，第 251—252 页；《1949 决战京沪杭——渡江战役胜利纪实》杨学功著，江苏人民出版社，2021 年第 1 版，第 223 页。

空，永远与天地共存！而他们的英灵，化作馆内功勋长廊里，那 598 个功勋章而永远熠熠生辉！

我们即将迎来共和国的 71 周年华诞。我们伟大的祖国，到处生机勃勃、繁花似锦，共和国的前途无限光明，由无数革命先烈鲜血染红的五星红旗，鲜艳夺目、迎风飘扬。

纪念馆前五位总前委睿智而又深邃的目光，早已穿越时空，穿越山峦江河，停留在被海峡隔断几十年的国人魂牵梦萦的地方。

那雄伟壮观的纪念馆，恰似两艘即将起锚的猎猎战船，它们早已整装待发。它们多么渴望去完成前人未竟的事业啊！它们要将人民解放军的"解放"二字的历史使命，完全彻底地履行到位！它们时刻都在盼望着，能够尽早穿江达海，去解放每一块属于人民共和国的土地，实现伟大祖国的完全统一！

2020 年 9 月 10 日

此文发表于《江淮文学》2020 年 9 月 13 日第 62 期。

又见辛丑年，今昔两重天

——献给中国共产党建党之百年华诞

又见辛丑年，今昔夕两重天。颂歌献给党，盛世吟华章。

怎能忘 1900 年的庚子年，西方列强在华夏大地明火执仗，八国联军的洋枪洋炮轰开了紫禁城。

怎能忘 1901 年的辛丑年！丧权辱国的《辛丑条约》，让中华民族受尽屈辱，把国人的尊严全丢光。四亿五千万白银的赔款，将把四万万中国人的骨髓吸光。从此，中国沦为半殖民地半封建，成为任人宰割的羔羊。

太平天国、义和团、洋务运动、戊戌变法，统统都是昙花一现。辛亥革命赶走真皇帝，迎来的却是假共和。

民不聊生、山河破碎、风雨飘摇。灾难深重的中国人民，何时脱离苦海？濒临亡国灭种的中华民族，希望与光明之路究竟在何方？

怎能忘俄国十月革命的凯歌，向我们把马列主义传播，五四运动的惊雷，让昏睡中的国人觉醒。党的先驱们把救国救民之路找到，一百年前的上海兴业路石库门，他们成立了立志改天换地的中国共产党，嘉兴南湖的红船，承载着 4 万万同胞的梦想。

党自诞生之日起便不同凡响！先进的理论、彻底的纲领、鲜明的旗帜、坚定的目标、无私的付出，代表中国人民前进的方向。

　　怎能忘 28 年来，为了民族独立和人民幸福，我们党浴血奋战、百折不挠、志坚如钢。

　　从北伐战争先锋队到南昌起义第一枪，从三湾古田到贵州遵义，从万里长征到延安窑洞的不灭灯光，从井冈山瑞金到河北西柏坡。我们党由小到大、由弱到强，人民军队越战越勇、披靡所向。

　　怎能忘开国大典上，毛主席一声庄严宣告，让亿万中华儿女热泪盈眶！从此以后啊，水深火热的中国人民真正站起来了！

　　怎能忘为了中国，几百万共产党人抛头颅洒热血，倒在了黎明前，化作丰碑和山脉，他们永远活在人们的心坎上！

　　怎能忘抗美援朝打出我军威国威！三大改造、十大关系、"两弹一星"，把社会主义大国的根基打牢。

　　怎能忘 1976 年 10 月，一举粉碎祸国殃民的"四人帮"。拨乱反正、解放思想、改革开放。打破铁饭碗、不吃大锅饭。从小岗村到深圳小渔庄，经济建设为中心，解放生产力，发展靠市场。

　　短短几十年，变化天翻地覆，经济蒸蒸日上。站起来了的中国人民，逐步实现了富起来的梦想。

　　怎能忘新时代新征程，改革发展进入快车道。强基固本、"五位一体""四个全面"，共产党人的初心使命扛肩上。蛟龙下海、北斗导航，世界制造强国，大国重器频频亮相。我们党让绝对贫困成为历史，书写中华民族的人间奇迹，唯有我中国共产党。

　　一百年来，我们党跨越千山万水、历经千辛万苦、克服千难万险、承受千锤百炼，让苦难深重的中国人民摆脱了悲惨命运，让积贫积弱、任人宰割的旧中国彻底改变了"东亚病夫"的旧模样，让中华民族巍然屹立在世界东方！人民从温饱难保，到全面小康，到美丽和谐、繁荣富强。我们的党每天创造历史、不断书写辉煌！

　　又见辛丑年，今昔夕两重天。

　　整整一百二十年，灾难深重的民族啊！历经磨难的民族啊！坚强不屈的民族啊！总会有中流砥柱，总会有民族的脊梁！

　　有这样一个政党，它在苦难中诞生，它在血雨中成长，唯有它承载着历史的使命，背负着民族的希望！唯有它，能让人民摆脱悲惨的命运，能让中国不会亡国灭种，唯有它能让国有尊严，人民小康，山河无恙，它，就是伟大的中国共产党！

　　百年华诞、百年芳华，风华正茂、扬帆远航。前进道路上，党徽永远闪亮在心上，党旗永远飘扬在前方！在实现中华民族伟大复兴的征途中，有他、有你也有我，有我们全体共产党员的磅礴力量！

2021 年 6 月 8 日

用实干和坚守铸就丰碑

——辽宁省凤城市大梨树毛丰美纪念馆参观记

辽宁省丹东的凤城市，旧名凤凰城，这是一个山清水秀、钟灵毓秀之地，不仅有一座秀奇险峻的凤凰山，还从闻名遐迩的大梨树村里，走出一个比凤凰山和大梨树名气更大的村书记毛丰美。

毛丰美虽然已离世七年多了，但他从未远去。他依然活在大梨树的山山水水里，活在四千多名大梨树村民的心中。这位大梨树村的掌门人，带领群众用了二十年时间，把一个昔日贫困落后的小山村，打造成社会主义集体经济的新农村样板。大梨树的山水哺育了他，反过来，他又造就了大梨树的辉煌。

毛丰美因病去世后，人们在当地先后建了毛丰美干部学校和毛丰美纪念馆，当地人亲切自然地把毛丰美干部学校称为党校。

毛丰美虽是大梨树村的一把手（生前任村委会主任、村党委书记、村实业公司总经理），但说到底，他始终还是农民身份。国家为一位已故村书记专门建校建馆，这在全国也许是史无前例的。但以他的光辉业绩和感人事迹，一所干部学校岂能讲得完？一座几百平方米的纪念馆又怎能装得下？

当我今年六月份利用出差之机，参观了这座简朴厚重的纪念馆后，不禁发出以上之由衷感叹。

毛丰美纪念馆位于大梨树村著名的干字广场旁。门前一座梯形高硕的大理石上镌刻着《入党誓词》全文，顶端镶嵌着一面迎风飘扬鲜红的党旗雕塑。"旗帜引领，幸福梨树"8个大字十分醒目。

纪念馆厅展内容共有五个单元即："赤子之心敢于担当；干字当头实干兴村；牢记宗旨忠诚履职；矢志不渝鞠躬尽瘁；薪火相传梨树正新。"采用文字图片、实物表格和声光等多种形式，生动再现了毛丰美的光辉一生。

从厅展中我看到，毛丰美所获各种奖励很多，这是党和政府对他的褒奖，但我以为在他所有的荣誉中，当以"全国优秀共产党员"和"全省优秀党支部书记"的分量最重！

这位1977年入党，三年后当选为大队长（后为村委会主任），6年后当选为村党支部书记的能人，他以37年的党龄，忠诚践行了他入党时的铮铮誓言；他以34年村干部和31年村书记的"干龄"，出色践行了我党的根本宗旨和为人民谋幸福的初心使命。

其实，毛丰美在当选村干部之前，已经是村里的勤劳致富的榜样了！他依靠精湛的兽医技术，率先成为全村首个万元户；并以他的突出贡献和良好口碑，荣获了全省科技先进工作者，成为全省兽医战线仅有的两名省劳模之一，这时他已经名声在外了。正因为他出众的能力和人品，让渴望拔掉穷根的全村村民对他寄予厚望。

他于1980年众望所归地接手的大梨树村，是一个"吃粮靠返销，用钱靠贷款，村干部提成靠社员，干群关系差，人均收入不到一百元"的贫穷落后的小山村。

大梨树村的自然资源十分匮乏，是个"山上和尚头，山下多石头"，"八山半水一分田"的穷山恶水之地。以前的村干部，像走马灯似的换个不停，要想彻底改变面貌，又是何其之难啊！

但毛丰美不负众望，他创造了一个又一个人间奇迹，送给村民一个又一个惊喜。他深知"一花独放不是春"，自己是一名党员，怎能只顾自己先富而不管他人？他说："我们换不了天，但能改得了地。"他说："我是党员，既然党和群众都相信我，让我干，我就得好好干。"

自从他上任的那一天起，他就向全体村民立下"让村里人过上像城里人一样的好日子"的誓言，带领全村人弯腰流汗拼命干。他始终坚信"党的政策里就有农民的好日子"。他以敏锐的洞察力，善于在中央文件里抓住商机，以企业家的胆魄勇闯市场、抢得先机、发展经济。

他带领两委班子贩粮食、建宾馆、建市场、建工厂，在市场经济的大潮中奋勇搏击，很快把村集体经济大厦的根基夯实，把全村的"穷根"彻底拔掉。

他修山治水、植树种果，围水造景、修路扩道。把荒岭便成人间仙境，让穷山成为村民聚宝盆。他整治村容村貌，把大梨树打造成国家 4A 级旅游景区。正是他的一招招妙棋（工业强村、农业稳村、旅游兴村、生态立村），使大梨树很快发生了翻天覆地的巨变，让这个昔日贫困落后村，实现了农、工、商、贸、旅游一体化协调发展，变成了全国著名的幸福村、文明村、生态村、民族特色村，成为全省乃至全国的样板示范村。

在毛丰美治山大会战中曾使用过的铁锹、锄把和草帽前，我驻足凝望、无限感慨。我在想，毛丰美究竟图什么？是为了名和利吗？若说他图名，其实他在当村干部之前就已经出名了。若说他图利，直到离世前，他仍是不拿国家工资的村干部，并未改变自己的农民身份。

但事实上，恰恰就在毛丰美任内，他至少有三次被提拔为科局级领导干部甚至破格重用（拟任主管农业的副县长）的宝贵机会，但每一次，都被他果断放弃了。

其中固然有全村人的真切挽留，但更重要的，是他对这片土地爱得十分深沉，是他对乡亲们的一往情深，是他作为党的基层领导干部强烈的责任担当意识。

从他当上村里"一把手"后，便一心扑在工作上，为大梨树的发展倾其全部心血，家里从此成了他的旅社和饭店。他对自己家的事一直无暇顾及，全都交给他的妻子安排。他说："别人家的事再小也是大事，自家的事再大也是小事。"

毛丰美不光是全村的领头雁和主心骨，他还是为村民排忧解难的"及时雨"。他原本殷实的家境，自从他当村干部后始终没有变更富。我党对领导干部"忠诚、干净、担当"的要求，在毛丰美身上得到了充分印证。他自1980年当村干部以来，从未在一户村群众家里白吃过一顿饭。他的3个孩子的婚事都是瞒着全村人悄悄办的，未收村民的一分礼钱。

他始终以身作则并要求所有村干部"手别长、嘴别馋、身别懒"。他对别人说："我不管钱，但我监督钱。我是一把手，如果我自己管钱，谁来监督我？"

毛丰美的可贵可敬之处，不仅在于他所建立的卓越功绩，还缘于他廉洁自律的优秀品质和高尚的人格。试想，这样一个顶天立地、心底无私的人，一个大写的人，一个真正的共产党员，又怎能不赢得人民群众的衷心拥戴呢?!

在纪念馆内的墙上，有一张毛丰美在大梨树村部拓荒牛的雕像前留影的照片，我在照片前久久地伫立凝视着。只见他略仰着头，双目眺望远方，满脸深邃思索的表情，他看得很高很高，想得很远很远……

你看，毛丰美不就很像一头拓荒牛吗？他把荒山变果园，把穷窝变金窝，把恶水变美景，实现了"让村里人过上城里人一样好日子"的梦想。为了这个梦想，他呕心沥血、殚精竭虑，忘我地拼搏着。由于长期的超负荷工作，身心处于高度的疲惫和紧张状态，从而积劳成疾。许多当地人告诉我："老书记的病就是累出来的啊！他在世的时候，实在太忙太累太苦了！"

我想，假如毛丰美当初不当这个村干部会怎样呢？那他也许不会患此癌症。如果他不当那么多年的全国人大代表呢（他曾连任五届）呢？就算他患上此病，也不至于在2010年，为了不耽误到北京参加人大开会，而狠心中断正在做的化疗啊！

正是他将原本医生要求一疗程12次的化疗减少为5次，使肿瘤不久便开始扩散；他为参加全国两会并按时提交提案，而坚决放弃了再次手术治疗，从而导致肿瘤广泛扩散，病情失控，治疗无效，过早地离世……

毛丰美的功绩不全在于他彻底改变了大梨树贫穷落后的面貌，作为全国人大代表的他，始终不负人民重托，忠实地为全国农民代言。他当全国人大代表20年，共提交议案200多件，件件涉农、条条重要、句句务实，受到了党和政府的高度重视。

他说："我是农民代表，我要为农民说话。我不能一个劲地喊好，老唱喜歌。我得大声疾呼，把农民群众的真实声音带上来，要敢讲真话……"延续了几千年的皇粮国税即农业税，就是在他多年的不懈呼吁下，才于2006年在全国取消的；降低农村电价让城乡同价也是在他的大声疾呼后实现的；《农村土地承包法》的及时修订完善，也是得益于他的多次建议。

作为一名共产党员和基层党组织书记，毛丰美始终坚持走发展壮大集体经济、全村共同富裕的社会主义道路。他认为，集体经济好像一艘大船，能抵御市场的大风大浪。他说："大梨树要突出发展集体经济共同致富。集体有了钱才能产生凝聚力。"

毛丰美留给我们最宝贵的精神遗产就是他创立的"干字精神"。那言简意赅的干字精神，就展示在5万多平方米的干字广场上，让日月检阅，让山河见证，让风雨洗礼，让春风吹拂。

在群山环抱的干字广场上的四周，整齐排列着近百个鲜红高大的"干"字，像一杆杆迎风挺立的旗帜。我党三代领袖的语录巍然屹立在广场正面。毛泽东说："唤起工农千百万，同心干。"邓小平说："不干，半点马克思主义都没有。"习近平说："撸起袖子加油干。"

何谓干字精神？那就是：鸡鸣报晓干、头顶烈日干、披星戴月干；

那就是：想干不保守，敢干不怕难，苦干不怕弯腰流大汗，实干重规律，不搞花拳绣腿；会干讲科学，巧干不蛮干。

伟哉干字精神！它不仅是中国农民勤劳、坚毅、朴实品质的生动体现，也是我党根本宗旨和"为人民谋幸福"理念的朴实体现。干字精神不仅属于大梨树，也属于全党，属于全国人民。

"空谈误国，实干兴邦。"我们的红色江山，就是千百万人浴血奋战干出来的，中国特色社会主义的壮丽事业，就是几代中国人筚路蓝缕干出来的；伟大的中华民族复兴之梦，我们党的千秋伟业，也要靠中国人民一代接一代地接力干出来。

毛丰美，这是个光荣、温暖而又美好的名字！他以对党和人民的赤子之心，对事业的不懈追求，他让大梨树的人民丰收了、富裕了，让大梨树的山河秀美了，让农民的生活幸福了！

作为一名共产党人，毛丰美的理想追求、意志品质、精神境界，以及他进取的力量、大爱的力量、人格的力量，这一切，全都镌刻在他那2.89米高、肩扛铁锹、目光坚定、干字当头的全身铜像上，与天地同在、与山河永存、与日月齐辉。

"有的人死了，他还活着。给人民做牛马的人，人民永远记住他。他活着为了多数人更好地活着的人，群众把他抬得很高，很高！"——这，也是大梨树人民献给永远的老书记毛丰美的英雄赞歌。

2021 年 7 月 13 日

此文发表于 2021 年 8 月 31 日的《中国农村信用合作报》上。

从小甸集到双河集

——寿县小甸集特支纪念馆和长丰北乡支部纪念馆参观记

壬寅虎年初十，我从合肥温暖的家中赶往寿县小甸集和长丰县双河集，它们分别是安徽省和合肥地区第一个党组织的诞生地。这年过得太舒适了，心中隐隐不安。记得鲁迅先生说过：生活太安逸了，工作便被生活所累。我想到此地寻觅革命先烈披荆斩棘的足迹，接受精神的洗礼，坚守理想的高地，汲取前行的动力。

一

正月初的小甸集，仍沐浴在浓浓的年味中。不时传来零星的爆竹声，一群衣色鲜艳的年轻人，在摆满酒水烟花的商店里悠闲地购物、聊天。多么幸福祥和的新年啊！曾记否？近一个世纪前，这块红土地上那碧血绽放的英雄传奇？

位于集东的中共小甸集特支纪念馆，我已来过多次。去年，该馆重新布展调整。今日亲睹，发现展物更多、展面更大、手段更新、内容更全，两大展厅以图表、文字、实物、雕塑、蜡像、绘画、多媒体等多种形式，以特支为轴心，多维度地展示了全县乃至全省党的早期革命历史全貌。

这里的每一帧图片，都诉说着英雄的故事；这里的每一组数据，都诠释着先烈的忠诚；这里的每一寸土地，都浸透着先驱的热血。

1922年春，已在上海入党的曹蕴真、徐梦周、鲁平阶，带着党的嘱托，回到家乡小甸集传播马克思主义，他们首先成立了中国社会主义青年团寿县小甸集特别支部（书记曹蕴真，直属团临时中央局）；随后他们建立了"二三同志的组织"，即中共寿县小甸集小组（组长曹蕴真，成员徐梦周、鲁平阶，直属党中央）。[1]

正是在这个安徽最早党小组的基础上，1923年冬，他们与薛卓汉、徐梦秋一起，在发展了3名新党员（方运炽、曹练白、陈允常）后，在小甸集小学成立了中共小甸集特别支部（组织委员鲁平阶、宣传委员徐梦周），并设有"交通"，直属中共中央领导，[2] 这既是安徽省最早，也是鄂豫皖边区最早的党支部。[3]

中共小甸集特支的成立，在安徽建党史上可谓开天辟地，在我党绚丽的历史画卷中，犹如一朵光彩夺目的奇葩。自从安徽第一面党旗在小甸集升起后，寿县人民有了领导核心，安徽的革命运动风起云涌、如火如荼，特支建立了彪炳千秋的历史功绩。

首先，开创了党在我省革命运动的新纪元，揭开了党领导人民反帝反封建，推翻三座大山闹革命的序幕。没有小甸集特支，就没有寿县共产党，它是寿县乃至全省党建党史的发轫。

其次，在江淮大地上，点燃了革命的星星之火。特支成立后，党中央赋予其"对内发展党团员，对外发动群众，建立农会、妇女会等群众组织"之使命。特支发展党团员成就突出：

〔1〕《中国共产党安徽历史第一卷》，中共安徽省党史研究院著，中共党史出版社2021年版，第41页；《小甸集特支纪念馆图册》，中共安徽省党史研究室编，安徽人民出版社，2017年版，第44页。

〔2〕《寿县革命史》，中共寿县县委党史和地方志研究室编，1992年版，第20页。

〔3〕《小甸集特支——永远的丰碑》，小甸集特支纪念馆编，2021年10月，"前言"厅展内容。

到 1924 年底，寿县党员 29 人（全省 40 多人）；到 1925 年 6 月，寿县党员 40 人，约占全省的一半；[1]

到 1926 年 3 月，寿县党员 80 余人，占全省早期党员的一半左右；[2]

到 1928 年底，寿县区委五个（党支部 19 个）、特支 3 个、党员 400 人，团支部 4 个；[3]

从 1923 年到 1927 年，寿县党员一直占全省的一半左右；直到 1931 年，寿县仍是全省党员最多的县。[4] 寿县无愧为全省革命的策源地和标杆。

这些闪光数字的背后，是小甸集特支成员及其战友们出生入死、忘我战斗的结果。

最后，小甸集是大革命时期党的干部基地，为我党输送了一大批骨干力量：一是在 1925 年 9 月和 1926 年 2 月，分两批输送 12 位寿县籍青年（全省 15 人），参加了广州农民运动讲习所两期学习，他们大都成为农民运动的骨干。二是在 1925 年至 1927 年间，先后两次输送 17 位寿县籍青年赴苏联莫斯科中山大学深造（占全省的一半），他们回来后大多担任党团领导工作；三是先后输送 20 余位寿县籍青年参加黄埔军校一至四期学习，他们大都成为我军的优秀指挥员（如曹渊等），有的成为红军杰出将领（孙一中、李坦等）。[5]

在小甸集这片热土上，出了著名的"一门三烈士"（曹渊、曹云露、

---

〔1〕《小甸集特支纪念馆图册》，中共安徽省党史研究室编，安徽人民出版社，2017 年版）第 61、62 页，引自《中国共产党安徽省六安地区组史资料》第 12 页，《中国共产党安徽省组织史资料》第 8 页。

〔2〕《红皖印记》，中共安徽省党史研究室编，安徽人民出版社，2015 年版，第 121 页。

〔3〕《寿县革命史》，中共寿县县委党史和地方志研究室编，1992 年版，第 49 页。

〔4〕《小甸集特支纪念馆图册》，中共安徽省党史研究室编，安徽人民出版社，2017 年版，第 83 页。

〔5〕《小甸集特支纪念馆图册》，中共安徽省党史研究室编，安徽人民出版社，2017 年版，第 69—70 页；《皖西革命史》，中共六安地委党史工作委员会编，安徽人民出版社，1987 年版，第 40—41 页。

曹少修），营长曹渊深受周恩来同志和叶挺军长器重，是他带领叶挺独立团一营，一路所向披靡，打出了"铁军"的美名，年仅 24 岁倒在武昌城下。周恩来写道："我全党同志对曹渊同志这种英勇牺牲精神，表示无限的敬意。"叶挺写道："清夜追怀，常为雪涕。"作为小甸集的大姓，曹家为党捐躯的革命者，还有曹鼎、曹广海、曹广梅、曹静、曹云露、曹广新、曹云骥、曹云木、曹云谦、曹云梯、曹少修、曹有志等十几位烈士，以及一位开国少将曹广化。[1]

小甸集特支的建立及其活动，奠定了寿县、皖北革命运动及党组织的发展基础，1927 年 7 月建立了寿县县委，1931 年党领导发动了瓦埠武装暴动，打响了武装反抗国民党反动派的第一枪，诞生了第一支红军游击队。[2]

在凛冽的寒风中，我来到馆前新增的特支成员雕像群。你看，8 位支部成员多么风华正茂、激情澎湃！他们正在倾听特支书记曹蕴真的激昂演讲。我凝视着曹蕴真那帅气刚毅的脸庞，你看他头戴礼帽，目光如炬，双拳紧握，挥动右臂，英姿勃发，自信的神态中充满了坚强乐观。

壮哉伟哉！这位在少年时，便在自家门口刻下"我是泰山石，顺我者昌，碰我者亡"以明鸿志的先驱，以他 26 年的短暂人生，为党为人民干出了一番惊天动地的伟业。他的英名与中共小甸集特支紧相连，永存天地之间、永载革命史册。

特支成员及其战友们，用鲜血和生命铸就的"追求真理，敢为人先，无私奉献，不怕牺牲"的小甸集特支精神，必将在江淮大地上永放光芒！[3]

---

〔1〕 安徽省烈士陈列馆内所列之"淮南市烈士英名录"，小甸集镇"寿县烈士陵园"内之烈士墓。

〔2〕《红皖印记》，中共安徽省党史研究室编，安徽人民出版社，2015 年版，第 121 页。

〔3〕《小甸集特支——永远的丰碑》，小甸集特支纪念馆编，2021 年 10 月，"前言"厅展内容。

二

年初十下午，长丰县造甲乡双河集，这个小甸集以东 30 公里的江淮分水岭脊背部。走进村口，便见一座矗立的纪念碑，"中共合肥北乡支部纪念碑"的红色大字与蓝天交相辉映。后面就是呈四合院状的中共合肥北乡支部纪念馆，馆名采自毛泽东的字体。

1962 年 9 月，多次聆听毛泽东授课教诲、从第六期广州农民运动讲习所结业的中共党员崔筱斋，携同学党员曹广化、胡济，奉党中央的指示，风尘仆仆地回到他的家乡双河集，在崔家祠堂秘密成立了合肥地区第一个党支部——中共合肥北乡支部（书记崔筱斋，成员曹广化、胡济），直属党中央领导，[1] 在合肥地区升起第一面党旗，撒下第一粒革命的种子，开创了我党领导此地农民运动的先河。

纪念馆内那一张张图表，一段段文字，真实鲜活地记录了那段光辉历史。与小甸集特支不同，党中央赋予北乡党支部的使命是"以皖北为中心开展农民运动，进行北伐革命宣传"。

在崔筱斋的领导下，北乡党支部发展党团员，抗捐抗税，罢工扒粮，奋力反抗地主阶级的剥削压迫。一是在双河集成立了安徽省农民运动委员会（主任崔筱斋）。二是建立了合肥地区最早的 4 个农民协会（双河集、造甲店、白家河、陈留集）。到 1927 年，成立农民协会 80 个、会员 3000 人。三是领导四地（双河集、造甲店、肖凤集、青龙场）数百名长工罢工并取得了胜利。四是参与领导了著名的双河集农民暴动。[2]

该暴动参与人数多（1700 多人）、扒掉地主粮食多（2000 多石）、持续时间长（三天三夜）、对地主封建势力打击大，其历史意义仅次于

---

〔1〕《寿县革命史》，中共寿县县委党史和地方志研究室编，1992 年版，第 26 页。
〔2〕《寿县革命史》，中共寿县县委党史和地方志研究室编，1992 年版，第 27 页。

一年前的寿县瓦埠农民暴动。[1]

你看馆内北乡支部成立的场景再现，身穿长衫的崔筱斋，表情严肃地向成员曹广化、胡济庄重宣布支部成立。你看馆门前崔筱斋的全身雕像，一身戎装、手握枪柄的他双目远眺，英姿勃发，充满自信，一位指挥员冲锋在前、指挥若定的战斗姿态栩栩如生。

崔筱斋烈士的墓地，就在纪念馆东南角他的出生地崔小圩。墓地简陋，立有一块字迹模糊（落款为长丰县人民政府）的墓碑。周围零散的几处平房，已无人居住。据陪我参观的耿馆长讲，崔小圩已拆迁，将建成长丰县烈士陵园。我向墓碑深深地三鞠躬，从内心表达对这位文武兼备的革命先驱的无限敬仰。

三

我在想，安徽和合肥的第一个党组织，为何不出现在革命新思潮的中心芜湖安庆、却诞生于这两个名不见经传的穷乡僻壤呢？

除了两地相对合适的地理位置（位置都较偏僻，易于避开敌人的搜捕，既相对闭塞又可与外界保持联系，且两地相距不远）外，我以为，根本原因是有以曹蕴真、崔筱斋、薛卓汉、徐梦周、方运炽、曹鼎、曹云露等一大批胸怀大志、追求光明和真理、以推翻阶级压迫为己任的优秀知识青年。

他们自幼深受爱国主义思想的熏陶，如曹蕴真、方运炽幼年便在著名爱国民主人士张树侯的私塾就读。[2] 他们以同乡结伴来到了反帝反封建氛围浓厚的芜湖读书，在那里受到了陈独秀、高语罕等人的直接影响，心灵产生激荡，思想转变很快，觉悟显著提高，发出了"鉴于社会

---

〔1〕　"中共合肥北乡党支部纪念馆"厅展内容；《安徽中共党史人物传》（第一卷），中共安徽省委党史工作委员会编，1983年第1版，第179—182页。

〔2〕　《寿县党史人物》，中共寿县县委党史和地方志研究室编，1992年版，第6页、第29页。

日益险恶，改造事业刻不容缓"的誓言，走向了救国救民的革命道路。

从芜湖毕业后，他们结伴来到上海（上海大学）、广州（广州农讲所），多次聆听中共早期领袖（毛泽东、恽代英、澎湃、瞿秋白、邓中夏、蔡和森、萧楚女等）的谆谆教诲，树立了马克思主义信仰，坚定了共产主义理想，在芜湖或上海加入了中国共产党。

他们又以同志结伴返乡，怀揣着党的指令，以教师职业为掩护，在家乡建团建党，先后把两面党旗插在瓦埠湖东岸、江淮分水岭。最为可贵的是，这一批志同道合的同乡同学和同志，不仅具有改造社会、救国救民的理想抱负，还有将理想抱负与社会紧密结合的实践勇气和斗争能力。

倘若没有这批人坚定的共产主义信仰、执着不懈的奋斗、艰苦细致的工作、舍生忘死的付出，要在这两个偏远落后的小镇建立党组织，那是不可能的。鲁迅先生说："我们自古以来，就有埋头苦干的人，有拼命硬干的人，有为民请命的人，就有舍身求法的人……这就是中国的脊梁。"他们是最早的时代觉醒人、最早的革命实践者、最自觉的革命献身者。

两个党支部的首任书记曹蕴真与崔筱斋，就是这批人中的杰出代表。

他们都家境贫寒、苦大仇深。他们都少年早慧、立志高远。他们都早年求学于政治文化名人荟萃的芜湖，最早接受马克思主义思想。他们都在大革命的中心城市（上海、广州）受到我党早期领袖的悉心教导（崔筱斋还是毛泽东在广州农讲所的得意门生），学到了马克思主义理论精髓。他们都肩负着带领同乡、同学、同志回乡建立党组织、发展党团员、开展农民运动的重任，并出色地完成了这些使命。

他们都擅长赋诗明志、以诗启人。曹蕴真早年写下的那首七言诗（祖辈辛勤夜不眠，严君整日重担肩。频遭欠岁难温饱，那堪兵焚苦连年。国事纷纭病夫态，山河破碎不忍看。寻求真理挽狂澜，展望神州换新颜），[1] 不知激励了多少个革命后来人。

崔筱斋编写教唱的"帮工歌"（我们穷人真伤心，家里无钱去帮人，父母不忍心。清早起来露水淋，裤子湿到大腿根，回家没衣更。共产党呀为穷人，打富济贫闹革命，来了大救星），[2] 在成千上万农民兄弟中传唱，唱热了他们的心，唱亮了他们的眼，唱沸了他们的血。

他们都为革命献出了年轻的生命，践行了入党誓言。曹蕴真为革命奔波操劳过度，积劳成疾，英年早逝。1927 年 10 月，他临终前深情地对周围同志说："没有艰苦奋斗，流血牺牲，就不能换来革命的胜利，我把青春献给党，革命的鲜花会开得更红。"[3]

崔筱斋 1932 年 7 月 19 日被捕后，面对敌人的软硬兼施，严刑逼供，他宁死不屈。他对敌人说："革命终究要成功的！我此时生死置之度外。"他对探监的长女崔贤英讲："莫流泪，要坚强，革命总会成功，曙光就在眼前。"临刑前，他大义凛然，大声喊道："天上小星簇大星，筱斋死了为革命。死了筱斋容小可，革命自有后来人。"[4] 他是一路高呼口号、高唱《国际歌》慷慨就义的。[5]

"从小甸集到双河集，一路都是播火人。一人舍命千人活，两旗引来万杆旗。"我党建党初期仅间隔两年多，便在瓦东大地、江淮分水岭上建立了全省和合肥地区最早的党支部，高高飘起两面鲜红的党旗，这是多么勇敢伟大的时代壮举啊！

"喜见东方瑞气生，不问收获问耕耘。愿以我血献后土，换得神州永太平"。以曹蕴真、崔筱斋为代表的这批革命先烈，为拯救劳苦大众于水深火热，他们外出求学求索，并从上海广州将"真经"带回、将革

---

〔1〕《寿县党史人物》，中共寿县县委党史和地方志研究室编，1992 年版，第 6 页。
〔2〕《寿县党史人物》，中共寿县县委党史和地方志研究室编，1992 年版，第 58 页。
〔3〕《寿县党史人物》，中共寿县县委党史和地方志研究室编，1992 年版，第 10 页。
〔4〕"中共合肥北乡党支部纪念馆"厅展内容。
〔5〕"中共合肥北乡党支部纪念馆"厅展内容；《安徽中共党史人物传》（第一卷），中共安徽省委党史工作委员会编，1983 年第 1 版，第 179—182 页；《寿县党史人物》，中共寿县县委党史和地方志研究室编，1992 年版，第 60 页。

命的火种播散到这两块热土；他们高擎真理的大旗和革命的火炬，为穷人驱散黑暗，带来光明和希望。在这个艰难的过程中，他们自觉将自己与火炬融为一体，照亮了他人的前程，彻底燃烧了自己。他们以血肉之躯为胜利之塔奠基，构成了新中国宏伟大厦第一层最厚最坚实的地基。他们是播种者，我们是收割人；他们是奠基者，我们是剪彩人。

返回时，我来到双墩镇的筱斋路。这条为纪念崔筱斋而命名的东南朝向道路，建成于 2017 年，知者不多。虽长仅有 2 公里，却连接直达市内的两条主干道（蒙城北路和阜阳北路）。路旁绿树成荫，高楼林立，小学幼儿园一字排开，一派生机勃勃。这一切看似寻常，却是无数革命先烈为之拼命的；这一切如此美好，倘若崔筱斋地下有知，他一定会含笑九泉的。

斗转星移，血脉赓续。特支成立将百年，筱斋就义九十载。英雄虽已远去，但英雄的精神不朽，英名永存天地，与日月同辉。他们的光辉业绩和不朽精神，正时刻感召着、教育着、激励着越来越多受惠于他们的后代人。英烈们用鲜血和生命点燃的火炬，我们定将代代传递；他们奋勇升起的旗帜，我们要把它高高举起，引领我们永不懈怠、勇往直前！

2021 年 2 月 16 日

此文发表于《中国金融文化》2022 年第七期。

平安守护神，消防情最真

——凤阳县消防救援大队参观采风记

早春二月，乍暖还寒。2 月 25 号下午，位于凤阳县门台工业园区的凤阳县消防救援大队，迎来了一批特殊的客人——安徽省散文家协会组织的"关注消防，聚焦凤阳"散文家参观采风团。

大队门前，那军姿挺拔、英俊威严的消防哨兵提醒着我们：此非寻常之人、此非普通之地。这里，就是一座神秘火热的军营；这里，都曾是威武雄壮的军人。

一进大门，紧张严肃、整装待命而又生龙活虎的军营气氛便扑面而来。你看，那硕大的火舞凤飞的雕塑，火红火红的色彩，凌空展翅，跃跃欲飞；你看，那双手紧握水带的消防员全身雕像，如雄鹰、似旋风，正向火场飞奔；你看，那长长弯弯的红色塑胶跑道上，一队身着蓝色消防服的消防员，正身背氧气瓶、手持灭火器材，一丝不苟地紧张训练，他们那青春荡漾的脸上，都洒满了晶莹的汗珠；你看，训练场墙上的那张龙虎榜，15 秒多负重跑百米、46 秒多负重上十楼，真是快如闪电啊！你看，那"铁心跟党，植根江淮，赴汤蹈火，矢志为民"的安徽消防精神牌，这 16 个金黄色的大字，在温暖的阳光下熠熠生辉。哦，这就是凤阳消防！这就是凤阳人民群众生命和财产的守护神。

今天，就让我们走近他们，听听他们的英雄传奇吧！

一、这是一支使命特殊、责任重大的队伍

消防者，消除隐患、预防灾患（主要是火灾）也。消防，看似离个人很远，实者与人人有关。自从人类发明燧木取火以来，消防便与人类相伴至今。"消防"一词，出自中国，自西晋太康五年（284年）传入日本，后又于清朝雍正二年（1724年）传回中国。自春秋的齐国宰相管仲，便将消防作为事关国家贫富盛衰的五件要事之一。《周易》云："水在火上，既济，君子以思患而预防之。"古人又云："防为上，救次之，戒为下。"这说明古代先人，早就树立了"防患于未然"的消防思想。

正因为水火无情，历朝历代对消防极端重视。早在远古的黄帝时期，便设火政之官职，专司消防之事，周朝又称之司烜、司耀。我国最早的消防雏形始于春秋；我国最早的专业消防队出现于宋朝，名曰"军巡铺"；我国最早的消防器材叫水囊。

我国消防队伍来自人民公安，渊源于英雄的人民军队，转制于光荣的武警部队，中国消防的血脉始终流淌着人民军队的基因，铸造着永远听党指挥的灵魂。

2018年11月，中国消防部队完成大改制，广大消防队员虽然脱下了军装"橄榄绿"，穿上了消防救援服"火焰蓝"，但是，消防队伍的性质未变、职责未变、作风未变，对党对人民的赤胆忠心未变。

你看那训练操场墙上镶嵌鲜红的"两严两准"（严肃的纪律，严密的组织，准现役，准军事化），你便知晓，"火焰蓝"与"橄榄绿"是一脉相承的；你便明白，新时代的消防员，实际上就是不穿军装不佩军衔的职业军人，他们的血液里，仍然时刻澎湃着坚定的党性和永恒的军魂。[1]

消防救援，说到底，就是对人与物的拯救。对人，救之于水火之

---

〔1〕 2019年11月12日，国家应急管理部下发《国家综合性消防救援队伍内务条令（试行）》中之明确要求。

中；对物，救之于损毁之际。因此，若无"刀山敢上、火海敢闯"的高度牺牲精神，是无法履行使命的；若无"人民至上，生命至上"的坚定信念，是不可能完成任务的。

人命关天，一失万无。正因为消防救援责任重大、使命光荣。所以，消防向来是社会的一大高危行业，消防员属于极其特殊的职业群体。之所以特殊，是因为火灾不分昼夜，随时皆可发生，救援者必须24小时待命接警。正因为火海太无情、火场如战场，消防员在扑火时随时面临生命危险；正因为火警即命令，消防员必须接令即动、火速救援，哪里火凶哪里去、越是危险越向前。

你看，习近平总书记在2018年11月9日为消防部队整体改制的四句训词："对党忠诚"（这是他们永远不变的灵魂和本色），"纪律严明"（这是他们永远不变的顽强作风），"赴汤蹈火"（这是他们矢志不渝的光荣使命），"竭诚为民"（这是他们坚若磐石的根本宗旨）。这就是中国当代消防的精神概括。[1]

你看，那威仪的黄蓝相间盾牌状的中国消防救援队队徽，它宛若古代勇士的战斗之盾，这就是人民群众的平安之盾啊！它时刻呵护着万家灯火，它让天下"祝融"无处遁逃。

你看，那队徽两侧环绕的金色的橄榄枝和松树，它们代表着社会的平安祥和，象征着消防救援队伍，是人民群众生命安全和社会稳定的可靠保证。你看，那红蓝相间、造型别致的消防救援队伍队旗，里边那雄鹰（象征着消防队员反应灵敏、行动迅速）、那交叉的斧头与笔直的水枪（体现着消防队伍的职业特点）、那定位的标识（象征着消防救援的定位精准）和紧握的手腕（象征着消防队伍有力的救援），这些特色鲜明的元素，无不形象逼真地彰显了消防指战员为人民快如闪电、动若雷霆、力拔泰山的强大力量。

---

〔1〕 新华社2019年4月22日报道，习近平当日向国家综合性消防救援队伍授旗并致训词，在"训词"中之明确要求。

二、这是一支勇当先锋、功勋卓著的消防队伍

与新中国同龄、几经改制的凤阳县消防救援大队，不仅是一支党性强、传统好、作风硬的消防队伍，还是一支具有鲜明凤阳特质的铁军劲旅。

近几百年间，在凤阳这块神奇的土地上，先后产生了游僧出身的明朝开国皇帝朱元璋和敢摁红手印的小岗村"大包干"带头人。他们共同的最大特点就是敢闯敢试敢干，敢为天下先。而沐浴着"敢"字特色文化的凤阳消防救援大队，自建队之日起，便处处敢当先、时时加快鞭、事事争一流。他们敢于瞄准全省前列、标兵、排头兵，他们敢于争创全国优秀、先进和亮点。

在参观中，我从讲解员的解说中得知，自 2018 年 11 月转制以来，该大队坚持智能化与正规化的"双轮驱动"发展，在全省率先建成了县级消防大队智能化指挥中心和多功能的战训研讨室，实现了人、车、装备的全时段、全过程智能化管理，极大地提升了消防工作的效能，为全省基层消防树立了光辉的标杆。

我还得知，这个大队于 2021 年，成功承办了全省消防救援队伍正规化建设推进会和现场会，为全省消防救援站打造了一个鲜活的"凤阳样板"。

我又得知，截至 2021 年底，这个大队已经连续 9 年全县未发生较大以上的亡人火灾事故，这是多么了不起的功绩啊！这才真正体现了"预防为主"的消防理念。

我们走进了大队的荣誉室，墙上挂满了历年来所获得各类先进证书和奖杯。你看，他们先后 8 年 5 次荣获了全省消防救援队伍标兵大队；他们先后 9 年 5 次荣获了市级以上消防救援队伍先进大队；他们连续三年荣获市级以上消防救援队伍先进大队和先进党组织……

我驻足在荣誉室里，心中无限感慨。那一块块亮丽的奖牌，凝聚着多少消防队员的汗水和热血啊！那一座座金光闪闪的奖杯，映照着他们如歌的岁月、无悔的青春！那由 23 名消防指战员组成的"功勋林"，不就是凤阳消防救援大队这支英雄队伍的光辉缩影吗？

三、这是一支不负人民、救危排难的队伍

与新中国同龄的凤阳消防，自诞生之日起，便扎根在凤阳这块风水宝地，不断成长壮大。消防队伍与凤阳人民同呼吸共命运，高举"人民至上，生命至上"的大旗，救人民于水火，急百姓之急，助群众于危难，带给人民群众战胜灾害的强大力量。凤阳消防救援队伍，无愧为凤阳人民的平安保护神。几十年来，他们赴汤蹈火、不改初心，他们枕戈待旦、快速反应；他们英勇顽强、不怕牺牲，他们本领高强、专业精准。

据了解，仅是扑灭火灾，近两年来，凤阳消防指战员便先后成功处置了 5 起较大的火灾事故（"1·1"经开区味多美食品厂火灾、"3·25"刘府镇珍昊环保公司仓库火灾、"5·27"城府镇门面商铺火灾、"8·13"刘府镇报废车辆厂火灾、"12·24"武店镇油漆仓库火灾）。2009 年，凤阳消防快速反应，及时处置了"6·21"大庙镇鑫晶矿业厂区重大爆炸事故，有效避免了大爆炸极可能造成更大程度的人员伤害和物质损失。

去年，该大队还火速出警，在极短时间内成功处置了"9·26"京台高速危险化学品槽罐车侧翻的严重泄漏事故，从而及时有力地保护了人民群众的生命财产安全。在每一场火灾扑救中，参战消防指战员都奋不顾身，将生死置之度外，中队的党员干部都能身先士卒，勇当先锋。

四、这是一支忠诚于党、爱民情深的队伍

随着时代的发展和社会的进步，人们对消防救援的要求越来越高，消防救援的外延持续拓展，职能不断增加。除了扑救火灾外，他们还要承担日常生活中人民群众的许多排险解难之事。本着"群众利益无小事"的精神，凤阳消防每一次接警都闻令而动，及时处置，从不懈怠。

据不完全统计，仅去年一年，凤阳消防便出动警力 1.5 万人次、提供社会救助 283 起、抢救疏散被困人员 850 人、抢救财产价值 2245

万元。

这一串串翔实的数据，无声地诠释着，凤阳消防指战员对凤阳人民的无限忠诚；默默地诉说着，每一位消防员对凤阳父老乡亲的一片深情；深情地饱含着，他们对这片热土的赤子之心。

半天的参观采风，转眼即将结束，心中却依依不舍。此时，消防大楼里突然响起了嘹亮的军号声。哦！多么熟悉、多么亲切的军号声啊！作为一名退役老兵，回首当年，我是伴着这阵阵军号声成长起来的；我的青春，就是在这激昂奋进的军号声中绽放异彩的。

改制不易志，换装不变心。这里，永驻着我军不变的军魂；这里，永怀着对党的无限忠诚。这就是"人民消防爱人民，人民消防为人民"。

参观采风返回后，我一直在想：这个总共只有 60 多名指战员、11 台执勤车辆、4 个执勤站点的凤阳消防救援大队，是如何确保面积 1949.5 平方公里、人口近 80 万和 15 个乡镇消防安全的？是什么信念支撑他们 24 小时枕戈待旦，闻令即动、不知疲倦呢？是什么力量激励着他们，全年接警近千次、平均每天出警近 3 次呢？

我以为，答案便是他们对党对人民的无限忠诚。他们心中始终装着人民群众，他们对人民群众情最真也最深。正因为有这份真挚的感情，他们才能在完成消防救援本职以外，小心翼翼地为群众去除卡手的戒指；才能组成"橙光志愿服务队"，为街道社区和学校开展义务消防宣传、为敬老院老人提供志愿服务；为凤阳人民无偿献血；为当地义务植树造林；为小区提供用水保障；为凤阳春晚保驾护航。

为群众做好事，他们不留姓名，不求回报；他们帮助他人，快乐了自己。正如大队先进分子黄剑所说："人生的价值不在于取得了多少，而在于他给社会奉献了多少。"这，就是凤阳消防队员崇高的思想境界和良好的精神风貌，这，也是对我军优良传统之发扬光大。

我在想，他们为何做到"人民至上，生命至上"呢？这是因为，他们是我党根本宗旨的践行者，是军纪军魂的传承者，他们是人民的消防队伍。人民群众就是他们的亲人，为了人民的利益，为了群众的生命安全，他们披荆斩棘、一往无前，甚至甘愿献出宝贵的生命。

你看，凤阳县消防中队一班副班长孙宏伟烈士，他就是这样做的。2011年10月14日，他在驾车出动灭火救援的路上，为了紧急避让突然失控的社会车辆，为了保护这台失控车辆上群众的生命安全，导致消防车发生侧翻，使他身受重伤而壮烈牺牲。在危难关头，他把生的希望留给了群众，宁愿牺牲自己，也要保护人民群众的生命安全。他为何能做得到？请看他生前所书写的那段座右铭吧！"为什么我的眼中常含泪水？因为，我对这片土地爱得深沉。"——这就是烈士给我们的答案。

"朝食不免胄，夕息常负戈。"消防救援队伍使命大于天的职业特点，决定了他们不仅是人民生命财产安全的保护神，也是"辛苦、奉献、牺牲"的代名词。为了人民群众的平安祥和，他们默默付出，无怨无悔。正如歌曲《祖国不会忘记》中所唱："山知道我，江河知道我，祖国不会忘记我。"啊！可亲可敬的消防指战员，没有他们的忠诚守护和可靠救援，哪有国泰民安，何来百业兴旺？他们是当代最可爱的人，祖国和人民会永远铭记他们的功绩。

凤阳消防救援大队——全国消防救援队伍的榜样，你们那凤舞焰蓝的火凤凰，充满了温暖、激情和力量；你们把人民群众高举在头顶上的品质，让我们感动；你们赴汤蹈火、无畏前行的精神，令我们景仰。

凤阳消防，我向您致敬！凤阳消防，我为您骄傲！

2022年3月7日

此文发表于《凤阳文学》2022年第2期。

唯留片字照征程

——散文集《心谷情深》后记

徐沛君

历时逾春秋，拙著终付梓。满纸写真言，莫笑作者痴。

"终于完成了，它可能不好，但是完成了，只要能够完成，它就是好的。"这虽是我的第 2 部文学专集，但才疏学浅的我，只能以德国作家托马斯·曼的这段话来自我安慰。

此集共收录了自 1998 年 10 月至 2022 年 9 月（实际上多为近 4 年）间，我有感而发的 52 篇文章。文集的"人生感悟、山河礼赞、人间真情、工作歌咏、不变初心"这五大主题，实乃作者以深厚的感恩之心，敬献给大地母亲（党、祖国、先父母）深情的歌；以真挚的友爱之意，献给爱我的人们和我爱的人们（战友、学友、文友、艺友、朋友、同事）炽热的歌；以浓郁的眷恋之情，献给那远去的青春和沧桑的年轮的岁月之歌。一言蔽之，都是我发自心谷最深处的一支支情真意切之歌。

"文人之笔，劝善惩恶。"这个集子里的文字虽谈不上怎样精致、典雅、隽永和深邃，但我以为，通篇绝无做作、虚伪、客套和矫情。这 20 多万个文字就像一个个鲜活的小生命，并且，它们都是向爱、向上、向善、向美、向乐的。它们首先让我自己感动，给了我温暖、充实和愉悦；它们时时在我眼前翩翩起舞，跳动着真情真爱的舞姿，闪耀着美善纯朴的光泽，流淌着高尚道德的音符……

"那些立身扬名出类拔萃的人，他们凭借的力量就是德行，而这也正是我的力量。"——贝多芬的这段话，让我终身自省自律自励。我还始终铭记着莎士比亚的这句话："生命如此短促，唯有美德才能将它留传到遥远的后世。"

"一个人只要还有追求，他就没有老去。"巴里穆尔这句话让我时常忘却年龄。人生虽已暮年，但我的心底依然铺满春色。因为，我爱无疆；因为，我心充满阳光；因为，我深爱着生我养我的大地母亲；因为，我深情地眷恋着这五彩缤纷的世界。

今生虽已注定平凡，但我确是上过学、种过地、扛过枪、治过病、数过钱、管过人的爱读爱写爱唱、热爱生命的大地之子啊！

不！我就是一颗"没有花香、没有树高"的小草——只要我还活着，只要我那纤弱的双臂还能在晨风中扬起，我就一定有绿色的歌唱：在向阳的山坡，在清冽的渠边，在寂寥的荒漠，绽放出生命的尊严，展现出不变的颜色，映射出青春的光泽，婆娑着深情的舞姿。

"唯其痛苦，才有欢乐。"曾经历幼年失怙、少年忍饥、学逢"文革"的我，能逢今日之盛世，能有今日之幸福，吾此生足矣！恰如列夫·托尔斯泰所言："心灵纯洁的人，生活永远充满甜蜜和喜悦。"

我对伟大的党和祖国、对养育我的故土和亲人、对铸我成长的军队、对供我衣食的农行，都永远心怀感恩。

罗曼·罗兰说："世上只有一种英雄主义，那就是认清生活的真相后，依然热爱生活。"天地生人，人立天地。世界因人类而充满生机，人生因生活而精彩纷呈。世上谁不渴望人生之成功与辉煌？但真正成功辉煌者终究寥若晨星。一个人难免平凡，但应拒绝平庸。深谷之幽兰，绝非终年无人问津而不自香啊！正如尼采所言："每一个不曾起舞的日子，都是对生命的辜负。"

"人生不满百，常怀千年忧。"倘使这个集子里的文字，能给读者带来一丁点生命的启迪、人生的感悟、心头的温暖、精神的慰藉、信仰的力量和真善美的感动的话，那便是我今生莫大的荣幸。

诚挚感谢为我作序的著名作家裴章传先生！诚挚感谢为我题写书名的著名书画家、诗人、安徽散文家协会主席郭博先生！诚挚感谢四川书香力扬文化传播有限公司的编辑熊雪飞和团结出版社的诸位编辑老师！

那么，谨以此拙诗与亲爱的读者握别吧！

冉冉迟暮立何名？乱石难埋赤子心。

淼淼太湖织绿梦，萧萧淝柳诉衷情。

光晖岂敢熏前物，热胆已抔启后人。

我伴东风皆过客，唯留片字照征程。

2022 年 12 月 30 日

说明：

"光晖"取自淮南王刘安一诗："名声被后世，光晖熏万物。"